www.bbulmedia.com

너에게
달려가고
있어

너에게
달려가고
있어

유아나 장편 소설

C o n t e n t s

휘리릭!

심판의 호루라기 소리와 함께 경기가 멈췄다. 쓰러져 있는 선수의 상태를 살피던 주심은 손짓으로 메디컬 팀이 들어와야 한다고 벤치에 알렸다.

경기장 전체가 쥐 죽은 듯이 조용했다. 어웨이팀 선수가 쓰러져 있는데도 불구하고, 홈팀 팬들의 야유 소리가 전혀 들려오지 않는다. 심각한 부상이라는 것을 모두들 감지한 것이다.

하프라인 부근 사이드라인 근처에서 고통에 몸부림치고 있는 그가 보였다. 다른 선수들 발 사이사이로, 몸을 비틀며 고통을 호소하는 그의 발목이 늘어진 것 같아 보였다.

주심의 손짓을 보자마자, 이미 테크니컬 에어리어 안에서 대기 중이던 들것과 함께 의무팀장인 팀 트레이너 현준과 팀 닥터 혜윤이 그라운드 안으로 뛰기 시작했다.

"울지 마, 한혜윤! 이거 일이야."

현준의 목소리가 그 어느 때보다 차갑게 느껴졌다. 심장이 고통스러울 만큼 쿵덕거렸다. 부상당한, 혹은 부상했을지도 모를 선수를 체크하기 위해 그라운드로 수만 번 달려 들어갔었지만, 지금처럼 숨이 차오르고 버거웠던 적은 없었다. 자꾸만 눈물이 앞을 가려서 시야가 흐려졌다.

'조금만 참아. 내가 달려가고 있어. 조금만.'

혜윤이 도착하자 그를 둘러싸고 있던 선수들이 길을 터 주었다. 겨우 부상에서 벗어나 리그 경기에 복귀한 그에게 다시 부상이 찾아온다면 그는 또다시 지독하게도 외롭고 고통스러운 슬럼프에 빠질 것이다. 그의 좌절감을 옆에서 한 번 지켜봤던 혜윤은 심장 구석까지 아픔이 몰려오는 것 같았다.

상태가 좋아 보이지 않았다. 정확한 진단은 검사를 해 보아야 내릴 수 있겠지만, 힘없이 늘어져 있는 그의 발목을 보니 뼈에 이상이 있는 것 같았다. 벤치를 향해 엑스 자를 그리는 혜윤의 팔이 후드득 떨려 왔다.

망연자실한 감독의 표정이 혜윤의 눈에도 들어왔다. 그는 알겠다며 고개를 끄덕이고는 몸을 풀고 있던 선수에게 손짓했다. 고통을 덜어 주기 위해 확 돌아간 발목에 냉각 스프레이를 뿌리고 나자 그가 들것에 실렸다. 교체 선수가 들어오고 경기가 재개되었다.

들것에 실려 나가는 그의 곁에 서서 손등으로 눈물을 닦아 내고 코를 비벼 대며 훌쩍였다. 하아. 복받치는 울음에 어깨가 심하게 들썩였다. 경기장 구석에 모여 있는 강산FC의 팬들이 그의 이름을 연호하는 소리가 그라운드 전체를 울렸다.

'울지 마. 괜찮아.'

고통으로 일그러진 얼굴을 한 남자가 혜윤의 손목을 잡고 입 모양으로 속삭였다.

✚

강산FC 구단 경기장 회의실, 최종 면접을 보기 위해 대기 중인 사람은 총 5명이었다.

나이가 지긋한 남자가 한 명, 30대 중후반으로 보이는 남자가 두 명, 20대 후반으로 보이는 남자가 한 명, 그리고 면접 대기자 중 유일한 여자 한혜윤. 빛에 따라 결이 반짝이는, 딱 보기에도 '나 비싸요.' 라고 외치고 있는 슈트를 입은 남자 2호가 나이 지긋한 남자 1호에게 물었다.

"면접은 어떻게 오셨어요?"

나이도 지긋하신 분이 이런 곳엔 왜 오셨느냐는 듯 거들먹거리는 말투다.

"근처 종합병원에서 정형외과 과장으로 일하고 있는데, 여기 사무실에 내 고등학교 동창 놈이 하나 있어서."

마치 너희는 면접 들러리라는 듯, 남자 1호는 뒷배 자랑하기에 여념이 없었다. 구단주랑 자기 동창이 친하게 지낸다는 둥, 이런 건 연륜 있는 사람이 맡아서 해야 한다는 둥. 남자 1호의 말에 심드렁한 표정을 짓던 남자 2호가 말을 끊어 버리고는 또다시 빈정거렸다.

"아, 그럼 병원에서 일반 환자들 진료만 하신 거네요? 사실 운동

9

선수랑 일반인 진료하는 데는 큰 차이가 있거든요."

목에 잔뜩 힘을 준 그의 말에 남자 1호는 기분이 상한 듯 남자 2호의 출신을 물었다.

"워싱턴 대학 하버뷰 메디컬 센터 스포츠의학과 나왔어요. 작년에 미국 정형학지 [더 저널 오브 본 앤드 조인트 서저리]에 논문 발표한 적도 있고요."

기름기 절절 흐르는 영어 발음을 구사하는 남자 2호의 대답에 남자 1호와 혜윤은 입을 떡 벌리고 그를 바라봤다. 정형외과 의사라면 누구나 그랬을 것이다.

"와, 다들 스펙이 대단하시네요. 이름만 들어도 어마어마하긴 한데, 전 뭐가 뭔지 모르겠네요. 헤헤."

순진하게 웃어 보이며, 말을 꺼낸 이는 남자 3호였다.

"전 여기 강산전문대에 3년 전에 새로 생긴 스포츠메디컬학과 졸업 예정이거든요."

남자 3호는 최종면접에 올라온 것만으로도 과 학생 모두의 축하를 받았다고 했다. 선진국 대학에 있는 과를 흉내 내서 만들어 놓기는 했지만, 취업과 연결되기는 쉽지 않은 과여서 그렇다고. 팀 트레이너 혹은 의무팀에 들어가기 위해서는 이렇듯 면접 자리에서 의대를 졸업한 의사들과 맞서야 한다며 씁쓸한 미소를 지었다.

"낯이 좀 익은데, 제가 어디서 뵀었죠?"

남자 3호의 질문에 남자 4호는 엷은 미소를 띠며 답했다.

"초면인 것 같은데요?"

남자 4호가 환하게 웃어 보이자, 혜윤은 그를 넋을 놓고 바라봤다. 저 잘생긴 얼굴을 어디서 봤더라? 아! 맞다!

"대만 야구 대표팀! 의무팀장이셨던 김현준 선생님 맞죠?"

혜윤의 외침에 남자 1, 2, 3호의 시선이 모두 그에게 꽂혔다. 다들 눈을 댕그랗게 뜨고 그를 바라봤다.

"네. 제가 그렇게 유명한 줄은 몰랐네요."

"지나친 겸손은 미덕이 아니죠! 한국 스포츠재활의학과에서 선생님 모르는 사람이 어디 있다고."

현준은 그만하라는 듯 혜윤에게 선선히 웃어 보였다.

와. 학회지에 실렸던 사진보다 훨씬 잘생겼네.

남자 1호는 혜윤에게 못마땅한 시선을 보내며 물었다.

"근데, 아가씨는 여기 왜 왔어요? 여기 남자 구단인데."

"여자가 오면 안 되나요?"

"그야…… 그게……."

"그럼, 산부인과에는 남자 의사가 있으면 안 되고, 비뇨기과에는 여자 의사가 있으면 안 되는 건가요?"

혜윤의 질문에 20대 여드름투성이 남자 3호는 키득키득 웃었고, 남자 1호는 엄한 표정을 지으며 헛기침을 했고, 모든 면에서 잘난 척하기 좋아하는 것 같은 남자 2호는 고개를 끄덕이며 한마디 덧붙였고, 현준은 혜윤을 뚫어지라 쳐다보며 물었다.

"체력적으로 힘들진 않겠어요? 그라운드로 뛰어들어 가려면 달리기도 잘해야 할 텐데?"

눈썹을 추켜세우며 자신을 바라보는 그의 눈빛에 혜윤은 가슴이 두근거렸다. 이성에 대한 뜨거운 감정이 아닌, 동경하던 인물이 자신에게 눈을 맞추며 질문을 해 오는 것에 대한 벅찬 떨림이었다. 팀 닥터가 되고 싶다는 마음을 품었던 것도 스포츠재활의학지에서 그의 글을 보고 나서부터였다.

"100m 달리기 기록 15초고요. 체력은 타고났어요."

"타고나요?"

가녀린 혜윤의 몸을 아래위로 적나라하게 훑으며 남자 3호가 물었다.

"그렇다고 그렇게 대놓고 훑어보는 건 실례죠. 아빠가 운동선수셨거든요. 감각이랑 체력은 타고난 것 같아요, 제가 보기엔. 히힛."

자신이 말하고도 민망했는지 혜윤은 어깨를 으쓱해 보이며 생긋 웃었다.

"근데, 왜 아직도 시작 안 하는 거죠? 약속된 시각에 시작할 게 아니면, 뭐라고 말이라도 해 주든지. 이렇게 계속 기다리라는 건지, 이 구단 정말 대책 없네요."

남자 2호의 불평에 현준이 미간을 살짝 모으며 손목에 있는 시계를 확인하고는 말했다.

"회의실 앞으로 3시까지 오라는 말이 있었지만, 회의실 안에서 면접이 3시에 시작된다는 말은 없었죠. 또, 구단 상황에 따라 대기 시간이 좀 있을지도 모른다고 구단에서 이메일 보내지 않았던가요? 지금 10분밖에 안 지났는데?"

현준의 물음에 남자 2호가 콧방귀를 뀌며 대답했다.

"그렇게 대단한 구단도 아니면서, 겨우 이제야 팀 닥터 뽑는 주제에 참 가지가지 하네요."

남자 2호의 말에 현준의 미간이 다시금 묘하게 구겨졌다.

"재활의학 공부하고, 실무에서는 얼마나 있었죠?"

아까보다 현준의 질문이 더 차갑다고 느껴지는 건 그냥 기분 탓일까?

"실무는 처음이에요."

"경기 중 다치는 선수는 예고 없이 나타나요. 90분간 그라운드 밖에서 노심초사하며 그들의 움직임을 주시해야 하죠. 10분 기다린 게 불만이라면 90분은 어떻게 견딜 거예요?"

현준의 되물음에 남자 2호는 기분이 상했다는 듯 날카로운 목소리로 대답했다.

"경기하고 지금 이 상황하고 같지는 않잖아요?"

"운동선수들은 경기뿐 아니라, 연습 중에도 부상을 많이 당해요. 또 부상을 당했어도 다음 경기 출전 명단에서 제외될까 봐 가벼운 부상을 숨기는 선수들도 있어요. 경기 내내, 연습 내내, 생활하는 내내 그들을 관찰하고 보살피는 게 팀 닥터의 몫 아닌가요? 모든 상황을 기다리고, 관찰하는 게 우리 일이죠."

분위기를 풀어 보려 생긋 웃으며 건넨 혜윤의 말에 현준이 빙그레 웃어 보이더니, 이내 남자 2호에게로 다시 시선을 돌렸다.

"축구는 좋아해요?"

현준의 질문에 남자 2호는 또다시 거들먹거리기 시작했다.

"그럼요. 남자 중에 축구 안 좋아하는 사람도 있나요?"

현준은 고개를 한 번 갸웃하더니, 남자 1호를 바라봤다.

"뭐, 축구 별거 있나?"

남자 1호는 현준의 시선에 대수롭지 않다는 듯 대답했다.

"실제 경기는 보신 적 있으세요?"

"뭐, 그런 걸 경기장까지 가서 봐. TV로 보면 다 보이는데."

"그러게요. 또 K리그 경기는 좀 시시하긴 하죠."

남자 1호의 대답에 남자 3호도 고개를 끄덕이며 동의했다.

　"경기장에서 보는 경기는 달라요. 그리고 중계 기술의 차이일 수도 있어요. 영국이나 스페인, 이탈리아 같은 나라의 리그는 새로운 중계 기술이 가장 먼저 도입되는 곳이에요. 카메라의 움직임에 따라서 선수들의 모습이 다르게 보일 수도 있죠. 선수 개개인의 능력 차도 있고, 경기력도 차이가 있기는 하지만, K리그도 경기장에서 보면 얼마나 박진감 넘치는데요!"

　혜윤의 말에 현준이 흐뭇한 미소를 지으며 그녀를 바라봤다. 아, 축빠의 기질이 슬며시 고개를 들고 있었다.

　"축구 좋아해요?"

　"그럼요. 축구 보고, 축구 카페 들어가서 후기 보고, 부상 선수가 어떻게 회복되어 가는지 지켜보고, 이적 시장 살피고, 시간 날 때 경기장 가는 게 낙인데요."

　현준은 아랫입술을 삐죽 내밀어 보이더니 고개를 끄덕끄덕했다.

　이윽고 회의실 문이 열렸고, 구단 관계자로 보이는 남자가 밖으로 나왔다.

　"다 되셨나요?"

　면접 준비가 다 되었냐는 질문인가?

　모두 고개를 갸웃하며 서로를 바라보는데, 대기 의자에서 일어난 현준이 슈트 단추를 고쳐 잠그며 말했다.

　"한혜윤 씨. 들어가서 심층 면접 보시죠."

　"네? 아, 네."

　어쩐지 현준이 이 자리에 있는 것 자체가 좀 이상하다 싶었다. 눈치 빠른 혜윤은 대기 의자에서 벌떡 일어나 현준의 뒤를 따랐다.

다들 황당한 표정으로 회의실을 향해 걸어 들어가는 현준과 그 뒤를 따르는 혜윤을 바라봤다.

"일종의 블라인드 면접이었어요. 면접관을 숨긴. 김현준 선생님은 이미 의무팀장님으로 내정되어 있으셨고요. 세 분은 1층에 있는 사무실에 들르셔서 면접비 받아 가세요."

구단 관계자의 말에 남자 1호는 동창에게 전화해서 왜 미리 말해 주지 않았느냐며 욕지거리를 퍼부었고, 남자 2호는 이런 대접을 받다니 어이가 없다며 돌아섰고, 남자 3호는 한 번만 더 기회를 주실 수 없느냐며 울상을 지었다.

회의실에 들어선 남자 4호, 현준은 두 명의 면접관 사이에 자리를 잡고 앉았다. 현준의 오른쪽에는 강산FC의 감독인 차정한이 앉아 있었고, 왼쪽에는…… 왼쪽에는?

맙소사! 소문이 사실이었나 보다.

서지혁, 스페인에서 최고의 몸값을 자랑하는 프리메라리거. 고향인 강산시의 구단으로 이적할 예정. 축구 카페의 카더라를 통해 이미 알 만한 사람은 다 아는 이야기였다.

혜윤은 놀란 표정을 숨기고, 고개를 살짝 숙여 인사했다.

"안녕하세요? 한혜윤입니다."

"여자네?"

차 감독의 말에 현준이 보기 좋게 받아쳤다.

"왜요? 산부인과에도 남자 의사 있고, 비뇨기과에도 여자 의사 있는데, 여자 팀 닥터가 이상해요?"

"하하하하."

차 감독은 유쾌하게 웃어 보이며, 현준에게 슬쩍 눈을 흘겼다.

"한혜윤 씨가 그러더라고요."

"당차네!"

"축구는 좀 알아요?"

서지혁이 드디어 입을 열었다. 신은 그에게 조각 같은 외모와 인간계의 것이 아닌 듯한 축구 실력과 천상의 목소리마저 허락하셨다. 운동복이 아닌 진청색 슈트를 입고, 드레스 셔츠 단추 두어 개를 푼 그의 모습은 그의 별명과도 딱 맞아떨어졌다. 죽여주는 슈트발의 스트라이커, 슈트라이커 서지혁!

"네!"

자신감 어린 혜윤의 대답에 지혁이 입술을 말아 올리고는 공격적인 눈빛으로 물었다.

"오프사이드가 뭐예요?"

"간단히 말하자면 반칙의 한 종류죠. 공격하는 진영의 선수가 공보다 골대에 가까이 있을 때, 해당 선수와 골라인 중간에 수비팀 선수가 2명 이상 없을 경우, 오프사이드 위치에 놓이게 되는데요. 이 상황에서 뒤쪽에 있는 공을 패스 받으면 반칙이 성립되죠. 패스 받는 위치가 아닌 패스된 순간에 선수의 위치와 관계가 있는, 축구 경기에서는 가장 논란이 많은 반칙이죠."

"대강 아네?"

대강 아는 게 아니라 제법 정확하게 알고 있었다. 고향인 강산시로 돌아오면서 지혁이 내건 조건은 단 하나였다. 완벽한 의무팀을 구성해 줄 것. 의무팀장은 이름만 들어도 신뢰감이 드는 김현준이 맡게 되었고, 팀 닥터를 한 명 더 뽑을 거라기에 지혁은 면접관을 자처했다.

최종 면접에 든 5명 중 현준이 마음에 들어 하는 사람과 심층 면접을 보기로 했는데, 여자가 들어왔다. 키는 160정도 되어 보이고, 고된 팀 닥터를 맡기엔 너무 가녀려 보였다. 하얀 얼굴에 쏟아질 듯 커다란 눈망울, 초코송이를 연상케 하는 단발머리, 살포시 미소 지어 보이는 얼굴에 괜히 기분이 좋아지는 것 같은 묘한 느낌을 주는 여자였다.

'여자가 팀 닥터를 어떻게 해?' 하는 선입견도 잠시. 축구깨나 좋아한다는 남자들도 혼동하는 오프사이드 반칙을 설명해 내는 여자에게 지혁은 호기심이 일었다.

"축구 경기 이론과 관련된 질문보다, 팀 닥터로서의 자질이나 실력과 관련한 질문을 해 주셨으면 좋겠는데요?"

혜윤의 말에 현준은 피식 웃어 보였고, 차 감독은 지혁의 눈치를 살폈다.

"제 질문은 끝난 것 같네요, 감독님."

지혁은 경기에서 이기고 난 후, 인터뷰에서 짧게 감사하다는 인사를 내뱉고 씨익 웃어 보이던 것처럼 혜윤을 보고 웃었다.

맙소사! 그렇게 웃지 마요!

"아버지가 운동선수셨다고요?"

아, 정신 챙기자.

"네, 야구 선수요."

"야구? 아버지는 야구 선순데, 딸은 축구 팬이에요?"

어이없다는 웃음을 지어 보이는 차 감독의 질문에 혜윤은 미간을 좁히고 심각한 표정으로 답했다.

"일종의 중2병이었어요. 그때 중2는 아니었지만……. 위로 오빠가 둘, 아래로 남동생이 둘 있는데, 다 야구 선수거든요. 남자 다섯이 모이면, 온종일 야구 이야기만 하면서 절 끼워 주지 않는 거예요. 그래서 반항의 뜻에서 축구를 보기 시작했는데…… 그때부터 축구에 푹 빠졌어요."

현준은 자신의 앞에 놓인 A4용지 여러 장을 뒤적이며, 고개를 두어 번 끄덕이고는 질문을 이어 갔다.

"나이가 스물여섯? 전문의가 가능한 나이가 아닌데?"

"열일곱 살 때 의대에 들어갔어요."

차 감독과 현준의 고개가 한 방향으로 꺾이더니, 보조개가 살포시 떠오른 얼굴로 배시시 웃고 있는 혜윤에게 시선이 꽂혔다.

2 콩닥콩닥 워밍업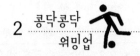

  팀 닥터로서의 첫 출근 날, 혜윤은 아침 일찍부터 일어나 부산스럽게 집 안을 돌아다녔다. 33층과 꼭대기 층인 34층이 복층으로 연결된 백 평 남짓한 아파트 안이 시끄럽게 울렸다.

  "엄마! 내 남색 트레이닝복 어디 있지? 나 그거 챙겨야 하는데?"

  계단을 내려오다 말고 혜윤은 부엌에 있는 엄마에게 있는 힘껏 소리쳤다.

  "어제 미리 챙겨서 현관 앞에 뒀잖아."

  "아, 맞다, 맞다! 내 운동화는?"

  "신발장에 찾아봐."

  "어디 신발장? 중문 안에? 아니면 밖에?"

  급기야 혜윤의 모친 김자희 여사는 꽃무늬 앞치마를 한 채로 뻘건 국물이 묻은 국자를 손에 들고 혜윤이 설치고 있는 현관 앞으로 달려왔다.

"무슨 운동화?"

"얼마 전에 산 거."

"얼마 전에 산 게 대체 뭔데? 그 하늘색?"

혜윤은 신발장에 몸을 반은 들이민 채로 대답했다.

"아니, 아니, 핫핑크 레오파드."

"뭔 파드?"

"꽃분홍 호피 무늬!"

"아, 그거 저기 중문 밖 신발장 제일 왼쪽 문 열어 봐."

소파에 앉아 스포츠 뉴스를 보던 두 남자는 고개를 절레절레 저으며 혀를 차 댔다.

"아버지, 쟤 아버지 딸인 거, 절대 어디 가서 말하지 말라고 해요."

"그래, 아들. 어디 가서 네 동생인 것도 말하지 말라고 해라."

"뭐야? 아빠, 큰오빠! 나 다 들었어!"

입술을 한껏 비틀어 앞니로 깨물고는 눈을 흘기는 혜윤을 향해 두 남자는 상큼한 미소를 지어 보였다.

"어, 딸. 우리 딸, 오늘 첫 출근인데 잘하고 와."

"그래, 동생. 누가 괴롭히면 오빠한테 일러. 알았지? 오빠가 야구 배트 들고 쫓아갈게."

아들 넷에 딸 하나, 누가 들으면 참으로 귀하게 자란 고명딸이라고 생각하겠지만, 혜윤이 집에서 혜윤은 그냥 아들 못지않은 딸이었다.

다른 여자애들이 고무줄놀이 할 때, 혜윤은 오빠랑 동생들이랑 캐치볼을 하며 놀았고, 다른 여자애들이 아이돌 가수 콘서트 다닐 때, 혜윤은 먼지 풀풀 나는 운동장에서 형제들이 하는 야구 시합 구경하러 다녔다.

한없이 여성스러운 김자희 여사 덕에 여자다운 것을 조금 배우기는 했지만, 배우는 것과 생활 속에서 몸에 배는 것은 천지 차이였다.

심지어 자신이 쓰던 노트북이 고장 나서, 남동생이 쓰는 노트북을 잠시 빌려 썼을 때, 그곳에서 발견한 야동을 자신의 외장 하드에 모조리 옮겨서 의국에 돌리는 센스도 발휘하는 여성이었다. 물론 여기서 야동이란, 야구 선수인 남동생이 플레이 분석을 위해 보는 야구 동영상은 아니다.

하나밖에 없는 귀한 딸이 남자 구단의 팀 닥터로 간다고 하면, 부모님이 뜯어말려야 하는 게 정상일지도 모르지만. 그저 김자희 여사와 그의 남편은 강산FC 선수들의 안녕을 기원할 뿐이었다.

"안녕하십니까? 의무팀장 김현준입니다."

"안녕하세요? 팀 닥터 한혜윤입니다. 잘 부탁드립니다."

혜윤이 고개를 꾸벅 숙여 보이자, 목 언저리를 맴도는 짧은 길이의 머리카락이 아래로 쏠렸다가 찰랑거리며 제자리로 돌아왔다. 그녀의 인사에 대회의실에 모인 선수들과 지원 스텝들의 눈이 휘둥그레졌다. 여자? 정말? 다들 그런 물음표가 얼굴에 한가득이었다.

"자, 그리고 한 사람 더 소개해야지."

차 감독은 들어오라며 문밖으로 크게 소리를 질러 댔다. 커다란 회의실 문을 열고 의자 사이를 가로질러서 뚜벅뚜벅 걸어 들어오는 이는 서지혁이었다.

우와! 저 기럭지.

혜윤은 또다시 넋 놓고 그의 자태를 감상하고 있었다.

"반갑습니다. 서지혁입니다."

서지혁의 등장에 선수들은 아까보다 더 황당한 표정을 지었다.

이분들 운동만 하시느라 SNS는 안 하시나 봐?

혜윤은 선수들의 반응을 살피다 다시 지혁을 바라봤다. 2006년 독일 월드컵부터 두각을 나타낸 그는 대한민국 모든 국민이 캡틴이라 부르는 선수였다.

"저……저기!"

황당한 표정을 거두고 손을 번쩍 든 선수는 골키퍼인 이진겸이었다.

"그러니까, 서지혁 선수가 우리 팀에 이적했다는 건가요?"

"그렇지. 공식 기자 회견은 내일 하게 될 거야."

어마어마한 몸값을 자랑하는 그가 국내 리그에서 5위 안에도 못 드는 강산FC로 왔다는 말에 선수들은 모두 충격과 공포에 휩싸인 듯했다.

원유를 수입해서 정유한 뒤 해외로 수출하는 굴지의 정유회사에서 얼마 전 강산FC를 인수하면서 이런 일이 있을 거라는 예상들은 있었다. 그리고 그것을 증명하듯 서지혁이 떡하니 눈앞에 나타난 것이다. 더 어마어마한 선수들이 와서 혹여 누가 방출되는 일이 일어나지는 않을지 우려하는 듯 선수들의 표정이 굳어 갔다.

"자자. 서지혁 선수 투입으로 우리 팀 스쿼드(선수단)는 완성이야. 더 이상의 이적이나 방출은 없으니 안심해."

차 감독은 선수들의 마음을 읽어 내듯 말했다.

"자, 휴가 끝나고 2주 만에 모인 거지? 간단한 피지컬 테스트할 거니까 의무실로 모여."

혜윤은 첫 번째로 주어진 공식 업무를 수행하기 위해 현준의 뒤를 따라 의무실로 향했다. 맙소사! 김현준에 서지혁에! 이게 웬 횡재야!

속으로만 좋아하려고 했는데, 키득거리는 웃음이 입 밖으로 새어 나왔다.

"뭐가 그렇게 좋아?"

"훌륭한 팀장님 밑에서 일해서 좋고, 훌륭한 선수들이랑 일해서 좋아요."

팀장님도 잘생겨서 좋고, 서지혁도 잘생겨서 좋고, 몸짱인 선수들에 둘러싸여서 좋아요!

배시시 웃어 보이는 혜윤을 보며 현준도 피식 웃어 보였다. 키득키득 아이처럼 웃는 혜윤의 웃음소리는 참으로 듣기 좋았다. 팀 닥터 자리에 면접 온 이들 중 혜윤보다 실력이 나을지는 몰라도, 그녀만큼 재치 있는 사람은 없어 보였다.

의무실에서 부상당한 선수를 대하는 팀 닥터는 유쾌해야 한다. 부상으로 얼룩진 마음속 상처까지 보듬을 줄 아는 사람이어야 한다. 혜윤은 그런 자리에 차고 넘치는 사람 같았다.

지혁을 포함한 공격수 4명, 미드필더 14명, 수비수 8명, 골키퍼 4명 총 30명의 선수가 의무실에서 간단한 검사를 마친 후, 연습구장에 모여 몸을 풀기 시작했다. 현준과 혜윤은 선수들의 움직임을 관찰하며 그들의 훈련을 지켜보고 있었다.

"미드필더 이용규, 허벅지 테이핑."

"네."

"골키퍼 한결, 연습 끝나고 매 정시에 손목 얼음찜질 15분."

"네."

현준은 날카로운 눈으로 선수들을 살피며, 혜윤에게 오더를 내렸다. 잠깐의 관찰로 그는 선수들의 몸 상태를 단번에 파악해 내고 있었다. 그가 내뿜는 아우라에 혜윤은 어마어마한 존경심이 마구 샘솟는 것 같았다.

혜윤은 태블릿 PC에 선수들 상태를 체크하는 메모를 입력하다 말고 뚫어지라 현준을 올려다봤다.

스타일러스가 액정에 닿아 탁탁거리던 소리가 멈추고 뜨거운 시선이 느껴졌는지 현준이 혜윤을 내려다보았다.

"왜?"

"팀장님 너무 멋져서요!"

혜윤의 말에 현준은 어이가 없다는 듯한 표정을 지었다. 커다란 눈이 예쁜 모양으로 휘어서 환한 미소를 짓고 있는 혜윤의 선선한 얼굴이 현준의 눈에 들어왔다.

"나한테 반하지 마. 나 나쁜 남자야."

현준은 얼굴이 발그레한 혜윤을 놀리듯 짓궂게 말했다.

"누가 반한대요? 같은 일을 하는 사람으로서 존경스럽다는 거지. 되게 앞서 나가시네."

"요게! 상사한테!"

현준은 혜윤의 머리를 콩 쥐어박고는 키득거렸다. 그런 두 사람의 오순도순한 모습을 그라운드 한편에서 지혁이 흘끔거리고 있다는 것을 모른 채.

훈련이 끝나고, 혜윤은 제일 먼저 용규를 찾았다.

"이용규 선수!"

옥구슬이 은쟁반 위를 구르기라도 하는 듯 맑은 목소리가 그라운드에 울려 퍼졌다. 혜윤의 부름에 용규가 얼굴을 붉히며 혜윤에게 다가왔다.

"의무팀장님이 허벅지 테이핑 하라고 하시네요."

"테이핑요?"

환하게 미소 짓는 혜윤이 고개를 세차게 끄덕이자 머리카락이 찰랑찰랑 움직였다.

"의무실로 가면 돼요?"

"네!"

"샤워하고 갈게요."

"네, 그럼 기다릴게요."

용규의 반응에 선수들 일부가 휘파람을 불어 대며 그를 놀렸다. 혜윤은 가까이에 있던 가장 나이가 어린 미드필더 종수를 불러 세웠다.

"왜 저래요?"

"용규 형, 테이핑 하는 거 끔찍하게 싫어하거든요. 근데, 혜윤 쌤이 하라고 하니까 고분고분 한다고 해서 다들 놀리는 거예요."

종수의 말에 혜윤은 고개를 끄덕이며 아, 하는 입 모양을 만들어 보이고는 용규의 뒷모습을 바라보고 있던 시선을 종수에게로 옮기며 말했다.

"종수 선수도 어디 불편하면 꼭 와요."

혜윤이 생긋 웃어 보이자, 종수가 쑥스러운 듯 머리를 긁적이며 알겠다고 대답했다.

앞으로 혜윤이 터를 잡을 의무실은 참으로 으리으리했다. 아니, 그냥 컸다. 삭막하고 딱딱한 느낌이 들어서 아무도 찾아오고 싶지 않을 것 같은 공간. 누구든 아픈 곳이 있으면 찾아오고 싶게 꾸며야지! 혜윤은 불끈 의지를 다지며 테이핑 키트를 정리했다.

똑똑똑. 의무실 문을 두드리는 소리에 혜윤의 심장도 콩콩콩 뛰었다.

"들어오세요."

샤워를 마쳤는지, 머리칼이 흠뻑 젖은 용규가 의무실 안으로 들어섰다. 사계절 내내 햇볕에 그을린 피부가 얼룩덜룩했다. 작은 눈, 콧대가 낮은 매부리코, 강산FC 미드필더 중 가장 나이가 많은 그는 무섭게 생긴 외모와 달리 그라운드 밖에서는 순하디순한 부끄럼쟁이 같아 보였다.

"여기 앉으셔서 허벅지 걷으세요."

용규는 치과 의자처럼 생긴 진료용 의자에 앉아서는 쭈뼛쭈뼛 반바지를 걷어 올렸다. 혜윤은 야무진 손끝으로 문제가 생긴 근육 한 줄기를 잡아 냈다.

"여기죠?"

"네."

순식간에 테이핑을 마친 그녀는 테이프와 구릿빛 살결 사이에 네임펜으로 별 모양을 하나 그려 넣었다.

"이게 뭐예요?"

"제가 떼기 전까지 떼지 말라고요. 이거 뗐었는지 검사할 거예요!"

"크흡. 네."

용규가 키득거리는 사이, 누군가 의무실 문을 두드렸다.

"네, 들어오세요."

두꺼운 의무실 문 너머로 들려오는 쾌청한 목소리에 지혁은 문을 열고 들어갔다.

뭐야, 저 기묘한 자세는?

훤하게 드러나 있는 남자의 허벅지 사이에 의자를 놓고 앉아서 고개를 푹 숙이고는 마치 남자의 물건에 얼굴을 박고 있는 듯한 혜윤의 기막힌 자세가 지혁의 눈에 들어왔다. 테이핑을 받고 있는 용규는 얼굴이 벌게져서는 혜윤이 하는 양을 내려다보고 있었다.

둘의 그런 모습에 지혁의 미간이 순식간에 좁아졌다. 이유는 알 수 없지만, 괜히 기분이 나빴다.

"하아! 다 그렸다!"

교차하는 테이핑 위에도 별 모양을 그려 넣은 혜윤은 빙그레 웃으며 용규를 올려다보았다. 용규는 얼굴을 붉히며 싱긋 웃어 보였다.

"그럼 내일 아침에 볼게요."

"네, 고마워요."

지혁의 등장에 주눅이 들었는지, 특유의 부끄럼 때문인지 용규는 후다닥 의무실을 나섰다. 혜윤은 첫 테이핑 시전을 기뻐하며 용규의 뒷모습을 바라봤다.

"나도 좀 봐 주죠?"

잔뜩 날이 선 지혁의 목소리에 혜윤은 고개를 돌려 그를 바라봤다.

와! 멋있다!

훈련이 끝난 후, 막 샤워를 마치고 온 그는 신계의 미모를 내뿜고 있었고, 인간계 '여자 사람'은 또 넋을 잃고 그를 바라봤다. 머리카락에서 떨어지는 물방울이 귀찮다는 듯 그가 머리를 흔들어 후드득 털어내자, 슬로모션처럼 물방울이 흩날려 공기 중으로 날아갔다.

혜윤이 멍 때리는 사이, 지혁의 미간이 좁아지고 눈매가 가늘어졌다. 빨리 봐 달라는 재촉의 신호 같았다.

아. 정신 챙기자, 한혜윤.

"네. 어디 불편해요?"

"허벅지."

추운 겨울, 밖에서 오랜만에 몸을 풀어서 그랬는지 머리가 조금 아팠다. 그저 두통약 한 알 얻으려고 의무실에 들렀는데, 다른 남자 허벅지를 주무르고 있는 혜윤을 보자 괜히 심사가 뒤틀렸다. 그 바람에 지혁의 입에선 허벅지라는 단어가 툭 하고 튀어나왔다.

나, 뭐, 샘내? 내가 뭐라고? 저 여자가 뭐라고?

지혁은 진료용 의자에 앉으며 허벅지를 슥 걷어 올렸다. 혜윤은 아무렇지 않게 자신이 앉아 있던 의자를 끌어당겨 그의 다리 사이에 앉았다. 그녀의 숨결이 허벅지에 닿을 듯 말 듯 했다. 맙소사.

부드럽고 따스한 손길로 허벅지를 이리저리 주무르던 그녀가 눈을 동그랗게 뜨는 지혁을 바라봤다. 그 눈빛에 심장이 쿵 하고 내려앉는 것 같았고, 아랫도리에 피가 몰리는 것 같았다. 드디어 미쳤구나, 서지혁.

"허벅지, 정말 불편해요?"

고개를 갸웃해 보이는 혜윤의 미간이 아주 약간 좁아졌다. 왼쪽 눈썹을 추켜세우고, 의심스럽다는 표정으로 자신의 허벅지를 뚫어 져라 바라보는 혜윤의 눈빛에 지혁은 괜히 자세를 고쳐 앉으며 짧게 대답했다.

"네."

"어디요? 짚어 봐요."

혜윤은 콩닥거리는 심장소리가 그의 귀에도 들릴까 봐 숨을 깊게 들이쉬었다가 내쉬었다. 으악! 그래도 소용이 없다. 이렇게 완벽한 허벅지를 실물로 보는 것은 태어나서 처음이다.

키 185cm, 몸무게 79kg, 허벅지 둘레 24인치. 자그마치 24인치! 자신의 허리둘레만 한 위용을 자랑하는 그의 허벅지는 뜨거운 체온이 느껴지지 않았다면 조각이라고 착각할 만한 모습이었다.

"여기."

지혁은 허벅지 한가운데를 손으로 짚어 보였다.

"어떻게 아파요?"

"그냥 얼음찜질이나 했으면 좋겠는데? 자주 그랬어요."

"자주 그랬다고요?"

혜윤의 눈이 순식간에 커다래졌다. 저러다 눈알 빠지면 손으로 받아야 하나? 지혁은 이상한 상상을 하며 자신이 지껄인 소리를 주워 담으려 노력했다.

"그냥, 뭐 신경 쓰거나 하면 허벅지가 아파요."

와! 이건 동네 개가 짖는 소리보다도 설득력이 없다. 개가 짖는

데는 이유라도 있지. 신경 쓰면 왜 허벅지가 아파? 생각하는 허벅지야?

혜윤은 오른손을 말아 쥐고는 동그란 주먹을 만들어 입술에 가져다 대고 흠 하는 소리를 내며 또다시 허벅지를 뚫어져라 바라봤다.

"우울한 허벅지네요."

뭐? 자신의 개소리보다 더 황당한 혜윤의 말에 지혁은 뜨악한 표정을 숨기려 노력했다.

"이런 거 본 적 있어요. 빙판에서 넘어져서 뇌진탕을 일으킨 환자였는데, 엑스레이나 MRI상으로 아무런 문제가 없는데도, 무릎이 계속 아프다는 거예요. 빙판에서 넘어졌다, 뇌진탕을 일으켰다, 난 어디가 다쳤을 것이다, 하는 심리적인 요인에 의해서 나타난 통증이었죠. 우울한 무릎."

말을 마친 혜윤이 의자에서 일어나 차가운 찜질팩을 하나 들고 다가왔다.

아뿔싸. 밖은 지금 영하 5도. 왜 얼음찜질이라고 했을까? 온열찜질 해 달라고 할걸.

혜윤은 커다란 수건으로 찜질팩을 감싸더니 지혁의 오른쪽 허벅지 위에 올렸다.

"앗! 차거!"

"많이 차가워요? 수건 하나 더 댈까요?"

지혁은 그저 고개를 끄덕끄덕 해 보였다. 혜윤은 두꺼운 수건을 하나 집어서 찜질팩을 말고는 지혁의 허벅지 위에 올려 주었다. 아무런 온도도 느껴지지 않고, 그저 포슬포슬한 수건 몇 장이 올라와 있는 기분이었다.

"아무런 온도도 안 느껴지죠?"

"네."

"근데 기분은 좀 괜찮은 것 같아요?"

"뭐, 네."

"다행이네요. 우울한 허벅지를 속이는 거예요. 나는 지금 치료받는 중이다! 하고. 헤헤."

혜윤의 웃음에 두통이 싹 가시는 기분이었다.

나는 지금 머리가 아픈데, 우울한 허벅지를 치료받는 중이다. 그런데 머리가 아프지 않다. 머리는 아프지 않은데, 심장이 쿵쾅거린다.

지혁은 괜히 피식 하고 웃음이 났다. 그 웃음을 본 혜윤의 얼굴이 묘하게 굳어 갔다. 처음 면접에서 맞닥뜨렸을 때부터 저런 표정이었다.

피식 웃어 보이는 그의 얼굴에 혜윤은 심장이 쿵 하고 내려앉을 뻔했다. 신계 남자 미모가 여자 사람의 심장에 미치는 영향에 대한 연구 논문이 혹시 있을까? 혜윤은 정신을 똑바로 차려야겠단 생각을 하며 마음을 가다듬었다.

"아오! 두근거려."

벅찬 가슴을 진정시키려다 보니 습관대로 생각하던 걸 입밖으로 내뱉었다. 그런데 뭔가 서늘한 느낌이 든다. 나 지금 뭐랬니?

고개를 들자 지혁이 눈을 휘둥그렇게 뜨고 혜윤을 내려다보고 있었다. 혜윤은 어색하게 웃으며 재빨리 변명을 했다.

"하핫! 제가 카페인에 좀 예민하거든요. 카페인이 강심(強心) 효

31

과 있는 거 아시죠? 아까 팀장님이 아메리카노를 한 잔 사다 주셨는데, 이게 디카페가 아니었나 보네요. 아오. 두근거려."

머릿속에 떠오르는 생각을 혼잣말로 내뱉는 버릇은 수련의 과정을 밟을 때부터 시작되었다. 주 100시간 근무, 일은 많아서 눈코 뜰 새 없이 바빴고, 잠은 항상 부족했고, 마음은 헛헛했다. 남들보다 어린 나이에 시작한 일이기에 실수를 저지르면 나이가 어려서 그렇다는 인상을 줄까 봐, 해야 할 일을 잊지 않으려 노력했다.

할 일을 입으로 내뱉으며 기억하고, 잘할 수 있다 자신을 스스로 다독이는 말들을 혼자서 읊조리곤 했었는데. 왜 하필 그런 말을 이 남자 앞에서 했는지 혜윤은 당황해 고개를 숙였다.

지혁은 얼굴이 빨갛게 달아올라서는 변명을 늘어놓는, 조금은 귀여워 보이기까지 하는 여자의 얼굴을 물끄러미 바라봤다. 그녀는 자신이 한 말에 대한 일말의 수긍을 원하는 듯 보였다. 그런데 그러기가 싫다.

"나 보고 두근거린 건 아니고?"

정확히 말하면, 내 허벅지?

괜히 놀려 주고 싶은 생각에 지혁은 짓궂은 말을 내뱉었다. 혜윤의 얼굴이 당황스럽게 일그러지는가 싶더니, 어색한 미소를 만들어 낸다. 귀엽다, 이 여자.

"세상 모든 여자가 서지혁 선수 보고 두근거린다고 착각하는 건 아니죠?"

"꼭 그런 건 아닌데요?"

한혜윤은 그런 거 같다? 지혁은 뒷말을 삼키고 웃음을 참으려 혀끝을 깨물었다.

혜윤이 카페인의 강심 효과에 대해 다시 늘어놓으려는 찰나 의무실 문이 벌컥 열렸다. 의무팀장 현준이었다.

"혜윤아!"

"네."

자신을 부르는 소리에 혜윤은 재빨리 몸을 일으켜 뒤쪽에 있는 문을 향해, 지혁을 등지고 섰다.

고마워요, 팀장님! 엉엉.

"어? 지혁 선수 있었네?"

"예, 팀장님. 안녕하세요?"

지혁의 인사에 현준이 고개를 끄덕이며, 혜윤에게 시선을 옮겼다.

"퇴근 전에 의무실 비품 재고 리스트 작성해서 보고해. 당장 급하게 필요한 것부터 주문 넣어야 하니까."

"네, 팀장님."

혜윤이 안도의 한숨을 내쉬며 돌아서려는 찰나, 현준의 목소리가 다시 들려왔다.

"아, 맞다! 네 커피 디카페다. 야, 요 앞에 그거 없어서 나 저기 길 건너 콩다방까지 갔다 왔다. 애껴 먹어라."

쿵. 의무실 문이 닫히고, 혜윤은 그대로 굳었다. 그는 왜 하필 지금 나타나서 디카페 아메리카노 톨 사이즈에 관한 공치사를 해야 했을까. 고맙다는 말 취소다. 혜윤의 뒤에서 서지혁의 사악한 웃음소리가 들려왔다.

"플라시보 효과라고 알아요?"

갑자기 심각한 표정을 지으며 혜윤이 고개를 돌려 지혁을 바라봤다.

뭐? 지혁은 고개를 갸웃하고는 혜윤을 바라봤다.

"위약 효과요. 약효가 없는 가짜 약을 진짜 약으로 속여서 환자에게 주는 거예요. 근데 환자의 병세가 호전되는 거죠. 심리 상태에 따라 증세의 강도가 변할 수도 있는 만성 질환자의 경우 플라시보 치료가 효과가 있을 때가 있거든요."

혜윤은 다시 의자를 끌어당겨 지혁의 앞에 앉았다. 그녀는 자그마한 손을 뻗더니 먹다 남은 아메리카노가 담긴 잔을 들어 보였다.

"플라시보."

뭐가 어쨌다는 거야? 지혁은 이해가 되지 않는다는 얼굴로 혜윤을 바라봤다.

"난 여기 카페인이 들어 있다고 믿었던 거예요. 그래서 심장이 더 두근거린다고 생각한 거죠."

웃어야 할까? 말아야 할까? 지혁은 심각한 표정을 짓고 자신을 끝까지 대변하는 그녀가 아까부터 계속 귀여워서 미쳐 버릴 것 같았다.

"그럼, 우울한 허벅지하고 같은 건가?"

"뭐, 그럴 수도 있는데, 내가 지혁 선수한테 허벅지가 우울하다고 말해 버렸네요. 이걸 어쩌나. 환자가 몰라야 효과가 있는 건데."

일부러 미안한 표정을 만들어 내는 그녀의 얼굴을 마주하자 지혁은 참고 있던 웃음이 피식 하고 터져 나왔다. 그래, 오늘은 이만 인정해 주지, 초코송이 아가씨.

"인정. 플라시보 인정."

아오. 다행이다. 혜윤은 등줄기에 식은땀이 흐르고 두피에서는 한기가 느껴지는 것 같았다. 순간 커다란 손이 그녀의 정수리에 닿더니, 찰랑대는 머리카락을 이리저리 흩트려 놓았다. 혜윤은 깜짝 놀라 눈을 동그랗게 뜰 뿐 아무 말도 하지 못하고 또다시 굳어 버렸다.

"우울한 허벅지는 이제 안 우울한 것 같으니 난 그만 가 볼게요. 다시 우울해지면 올게."

지혁은 허벅지 위에 놓여 있던 찜질팩을 진료대 위에 올려놓고, 유쾌한 미소를 지어 보이며 의무실을 나갔다.

눈만 껌뻑껌뻑거릴 뿐 혜윤은 잘 가라는 인사도 하지 못했다.

✚

침대에 누운 혜윤은 의무실에서 있었던 일을 하나하나 되짚어 보았다. 아, 두근거린다는 혼잣말만 아니었어도 그렇게 허둥지둥하지 않았을 텐데⋯⋯.

남자들 사이에서 지내는 건 하나도 불편하지 않았다. 남자 형제들 사이에서 자랐고, 전공의 시절 정형외과에 여자는 혜윤 하나뿐이었다. 그래서 팀 닥터로서의 일도 전혀 불편하지 않을 거로 생각했는데, 불편해질 것만 같다. 서지혁, 그 남자 때문에.

근데 왜? 대체 왜? 여태껏 남자들과 생활하는 게 불편하지 않았는데, 왜 서지혁은 불편한 걸까?

컴컴한 방 안에 섬광이 번뜩이듯 머릿속에 결론이 떠올랐다.

서지혁을 이성으로 보고 있구나. 나란 여자. 성적 정체성에 이상이 있는 게 아니었어. 그저 눈이 높았던 거였어. 외모지상주의 이

35

상형관의 절정이구나. 나란 여자. 얼굴 뜯어먹으며 살고 싶은 여자였구나.

살아생전 남자를 보고 이리도 심장이 두근거렸던 적은 없었다. 아, 딱 한 번 있었다. 첫사랑이었던 이재하. 열네 살, 가슴이 뜨거워지는 느낌이 무엇인지 알려 주었던 그. 그는 미치도록 설레는 존재였지, 불편한 존재는 아니었다. 왜? 자신이 좋아한다는 것을 깨닫자마자 이야기해 버렸으니까.

불편하지 않으려면, 서지혁한테 고백해야 하나? 나 사실 당신 보면 두근거려요, 하고? 아니다. 안 되는 일이다. 보기 좋게 차일 게 뻔한데. 차이고 나서 그와 같은 팀에서 계속 같이 일을 할 수 있을 만큼 자신이 강심장은 아닐 것 같다. 이전에는 참으로 강심장이라고 생각하며 살아왔는데.

스트라이커 페티시도 아니고, 왜 마음을 뺏긴 남자마다 스트라이커냐? 축구에는 수비수도 있고, 골키퍼도 있고, 미드필더도 있고……. 12년 전, 이제는 가물가물해진 기억 속 재하의 얼굴을 떠올려 보았다.

소년에서 남자의 모습으로 변해 가고 있던 첫사랑의 모습을 떠올리자 혜윤은 아득한 그리움이 몰려오는 것만 같았다. 소년 이재하의 얼굴을 똑바로 마주하지도 못했던 소녀 한혜윤은 그의 따스하고 깊었던 눈동자만큼은 또렷이 기억하고 있었다. 잘 살고 있을까?

재하에 대한 궁금증과 동시에 기억 속 소년의 눈동자와 무척이나 닮은 눈빛을 가진 지혁의 모습이 오버랩 되었다. 계속 축구를 하고 있었다면, 서지혁만큼 유명한 선수가 되지는 않았을까?

사무실에서 찾아본 선수협회에 등록된 선수 명단에 이재하는 없었다. 지금쯤 무얼 하며 살고 있을까? 지혁을 보고 두근거렸던 건 아련하게 닮은 그 눈빛에 끌리게 된 걸까?

혜윤은 지혁에 대한 불순한 생각과 자연스럽게 떠오르는 재하에 대한 그리움을 떨쳐 내려 이불 속에서 헛발질을 해 대며 침대 위를 데구루루 굴러다녔다. 십이지가 한 바퀴 도는 세월이 지난 후에야 나타난 가슴 뜨거운 감정에 혜윤은 몸 둘 바를 몰랐다.

그래, 만약에 고백했는데 받아 주면? 소위 말하는 사내연애?

사내연애는 개뿔, 5천만 국민과 국외에 있는 그의 팬들의 안티가 될 것이다. 서지혁과 사귀면 안 되는 이유가 한때 인터넷을 뜨겁게 달궜었다. 내용이 정확히 뭐였더라? 만인의 연인인 서지혁과 사귀면 만인의 적이 된다. 흑역사가 담긴 과거사가 노출될 수 있다.

아! 졸업 사진. 혜윤은 통통했던 시절 찍었던 초등학교 졸업 사진을 떠올리며 베개에 닿아 있는 머리를 세차게 흔들었다. 떡 줄 놈은 생각도 없는데, 혼자서 북 치고, 장구 치고, 상모 돌리고, 깨춤까지 추고 있구나. 혜윤은 몸서리를 치며 온몸에 이불을 돌돌 말았다.

✦

"우리 딸 얼굴이 왜 그래? 어제 많이 힘들었어?"

머리가 산발이 된 채, 침대에 앉아 엄마가 주는 사과 브로콜리즙을 들이켜는 혜윤의 얼굴엔 어두운 그림자가 드리워져 있었다.

"아니."

"그럼 왜?"

"엄마."

"응. 딸."

엄마는 헝클어진 혜윤의 머리를 손가락으로 빗어 내려 주며 되물었다.

"엄마랑 아빠랑 어떻게 만났어?"

"일종의 소개팅."

"아…… 맞다. 아빠가 먼저 고백했어?"

"당연하지, 그럼 엄마가 먼저 했겠니?"

"아."

김자희 여사는 왜 그러느냐는 듯 눈썹을 치켜세우고 혜윤을 바라봤다.

"난 어떻게 시집가지?"

"아침 댓바람부터 갑자기 무슨 시집 타령이야? 얼른 나와서 씻고 밥 먹어. 너 그러다 늦겠다."

혜윤의 방을 나서며 김자희 여사는 빙그레 미소 지었다. 세상에서 제일 무서운 촉은 딸 가진 엄마의 촉이다.

우리 딸도 드디어 선천적 독신 상태, 즉 모태 솔로에서 벗어나는 거야?

김자희 여사는 마치 자신이 사랑에 빠지기라도 한 듯 얼굴이 발그레해져서는 어깨춤을 추며 계단으로 향했다.

✚

2월의 찬 공기 틈으로 따스한 햇볕이 내리쪼이는 연습구장, 몸을 풀고 있는 선수들의 얼굴이 눈에 들어왔다. 눈이 부신 서지혁의 얼굴도. 10미터 간격을 두고 이쪽으로 뛰었다, 저쪽으로 뛰기를 반복하던 그가 혜윤이 서 있는 쪽을 바라보더니 환한 미소를 지어 보이며 손을 흔들었다. 헉. 또다시 혜윤은 심장이 내려앉을 듯 쿵쾅거렸다.

"어이."

"네, 팀장님."

"무슨 생각해?"

"아니에요. 선수들 관찰하느라."

"내일부터는 훈련 들어가기 전에 선수들 상태부터 점검해. 인저리 테이블(Injury Table: 부상 선수의 상태와 회복 시기 등을 적은 표) 만들어서 나한테 보고하고."

"네."

혜윤은 현준이 하는 말을 열심히 태블릿 PC에 입력하고 있었다.

"아, 그리고 영양사랑 식단 협의도 해야 할 거야."

"영양사요?"

"응, 오늘부터 출근한다고 하데? 이따 인사하고, 내일부터는 식단 관리해. 그리고 다음 주부터 새로 지은 숙소에 선수들 입소할 건데, 나도 들어갈 거거든. 숙소로."

"그럼 저도 가요?"

혜윤이 기대감 어린 표정으로 현준을 올려다보았다.

"아니."

"왜요? 전 왜 안 가요? 팀 닥터가 당연히 가야죠."

혜윤의 목소리가 튀어 올랐다. 그 소리가 좀 컸던지 지혁이 시선을 옮겨 자신을 쳐다보는 게 느껴졌다. 아, 그만 봐야지. 자꾸 눈 마주치네.

"구단주가 안 된다고 했대."

혜윤은 잔뜩 뿔이 난 얼굴로 현준을 쏘아보았다. 상사라며 맨날 갈구기나 하고, 그 정도는 해결을 해 줘야지. 그럼 나만 집에서 출퇴근하라는 거야?

"그 표정 뭐야, 한혜윤?"

"아니에요."

현준이 무섭게 인상을 구기자, 혜윤은 깨갱 하고 시선을 내렸다.

"뭐, 합숙소 개소식 때, 구단주 온다니까 그때 한번 따져 보든가."

"네."

혜윤은 불끈 의지를 다지며 입술을 실룩거렸다.

"오늘 골키퍼 한결이 손목 다시 봐 줘라."

"넵!"

삭막하던 의무실 안이 하루 만에 복작거리기 시작했다. 혜윤이 집에서 들고 온 블루투스 스피커에서는 제프 버넷의 달콤한 음성이 울려 퍼지고 있었다. 막 의무실에 들어와 진료의자에 앉은 한결의 표정이 좋지 않다.

"아까 펀칭(공을 주먹으로 쳐 내는 동작) 하다가 손목이 뒤로 꺾였지?"

"네."

"어디 보자."

한결의 손목이 퉁퉁 부어올라 있었다.

"일단 냉찜질부터 할게."

혜윤이 한결의 손목에 찜질팩을 둘러서 묶어 주는 사이 누군가 문을 두드리는가 싶더니, 의무실로 들어왔다. 고개를 슬쩍 돌려 보니 서지혁이었다. 표정이 묘하게 굳어 있는 게 오늘은 어디가 정말 많이 안 좋은 듯 보였다.

"찜질 10분만 할게."

"네."

혜윤은 인상을 잔뜩 구긴 채 진료용 침대에 벌러덩 누운 지혁에게 다가갔다.

"안녕하세요? 지혁 선수, 어디 안 좋아요?"

"몸이 덜 풀렸었는데, 뛰었나 봐요. 무릎이 뻣뻣해요."

"예전에 십자인대 부상당했던 적 있죠?"

지혁은 그렇다고 고개를 끄덕여 보였다. 혜윤은 얼음 찜질팩을 하나 들고 와서는 얇은 수건을 덧대고 지혁의 오른쪽 무릎 위에 올린 후 커다란 수건으로 한 바퀴 빙 둘러서 단단하게 고정했다.

"오늘은 차가워도 참아요."

그래, 아플 때 손이 닿으니까 아무 느낌 없잖아. 지혁은 또 이상한 생각을 하며 피식 웃었다.

의무실 안에 익숙한 노래가 흘러나오고 있었다. 제프 버넷이네? 지혁은 고개를 돌려 책상 앞에 앉아 열심히 무언가를 작성하고 있는 혜윤에게 물었다.

"제프 버넷이네요?"

"네, 노래 좋죠?"

"재즈 힙합 좋아하나 봐요?"

"꼭 그런 건 아닌데, 그냥 귀에 안 거슬리고 듣기 편해서요."

지혁의 고개가 다시 제자리로 돌아왔다. 어디선가 은은한 라벤더 향이 느껴졌다. 소독약 냄새 가득했던 의무실과는 전혀 어울리지 않는 꽃향기에 지혁은 다시 고개를 돌려 혜윤이 있는 곳을 바라봤다. 혜윤의 책상 위, 유리병에 담긴 하얀 초에 자그마한 불꽃이 일렁이고 있었다.

"그건 뭐예요?"

지혁의 질문에 혜윤이 태블릿 PC에 고정했던 눈을 들어 침대에 누워 있는 지혁을 바라봤다.

"뭐요?"

"그 책상 위에 있는 거."

"아. 소이왁스 캔들이요. 엄마가 문화센터에서 만들었다고 주셨어요. 라벤더가 심신안정에 좋다나 뭐라나."

어깨를 으쓱해 보이는 혜윤을 보고 또다시 지혁은 피식 웃음이 새어 나왔다. 은은한 꽃향기와 잔잔한 음악에 괜히 기분이 좋아져서 스르르 잠이 쏟아질 것만 같았다.

"어이, 결."

"넵."

"여기 전화번호 좀 찍어 봐."

"오오. 쌤 지금 내 번호 따는 거예요?"

"까불지 말고 얼른 찍어."

둘의 대화에 지혁은 귀 근처의 근육이 어마어마하게 확장되는 기분이 들었다.

"지금 손목에 두르고 있는 얼음 팩 3개 챙겨 줄 거야. 집에 가서 정시마다 15분씩 얼음찜질해야 해. 알겠어?"

"네."

"전화해서 검사할 거야. 꼭 해."

"네. 근데 전화로 내가 하는지 마는지 어떻게 알아요? 히히."

"영상통화는 요즘 괜히 있나?"

혜윤이 눈을 슬쩍 흘기자, 한결이 키득키득 웃었다.

뭐야? 둘이 영상통화도 하겠다는 거야? 오밤중에? 지혁은 또 괜히 심통이 났다. 둘의 대화에 배경음악으로 깔리는 제프 버넷의 달콤한 멜로디가 갑자기 귀에 거슬렸다. Call you mine? 내 거라고? 코끝을 자극하는 꽃향기도 메스꺼웠다. 유쾌하게 웃는 혜윤의 웃음소리에 심장이 쿵덕거리기 시작했다.

슬쩍 눈을 떠서 보니 혜윤이 한결의 손을 잡고 있었다. 손을 잡다 못해, 얇고 가느다란 하얀 손가락과 굵고 두꺼운 검은 손가락이 하나하나 겹치더니 깍지를 꼈다.

뭐야? 지금 둘이 뭐 해? 내가 여기 있는데? 아니, 내가 뭐라고? 둘이 뭘 하든 무슨 상관이야?

혜윤은 한결의 손을 잡고 그의 손목을 슬쩍 뒤로 밀어 보았다.

"이렇게 하면 아파?"

"아뇨. 거기까진 괜찮아요."

"그럼, 이 정도는?"

혜윤은 한결의 팔꿈치를 잡고 있는 손에 힘을 주고 그와 깍지를 낀 손을 최대한 뒤로 밀며 물었다.

"아! 그건 아파요."

"내일부터는 무조건 테이핑 하고 들어가. 요즘 손에 테이핑 안 하고 들어가는 골키퍼가 어디 있어?"

"아, 테이핑 싫은데. 장갑 안에 세이브패드(관절 보호용 지지대) 있어서 괜찮은데……."

"선수가 자기 몸은 스스로 지켜야지. 귀찮고 싫다고 안 하다가 부상당하면 본인 손해야."

"네. 근데, 누나, 이따 정말 전화할 거예요?"

"이게 얻다 대고 누나야? 선생님이라고 불러."

혜윤은 단호한 표정을 지으며 미간을 좁혀 보였다.

"네."

"전화 피하면 죽는다."

"흐흐. 영상통화라면서요? 형들하고 다 같이 받아야지."

"형들? 아직 숙소 없잖아."

한결은 쑥스러운 듯 머리를 긁적이며 대답했다.

"집이 멀어서, 골키퍼들끼리 같이 자취하거든요."

"아, 그래? 힘들었겠다. 선수들이 뒷바라지해 주는 사람도 없이……."

혜윤은 찜질팩이 담긴 조그마한 종이가방을 건네며 말했다.

"자. 이제 가 봐."

"네, 누나."

"선. 생. 님!"

혜윤이 선생님이라는 호칭으로 스타카토 교정을 해 주자, 한결이 키득키득 웃었다.

"네, 선생님! 키키."

한결은 한쪽 눈을 찡긋해 보이고는 키득거리며 의무실을 나갔다.

저게 누구한테 수작이야? 배알이 뒤틀린 지혁은 푹신한 침대가 딱딱한 바윗돌처럼 느껴졌다.

"자, 이제 볼까요?"

혜윤이 의자를 끌어당겨 지혁의 무릎을 살피려 하는데 누군가 의무실 문을 벌컥 열었다. 혜윤은 고개도 돌리지 않고 말했다.

"네, 팀장님."

"오메, 난 줄 어떻게 알았어? 깜짝이야."

"노크 안 하고 문 벌컥 여시는 분은 팀장님밖에 없어요."

혜윤은 몸을 돌려서 현준을 보고는 생긋 웃어 보였다. 현준은 손에 들고 있던 무언가를 던지며 말했다.

"이런 거 챙기는 사람도 나밖에 없지?"

혜윤은 포물선을 그리며 날아오는 무언가를 낚아채고는 배시시 웃었다.

"스트라이크!"

"오오. 피는 못 속이네."

"오오. 아이스크림이네? 잘 먹을게요."

"누워 있는 거, 서지혁 선순가?"

"네."

지혁은 퉁명스레 대답하곤 왼손을 들어 까딱해 보였다.

"미안해서 어쩌나. 혜윤이 것만 사 왔는데."

"괜찮아요. 단 거 안 좋아해요."

"그래. 혜윤아, 내일부터 인저리 테이블에 과거 부상 부위랑 횟수도 집어넣어라."

일 시키는 데 도사 현준은 날마다 달달한 간식거리를 던져 주며, 혜윤의 일을 하나씩 하나씩 늘려 갔다. 혜윤은 어깨를 으쓱해 보이며 씩씩하게 대답했다.

"네!"

"그럼 수고해들."

혜윤은 왼손으로 현준이 준 아이스바를 쥐고 오른손으로 바닥을 툭툭 쳐서 껍질을 벗겨 냈다. 사과 맛과 딸기 맛이 이상하게 꼬인 빨간색 아이스바를 입에 물고는 지혁의 무릎을 이리저리 살폈다.

"압박붕대를 좀 감아 둬야 할 것 같은데……. 괜찮죠?"

"네."

"그럼 자리 좀 옮길까요? 진료의자가 더 편할 것 같은데."

지혁은 몸을 일으켜 진료의자에 털썩 앉았다. 혜윤은 압박붕대를 손에 들고 의자를 끌어당겨 지혁의 다리 사이에 앉았다. 그녀가 빨간 기둥 모양 아이스바를 츄릅 소리 내며 빨아들이더니, 예쁜 입술로 빨간 기둥을 감싸 문 채로 붕대 포장을 뜯어낸다.

지혁은 정신이 사나워서 눈을 질끈 감았다가 떴다. 아이스바는 왜 하필 저런 모양이고, 이 여자는 왜 하필 내 다리 사이에 앉아서 저걸 입에 물고 츕츕거리는 거야! 지혁은 자꾸만 머릿속에 떠오르는 야릇한 이미지에 몸을 부르르 떨었다.

"왜 그래요? 설마 압박붕대가 무서운 건 아니죠?"

"아니요."

지혁은 재빨리 고개를 내저었다. 혜윤은 입에 물고 있던 아이스바를 한 손에 들었다가, 다른 한 손으로 붕대를 들었다가 한숨을 내쉬더니 아이스바를 지혁에게 내밀었다. 뭐야? 이걸 나한테 먹으라는 거야?

"들고 있어 줘요. 이거 둘 데가 없네?"

뜯질 말았어야지!

지혁은 이걸 입에 물고 있는 걸 계속 보고 있느니, 차라리 자신이 들고 있는 게 낫겠단 생각을 하며 문제의 아이스바를 받아 들었다. 빨갛게 물이 들어서 달콤한 향을 품고 반짝이는 혜윤의 조그만 입술이 자꾸만 눈에 들어왔다.

지혁은 마른침을 꿀꺽 삼키다 말고, 자기도 모르게 아이스바를 덥석 물었다.

아이스바가 치아에 닿아서 서걱거리는 소리가 들리자 붕대를 감고 있던 혜윤이 고개를 들어 지혁을 바라봤다. 뭐야? 저걸 왜 먹어? 이거 설마, 가……간접 키스? 혜윤은 심장이 콩닥거리고, 얼굴이 화르르 달아오르는 것 같았다.

"뭐예요? 그거 왜 먹어요?"

"녹아서 흐르잖아요. 내 백만 불짜리 허벅지에 떨어질까 봐."

지혁은 순식간에 문제의 빨간 기둥을 먹어 치우고는 나무 막대기를 쓰레기통으로 던져 넣었다. 혜윤은 떨리는 손끝을 조심스레 움직여 압박붕대를 고정했다.

"다 됐어요."

"오늘은 안 두근거렸어요?"

혜윤이 입을 댔던 아이스바를 먹어 치운 게 민망해서 지혁은 괜히 혜윤을 놀려 댔다.

"심장은 원래 두근거려요."

"내 말은 심박동 수가 올라갔느냐 이거지."

혜윤은 자신의 목 아래에 검지와 중지를 대고는 벽에 걸린 시계를 바라봤다.

"지극히 정상이네요."

아니, 터질 것 같다. 심장이 제 속도를 잃고 과속하고 있다. 뭐야, 나 붕대 감던 손 떨고 있던 거 들킨 거야? 침착하자, 한혜윤. 그냥 내가 소속된 팀의 선수야. 그냥 팬심 정도만 유지하자고.

팬심 맞나? 팬심과 흑심의 사이에서 외줄타기를 하는 듯 혜윤의 심장이 콩닥콩닥 뛰었다. 혜윤이 뭐라 변명을 늘어놓으려는 찰나, 의무실 문을 두드리는 소리가 들려왔다.

"어이."

"어? 왔어요? 잠깐만요."

용규가 지혁의 바로 옆에 있는 진료의자에 앉으며 허벅지를 걷어 올렸다.

"오늘은 괜찮았어요?"

"어, 덕분에."

혜윤은 의자를 끌어당겨서 용규의 앞에 자리를 잡고 앉았다.

"오늘은 테이핑 안 해도 될 것 같다고 팀장님이 그러시더라고요?"

"그래? 다행이다."

"거봐요. 필요할 때 한 번 하니까, 금방 괜찮아지잖아요."

"그러게."

혜윤이 하는 말이 마치 무슨 신의 계시라도 되는 듯 고개를 끄덕이는 용규의 모습에 지혁의 입술이 묘하게 비틀어졌다.

"근데 내일 아침에 연습 들어갈 땐 다시 해야 할 것 같으니까, 아침에 한 번 더 와요."

"그래, 그럴게."

뭐야? 잠깐만요. 이건 짚고 넘어가십시다. 용규 형은 말도 놨어?

마치 친한 사람들처럼 대화를 나누는 둘을 지혁이 물끄러미 바라봤다. 한결한테는 영상통화도 하고, 용규형은 말도 놓게 하고, 왜 나한테만 이렇게 사무적이셔? 지혁은 가슴 가득 심술이 차오르는 것 같았다.

혜윤이 수건을 더 가져와야겠다며, 의무실 밖으로 나간 사이 용규가 지혁을 향해 물었다.

"서지혁, 다 한 거 아니야?"

"아, 선배. 다 했어요."

"근데, 왜 안 가?"

"이제 갈 거예요. 선배야말로 테이핑 정도는 선배가 뜯으면 되지. 왜 굳이 팀닥 시켜요?"

뜻하지 않게 신경 쓰인다는 뉘앙스가 툭 하고 튀어나왔다. 아, 젠장.

"어떻게 뜯는지 구경할래?"

뭐? 그걸 왜 구경해? 재미있어 하는 용규의 표정에 지혁은 슬쩍 얼굴을 구겼다.

혜윤이 돌아오자 용규는 이내 부끄럼쟁이 코스프레를 하고 있었다. 참 내, 기가 막혀서. 혜윤이 의자에 앉자 용규는 고통스럽다는 얼굴을 하고는 울상을 지었다.

"따가워도 좀 참아요."

"응."

혜윤이 손톱 끝으로 테이핑 끝을 긁어내는가 싶더니 슬쩍 떼어내며 입으로 호호 불었다. 용규가 슬쩍 미소를 지으며 입 모양으로 요거 봐, 하고 말했다. 그냥 북 뜯어내면 되지, 지금 뭐 하는 거야? 지혁이 황당한 얼굴로 혜윤을 쏘아봤다.

"안 가요?"

갑자기 고개를 쳐든 혜윤이 묻는 말에 지혁은 왼발을 들어 보였다.

"발목이 좀 이상해요. 여기도 좀 봐 줘요."

"그럴게요."

온갖 정성을 다 쏟아부어서 테이핑을 제거한 혜윤이 생긋 웃어 보이자 용규가 얼굴을 붉히며 의무실을 나섰다. 스티커 제거제라도 사다 줄까? 뿌리고 확 뜯어 버리라고?

혜윤은 지혁이 앉아 있는 진료용 의자의 버튼을 하나 눌렀다. 그러자 왼쪽 종아리 부분의 의자가 지잉 하는 소리와 함께 위로 올라왔다.

"어떻게 불편해요?"

"좀 뻐끗한 것 같아."

"축구화 끈은 꽉 묶고 달리는 거죠?"

"당연하지."

"근데 왜 반말이에요?"

혜윤이 퉁명스레 묻자, 지혁은 또 심사가 뒤틀렸다.

"왜? 한결하고는 영상통화도 하고, 용규 형은 테이핑도 직접 뜯어 주면서, 난 말도 놓으면 안 돼? 이력서 보니까 나보다 두 살 어리던데?"

아. 내가 정말 미쳐 돌아가고 있구나. 지혁은 자신이 내뱉은 말을 되새김질해 보았다.

혜윤이 피식 웃으며 지혁의 발목을 이리저리 살피더니 입을 열었다.

"한결은 치료받는 걸 죽어라고 싫어해요. 아마 부상을 들키기 싫은 거겠죠. 골키퍼 주전 자리는 이미 선배 두 명이 차지하고 있고……. 부상이 없는 상태에서 언제든 경기장으로 뛰어 들어갈 수 있게 준비된 모습으로 있고 싶어 해요. 그러다 심각한 부상이라도 입으면 영영 경기장에 들어설 수 없다는 것도 모르고. 우선은 팀 닥터인 나랑 친해지는 게 중요한 선수예요. 나한테까지 부상을 숨기고 피하면 안 되니까."

지혁은 저도 모르게 고개를 끄덕였다. 한결이 자신의 위치를 많이 불안해하고 있다는 것을 지혁도 알고 있었다.

"그리고 용규 선수. 햄스트링(허벅지 뒤 근육) 부상이 반복적으로 발생해요. 성격이 급한 탓인지 충분한 워밍업 없이 바로 연습에 돌입하는 게 문제죠. 본인의 몸 상태를 아직도 잘 모르다니, 안타깝죠. 그러면서 자존심도 세서 테이핑을 또 죽어라고 싫어해요. 어떤 표정으로 여기 앉아 있는지 뻔히 아는데, 일단 용규 선수도 지금은 나랑 친해져서 신뢰감을 쌓는 게 더 중요해요. 난 해치지 않아요, 하고. 흐흣."

자신이 한 말이 쑥스러운 건지 우스운 건지, 혜윤은 어깨를 으쓱해 보이더니 얼굴을 붉혔다. 생각보다 선수들 성향도 빨리 파악하고, 제법 똑똑하게 선수들을 대하고 있었다. 자신이 갖고 있는 이

점도 한껏 이용하면서. 근데 나한테는 왜 그러실까?

"그럼 나는?"

"네?"

혜윤은 고개를 들어 지혁을 바라봤다.

"나는 어때 보이느냐고."

"좀 심심해 보이네요."

뭐? 심심해 보여? 뭐가? 지혁은 자신의 발목을 열심히 살피는 그녀를 물끄러미 바라봤다.

"어제 허벅지도 그렇고, 오늘 발목도 그렇고. 크게 이상이 있는 것 같지는 않은데 의무실에 오래 있는 걸 보면. 심심해요? 말 상대가 필요해요?"

맑은 눈동자를 굴려서 자신을 바라보는 혜윤의 눈빛에 지혁은 온몸이 굳어지는 것만 같았다. 그래. 뭐, 심심한가? 외로운가? 좀 그런 것 같기도 하고, 16살 이후로 10년 넘는 세월을 스페인에서 살았다. 고향인 강산시로 돌아오긴 했지만 지혁은 많이 외로웠고, 많이 고달팠다.

"그럼, 심심할 때 놀러 와도 돼?"

"자, 지혁 선수, 따라 해 볼까요?"

지혁은 고개를 갸우뚱하며 혜윤을 바라봤다. 뭐? 뭘 따라 해?

"의무실은."

"의무실은."

지혁은 무언가에 홀린 듯 혜윤이 하는 말을 또박또박 따라 했다.

"놀이터가 아니다."

"놀이터가 아니다."

"그러니까 놀러 오지 마요."

Qué tontería!(이런 멍청이!) 지혁은 멍한 표정으로 혜윤을 바라봤다. 호기롭게 눈동자를 빛내는 그녀의 모습에 괜한 승리욕이 발동했다. 대체 어느 위치에서 공격 포인트를 달성해야 하는 걸까?

"막 이기고 싶죠?"

하! 자신의 마음을 읽어 내기라도 한 듯 혜윤이 까만 눈동자를 빛내며 물었다.

"지혁 선수는 나랑 말싸움해서 이기고 싶으면 여기 와요."

"뭐?"

"뭐, 경기에서 지거나, 연습이 잘 풀리지 않거나, 다른 선수들과 트러블이 생긴다거나……. 승리욕이 강한 지혁 선수는 누군가를 이기면서 기분이 좋아지고, 스트레스가 풀릴 거예요. 그렇죠?"

"뭐, 선수라면 누구나 그렇지 않을까?"

"최고의 위치에 있는 선수일수록, 이기는 맛을 아는 선수일수록 그런 마음이 더 강하겠죠? 하드웨어 관리뿐 아니라, 적절한 스트레스 관리를 통한 심리적 안정도 선수한테는 중요하잖아요."

지혁은 어쩔 수 없다는 듯 고개를 끄덕여 보였다.

"그럼, 기분이 안 좋을 때, 팀닥을 이겨 먹으러 의무실에 오라는 거야?"

혜윤은 빙그레 미소 지으며 고개를 끄덕였다.

"여자를 이겨 먹으라고?"

혜윤은 터져 나오려는 웃음을 참으려 입술을 비틀며 눈썹을 치켜뜨고 물었다.

"내가 여자로 보여요?"

맙소사. 지혁은 혜윤의 수에 자신이 걸려든 것 같은 기분이 들었다. 허탈한 웃음이 새어 나왔다. 무릎 부상이 다시 도진 것은 아닌지 걱정하며 의무실을 들어섰었는데, 그런 걱정은 말끔히 퇴장당했다.

혜윤의 얼굴에 웃음기가 가시고 진지함이 어렸다.

"언제든 와요. 몸이 힘들건, 마음이 힘들건. 의무실은 항상 열려 있으니까."

○○랜드는 여러분의 것입니다. 하는 놀이공원 언니의 멘트를 떠올리게 하는 자신의 말에 혜윤은 온몸에 닭살이 돋아나는 것 같았다. 뭣하러 저렇게 진지하게 말했을까? 그냥 놀러 오라고 할걸.

그렇지만 한편으론 그가 의무실에 할 일 없이 와서 실없는 대화나 나누는 그런 사이는 되고 싶지 않았다. 심심할 때, 수다나 떠는 그런 사이는. 그가 선수로서 좋은 일을 겪든, 힘든 일을 겪든 그것을 함께 나눌 수 있는 존재가 되고 싶다는 생각이 들었다. 어휴. 한혜윤, 혼자 멀리도 가는구나.

혜윤이 가슴속 깊이 한숨을 내뱉은 동안 지혁이 엷은 미소를 지으며 말했다.

"고마워."

벽에 걸린 시계를 흘끔 쳐다본 지혁은 만족스러운 한숨을 내뱉으며 인사했다.

"퇴근 잘해. 내일 봐."

"네, 내일 봐요."

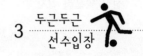
의무실 문이 또다시 노크 없이 활짝 열렸다.

"팀장님! 노크요!"

혜윤의 외침에 현준이 어깨를 으쓱해 보이며 물었다.

"뭐, 나한테 숨길 거 있어?"

"아, 정말. 이런 걸 일일이 집어서 말씀드려야 해요?"

혜윤이 혀를 끌끌 차며 고개를 절레절레 흔들어 보이자 현준이
그녀의 머리를 콩 쥐어박으며 웃어 보였다.

"이게 팀장을 가르치려 들어?"

"엄마가 남자는 오십 먹어도 애라서 일일이 가르쳐야 한다더
니……. 어휴."

땅이 꺼질 듯 내쉬는 혜윤의 한숨에 현준이 어이없는 웃음을 터
뜨렸다. 농담 반, 진담 반으로 사람을 놀려 먹는 솜씨가 꽤나 훌륭
한 혜윤과 그런 혜윤이 그저 깜찍하기만 한 현준은 벌써부터 최상

의 팀웍을 자랑하는 듯했다.

"점심 먹으러 가자."

"넹."

직장인에게 가장 중요한 것은 점심 메뉴고, 운동선수도 훈련 중 가장 기다리는 것이 밥때라고 오빠들이랑 동생들이 그랬는데, 오늘은 과하다 싶을 정도로 많은 인원이 식당에 모여 있었다. 아, 오늘 새로 온다던 영양사님 구경하러 이렇게 몰린 모양이다.

아리따운 영양사의 웃음 하나에 선수들은 배시시 웃고 있었다. 허어, 혜윤이 고개를 돌려 보니, 몇몇 선수들뿐 아니라 김현준 팀장도 영양사를 보고 침을 질질 흘리고 있는 것 같았다.

식판을 들기 전, 그 앞에 서 있는 영양사 양연희 팀장에게 현준이 먼저 인사를 건넸다.

"안녕하세요? 의무팀장 김현준입니다."

"안녕하세요? 팀장님."

아저씨, 목에 힘 좀 빼세요. 혜윤이 요상한 미소를 지어내며 현준을 올려다보자, 현준은 아주 사람 좋은 얼굴을 해 보이며 혜윤을 소개했다.

"이쪽은 의무팀원 한혜윤."

"안녕하세요? 한혜윤입니다."

"안녕하세요? 양연희예요. 반가워요, 혜윤 씨. 선수들이 우리 의무팀 혜윤 쌤이 그렇게 예쁘다고 난리던데. 정말 예쁘네요."

"하하하. 제 눈엔 양 팀장님이 더 미인이십니다. 하하하. 하하."

아저씨, 지금 그 웃음소리 상당히 어색해요. 혜윤은 쿡 하고 터져 나오려는 웃음을 삼키며 현준의 표정을 살폈다.

음식을 퍼 담아서 자리에 앉자마자 뒤따르던 선수들이 혜윤과 현준의 곁으로 몰려 앉았다.

보통 선수들보다 일찍 식사를 마치는 경우가 많았는데, 오늘은 머리에 잔뜩 힘을 주시고, 향수 통을 들이부으셨는지 온몸에서 페로몬 향을 내뿜고 있는 현준 덕에 식사 시간이 늦어졌다.

"와, 이제 우리 구단에 여자 지원 스텝이 두 명이네?"

용규의 말에 선수들의 얼굴이 벌겋게 달아올랐다.

"난 그래도 혜윤 쌤이 좋아."

이어지는 용규의 말에 선수들의 갑론을박이 시작되었다. 저기요, 이런 거는 당사자가 없는 데서 하세요. 혜윤은 구겨지려는 미간을 열심히 펴며 바쁘게 밥숟가락을 움직였다.

"난 영양사 쌤도 좋던데? 뭔가 풍기는 이미지가 원숙해."

그럼 난 안 원숙해? 골키퍼 진겸의 말에 혜윤은 저절로 갸우뚱 거리려는 목이 움직이지 못하도록 한껏 힘을 주었다. 다들 한마디 씩 거들고 있는데, 유독 머리에 힘을 준 현준과 테이블 끝에 앉은 지혁은 조용했다.

"팀장님은요?"

미드필더 경진의 물음에 현준은 목구멍으로 넘어가려던 밥풀이 탁 하고 혀뿌리에 걸린 듯 켁켁거렸다.

"아, 뭐 이렇게 또 진지하게 받아들이실까?"

키득거리는 선수들의 웃음소리가 들리자 현준은 정색을 하며 말했다.

"같은 팀 안에서의 연애는 금기사항이야."

"죄송하지만, 팀장님도 제 스타일 아니거든요?"

혜윤의 말에 선수들은 큭큭거리며 웃기 시작했다.

"그럼, 혜윤 쌤. 어떤 스타일 좋아해요? 아, 남자 친구는…… 있어요?"

장난스럽게 물어 오는 스트라이커 민형의 질문에 모든 선수들의 시선이 혜윤에게 쏠렸다. 순간 지혁의 시선도 혜윤에게로 향했다. 아, 궁금하셔? 알려 드리리다.

"움. 남자 친구는 없고……. 좋아하는 스타일이라…… 잘생긴 남자?"

키득거리며 장난스럽게 대답하는 혜윤의 말에 선수들이 웃음을 터뜨렸다.

"얼굴만 잘생기면 돼요?"

"뭐, 공도 잘 차면 더 좋죠?"

나 지금 뭐라고 했지? 혜윤은 눈동자를 한 바퀴 굴리며 자신이 했던 말을 곱씹어 보았다.

"우와!"

선수들의 입에서 환호성이 터져 나왔다.

"그럼, 잘생긴 축구 선수가 혜윤 쌤 이상형이에요?"

테이블 끝에서 음흉한 웃음을 짓고 있는 지혁의 얼굴이 눈에 들어왔다.

"으음, 공 잘 차는 잘생긴 축구 선수, 일 잘하는 잘생긴 직장인, 노래 잘하는 잘생긴 가수, 치료 잘하는 잘생긴 의사, 집 잘 짓는 잘생긴 건축가?"

혜윤의 말에 선수들이 피식 웃음을 터뜨렸다. 그래, 그 무엇보다 지금 공 잘 차는 잘생긴 선수가 심장으로 쇄도하고 있지.

"아, 자기 일에 열심이고, 얼굴이 잘생겼으면 금상첨화다?"

용규의 물음에 혜윤은 손사래를 치며 대답했다. 다분히 장난기 어린 목소리였다.

"에이, 아뇨. 얼굴이 잘생긴 게 먼저죠."

까르륵 웃어 보이는 혜윤의 말에 또다시 모두들 웃음이 터졌다. 지혁은 여전히 묘한 표정을 지으며 혜윤을 바라보고 있었다.

"지혁 선배는요?"

"뭐가?"

경진의 물음에 지혁은 뭘 묻는 거냐는 듯 순진한 표정을 지어 보였다.

"선배는 혜윤 쌤 같은 스타일이 좋아요? 아니면 양 팀장님 같은 스타일이 좋아요?"

지혁은 중차대한 문제를 맞닥뜨린 듯 심각한 표정을 지었다. 혜윤은 신경 쓰이지 않는 척, 신경 쓸 일이 아니라는 듯 지혁의 목소리가 흘러나오길 기다리고 있었다. 아, 저 인간, 왜 이렇게 뜸을 들여?

"사람 앞에 놓고 그런 걸 꼭 물어야 해요? 혜윤 쌤 곤란해하잖아요."

퉁명스런 목소리로 입을 연 건 미드필더 찬형이었다.

그래, 뭐 면전에 대놓고 이러는 거 좀 곤란하기는 하지만, 난 대답도 궁금하다! 에잇!

혜윤은 찬바람이 쌩 부는 분위기를 느끼고는 대답 따위 궁금하지 않다는 듯 쿨내를 폴폴 풍기며 식판을 들고 자리에서 일어났다.

"식사 맛있게 하세요. 전 그럼 먼저 일어나겠습니다."

혜윤이 자리에서 일어나자, 선수들이 수군거리기 시작했다.

"거봐, 짓궂은 것도 정도가 있지."

얼마 전 주문한 의무실 물품들이 사무실 앞에 도착했다는 전화를 받고, 혜윤은 급히 사무실로 향했다. 와, 뭐가 이리도 많아. 대차에 물건을 실어 준 사무실 직원 민철은 사무실을 혼자 지키고 있어서 도와줄 수 없다며 난색을 표했다.

"괜찮아요. 그냥 이거 밀고 가면 되는걸요."

혜윤이 생긋 웃으며 인사를 하자, 민철은 미안하다고 고개를 숙이며 계속 울려 대는 전화를 받기 위해 사무실 안으로 뛰어 들어갔다.

정말 그냥 밀고만 가면 된다고 생각했는데, 예상했던 것보다 실려 있는 물건들이 무거워서인지 대차가 잘 밀리질 않았다. 의무실로 향하기 위해 대차의 방향을 살짝 틀었는데, 아슬아슬하게 쌓여 있던 물건들이 와르르 쏟아져 내렸다. 오우, 이런.

그때 오후 훈련 중 잠시 화장실에 다녀오던 지혁이 어마어마한 상자들이 쏟아져 있는 가운데 덩그러니 서 있는 혜윤을 발견했다. 그녀는 멀리서 보기에도 어깨가 들썩이도록 한숨을 내쉬더니 몸을 숙여 상자들을 대차로 옮기기 시작했다. 뭐야? 저걸 왜 혼자 저러고 있어? 사무실 직원은 뭐 해? 도와주지도 않고?

지혁은 성큼성큼 걸음을 옮겨 혜윤이 있는 곳으로 다가갔다.

"여기다 실으면 돼?"

"아, 지혁 선수? 네. 여기 실으면 돼요."

지혁은 떨어진 상자들을 들어서 대차에 옮겨 싣기 시작했다. 성인 남자가 들기에도 꽤 무거운 상자들이 네댓 개는 있었다.

"어디로 옮겨?"

"지금 훈련 시간 아니에요?"

"이거 잠깐 도와줄 시간은 있어. 어디로 가?"

성긋이 웃어 보이는 지혁의 얼굴에 혜윤의 심장이 또다시 주책없게 두근거리기 시작했다.

"의무실이요."

혜윤이 끙끙거리며 옮겨 가던 대차를 지혁은 손쉽게 의무실 안까지 넣어 주었다.

"고마워요."

혜윤은 생긋 웃어 보이며 지혁에게 인사를 건넸다. 지혁의 얼굴에 아까 식당에서처럼 묘한 표정이 떠올랐다.

"저기."

"네?"

무언가 할 말이 있는 듯한 표정에 혜윤은 눈을 동그랗게 뜨고 그를 바라봤다. 뭐? 나, 고마워서 절이라도 해야 할까?

어설피 웃어 보이는 혜윤에게 지혁은 흘려 말하듯 무심한 척 입을 열었다.

"난 하얀 가운 입고 요리 잘하는 여자보다는 다른 일 하는 여자가 더 나은 것 같아."

"네?"

"나 간다."

수수께끼 같은 말을 남기고 잽싸게 의무실을 나서는 지혁의 뒷모습에 혜윤은 고개를 갸우뚱했다. 뭐야? 서지혁?

✛

트레이닝복을 입은 혜윤이 골키퍼 자리에 섰다. 훈련 중 짝이 맞지 않으면 가끔 연습구장에 있는 지원 스텝이 그 자리를 메우곤 했는데, 오늘 아침에는 의무팀에게 그 차례가 돌아왔다. 몸을 움직이는 데는 영 소질이 없다며 현준은 혜윤의 등을 떠밀었다.

나쁜 인간. 아무리 상사지만, 나쁜 인간. 스트라이커가 날리는 공의 속도가 얼마나 빠른지 아는 거야, 모르는 거야?

골키퍼 장갑을 끼고 골대 앞에 비장하게 서서 혜윤은 선수들의 움직임을 눈으로 좇았다. 오호라. 달려오는구나, 서지혁. 스텝오버 (공을 두고 헛다리 동작하는) 드리블로 앞뒤 선수를 제친 서지혁이 골대를 향해 무섭게 달려왔다. 자신을 노려보는 것 같아서 혜윤은 심장이 쿵쾅쿵쾅 뛰었다.

슛! 혜윤은 순식간에 그의 움직임을 읽어 내서는 공이 향하는 방향으로 손을 쭉 뻗었다. 어라? 이번 시즌 신상인 핫핑크 레오파드 운동화가 잔디 위에서 미끄덩하며 중심을 잃었다. 혜윤은 두 손을 머리 위로 올린 채로 보기 좋게 옆으로 쓰러졌다. 마치 널뛰기의 널이 바닥으로 너부러지듯이. 어쩌지? 죽은 척할까?

늦겨울의 시리도록 푸른 하늘이 뱅글뱅글 돌며 눈에 들어왔다. 와, 오늘 하늘 한번 맑다. 구름 한 점 없네. 띵한 머리를 이리저리 가누려는데, 누군가 다가와 혜윤을 가뿐히 안아서 자신의 무릎에 앉혔다.

"괜찮아? 그걸 진짜 막으려고 했단 말이야? 이런 신발을 신고?"

남자의 목소리가 왕왕거리며 혜윤의 귓구멍을 울려 댔다. 이 남자, 패션 참 모르네. 이거 신상이야. 내가 이거 사느라 백화점에 예판 걸어 놓고 한 달을 기다렸어. 그런데 어라? 정신을 차리고 보니 자신이 지혁의 허벅지에 둔부를 올린 채 그의 가슴에 살포시 안겨 있었다. 아, 그냥 죽은 척했어야 했어.

어느새 의무팀장, 나쁜 인간, 현준도 혜윤의 옆에 쭈그리고 앉아서는 걱정스러운 얼굴을 하고 있었다.

"하하. 괜찮아요. 한번 막아 보고 싶었어요. 어디 가서 서지혁 선수 골 막았다고 자랑하려고. 하하."

혜윤이 환하게 웃어 보이며 몸을 일으키자, 지혁이 똑바로 설 수 있도록 부축해 주었다. 트레이닝복에 묻은 흙과 잔디를 털어 내는데, 저 멀리서 검은 양복을 입은 무리가 나타났다. 저건 또 뭐야? 혜윤을 향해 있던 선수들의 시선도 검은 양복 무리에게 옮겨 갔다.

"어이, 한혜윤!"

누군데 날 불러? 혜윤은 눈을 가늘게 뜨고 멀리서 다가오는 이의 정체를 파악하기 위해 애썼다.

"현수 오빠?"

어느새 코앞까지 다가온 그는 큰오빠의 친구인 진현수였다.

"이게 대체 몇 년 만이야? 여긴 웬일이야?"

혜윤의 친근한 물음에 지혁을 비롯한 선수들의 눈이 혜윤과 현수 사이를 왔다 갔다 했다.

숙소 개소식을 마치고, 강산FC의 모든 관계자가 으리으리한 한

우 식당에 모여 앉았다. 잘 구워진 눈꽃등심 한 점을 입에 넣기 전 호호 불며, 혜윤이 입을 열었다.

"그러니까, 오빠가 구단주야?"

"어."

혜윤은 이제 됐다 싶었는지 고기 한 점을 입에 넣고는 오물오물 씹으며, 맞은편에 앉은 현수를 노려봤다. 큰오빠 도윤의 절친, 진현수. 그가 부잣집 아들이라는 건 알았지만, 구단주일 줄이야.

"그러니까, 오빠가 난 숙소에서 함께 지낼 수 없다고 한 그 망할 구단주라는 거지?"

"야, 또 망할은 뭐야?"

"왜 안 돼?"

"넌 여자잖아."

"새로 들어온 영양사는? 여자 아냐? 그 팀장님은 되고, 왜 난 안 돼?"

현수가 피식거리며 음흉한 미소를 지어 보이더니, 그보다 더 음흉한 목소리로 말했다.

"넌 그냥 여자 아니지. 내 마누라 될 여자잖아."

"뭐?"

순간 현수의 뒤쪽 테이블에 앉아 있는 지혁과 눈이 마주쳤다.

"한 번만 더 그런 소리 하면, 큰오빠한테 이른다."

"내가 아직도 도윤이 무서워하는 고딩으로 보여?"

혜윤은 곱지 않은 눈으로 현수를 흘겨보았다. 거드름 피우시기 는. 아직도 무서워하면서.

"숙소 들어가게 해 줘."

"안 돼."

"왜 안 돼?"

"아까 말했잖아. 마누라 될 여잔데 안 된다고."

"하! 뭐 두근거리지도 않고, 쳐다봐도 아무런 감흥이 없는 남자한테 내가 왜 시집을 가?"

"두근거리는 게 중요해?"

현수는 느끼한 표정을 지으며 물었다. 어쩌냐, 당신은 잘생긴 얼굴로 그런 표정을 지어도 거북하기만 하지, 멋지지가 않다. 잘난 얼굴 그렇게 쓸 거면, 그냥 다른 사람 주든가. 혜윤은 다시 한 번 제 마음을 강조하듯 힘주어 말했다.

"그럼! 살면서 여자한테 그게 얼마나 중요한데. 두근거림, 설렘."

또다시 지혁과 눈이 마주쳤다. 그는 음흉한 미소를 지어 보이더니 입 모양으로 말했다.

'그. 런. 거. 였. 어?'

혜윤은 그의 입 모양이 하는 말에 더 기가 막혀서 뭐? 하는 입 모양을 만들어 보였다. 지혁은 옆에 앉은 한결을 가리키며, 자신은 한결의 말에 대답을 한 거라는 듯 어깨를 으쓱하며 얄밉게 웃었다.

회식하는 내내, 혜윤은 끊임없이 현수를 설득했다. 구단주가 이런 것까지 간섭하면 월권이라는 둥, 이번에 투자도 많이 했는데, 좋은 성적을 보이려면 팀 닥터가 밀착 관리를 해야 한다는 둥, 그렇게 공식적으로 반대하면 비공식적으로 들어가서 살겠다는 둥.

집요한 혜윤의 설득과 회유와 협박에 현수는 급기야 백기를 들었다.

"그래. 그럼, 리그 경기 시작하기 일주일 전부터 들어가. 지금은 준비 기간이기도 하고, 선수들이 숙소에 자리 잡고 나서 들어가. 됐지?"

"고맙습니다, 구단주님. 우리 주님!"

혜윤이 기도하듯 자신의 두 손을 깍지 껴서 맞잡고, 왼쪽 귀 옆에 갖다 대며 애교스럽게 어깨를 좁히고는 생긋 웃었다. 그 모습을 보고 반대편에서 지혁이 맥주를 뿜어 댔다. 저 남자가, 아까부터 자꾸. 혜윤이 자세를 풀고 젓가락을 들어서 고기를 한 점 들며, 지혁에게 입술을 씰룩거리자, 지혁이 입 모양으로 말했다.

'귀. 여. 워.'

젓가락에 걸렸던 고기가 다시 불판 위로 뚝 떨어졌다. 그와 동시에 혜윤의 심장도 쿵 하고 깊이를 알 수 없는 곳으로 떨어졌다. 정지화면처럼 굳어 있는 혜윤을 향해 지혁이 한결의 귀를 잡아당기며 또다시 입 모양으로 말했다.

'얘. 귀. 엽. 다. 고.'

키득키득 웃는 지혁의 얄미운 얼굴에 혜윤은 없던 승리욕이 생기는 것 같았다. 그래, 그랬다 이거지. 서지혁. 두고 보자.

✚

훈련이 한창인 그라운드 위를 살피던 현준이 입을 열었다.

"서지혁, 쟤 오늘 왜 저래?"

"왜요, 팀장님?"

"움직임이 둔해. 연습 끝나고, 의무실로 불러서 어디 불편한지 물어봐."

"네."

혜윤이 보기에도 오늘 서지혁은 무언가 신경 쓰이는 일이 있는지, 온종일 컨디션이 좋지 않아 보였다. 움직임은 둔했고, 훈련에도 집중을 하지 못하고 있었다. 혜윤은 괜한 걱정이 앞섰다. 무슨 일이 있나? 무릎 통증이 도졌나?

연습이 끝난 뒤, 의무실은 자의로 혹은 타의로 그곳을 찾은 선수들로 복작거렸다. 오늘부터 훈련 강도가 세져서 그런지 열댓 명의 선수들이 크고 작은 처치를 받고 돌아갔다. 시계를 보니 벌써 밤 10시가 다 되었다. 책상 앞에 앉아서 손바닥을 비벼 눈꺼풀 위에 가져다 댔더니 뻑뻑한 눈이 따뜻한 손 온도에 조금씩 녹아내리는 것 같았다.

쏟아져 나오려는 눈을 손바닥으로 진정시키며 숨을 고르고 있는데, 노크 소리가 들려왔다.

"들어오세요."

문을 열고 들어온 사람은 서지혁이었다.

"왜 불렀어?"

"앉으세요."

지혁은 책상을 사이에 두고 혜윤의 맞은편에 놓인 의자에 앉았다.

"지혁 선수, 어디 불편해요?"

"아니. 안 불편한데?"

퉁명스레 튀어나오는 자신의 목소리에 지혁은 정나미가 뚝 떨어졌다. 혜윤의 얼굴은 표정 변화 없이 여전히 미소를 띠고 있었다.

그리고 매우 피곤해 보였다.

"지금까지 연습한 거예요?"

"어."

"피곤하겠다."

누가 할 소릴 누가 하고 있는 거야? 어제 자신의 골을 막겠다고 손을 뻗다가 그대로 넘어진 혜윤을 보고 심장이 멎는 줄 알았다. 공이 골대에 도착하는 속도와 거의 비슷한 속도로 있는 힘을 다해 달려갔다. 그녀를 품에 안고 있는 내내 심장이 후드득 떨렸다. 어디 잘못되기라도 했으면 다른 선수들 앞에서 대놓고 이성을 잃었을지도 모른다.

그러더니 아무렇지 않게 자리를 털고 일어나, 구단주에게 오빠라고 부르며 웃어 보이는 그녀의 모습에 심술이 났다. 아, 무슨 감정 조절 안 되는 병이라도 걸렸나.

회식 장소에서 마누라 어쩌고 헛소리를 해 대는 놈에게 가슴이 두근거려야 한다는 그녀의 말에 또다시 기분이 좋아졌다. 자신을 보고 얼굴을 붉히며 가슴이 두근거린다 했던, 연습 첫날의 그녀가 떠올라서였다. 나 뭐 조울증이야? 눈이 마주친 그녀를 보고 귀엽다고 말했다가, 괜히 한결이 핑계를 댔다. 쏘아보는 모습조차 귀엽다는 생각을 했는데.

회식이 끝나고 그놈 차를 타고 집으로 향한 혜윤이 계속 신경 쓰였다. 그럼, 예전에는 구장에서 집까지 어떻게 간 거지? 운전도 안 하잖아? 집은 어딘데? 구장 근처가 밤에 얼마나 어두운데? 하나부터 열까지 계속 신경이 쓰였다.

"오늘 움직임이 뭔가 불편해 보였어요. 무슨 걱정 있어요?"

"아니."

오늘따라 왜 이렇게 삐딱선을 타실까? 신계 미모남의 미소는 온데간데없고, 그냥 심통이 잔뜩 난 남신이 의자에 앉아 있었다. 저렇게 뾰루통한 모습도 멋지구나. 혜윤은 차가운 그의 모습에도 괜히 웃음이 났다.

"뭐가 웃겨?"

"웃으면 안 돼요?"

"아무 이유 없이 그렇게 웃어?"

갑자기 다른 선수들 앞에서도 해사하게 웃는 그녀의 얼굴이 떠올랐다. 자기 앞에서만 그렇게 발그레한 얼굴로 웃는 줄 알았는데, 다른 선수들에게도 똑같이 대하는 그녀의 모습에 기분이 상했던 적이 있었다. 기억력도 좋아, 못난 서지혁.

뭐가 꼬여도 단단히 꼬였는지, 지혁은 계속 공격적이었다. 무언가 걱정이 있는 거라면, 그게 뭔지 다 털어놓지는 않아도 그저 기분이나 좋아지게 해 주고 싶었는데, 그는 그럴 생각이 전혀 없어 보였다. 한 발짝 물러서는 수밖에.

혜윤은 다시 생긋 미소 지으며 자리에서 일어났다. 그저 예의를 차린 미소였다. 아, 오늘 정말 피곤하네.

혜윤이 대답도 없이 자신을 물끄러미 바라보다가 자리에서 일어나더니 다시 미소를 지었다. 아, 마음에 안 들어. 안 들어. 마음에. 정말 마음에 안 들어. 강한 부정은 강한 긍정이라고 누군가 그랬다지.

"원래 그렇게 웃는 게 헤퍼?"

지혁은 나불거리는 세 치 혀를 확 잘라 버리고 싶었다. 미쳤다.

정말 미쳤어. 가슴속 꽉 막힌 무언가를 풀어내지 못하고 지혁이 한 숨을 폭 내쉬었다.

지혁의 공격적인 물음에 깜짝 놀란 얼굴로 커다란 눈을 더 크게 뜨더니, 혜윤은 이내 미소를 머금었다.

"웃는 게 예쁘다는 뜻으로 받아들이죠. 이만 들어가세요. 시간도 늦었는데, 내일 아침 일찍부터 훈련하려면 쉬셔야죠."

지혁은 거리를 둔 그녀의 예의 바른 말투와 사무적인 미소에 심장 한구석이 찌르르했다. 자신은 무언가 특별하다고 생각했던 건지도 모른다. 나 정도의 선수가 이곳에 왔는데, 하는 자만심이 아니었다. 그저 그녀에게 특별한 존재가 아닐까 하는 생각을 자신도 모르게 했었나 보다.

"내일 봬요."

인사를 꾸벅하는 그녀에게 그래, 내일 보자고 눈도 마주치지 않고 인사를 하며, 지혁은 의무실을 나와 버렸다.

차에 시동을 걸며, 그녀는 이 시간에 집에 어떻게 가는지가 또 걱정되어 짜증이 났다. 구단 주차장을 빠져나와 찻길로 들어섰는데 저 앞에 그녀가 걸어가는 모습이 보였다. 아, 다행이다. 눈앞에 그녀의 모습이 보이자 짜증은 눈 녹듯 사라지고, 괜한 안도감이 들었다.

늦은 밤, 구단 근처에는 차도 별로 다니지 않을뿐더러 길가에는 그녀 외에 다른 사람은 단 한 명도 보이지 않았다. 버스 정류장도 한참 걸어가야 할 텐데. 택시라도 부르지.

빵빵.

갑자기 울리는 경적 소리에 혜윤은 깜짝 놀라서 뒤를 돌아봤다. 차종도 구별할 수 없는 흰색 외제 차 한 대가 천천히 다가오고 있었다. 누구지. 어느새 옆에 선 차의 조수석 창문이 스르륵 내려가고 운전자의 얼굴이 보였다. 서지혁?

"타, 데려다 줄게."

"아니에요. 저 앞에 가서 버스 타면 돼요."

"타, 얼른. 길에 개미 새끼 하나 없는데 무섭지도 않아?"

아, 좀 부드럽게 말할 수 없을까, 서지혁? 지혁은 한심하기 그지없는 자신의 언어 전달력을 탓하며 한숨을 내쉬었다.

혜윤이 꿀 먹은 벙어리처럼 가만히 서 있자, 지혁이 차에서 내려 조수석 문을 열며 손짓을 해 보였다. 의무실에서 한없이 삐딱하게 굴더니 그 삐딱의 연장선상으로 길가에 차를 세우고 손수 차 문을 열어 주는 지혁을 보며, 혜윤은 하는 수 없이 그의 차에 올라탔다. 운전석에 올라탄 지혁은 천천히 차를 몰기 시작했다.

차가 신호 대기에 걸려 멈춰 서자, 기다란 손이 혜윤의 턱 끝을 스치며 뻗어 왔다. 그는 안전벨트를 잡더니 죽 늘어뜨려서 달칵 소리가 나게 고정했다.

"벨트는 매야지."

혜윤의 심장이 두근두근 뛰었다. 뭐라 말할 수 없는 긴장감에 침조차 삼킬 수 없었다. 불규칙한 자신의 숨소리가 귀에 거슬렸다. 지혁이 운전대에 달린 리모컨을 몇 번 누르자 음악 소리가 울려 퍼졌다.

"샘 옥이네요?"

"어. 재즈 힙합 좋아하는 거 맞네. 샘 옥도 아는 거 보면."

의무실은 자신의 구역이기도 하지만 일터였고, 공공의 장소였다. 지극히 개인적인 그의 차 안에서 간힌 공기를 마시며 단둘이 앉아 있으려니 혜윤은 어쩐지 숨이 막혀 오는 것 같았다.

"집이 어디야?"

"아, 집까지 안 데려다 주셔도 돼요."

"어디야? 고집 피우지 말고."

"중구 K 아파트요."

"중구 K 아파트?"

"네."

한동안 정적이 이어졌다. 샘 옥의 익숙한 멜로디가 여전히 차 안을 메우고 있었다. 지혁은 아까 그렇게 퉁명스레 대했던 게 미안해졌다. 그럴 필요까지는 없었는데. 뭐라고 사과를 해야 할까 생각하다가 사이드미러를 보는 척하면서 옆을 흘끔 보았다. 혜윤의 머리가 옆으로 기울어져서는 잠이 들어 있었다. 많이 피곤했나 보네.

지혁은 조심스레 차를 몰아 K 아파트 뒤에 있는 호수 공원 어귀에 차를 세웠다. 음악 소리를 줄이자 새근거리는 그녀의 숨소리가 들려왔다. 좌석을 뒤로 젖히는 버튼을 누르고 그녀의 무릎에 담요를 하나 덮어 주었다.

면접 때 정장을 입었던 것을 빼고는 그동안 트레이닝복을 입은 모습만 봐 왔었는데, 퇴근길 까만 스키니 진에 가녀린 몸매가 드러나는 진회색 코트를 입은 그녀는 천생 여자의 모습이었다. 고개가 옆으로 꺾여서 많이 불편해 보이기에 그저 얼굴을 돌려 주려 오른손을 뻗었는데, 팔이 움직임과 동시에 몸이 움직였다.

촉. 입술과 입술이 닿아서 가벼운 마찰음이 생겨났다. 나 지금 무슨 짓을 한 거야?

띠리리리링.

혜윤은 갑자기 울리는 전화벨 소리에 소스라치게 놀라서 몸을 일으켰다. 여긴 어디? 허둥대며 핸드백 안에서 시끄럽게 울리고 있는 휴대전화를 꺼냈다. 김자희 여사의 전화였다.

전화벨 소리에 깼는지, 운전석에서 몸을 옆으로 기대고 조수석 쪽을 바라보며 잠이 들어 있던 지혁이 번쩍 눈을 떴다.

지금 몇 시지? 한 시? 새벽 한 시? 혜윤은 일부러 목소리를 죽이고 전화를 받았다.

"엄마. 나 회의 중이야. 이따 전화할게."

전화를 끊고 한숨을 내쉬는 혜윤을 보며 지혁이 쿡 하고 웃었다.

"거짓부렁쟁이."

"미안해요. 내가 깜빡 잠들었나 보네요."

"어, 너무 곤히 자서 깨우기가 좀……."

깨우기가 싫었다는 게 더 맞는 표현이겠지. 지혁은 곤히 잠든 그녀의 얼굴을 바라보다 자신도 모르게 잠이 들었던 것 같았다.

"여기 저희 아파트 뒤 호수 공원이죠?"

"응."

"저, 그럼 여기서 내려서 걸어갈게요."

"뭐?"

혜윤은 작은 손거울에 얼굴을 비춰 보며 대답했다.

"잠들었던 게 티가 나서요. 좀 걸어야 할 것 같아요."

"그럼, 여기서 저기 공원 끝까지 나랑 걸어갔다가 오자. 데려다 줄

73

게. 여자 혼자 새벽 한 시에 공원 가로질러서 걸어가는 게 말이 돼?"

하아. 혜윤은 괜히 한숨이 새어 나왔다. 잠재우려고 들수록 부풀어 가는 심장이 계속해서 콩닥거렸다.

새벽 한 시 공원은 참으로 조용했다. 두 사람의 발소리가 땅을 울렸고, 쿵쿵 심장을 울렸다.

"그냥 친구 만나고 있다고 하지. 새벽 1시에 회의는 너무 작위적이지 않아?"

"뭐, 새벽 1시까지 만날 친구가 없거든요."

혜윤은 어깨를 으쓱해 보이며, 배시시 웃었다. 지혁이 심란한 표정으로 자신을 내려다본다는 것을 깨닫자 혜윤도 마음속이 복잡해졌다. 한밤중 공원의 기운은 참으로 요사스러웠다.

"제가 좀 학교 다닐 때 아웃사이더였거든요. 중 1때 과학 시간이었는데, 선생님께 질문했다가 그런 건 시험에 나오지 않으니 물어보지 말라고 혼이 났어요. 수학 시간에도 혼나고, 영어 시간에도 혼나고. 내가 천덕꾸러긴가 하고 생각했는데……. 엄마가 학교에 가지 않고, 홈스쿨링을 할 수 있게 해 주셨어요. 그래서 남들보다 학교를 빨리 마친 대신, 친구를 사귈 기회가 없었죠. 대학에 가서도 나보다 다들 나이가 많으니 내가 느끼는 거랑 그들이 느끼는 거랑은 좀 다르더라고요."

"뭐가 달라? 다 같은 대학생인데?"

"17살짜리 여자애랑 썸 타고 싶은 스무 살 남자는 없는 것 같더라고요. 범죄니까. 헤헤."

무거운 이야기를 장난스럽게 던지며, 숨이 막히도록 환하게 웃어 보이는 혜윤의 얼굴에 지혁은 심장이 벌떡거렸다.

"내가 해 줄게."

혜윤은 눈을 동그랗게 뜨고, 지혁을 올려다봤다. 응? 뭘 해 줘? 뭐, 썸이라도 타자는 거야?

"내가 친구 해 줄게."

혜윤은 올려다보고 있던 시선을 떨어뜨려 공원 바닥에 길게 늘어진 두 사람의 그림자를 바라봤다. 아, 엄마한테 자랑해야지. 천하의 서지혁이랑 친구 먹었다고. 젠장.

"친구……. 좋네요, 친구."

지혁은 걸음을 옮길 때마다 슬쩍 스쳐 오는 혜윤의 손을 꼭 잡았다. 혜윤이 깜짝 놀라서 올려다보자, 지혁이 싱긋 웃으며 말했다.

"왜? 친구끼리 손도 못 잡아?"

지혁은 의무실에서 그녀가 한결에게 그랬던 것처럼 손가락 하나하나를 얽어서 깍지를 끼었다. 부드럽고 차가운 혜윤의 작은 손이 지혁의 커다랗고 따스한 손안에서 녹고 있었다. 지혁은 자신의 마음이 혹여 왜곡될까 두려워 친구라는 단어 앞에 두 음절을 빼고 말했다. 남자.

"친구끼리 이런 건 안 하죠."

이 남자가 사람 헷갈리게. 혜윤은 지혁의 손에서 자신의 손을 빼내려 했다.

지혁은 빠져나가려는 혜윤의 손을 더 꽉 움켜잡았다. 심장이 둥둥 울렸다. 공원 전체에 두 사람의 심장 소리가 울리고 있는 것 같았다.

"왜 이래요?"

혜윤의 목소리가 호숫가 밤바람만큼이나 매서웠다.

"신경 쓰여."

혜윤은 걸음을 멈추고 지혁을 바라봤다.

"계속 신경 쓰이고, 걱정돼. 다른 선수들한테도 그렇게 웃어 주고 그러는 것도 신경 쓰이고, 밤에 혼자 걸어가는 것도 걱정되고, 잔뜩 피곤한 얼굴로 도리어 나한테 피곤하겠다고 하는 것도 마음에 안 들고."

"서지혁 선수."

자신의 이름을 딱딱하게 부르는 혜윤의 부름에 지혁은 말을 멈추고 그녀를 내려다보았다.

"한국에 왜 왔어요?"

"뭐?"

"그 좋은 자리 두고 한국에 왜 왔느냐고요."

생각지도 못한 그녀의 질문에 지혁은 어안이 벙벙했다.

"스페인에서 최고 대우 받으며 선수 생활 하던 사람이 그런 거 다 버리고 여기까지 온 데는 분명히 무언가 이유가 있는 거 맞죠? 개인적이든, 공적이든."

혜윤은 말을 고르려는 듯 한숨을 한 번 내쉬고는 다시 입을 열었다.

"나도 팀 닥터는 처음이에요. 계속 하고 싶었던 일이고, 잘하고 싶어요. 정말."

"잘하고 있어."

"고마워요. 근데 아직 시즌 시작도 안 했잖아요."

혜윤이 혀를 날름거리며 웃어 보이자, 지혁도 굳었던 표정을 풀고 미소를 머금었다.

"나도 지혁 선수 신경 쓰이고, 걱정되고 그래요."

"넌 팀 닥터잖아."

"팀 닥터로서도, 여자 한혜윤으로서도."

여자 한혜윤. 두 단어가 주는 감동이 이렇게 클 줄은 몰랐다. 지혁의 얼굴에 환한 미소가 떠오르려는 찰나.

"그런데요."

"근데, 뭐?"

"지혁 선수. 한국 온 지 얼마나 됐어요?"

"한 달?"

"구단 사람 말고, 만나는 사람 있어요?"

"아니."

"지혁 선수는 한국 와서 K리그에서 처음 뛰게 되는 거고, 난 팀 닥터로 처음 일하면서 지혁 선수처럼 훌륭한 선수를 만나게 된 거죠. 어떻게 보면 하루하루가 안 떨리고, 안 두근거리면…… 이상한 상황인 거잖아요."

"그래서?"

지혁의 얼굴에 미소가 가셨다. 이 여자 지금 나 밀어내는 거야? 또다시 심장이 쿵쾅거렸다.

"나랑 지혁 선수 알게 된 지…… 면접 때 처음 봤으니 3주도 안 됐어요. 무언가를 시작하기엔 좀 설부르죠? 그게 친구건, 다른 것이건. 그러다가 무언가 틀어지면 공인인 지혁 선수가 잃는 게 더 많을 거예요."

하. 자신을 배려하는 그녀의 마음 씀씀이에 왼쪽 가슴이 뜨거워졌다. 갑자기 다 잃어도 좋을지도 모른단 생각이 들었다. 이런 여

자와 함께라면.

"내 말 무슨 말인지 알아요?"

"나 그럼 차인 건 아니지?"

"차일 만큼 진한 고백은 했던가?"

배시시 웃는 혜윤의 말간 얼굴이 너무도 예뻤다.

"그럼?"

난 지금 뭘 묻고 있는 걸까? 지혁은 어정쩡한 물음으로 혜윤에게 무언가 다른 말을 더 요구했다. 우문현답. 그녀는 언제나 그랬으니까.

"초조해하거나, 조급해하지 마요. 나 어디 안 가요."

싱긋 웃어 보이더니 혜윤은 차가 있는 쪽으로 걸음을 옮기기 시작했다.

"천천히 알아 가요. 아직 아는 것보다 모르는 게 더 많잖아요, 우리?"

아, 더는 못 참겠다. 지혁은 혜윤의 어깨를 끌어당겨 품에 안았다. 우리라는 말에 지혁의 입꼬리가 계속 하늘을 향했다.

"한혜윤. 각자 일에 최선을 다하자 그거잖아? 지금은 그래야 하는 시기라는 거고? 알아. 내가 그걸 왜 몰라."

"치, 모르면서. 오늘도 훈련 내내 퉁퉁 불어 있었으면서. 내가 웃는 게 헤프다는 말이나 하고."

"미안해. 그러니까 다른 선수들 앞에서는 그렇게 예쁘게 웃지 마."

"팀 닥터로서는 그럴 수 없는데, 여자 한혜윤은 그럴게요."

지혁은 혜윤에게 들키면 그 똑똑한 입으로 또 엄한 소리를 듣게 될까 봐, 슬며시 입술을 옮겨 초코송이 한가운데를 쿡 찍어 눌렀다. 향긋한 그녀의 샴푸 냄새가 코끝을 찔렀다.

✚

오후 훈련 시작 직전, 지혁이 의무실을 찾았다.

"어? 지혁 선수, 어디 안 좋아요?"

"아니."

"그럼요?"

"이거."

지혁은 분홍색 종이봉투를 하나 내밀었다. 혜윤은 환한 미소를 지으며 그가 건넨 봉투를 받아 들었다.

"이게 뭐냐고 물어봐야 하는데, 이게 뭔지 알 것 같아서…… 어쩌죠?"

지혁은 말뜻을 이해 못 하겠다는 표정을 하곤 혜윤을 내려다봤다.

"이거 축구화죠?"

"어떻게 알았어?"

혜윤은 미안한 듯 씩 웃어 보이며 의무실 한편을 가리켰다.

아, 이 잡것들. 난 점심시간에 겨우 나갔다 왔는데, 이것들 언제 갔다 왔대? 벽 한쪽에 지혁의 것과 같은 종이봉투 여러 개와 브랜드가 다른 봉투 여러 개가 놓여 있었다.

"이로써 열 켤레째!"

"뭐?"

"내가 참 리얼하게 넘어졌나 봐요. 구장에 뛰어 들어갈 때 또 미끄러질 수도 있다고 선수들이 사다 줬어요. 발로 하는 운동 하셔서 그런지 다들 내 발 치수는 하나같이 정확하게 아시고. 헤헤."

혜윤은 태블릿 PC를 들고 거드름을 피우며 말했다.

"아, 우리 지혁 선수가 준 신발은 매주 금요일 오후에 신을게요. 안타깝게도 다른 날은 다 예약이 찼네요. 뭐, 신발이 더 들어오면 날짜가 바뀔 수도 있고. 헤헤."

"한혜윤!"

씩씩거리는 지혁의 모습이 너무 재미있어서 혜윤은 한발 더 나가기로 했다.

"아오. 신발 선물하면 도망간다는데, 나 되게 인기 없나 보다. 내가 빨리 구단에서 나갔으면 좋겠나 봐요, 다들?"

"이리 줘."

지혁은 혜윤의 손에 들려 있는 종이봉투를 빼앗으려 손을 뻗었다.

"농담이에요. 나 이것만 신을 건데?"

웃음 가득 머금은 혜윤의 말에 지혁의 얼굴이 순식간에 풀어졌다. 아, 단순한 인간. 아니, 단순한 남신. 헤헤.

"도망간다며? 이리 내."

"도망 안 가요. 도망가면 쫓아오면 되잖아요. 지혁 선수가 나보다 빠르니까."

혜윤이 혀를 날름거리며 환하게 웃어 보이자 지혁도 피식 웃었다.

"정말 이것만 신을 거야?"

지혁은 재차 확인하려는 듯 눈썹을 치켜세우며 조심스레 물었다.

"브랜드 다른 거 하나 더 두고, 나머지는 여고 축구부에 보내려고요."

"자기가 사 준 거 안 신은 거 알면, 다른 선수들 삐칠 텐데?"

"내 취향은 참 분명해 보였나 봐요. 브랜드 딱 두 가지에 디자인도 딱 두 가지만 사 왔더라고요. 헤헤. 그러니 두 켤레 번갈아 신으면, 다들 자기가 사 준 거라고 생각하겠죠? 헤헤."

"내 건 다를 수도 있잖아?"

"다를 리가. 맞춰 볼까요? 핑크색하고 연두색 섞인 나이키?"

눈을 동그랗게 뜨고는 고개를 갸웃하는 혜윤을 보고 지혁이 헛웃음을 터뜨렸다.

"하아. 내가 또 이번 시즌 핑크에 미쳐 있는 건 다들 어떻게 알고. 어쨌든 잘 신을게요."

"내가 사 준 걸 더 많이 신어야 해."

"싫어요. 더 조금 신을 거야."

"왜?"

"오래 신어야 하니까."

혜윤의 말에 지혁은 눈동자를 한 바퀴 굴리며 고개를 절레절레흔들더니 그녀의 팔을 끌어당겨 꽉 끌어안았다. 이 가녀린 몸으로천하의 서지혁을 들었다 놨다 하네, 아주.

"얼른 가요. 훈련 시작하겠다."

"그래, 좀 있다 봐."

지혁은 혜윤의 환한 얼굴을 가슴속 깊이 박고 의무실을 나섰다.

✚

"문이 열려 있네? 바빠?"

열린 문틈으로 고개를 빠끔히 내민 이는 연희였다.

"어? 양 팀장님!"

"그냥, 언니라고 부르라니까. 불편하게."

"선수들 식사는 다 끝났어요?"

"아니, 아직 하고 있어. 식사 끝나면 의무실로 다들 들이닥칠 것 같아서, 미리 커피나 한 잔 하자고 왔지."

연희는 커피 두 잔과 과일이 한가득 놓인 접시가 있는 쟁반을 혜윤의 책상 위에 올려놓았다.

"너 요즘 피부가 말이 아니야. 과일 좀 많이 먹어."

"오, 감사합니다. 근데, 많이 안 좋아 보여요?"

혜윤은 아랫입술을 삐죽 내밀며 울상을 지었다.

"음, 까칠하다. 선수들 훈련 지켜보느라 계속 밖에 서 있어서 그런가?"

"그런가."

혜윤은 책상 위에 놓인 작은 거울을 보며 얼굴을 이리저리 살폈다.

"있잖아."

"네?"

마치 무슨 음모를 제기하듯 둘만 있는 곳에서 목소리를 죽인 연희가 눈을 가늘게 뜨며 고개를 갸웃했다.

"서지혁이."

"서지혁이?"

혜윤은 피곤함에 절어 몽롱해진 정신을 차리고자 카페인이 담뿍 담긴 커피를 홀짝이며 되물었다.

"나 좋아하는 것 같아."

"푸흡!"

예상치 못한 연희의 발언에 혜윤은 커피를 볼썽사납게 뿜어 버리고 말았다.

"놀랍지?"

랍다, 랍다, 놀랍다. 혜윤은 오랜만에 꺼내 입은 하얀 가운에 흘러내린 커피를 휴지로 닦아 내며 얼굴을 구겼다. 아, 젠장.

"근데 웬 가운이야, 오늘은?"

"그냥. 자꾸 내가 의사인 걸 잊어서요. 헤헤. 근데 왜 그렇게 생각하는 거예요?"

그래, 좀 들어나 보자. 우리 양 팀장님께서 어쩌다가 그렇게 생각하게 됐는지.

"자, 봐 봐. 나 들어오고 나서 한 이틀째 되던 날인가? 그때부터 열흘 넘게 나 퇴근할 때까지 기다렸다가 집에 태워다 주잖아."

"그 차 저도 같이 타고 가잖아요?"

"에이. 혜윤 씨 혼자만 있을 때는 안 태워 주다가, 내가 오니까 태워 주기 시작한 거잖아."

소사, 소사, 맙소사. 혜윤은 꿈꾸는 듯한 표정을 한 연희를 물끄러미 바라봤다. 지원 스텝 중에 여자는 혜윤과 연희 둘뿐이었다. 시원시원한 성격의 연희와는 그녀의 첫 출근 날, 식단을 짜면서부터 죽이 아주 척척 맞았는데.

퇴근길, 혼자 가는 것이 무섭지 않으냐며, 시간 맞춰서 같이 다

니자고 하기에 그러자고 했다. 그게 호수 공원 사건이 있었던 바로
다음 날이었고, 지혁은 그날부터 일부러 혜윤을 기다렸다가 집까지
태워다 주곤 했다. 물론 함께 다니는 연희도 같이.

강산시 외곽에 사는 연희를 먼저 내려 주고, 혜윤의 집으로 오며
지혁과 이런저런 이야기를 나누곤 했는데. 맙. 소. 사.

연희는 두 손을 꼭 모아 쥐고는 허공을 바라보며 몽롱한 표정을
지었다.

"서지혁 품에 안기면 얼마나 좋을까?"

그래, 좋더라. 참 두근거리고, 참 따뜻하더라.

"푸흡. 뭐 별다르기야 하겠어요?"

계속해서 웃음을 터뜨리는 혜윤을 연희가 쏘아보았다.

"참, 헛똑똑이야, 한혜윤 씨. 누가 그렇게 안기는 거 말하는 줄
알아?"

"엥?"

"남자 경험 없지?"

혜윤은 무안함에 입을 꾹 다물었다. 연희는 접시 위에 놓인 바나
나를 하나 들어 보이며 혜윤에게 물었다

"이것보다 크지 않을까?"

그녀의 어마어마한 질문에 혜윤은 턱이 빠질 듯 입이 떡 벌어진
채로 눈만 껌뻑거렸다.

"혜윤 씨, 혹시 '순수플레이어, 지혁' 알아?"

"알죠. 서지혁 선수 공식 팬 카페잖아요. 팬 카페 여러 개 있는
데, 지혁 선수가 가입한 곳은 거기뿐이죠?"

"그래, 바로 거기. 아주 순수하게 축구만 하시는 우리 지혁 선수

를 위한 공간이잖아?"

혜윤은 그게 그런 곳이냐며 아랫입술을 삐죽 내밀고 고개를 끄덕끄덕했다.

"거기 운영진만 들어갈 수 있는 게시판이 있어. 일명 조공 게시판."

"조공 게시판?"

"어, 팬들이 왜 시즌 개막전이나 이럴 때 선수들한테 간식 보내고, 선물 보내고 그러는 거. 그래서 서지혁 선수도 그 게시판은 볼 수가 없거든. 거기 말이 좋아 운영진 회의 게시판이지. 완전 '안' 순수 게시판이야."

"안 순수 게시판?"

혜윤이 피식 웃으며 '안'을 강조해 되묻자, 연희가 음흉한 얼굴로 대답했다.

"거기서 서지혁 선수 별명이 뭔지 알아?"

"제가 알 리가 있겠어요?"

혜윤은 연희와 비슷한 음흉한 표정을 지으며 눈을 가늘게 뜨고는 되물었다.

"서불룩."

"서불룩?"

"어. 거기가 불룩하다고."

혜윤은 마시던 커피가 목에 걸려서는 켁켁거렸다. 어디가 불룩해?

"유니폼 입고 그라운드에서 뛸 때는 모르겠는데, 청바지나 슈트 같은 슬림한 옷 입으면 아주 어마어마하다니까."

연희는 요염한 손동작으로 바나나 껍질을 벗기더니 앙 하고 한 입 베어 물었다.

"그 정도 크기에, 그라운드에서 90분 뛰는 체력에. 와."

연희의 말에 혜윤은 저도 모르게 침을 꿀꺽 삼켰다.

"혜윤 씨가 나 좀 도와줘."

엥? 뭘 도와? 그 바나나 따다 드려야 하나요? 혜윤은 어설피 웃어 보이며, 연희를 바라봤다.

퇴근길, 지혁의 차 안에는 서지혁 때문에 두근거리는 두 여자가 앉아 있었다. 연희는 계속 혜윤에게 눈치를 주었다.

'오늘은 혜윤 씨가 일 있다고 하면서 먼저 내려. 알았지? 꼭이야.'

아, 참 내. 내리기 싫어 죽겠네. 연희의 추진력은 정말이지 대단했다. 혜윤에게 집으로 가져간다는 핑계로 커다란 짐을 하나 만들라며, 이것저것 싸서 큰 봉투를 하나 만들어 주더니만, 짐과 함께 혜윤은 뒷좌석에 앉히고, 자신은 보조석을 차지했다.

혜윤이 뿌루퉁한 표정으로 아무 말도 하지 않고 앉아 있자 연희가 입을 열었다.

"아, 혜윤 씨, 오늘 친구 만나러 간다고 하지 않았어?"

"아, 네. 하하."

어색한 대답에 참으로 어색한 웃음이었다. 룸미러로 지혁이 혜윤을 흘끔 쳐다봤다. 친구? 친구 누구? 하는 표정이었다.

"전철역에서 내린다고 했지?"

"아, 네."

"누구야? 남자 친구야?"

연희의 물음에 지혁은 룸미러를 통해 눈을 부라렸다. 빠직 하는 소리가 들릴 듯 지혁은 이마를 구겼다.

"아, 아뇨. 그냥 대학 친구예요."

"어디 전철역에서 내릴 거야?"

"그냥 저 앞에 택시 있는 곳에 세워 주세요."

"지혁 씨, 들었죠?"

"아, 네."

지혁은 버석거리는 목소리로 짧게 대답해 보이고는 택시가 죽 서 있는 곳 바로 뒤에 차를 세웠다.

"조심히 가."

"네, 내일 봬요."

지혁은 고개를 절레절레 흔들어 보이며 앞만 보고 있었다. 아, 왜 또? 난 뭐 이러고 싶은 줄 아나?

멀어져 가는 차를 보며, 혜윤은 울상을 지었다. 양손 가득 들린 쓰레기들. 혜윤은 근처 편의점에 들어가 50L 종량제 봉투를 하나 사서 꾸역꾸역 쓰레기를 집어넣고는 편의점 주인이 알려 준 쓰레기 버리는 곳에 던져 버렸다.

택시를 타고 집에 온 혜윤은 씻지도 않고 침대에 널브러졌다. 양 팀장이 뭐라고 했을까? 서지혁은 뭐라고 대답했을까? 혜윤은 몸을 일으켜 화장대 앞에 앉았다.

어휴. 거울을 마주한 여자 사람은 한숨이 푹푹 나왔다. 허연 얼굴, 똥그란 눈, 그저 귀엽다는 말이 어울리는 얼굴이다. 그에 반해 연희는 까무잡잡한 피부에 가늘고 긴 눈, 도톰한 입술이 섹시한 인상을 주었다. 뚫어져라 거울 속 자신의 모습을 바라보고 있는데,

휴대전화가 울렸다. 지혁에게서 온 문자였다.

[내일 아침 일찍 의무실로 싸우러 가겠음. 기대하길.]

이건 또 무슨 선전포고야? 혜윤은 뭐라고 답문을 보낼까 하다가 그냥 침대에 벌러덩 누워 버렸다. 와 봐라, 서지혁. 말로는 나한테 못 당하면서.

✚

아침 일찍 의무실을 정리하고 있는데 노크도 없이 지혁이 들이 닥쳤다. 화내면 어쩌나 하고 생각했는데, 뜻밖에도 지혁의 얼굴은 묘한 희열로 젖어 있었다. 저 표정은 또 뭐야?

"무슨 일이에요?"

"무슨 일인지 알잖아."

"어제는…… 양 팀장님이 너무 몰아붙여서…….

"누구든 그렇게 몰아붙이면 그렇게 할 거야?"

"그게 아니라."

"그게 아니라, 뭐?"

혜윤은 꿀 먹은 벙어리가 되어 버렸다. 뭐라고 말하지? 나도 그러기 싫었는데, 자꾸 상황이 그렇게 몰렸다고?

"나도 그러기 싫었어요. 누군 좋아서 그런 줄 알아요? 얼마나 내리기 싫었는데."

"그럼, 내리지 말지 그랬어. 약속 없다고, 너도 서지혁 좋아한다고 하지!"

하? 내가 언제 서지혁 당신한테 좋아한다고 직접 고백했던 적 있었나? 이거 스텝오버야, 서지혁 씨.

혜윤이 멍한 표정으로 서 있자, 지혁이 만면에 미소를 띠며 입을 열었다.

"그래서 내가 해결했어. 걱정하지 마."

"뭘 어떻게 해결했는데요?"

"아주 오래전부터 내 팬이었다고, 혹시 자기 좋아하느냐고 하기에, 난 양 팀장님이 아니라 팀 닥터를 아주 많이 좋아한다고 했지. 아직 내가 직접 고백은 안 했으니까, 우리 팀 닥터한테는 비밀로 해 달라고. 그랬더니……."

"그랬더니?"

"자기가 도와주겠대."

"하?"

도와줘? 대체 뭘? 혜윤은 여전히 멍한 표정으로 지혁을 바라봤다.

"뭔가 든든하지 않아? 누군가 도와주겠다는데. 아, 나는 그럼 우리 든든한 지원 스텝 양 팀장님 도움받아서, 우리 팀 닥터한테 언제 진하게 고백해야 하나?"

환하게 웃어 보이는 지혁을 보자 혜윤은 헛웃음이 새어 나왔다. 그렇게 웃지 마, 서지혁. 너무 멋있으니까.

"나가서 훈련이나 해요."

"그래, 그럼 난 간다. 오늘은 내가 이긴 듯! 난 양 팀장님이랑 계획이나 세워야지!"

의기양양한 지혁이 나가고 난 후, 지끈거리는 머리를 잡으며 한숨을 몰아쉬는데 연희가 의무실로 들이닥쳤다. 아, 왜 또.

"혜윤 씨, 대박 뉴스."

"네?"

"내가 설마 했는데."

응? 하는 표정으로 그녀를 바라보는 혜윤에게 연희는 대단한 비밀을 말하듯 입을 열었다.

"서지혁."

"네."

가슴이 두근두근했다. 설마 쪼르르 달려와서 나한테 말하려는 거임?

"게이 같아."

"네에?"

자신이 어제 고백했는데, 아주 심각한 이야기를 들었다고 했다. 절대 아무한테도 말하지 말라며, 우리 서지혁 선수 안됐다며. 아, 날 좋아하는 게 그렇게 귀결되나? 근데 괜한 안도감이 드는 건 왜일까?

지혁에게는 미안하지만 그렇게 오해하는 게 나을지도 모른다는 생각이 들었다. 나중에 정말 사이가 깊어지고, 함께 미래를 생각하는 사이가 된 후 밝혀지는 것은 상관이 없지만, 지금은 이러는 편이 낫겠다 싶었다.

혜윤은 까르르 웃으며 에이, 설마요, 하고 연희의 말에 박자를 맞춰 주고, 그래도 다른 이들에게는 절대 말하지 말라고 했다. 연희는 어제 자신에게 속마음을 털어놓고 그렇게 행동한 게 민망했는지 쉴 새 없이 수다를 떨어 댔다.

어쨌든, 지혁 선수, 오늘도 의무실 싸움은 내가 이긴 듯. 혜윤은 연희와 함께 키득키득 웃었다.

✚

똑똑, 힘이 없는 노크 소리가 의무실 안을 울렸다. 이번엔 또 어떤 지친 영혼이신가?

"네, 들어오세요."

토요일 오전 연습이 끝난 뒤, 의무실 문을 열고 들어온 선수는 미드필더 강준민이었다. 말수가 적고, 진중해 보이는 그가 자의로 의무실을 찾은 것은 처음이었다.

"어디 불편해요?"

"종아리가 조금 뻐근해요."

"저기 엎드려 볼까요? 일단 통증 가라앉게 냉찜질부터 할게요."

준민은 말없이 침대에 엎드려 혜윤이 처치를 하도록 가만히 있었다. 혜윤은 전기 주전자에서 팔팔 끓은 물을 애플민트티가 담긴 잔에 부어서 준민에게 건넸다. 긴장을 좀 풀라는 의미였다.

"고마워요."

"식사는 했어요?"

"네."

누구나 자신의 자리를 불안해한다. 그게 최고의 자리든, 아니든. 준민은 슬럼프라도 겪고 있는 듯 바람 빠진 축구 공처럼 힘이 없어 보였다.

"준민 선수."

"네?"

"무슨 고민 있어요?"

"그냥. 뭐, 선수 누구나 하는 고민이죠."

"어떤?"

준민은 엎드린 채로 차를 한 모금 머금고는 입을 열었다. 혜윤은 바로 옆에 있는 의자에 걸터앉아 준민의 말에 귀를 기울였다.

"나이에 비해 경기 경험이 많지도 않고, 기술이 뛰어난 것도 아니고, 나만 한 속도를 가진 선수들은 많고……."

"흠, 단점만 나열했네요?"

"아, 그런가요?"

"준민 선수는 패스 정확도도 뛰어나고, 골 결정력이 좋아서 어시스트 성공률도 높고, 힘이 넘치는 선수예요."

"그 세 가지만 가지고는 잘 안 되는 것 같아요."

"그럼."

"그럼?"

혜윤은 한참을 생각하다가 입을 열었다.

"준민 선수의 장점을 살린 개인기를 하나 만드는 게 어때요?"

"개인기?"

혜윤은 싱긋 웃으며 고개를 끄덕였다.

"혹시 데이비드 베컴을 유명하게 만든 하프라인 슛 알아요?"

"아. 96—97 프리미어리그 시즌에서 윔블던 상대로 넣은 골이요?"

"네."

혜윤은 고개를 끄덕끄덕하며, 환하게 웃었다.

"밑져야 본전이잖아요. 한번 연습해 봐요."

준민은 새로이 생겨난 목표 때문인지, 아니면 잠깐의 따스한 대화 덕분인지 얼굴색이 살아났다. 혜윤은 빙그레 미소를 지으며 그런 준민의 종아리를 정성껏 마사지해 주었다.

마사지에 열중하고 있는데, 누군가 노크와 동시에 의무실 문을 활짝 열어젖혔다. 또 다른 미드필더 경진이 생긋 웃으며 특유의 빠른 말투로 말을 쏟아 냈다.

"어? 준민 형도 있었네?"

"들어와요."

"아뇨. 오늘 저녁때 단합대회 한대요. 그것 때문에 왔어요."

"단합대회?"

준민과 혜윤이 동시에 고개를 돌리며 묻자 경진이 문가에 기댄 채 키득거리며 대답했다.

"뭐, 누구 아이디어인지는 모르겠는데 아주 유치하게 영화 단체 관람한대요."

키득거리며 웃는 경진의 웃음소리에 혜윤도 웃음이 나왔다.

"어디로 가야 돼요?"

"이따 용규 형이 단체 문자 돌릴 거예요."

"네, 그럼 이따 봐요."

아, 이 건전하고 순수한 선수들을 보라! 부어라 마셔라 한바탕 술자리라도 만들 줄 알았는데, 영화 단체 관람이라니. 어려서부터 축구만 하고, 축구만이 인생의 전부인 줄 알고 산 선수들에게 프로 무대에 데뷔한 이후 주어지는 자유시간의 꿀맛은 그저 보통 사람이 일상처럼 겪는 소소한 일들을 즐기는 것이었다.

용규는 티켓오피스 앞에 모인 사람들의 숫자를 세느라 정신없었다.

"다 왔네! 김현준 팀장님은 못 오신다고 했고. 서지혁 왔어?"

지혁은 모자를 푹 눌러쓴 채로 용규의 뒤에서 옆구리를 쿡 찔렀다. '서지혁' 세 음절에 주변 사람들의 시선이 선수들에게 몰렸다.

"아하하. 지혁이도 못 온다고 했구나!"

용규의 말에 사람들은 다시 고개를 돌렸다.

혜윤은 괜히 쓴웃음이 났다. 강산시는 야구 수도라 불릴 만큼 야구가 유명한 도시였고, 축구는 그다지 인기가 없었기에 강산FC 선수 전체가 모여 있음에도 그들을 알아보는 사람들은 거의 없었다. 그저 몸 좋은 남정네들 수십 명이 모여 있는 것으로 보였을 것이다.

가끔 지나가는 사람 중 한두 명이 혹시 축구 선수 아니냐고 묻기는 했지만, 그들의 이름을 정확히 알지는 못했다. 그들 사이에 서지혁이 숨어 있다는 것을 알았다면, 아마 극장 전체가 뒤집어졌겠지만.

40여 명이 단체 관람을 하게 된 영화는 사실을 바탕에 둔 범죄 추리물이었다. 혜윤은 끔찍하도록 잔인하고 폭력적인 장면이 계속되는 영화를 보다 말고 상영관 밖으로 나왔다.

상영되는 영화의 포스터들이 벽에서 환하게 빛나고 있는 멀티플렉스 영화관 복도에 가만히 서 있는데 누군가 한숨을 내쉬는 혜윤의 어깨를 톡톡 두드렸다. 고개를 돌려 보니 지혁이 걱정스러운 얼굴로 혜윤을 내려다보고 있었다.

"여기서 뭐 해?"

화장실에 가려고 나왔는데 아무도 없는 상영관 문 앞에 혜윤이

서 있는 모습이 보였다. 한숨을 푹 내쉬었다가, 벽에 붙어 있는 포스터들을 둘러보는 그녀의 얼굴이 하얗게 질려 있었다.

"그냥, 영화가 좀……."

"왜?"

"낯선 곳에서 혼자 있을 때 생각나면 무서운 영화여서요. 저렇게 사실적이면서 무서운 영화는 싫거든요."

지혁은 혜윤을 이끌고 상영관 문 옆에 마련된 기다란 의자에 앉혔다.

"그래서 혼자 나와 있었던 거야?"

"잠깐 나왔는데 다시 들어가기 싫어서, 영화 끝날 때쯤 다시 들어가려고요. 지혁 선수는 안 들어가요?"

지혁은 입술이 가늘게 맞물리도록 다물었다가 어깨를 으쓱해 보이고는 입을 열었다.

"나랑 다른 거 볼래?"

"응?"

혜윤은 고개를 갸웃하며 지혁을 바라봤다.

"너 보고 싶은 걸로 보자. 이제 곧 시즌 시작하면 극장 오기도 쉽지 않을 텐데……. 재미있는 거 보고 가자."

"나랑 같이 영화 봐도 돼요?"

혜윤이 주변을 살피며 조심스레 물었다. 뭐, 경기장, 의무실, 그의 차 안, 아무도 없었던 호수 공원은 상관없었지만, 극장엔 보는 눈들이 너무 많았다.

"아무도 내가 극장에 있을 거라곤 생각 못 할걸? 나 화장실에 숨어 있는 동안 네가 나가서 표 사 와."

"뭐야. 본인이 보고 싶은 영화 있어서 나 시켜 먹는 거 아녜요?"

"영화는 네가 고르고."

지혁의 말에 혜윤은 휴대전화를 들고 멀티플렉스 영화관 애플리케이션을 켰다.

"이게 뭐야?"

"미개하시기는."

"뭐야?"

지혁이 발끈하는 것을 보고 혜윤이 피식 웃었다.

"여기서 그냥 표 사면 돼요. 그럼 나갔다 들어왔다 할 일도 없고."

혜윤은 한참 화면을 툭툭거리더니 지혁에게 내밀었다.

"나 이거 보고 싶어요!"

"이게 뭔데?"

혜윤이 고른 영화는 전쟁 중에 헤어진 연인이 전쟁이 끝나고 다시 만나서 사랑을 이룬다는 내용의 로맨스물이었다.

"그래. 그거 보자, 그럼."

지혁에게 스크린 위의 영상은 무슨 영화든지 상관없었다. 어두컴컴한 극장 안에서 그녀와 나란히 있을 수 있다는 것만으로도 가슴이 쿵쿵 뛰었다.

"자리는 어디든 상관없어요?"

"맨 뒤였으면 좋겠어."

"알겠어요. 지혁 선수가 늦게 들어와야 하니까. 맨 뒤 복도 자리!"

혜윤은 모바일 결제까지 마치고는 지혁을 보며 장난스럽게 웃어 보였다.

"자, 지혁 선수?"

"음?"

지혁은 한없이 자상한 음성으로 되물었다.

"연봉이 훨씬 적은 내가 영화 쐈으니, 지혁 선수는 팝콘 사 와요."

"내가 어떻게 나가?"

자상한 음성은 이내 사그라지고, 잔뜩 오그라든 작은 목소리가 툭 하고 튀어나왔다.

"와. 치사하다. 그럼 팝콘도 내가 사요?"

"알았어. 내가 살게."

지혁이 자리에서 일어나려 하자 혜윤의 지혁의 옷자락을 움켜잡았다.

"미쳤어요?"

눈을 동그랗게 뜨고 자신을 올려다보는 혜윤의 모습에 지혁은 킬킬 웃음이 터졌다.

"화장실에 있다가, 20분 뒤에 이 자리로 와요."

혜윤은 휴대전화 화면을 보여 주며 자리 번호를 알려 주었다. 지혁은 알겠다며 고개를 끄덕끄덕하더니 화장실로 향했고, 혜윤은 다시 밖으로 나가 팝콘과 콜라 한 잔, 지혁을 위한 생수 한 병을 사고는 연희에게 문자를 보냈다.

[영화가 너무 무서워요. 저 먼저 집에 간다고 전해 주세요.]

아뿔싸. 자리를 마주하자마자 혜윤의 심장이 쿵쾅쿵쾅 뛰었다. 스위트존? 맨 뒷좌석은 두 개의 좌석이 마치 소파처럼 이어져 있었고, 옆자리 사람은 보이지 않도록 도서관 책상처럼 높은 벽이 솟아 있었다.

혜윤은 일단 자리에 앉아서 콜라를 한 모금 빨아들였다. 이 옆에 앞으로 두 시간 이십삼 분 동안 서지혁이 앉을 거라고? 어오, 속 타.

영화가 시작한 지 5분쯤 지났을 때 지혁이 슬금슬금 올라와 혜윤의 옆에 앉았다. 지혁은 자리에 앉자마자 혜윤에게 귓속말을 해 왔다.

"우와! 이 자리 뭐야?"

귓속에 스며드는 그의 작은 목소리와 숨결에 혜윤은 심장이 벌컥 튀어나오려 했다.

"몰라요. 맨 뒤가 이렇게 생겼네."

"흐흐, 좋다."

지혁은 소리를 죽여 키득거리고 웃더니 왼팔로 슬쩍 혜윤의 어깨를 감싸 자신의 품으로 잡아끌었다. 혜윤이 깜짝 놀라서 움찔하자 그가 다시 귓속말을 해 왔다.

"이리 와."

"뭐 하는 거예요?"

"왜? 싫어? 소리라도 지를 거야?"

심장이 커다랗게 쿵쾅쿵쾅거렸다. 다행이다. 스크린에서는 전쟁 장면이 한창이었다. 혜윤은 총소리보다 더 크게 들리는 것 같은 자신의 심장 소리를 죽이려 팝콘을 입에 꾸역꾸역 집어넣었다.

오른쪽 어깨가 지혁의 왼쪽 품에 들어가 있었고, 지혁의 숨소리가 자꾸만 귓전을 울렸다. 연습이 끝난 후 의무실에서 느낄 수 있는 상큼한 샴푸와 보디클렌저 향이 섞인 그의 체취도 좋았지만, 평범한 일상의 바깥 공기와 어우러진 그의 향수 냄새는 미치도록 심장을 내달리게 했다. 아, 어쩌지. 이러다 심장마비로 죽으면.

팝콘을 집으려는데 팝콘 통에 들어가 있던 지혁의 손과 혜윤의 손이 부딪혔다. 깜짝 놀라 고개를 돌려 지혁을 쳐다보니 그가 싱긋 웃으며 혜윤의 입에 팝콘을 넣어 주었다. 아, 이 팝콘 안 씹고 고이 간직하고 싶다.

자신의 품에서 영화를 보는지 마는지 바르작거리는 혜윤이 좋아서 지혁은 몸이 둥둥 떠다니는 것 같았다.

사실 지혁은 맨 뒷좌석이 이렇게 생겼다는 걸 알고 있었다. 아까 다른 영화를 보러 들어갈 때, 상영관 입구에 붙어 있는 좌석 배치도에서 커플 좌석이라는 단어를 봤었다. 혜윤이랑 저기 앉아 봤으면 했었는데 보고 있는 영화가 무섭다며 나와 있는 그녀가 어찌나 반갑던지.

혜윤은 어느새 영화에 빠져들었다. 다시 재회한 두 남녀가 울음을 터뜨리는 것을 보고 함께 눈물을 흘렸다. 몸을 들썩이며 훌쩍이자 지혁이 왼쪽 어깨를 더 꽉 감싸 안으며 뺨 위로 흐르는 눈물을 오른손 엄지로 정성스레 닦아 주었다.

"왜 그렇게 서럽게 울어, 마음 아프게."

조용조용 귓속말을 하더니 혜윤의 관자놀이에 쪽 하고 입을 맞추는 지혁의 행동에 숨이 멎는 것 같았다. 내 오늘 이러다가 이 극장에 뼈를 묻겠군. 혜윤은 울음을 삼키고 고개를 돌려 슬쩍 웃어 보였다. 지혁의 얼굴이 점점 다가오는가 싶더니, 혜윤의 이마에 입을 맞췄다.

"영화 끝날 때 다 된 거지? 나 미리 나가서 차 빼 놓고 있을게. 나오면 전화해."

지혁은 몸을 낮추고 상영관을 빠져나갔다. 혜윤은 팝콘 통을 꼭 끌어안으며 떨리는 손을 맞잡았다.

✚

거울 앞에 선 지혁은 콧노래가 절로 나왔다. 오랜만에 쉬는 일요일, 양 팀장이 팀닥과 공연을 볼 수 있게 해 주겠다며, 공연 티켓을 내밀었다. 이미 한 차례 극장에서 두근거리는 영화 관람을 경험한 터라 그녀와의 첫 공식 데이트가 더욱 기대되었다.

팀닥은 먼저 공연장에 들어가 있을 거고, 공연이 시작된 뒤 들어가면 될 거라는 양 팀장의 말에 고맙다는 말을 수백 번도 더 했다. 역시, 센스 있는 양 팀장! 좌석도 지혁이 몰래 들어갈 수 있는 오른쪽 블록의 제일 오른쪽 뒷자리였다.

지혁은 공연장에 주차를 마친 뒤, 혜윤에게 전화를 걸었다. 통화 연결음이 들려오자 가슴이 쿵쾅거리며 뛰었다. 그녀는 소개팅하러 그곳에 오는 줄 안다고 했다. 그 자리에 내가 앉아 있는 걸 보면 얼마나 놀랄까? 소개팅은 왜 나왔느냐고 혼내 줘야지. 지혁의 입꼬리가 자꾸만 하늘을 향해 치솟아 올랐다.

— 여보세요?

"어디야?"

— 잠깐 나왔어요.

"어딘데?"

지혁은 일부러 짓궂게 그녀가 어디 있는지를 집요하게 물었다.

— 엄마가 필요한 게 있으시다고, 사다 달라고 하셔서 백화점 왔어요. 왜요?

하하. 그러시겠지. 지혁은 웃음을 참으려 입술을 꽉 깨물었다.

— 급한 일 아니면, 이따 전화할게요.

"그래, 이따 봐."

아, 이따 보자는 말은 괜히 했나? 지혁은 어깨를 으쓱하며 푸시시 웃었다.

지혁은 공연장 화장실에서 공연 시작 알림 방송이 시작됨과 동시에 움직였다. 자, 이제 들어가자. 손 꼭 잡고 공연 봐야지. 공연 보고 뭐 하지? 저녁은 뭐 먹지? 어디 가서 먹지? 조용한 데 가자고 할까? 아니면 집에 데려가서 밥해 준다고 할까? 흐흐.

지혁은 부푼 가슴을 그러모으며, 가죽 재킷의 매무시를 만지고, 헌팅캡을 푹 눌러썼다. 공연장 관계자가 지혁을 알아보고 빙그레 웃어 보였다. 이따가는 커튼 콜이 시작하면 바로 빠져나와서 차를 빼 놔야겠다 싶었다.

공연이 끝나고 뭘 해야 할지에 대한 온갖 음흉한 생각을 하며 지정 좌석에 앉았는데, 옆에 앉아 있는 사람을 마주한 순간 머릿속이 하얗게 탈색되었다. 양연희 영양사님, 잘못 버무렸잖아요!

무대 위에서 조명이 번쩍이자, 현준도 황당한 얼굴로 지혁을 바라봤다. 아, 젠장.

"너, 이 공연 계속 볼 거냐?"

"아니요."

"나가자."

성 소수자의 사랑을 그린 공연. 아, 양연희 팀장! 이 여자를 어떻게 해야 할까? 현준은 파르르 떨리는 주먹을 꽉 움켜쥐며 한숨을 내쉬었다. 현준은 지혁에게 명함을 하나 내밀었다.

"여기로 와, 조용히 얘기나 하게."

"네."

현준이 내민 것은 어느 일식집 명함이었다.

"그래서요? 팀장님은 소개팅하는 자리인 줄 알았는데 내가 있었다고요?"

참치회 한 점을 입에 넣다 말고 뜨악한 표정을 지으며 지혁이 물었고, 현준은 씁쓸한 표정으로 사케를 한 모금 들이켜며 고개를 끄덕였다.

"너 뭔가 알지?"

현준의 물음에 지혁은 입을 꾹 다물었다. 혜윤의 상사에게 그녀를 마음에 두고 있다고 말해서는 안 될 것 같았다.

현준은 발톱을 숨기고 자신의 앞에 순한 척 앉아 있는 사자를 매와 같은 눈으로 노려보았다.

"너 혜윤이 좋아해?"

지혁은 눈을 커다랗게 뜨고는 현준을 바라봤다. 순진하기는. 이렇게 감정을 못 숨겨서야.

"쉽지 않을 텐데?"

고개를 내저으며 쉽지 않을 거라고 말하는 현준의 묘한 표정에 지혁은 기분이 상했다.

"뭐가 쉽지 않다는 말씀이죠?"

"혜윤이…… 얼마나 알아?"

"아직 잘 몰라요. 서로 알아 가는 중이니까."

"잘해 봐. 쉽지는 않을 거라고, 나 분명히 말했다."

현준의 진중한 눈빛에 지혁은 미간을 찌푸렸다. 뭐가 쉽지가 않아? 세상에 그럼 쉬운 사랑도 있나? 지혁이 피식 웃으며 물을 한 모금 마셨다.

"왜 웃어?"

"양연희 팀장은 어쩔까요?"

"뭐 어째, 우리 둘이 잘 사귀고 있다고 하면 되지."

"하하하하."

지혁은 유쾌하게 웃어 젖히다 말고, 어두운 표정을 지으며 말했다.

"농담도 그런 무서운 농담은 하지 마세요."

"내가 알아듣게 말할게. 걱정하지 마."

✚

월요일 아침, 현준은 출근하자마자 자신의 방으로 양 팀장을 불렀다. 연희는 현준의 방으로 향하는 동안 주먹을 불끈 쥐며 폐부 깊숙한 곳까지 산소를 들이밀었다. 그래, 이 정도는 각오했지. 분명 월요일 아침에 현준이 자신을 부를 거로 생각했다.

현준에게 미안하기는 했지만, 마음을 전하지 못하고 전전긍긍하는 지혁이 너무 안쓰러웠다. 연희는 오랜 시간 그의 팬이었고, 그의 취향은 존중되어야 한다며 다시 한 번 의지를 다졌다.

그렇게 한 번 만나서 지혁이 고백하고 현준이 거절한다면 지혁이 상처는 받겠지만, 그렇게 빨리 끝내는 게 좋을지도 모른다는 생각도 들었다. 아, 불쌍한 우리 서불룩.

연희는 떨리는 손을 그러쥐고는 의무팀장의 방문을 두드렸다.

"네, 들어오세요."

"팀장님, 좋은 아침이에요."

"앉아요."

현준은 데스크 앞에 놓인 의자를 가리켰고, 연희는 조심스레 의자에 앉았다. 심장이 콩닥거렸다. 아, 김현준 팀장, 화 많이 났겠지?

"어제 일은 정말 죄송해요."

연희는 얼굴을 붉히며 고개를 푹 숙여 보이고는 다시 입을 열었다.

"그렇지만, 지혁 선수 마음이 너무 안타까워서요. 팀 닥터를 마음에 두고 있다는데, 아직 고백 못 했다고, 아무한테도 말하지 말라고 하는데, 너무 안타깝잖아요."

울상을 지으며 심각하게 흘러나오는 그녀의 대답에 현준은 웃음을 참으려 어금니를 꽉 물었다.

"혹시…… 거절하셨어요?"

현준이 결국 황당한 웃음을 터뜨리며 연희를 바라보자, 그녀는 어쩔 수 없겠다는 표정을 지으며 다시 입을 열었다.

"잘하셨어요. 지혁 선수도 빨리 포기하는 게 낫죠. 마음이 더 깊어지면 얼마나 힘들어지겠어요."

"양 팀장님?"

"네?"

"이거 한 번 읽어 보세요."

현준은 자신의 데스크 위에 놓인 명패를 가리켰다.

"의무팀장, 팀 트레이너, 김현준."

때마침 노크 소리가 들려왔다. 나이스 타이밍!

"들어와."

"팀장님, 주말 잘 보내셨어요? 어? 양 팀장님도 계셨네요? 여기 인저리 테이블이요."

혜윤이 생긋 웃으며 인사를 건네곤 현준에게 파일을 하나 건넸다.

"어, 수고했어. 혜윤아, 잠깐 네 출입증 좀 주고 갈래?"

"출입증이요?"

"어, 뭐 착오가 있나 봐. 출입등록사무실에서 갖다 달라고 해서."

"제가 갖다 줄게요. 팀장님 것도 주세요."

"아니, 내가 사무실에 볼일도 있고. 여기 놓고 가."

혜윤은 목에 걸고 있던 출입증을 벗어서 현준의 책상 위에 올려놓고 방을 나섰다. 의미심장한 표정을 지어 보이며 현준은 혜윤의 출입증을 연희에게 내밀었다.

"양 팀장님, 거기 있는 거 한 번 읽어 보세요."

"의무팀, 팀 닥터, 한혜윤. 히익!"

연희의 표정이 썩은 양파처럼 뭉그러졌다. 맙소사! 내가 무슨 짓을 한 거야! 맙소사. 그러니 우리 지혁 선수가 그렇게 퇴근길에 기를 쓰고 기다렸다가 데려다 준 거구나. 맙소사! 나 뭐 바보야?

"무슨 짓을 했는지 아시겠어요?"

"아…… 정말 죄송해요, 팀장님. 이를 어쩌죠? 우리 지혁 선수 화 많이 났어요? 어쩌면 좋아."

연희는 당장에라도 울음을 터뜨릴 것 같은 표정이었다.

"화 안 났어요. 그냥 좀 당황했지. 우리 지혁이가 얼마나 건장한 남잔데."

"아, 뭐 그렇기야 하죠. 하하. 하하하."

어색하게 웃어 보이는 연희에게 현준도 허탈하게 웃어 보였다.

"그리고 나도 그렇고."

톤이 바뀐 현준의 목소리에 연희는 고개를 갸웃했다.

"우리 양연희 씨, 내 인생에 양념 좀 쳐 볼래요?"

현준의 말에 붉어져 있던 연희의 얼굴이 곧 터질 듯 새빨갛게 달아올랐다.

✚

삼일절! 독립운동 기념일! 드디어 나도 독립이다! 비록 숙소로 들어가는 일이었지만, 혜윤은 기쁨에 몸 둘 바를 몰랐다. 드디어 김자희 여사와 그의 남편과 그의 아들들의 시야에서 벗어나는구나! 우캬캬캬. 혼자 간다고 했는데도, 굳이 큰오빠 도윤은 숙소까지 혜윤을 태워다 주겠다고 했다.

"오빠, 모자 써."

"왜?"

"오빠가 내 오빠인 거 알려지는 거 싫어. 불편하단 말이야."

"그래, 나도 너 같은 왈가닥이 내 동생인 거 싫다."

도윤은 하나밖에 없는 여동생 숙소까지 자청해서 쫓아왔으면서도 괜히 툴툴거렸다.

"무슨 짐이 이렇게 많아?"

"나도 여자랍니다."

"웃기시네."

혜윤이 눈을 흘기자 도윤이 피식 웃으며 머리를 콩 쥐어박았다.

"이게 오빠한테."

"얼른 가, 누가 보기 전에."

"짐 올려다 주고 갈게."

"내 방 1층이야. 그냥 내가 옮길게. 바퀴 달린 가방 끌고 가면 되는데, 뭐."

"그래, 그럼. 잘 들어가고. 누가 괴롭히면 오빠한테 일러! 누가 오빠라고 부르라고 헛소리를 지껄인다든지, 막 누나, 누나 하면서 달라붙는다든지 하면!"

"됐네요!"

도윤이 탄 빨간색 페라리가 멀어져 가는 것을 보며 혜윤은 한숨을 크게 내쉬고는 캐리어를 끌기 시작했다.

"혜윤 쌤, 대박!"

"왜, 왜?"

경진의 외침에 휴게실에 모여 있던 대여섯 명 남짓한 선수들의 시선이 동시에 경진에게 꽂혔다.

"오늘 혜윤 쌤 숙소 들어오는 날인데, 웬 모자 푹 눌러쓴 덩치 좋은 남자가 페라리 스페치알레로 태워다 주고 갔어!"

"뭐?"

선수들이 일제히 눈을 휘둥그렇게 뜨며 경진을 바라봤다. 덩치 좋은 남자? 페라리 스페치알레? 휴게실에서 잡지를 뒤적이고 있던

107

지혁의 눈썹이 꿈틀거렸다.

지혁은 질투심으로 활활 타오르는 가슴을 달래며 2층에 있는 자신의 방으로 향했다. 휴대전화의 통화 버튼을 눌러서 혜윤에게 전화를 걸었다. 요즘 통화를 하는 이는 혜윤뿐이어서 그냥 통화 버튼만 길게 누르면 그녀에게 전화가 갔다.

"어디야?"

— 방이요! 헤헤.

시계를 보니 저녁 8시, 취침 점호까지 한 시간이 남아 있었다.

"9시 반에 창문 열어 놔."

— 엥?

"그렇게 알아."

지혁은 점호가 끝나고, 창문을 열어젖혔다. 내가 이 자리 차지하려고 얼마나 고생한 줄 알아, 한혜윤? 지혁은 벽에 붙은 가스관을 타고 1층으로 내려갔다. 아, 참 내. 창문 열어 놓으라니까.

누군가 창문을 두드리는 소리에 혜윤은 침대 위를 정리하다가 말고 소스라치게 놀랐다. 창가에 지혁이 몸을 쭈그리고 앉아서는 혜윤을 바라보며 싱긋 웃어 보였다.

혜윤이 얼른 창문을 열어 주었고, 지혁은 날랜 가젤처럼 몸을 움직여 방 안으로 들어왔다. 그는 외부의 시선을 차단하려는 듯 블라인드를 내려 버렸다. 자신의 방과 똑같은 구조의 방이었지만 방 안 공기는 혜윤의 체향으로 가득 차 있었다. 아, 좋다.

"방 정리 중이었어?"

"뭐 하는 거예요, 지금?"

혜윤은 지혁이 지나온 동선을 살피며, 둘밖에 없는 방을 두리번 거렸다.

"내 방 바로 위야."

"아니, 지혁 선수 방이 어딘지 묻는 게 아니라, 지금 뭐 하는 거냐고요."

"방 구경."

"방 구경?"

지혁은 멍하게 서 있는 혜윤의 팔을 끌어당겨 품에 안았다. 우리 한혜윤 구경.

"누가 데려다 줬어?"

"큰오빠요."

큰오빠? 야구 선수라던 오빠? 유명한가? 하고 물을까 하다가 망설였다. 운동선수라고 다 유명한 것도 아니고, 유명하다고 해도 본인이 말하고 싶지 않아서 하지 않는 것이라면 굳이 캐묻지 않는 것이 좋겠다 싶었다.

"난 또 남자가 데려다 줬다고 경진이 녀석이 막 떠들어 대서 누군가 했네."

"에이. 내가 뭐 숨겨 둔 기둥서방이라도 있을까 봐?"

지혁이 뜨악한 표정으로 혜윤을 내려다보자 혜윤이 피식 웃으며 지혁을 밀쳐 냈다.

"얼른 올라가요. 나 이제 잘 거야. 짐 푸느라 힘들었어요."

"잠드는 거 보고 갈게."

혜윤의 얼굴이 화르르 달아올랐다. 이 남자 뭐라는 거야?

"뭘 보고 가요?"

지혁이 푸시시 웃어 보이며 말했다.

"그때 극장에서 네가 그랬잖아. 낯선 곳에서 혼자 있으면 무서울 것 같다고. 너 잠드는 거 보고 올라갈게. 아직 여기 낯설잖아."

흑심을 뺀 진심이었다. 그저 그녀가 숙소에 처음 들어왔다는 두려움 없이 편히 잠들었으면 하는 마음이었다.

"말이 되는 소리를 해요. 누가 보고 있는데, 잠이 오겠어요?"

"잘 준비는 다 된 건가?"

혜윤은 의심스러운 얼굴을 하며 고개를 슬쩍 끄덕였다. 지혁은 전등 스위치가 어디 있는지 안다는 듯 불을 꺼 버렸다.

"자, 누워, 얼른."

혜윤은 지혁에게 등이 떠밀려 침대에 누웠다. 심장이 쿵쾅쿵쾅 뛰었다. 혜윤이 베개에 머리를 댐과 동시에 지혁이 머리를 괴며 혜윤의 옆에 모로 누웠다.

"지금 뭐 하는 거예요?"

"목소리 낮춰. 숙소 사람들 다 부를 셈이야? 얼른 자. 내일 새벽부터 일어나서 훈련 지켜봐야 하잖아."

지혁은 이불을 끌어 올려서 혜윤의 어깨까지 덮어 주고는 토닥거렸다.

"나 잠들고 몰래 이상한 짓 하면 안 돼요!"

"어떤 이상한 짓?"

"뭐, 괜히 들춰 본다든가. 뭐, 괜히…… 뭐……."

"괜히 뭐?"

어두운 밤 지혁의 목소리가 음흉하게 울렸다. 혜윤의 심장은 그 소리를 집어삼킬 듯 크게 울리고 있었다. 아, 내가 내 무덤을 팠지.

"아, 아, 몰라요."

"걱정하지 말고 자. 내가 그렇게 파렴치해 보여?"

사실 파렴치했다. 차에서 잠든 혜윤의 입술을 몰래 훔쳐 낸 적이 있으니까.

"도둑고양이 같아."

그 말을 하는 목소리가 갸르릉거려서 혜윤이 더 고양이 같았다.

"뭐?"

"도둑고양이처럼 몰래 숨어들어 왔잖아요."

"주인 모르게 온 거 아니고, 주인 알게 왔으니 도둑고양이는 아니지. 얼른 자. 피곤하다며."

혜윤은 쿵쾅거리는 심장 가까이 이불을 모아 쥐고는 눈을 질끈 감았다. 차라리 잠든 척하면 그가 빨리 돌아갈 거란 생각이 들었다. 목표를 달성해야 물러나는 운동선수의 근성을 혜윤이 모를 리 없었다. 일부러 새근새근 규칙적인 숨소리를 내려 노력했다.

지혁은 커다란 손으로 혜윤의 머리를 한 번 쓰다듬더니 침대에서 몸을 일으켰다. 오오, 서지혁. 그냥 점잖게 가네. 정말.

어두운 밤 창문 너머 우아하게 사라지는 지혁의 모습을 혜윤은 물끄러미 바라봤다.

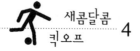

"혜윤 쌤, 대박! 완전 재발견이야!"

새벽부터 쏟아진 폭설에 구장 전체가 잠식당했다. 3월에 눈이 내리는 것도 신기한데 이런 폭설이라니. 덕분에 짐(Gym)실에서 기초 체력 운동을 하고 있던 선수들의 눈이 또다시 문가에 서서 소리를 내지르는 경진에게 향했다. 지혁도 한심한 눈으로 경진을 쏘아봤다.

"또 뭔데 그래?"

한결이 러닝머신 속도를 낮추며 물었다.

"가서 볼래?"

뭐? 가서 뭘 봐? 지혁이 미간을 좁히며 날카로운 눈으로 경진을 노려보자, 경진은 생긋 웃으며 말했다.

"형도 갈래요?"

"싫어."

"와, 후회할 텐데……."

경진의 꼬임에 넘어간 선수 예닐곱 명이 경진의 뒤를 따랐다. 물론 맨 뒤에 슬금슬금 움직이는 이는 서지혁이었다. 경진은 이제 조용히 해야 한다는 듯 입술에 검지를 가져다 대며 쉬! 하는 입 모양을 만들어 냈다.

경진은 마치 도둑고양이라도 된 듯 살금살금 걸었고, 그의 뒤를 따르던 선수들도 똑같이 따라 했다. 다 왔다는 듯 복도 끝에 있는 문 앞에 서서 고개를 끄덕끄덕해 보인 경진은 안을 보라는 듯 문에 달린 조그만 유리를 가리켰다.

유리에 붙어 있는 시트지 틈새로 시선을 구겨 넣었던 선수들이 신세계를 발견했다는 표정으로 엄지를 척 하고 들어 보였다. 원 따봉, 투 따봉…… 식스 따봉. 앞서 있던 여섯 명의 따봉을 본 지혁은 심장이 묘하게 뜀과 동시에 얼굴이 구겨졌다. 대체 뭔데?

"형도 봐요."

지혁은 못 이기는 척 투명한 틈새로 눈을 가져다 댔다. 맙소사! 등 뒤에서 따봉들이 수군거리는 소리가 들렸다. 여자깨나 만나 봤다는 공격수 민형이 숫자와 알파벳을 읊어 댔다.

"70C, 24, 34?"

"와, 헐렁한 트레이닝복 안에 저런 몸을 숨기고 있었단 말이야?"

이 자식들이, 진짜! 지혁은 재빨리 뒤를 돌아 경진의 머리를 쥐어박았다.

"야, 이경진! 너 진짜."

갑자기 터져 나온 큰 목소리에 선수들은 지혁에게 제발 조용히 하라며 야단법석을 떨었고 지혁은 또다시 화를 내며 소리를 질러 댔다.

"이럴 시간에 플레이 분석이나 더 해!"

그때 벌컥. 등 뒤에서 문이 열리는 소리가 들렸다. 지혁이 고개를 돌리자 황당한 표정으로 자신을 쏘아보고 있는 혜윤의 얼굴이 눈에 들어왔다.

"뭐 해요? 여기서?"

"아니, 애들이."

다시 고개를 돌려 여섯 명의 따봉 무리를 가리키려는데, 그들은 공이 네트를 가르는 것과 같은 속도로 사라졌다. 어디 갔어? 나만 두고?

멍청하게 텅 빈 복도를 바라보고 있는데, 혜윤이 지혁의 등을 톡톡 두드렸다. 그 작은 움직임으로 지혁은 온몸에 소름이 오소소 돋아나는 것 같았다. 지혁은 본능적으로 신계 미소를 장착하며 뒤를 돌아봤다.

혜윤은 지혁을 쏘아보며 포실포실한 수건으로 목에 흐르는 땀을 닦아 냈다. 그렇게 웃어도 소용없어, 서지혁.

"서지혁."

뭐? 지혁 선수도 아니고, 서지혁 씨도 아니고, 서지혁? 도발적인 그녀의 말투에 지혁은 이마에 핏대가 서는 것 같았다.

"몰래 훔쳐봤어?"

지혁의 시선이 본능적으로 혜윤의 몸을 한 번 훑었다. 안타깝게도, 사실 이걸 다른 선수들이 봤다는 생각에 화가 나서 아까는 제대로 보지도 못했다, 뭐.

혜윤은 피트니스복을 입고 복도 끝에 있는 아무도 없는 트레이닝 룸에서 요가를 하고 있었다. 근데 문제는 그 피트니스복이었다. 스포츠 브라처럼 생긴 핑크색 상의, 그리고 납작한 배 아래로 늘씬

하고 유려한 곡선을 따라 빈틈없이 달라붙어 있는 검은색 레깅스. 지혁은 숨을 멈추고 혜윤의 눈만 바라보려 노력했다.

혜윤은 팔짱을 끼며 지혁을 노려봤다. 그 덕에 풍만한 그녀의 가슴이 눈에 띄게 도드라지며 더욱 탐스러운 언덕을 만들어 냈다. 맙소사! 지혁의 시선이 그녀의 가슴에 잠시 머물렀다가 다시 위로 올라왔다. 정신 차려, 서지혁.

"아니. 안 훔쳐봤어."

"그럼, 내 허락받고 봤나?"

"누가 볼 수도 있다는 걸 생각했어야지. 여기서 이러고 운동하고 있으면 어떡해?"

지혁은 오히려 기분이 상한 건 본인이라는 듯 얼굴을 구겼다. 이걸 다른 놈들이 다 봤잖아. 이 귀한 걸.

혜윤은 묘하게 심장이 뛰었다. 후다닥 뛰어가는 다른 선수들의 뒷모습을 보지 못한 것은 아니었는데, 그 무리에 지혁이 있을 거라곤 생각도 못 했다.

"지금 원래 밖에서 뛰고 있을 시간이잖아. 여기서 3일 동안 아무도 못 봤는데? 선수들만 체력 관리하는 줄 아나? 팀닥도 꾸준히 관리해야 한다고."

"오늘 눈이 많이 와서, 새벽 조깅이 취소됐어."

"아."

혜윤은 뭐 대강 알겠다는 듯 고개를 끄덕였지만 매서운 시선을 풀지는 않았다. 고개를 슬쩍 돌려 보니, 비상계단 입구에서 선수들이 순서대로 고개를 내밀며 둘을 지켜보고 있는 것 같았다. 니들이 그랬다, 이거지?

"벗어, 서지혁."

"뭐?"

지혁은 눈을 휘둥그렇게 뜨고 혜윤을 내려다봤다.

"벗으라고. 허락도 없이 훔쳐봤으면 그쪽도 보여 줘야지?"

호기롭게 웃어 보이는 혜윤의 얼굴에 지혁은 오기가 발동했다. 지혁은 혜윤에게 얽힌 시선을 풀지 않은 채, 오른손을 등 뒤로 뻗어 얇은 반팔 티셔츠를 끌어 올려서 벗어 버렸다.

우와! 혜윤은 놀라지 않은 척하려 노력했다. 두꺼운 옷을 입었던 그의 품에 안겼던 적도 있었고, 치료 목적으로 그의 허벅지를 본 적도 있었지만, 다비드상에 구릿빛 피부색을 입혀 놓은 듯한 그의 화려한 상체가 내뿜는 아우라에 어질어질할 지경이었다.

혜윤의 묘한 표정 변화를 눈치챘는지, 지혁이 한 발짝 앞으로 성큼 다가왔다.

혜윤은 당황하지 않은 척 그의 눈을 끝까지 응시했다. 둘 다 아무런 말없이 서로를 노려보았다. 계속 바라보았다. 날카로운 시선이 얽혀서 끈적끈적한 공기가 흐르는 듯했다. 먼저 시선을 내린 이는 혜윤이었다.

붉은빛을 내며 살짝 벌어져 있는 그의 입술이 눈에 들어왔다. 키스라고는 한 번도 해 본 적 없으면서, 까치발을 들고 그의 입에 슬쩍 자신의 입술을 가져다 대고 싶은 충동마저 일었다. 비상구 계단에서 숨을 죽인 채 훔쳐보고 있는 무리만 아니었으면 그렇게 했을지도 모른다.

한편 자신의 입술을 바라보는 그녀의 시선에 지혁은 몸이 화르르 달아올랐다. 아랫배에 피가 몰리는 듯 묵직해져 왔다. 당장 그녀를 끌어안고 거칠게 입을 맞추고 싶었다. 아니면 더한 것을 원하는 것일지도. 그때 혜윤이 까치발을 드는가 싶더니 얼굴을 가까이 가져왔다. 맙소사. 심장이 쿵쾅거리고 숨이 멎었다.

혜윤은 까치발을 든 채 그에게 더 가까이 다가갔다. 그러곤 마주 보던 얼굴을 살짝 틀어서 그의 귓가에 속삭였다.

"봐 줄 만하네, 도둑고양이 씨. 숨 쉬어. 긴장하시기는."

그리고 혜윤은 휙 돌아서며 커다란 수건으로 상체를 덮어쓰고는 복도 끝에 있는 사용하지 않는 계단으로 향했다. 심장은 계속 달음질쳤지만, 평정심을 유지하려 자잘하게 숨을 내쉬었다.

계단 안쪽에서 오도 가도 못 하는 여섯 명의 무리가 혜윤의 등장에 뭐 마려운 개마냥 팔딱거리고 있었다.

"뭐 해요?"

"아, 안녕하세요? 혜윤 쌤!"

아주 환하게, 아주 어색하게 인사를 해 보이는 무리를 향해 혜윤이 의미심장하게 웃었다. 혜윤은 상체를 덮고 있던 수건을 걷어내며 허리에 손을 얹고 물었다.

"구경 잘했나들?"

"아, 저기. 그게."

"시즌 개막 경기가 3일 앞이네? 다들 불편한 데는 없어요?"

"하하. 네."

"아, 인저리 테이블 작성해야 하는데, 누구 어디 불편한 데 없나 해서."

선수들은 뜨악한 표정으로 혜윤을 바라봤다. 마치 팀 닥터의 협박 같았다. 너희 부상이라고 테이블에 넣어 버린다, 하는.

"그럼, 수고해요."

선수들은 서로를 바라보며 한숨을 내쉬었다가 키득키득 웃었다. 그리고 무언의 다짐이 오고 갔다. 팀 닥터를 우습게 보지 않겠다고.

아침 내내 내리던 눈은 따스한 봄 햇살에 모두 녹아내렸고, 오전 내내 휴식을 취한 선수들은 연습구장에서 연습 경기를 시작했다. 선수들을 바라보는 현준의 눈동자가 이리저리 굴러다녔다.

"쟤네 왜 저래?"

"네?"

"힘이 남아도네, 아주."

"그러게요."

"서지혁은 또 왜 저래? 쟤도 오늘 힘이 남아도네."

"그러게요."

연습을 지켜보던 차 감독이 버럭 화를 냈다. 차 감독은 큰 목소리로 선수 일곱 명을 불러냈다. 서지혁과 육 따봉.

"페이스 조절 안 해? 연습 때 부상당해서 시즌 아웃당하고 싶어?"

선수들은 고개를 떨어뜨린 채 차 감독의 말에 꿀 먹은 벙어리처럼 가만히 서 있었다.

"서지혁, 너 뭐 월드컵 결승 나왔어? 오전에 잠깐 쉬었다고 힘이 넘쳐?"

푸흐흐. 혜윤은 터져 나오는 웃음을 참으려 노력했지만 허사였다. 화가 잔뜩 난 차 감독이 뒤에 서 있던 혜윤을 노려봤다.

"아, 죄송합니다, 감독님. 아까 잠깐 이야기했는데, 선수들이 이번 시즌 앞두고 의욕이 넘쳐서 그런 것 같아요. 서지혁 선수는 K리그 처음이기도 하고."

생글생글 웃으며 선수들을 대변해 주는 혜윤을 보고 차 감독은 이내 마음이 누그러졌다.

"페이스 조절."

"네!"

차 감독의 말에 힘차게 대답을 하는 선수들을 향해 혜윤이 혀를 날름 내밀어 보였다. 지혁은 힐끔 혜윤은 노려보았다. 두고 보자, 한혜윤.

연습 경기가 끝나고 육 따봉이 의무실을 찾았다. 머리를 조아리며 미안하다 사과하는 그들에게 혜윤은 다시 따스한 팀 닥터가 되어 환하게 웃어 보였다.

"죄송해요."

"아니에요. 저도 내일부터는 그냥 새벽 조깅 같이 해야겠어요. 어디 불편한 곳은 없죠?"

"네."

이제야 환한 표정을 짓는 무리와 앉아서 수다를 떨고 있는데, 누군가 의무실 문을 두드렸다. 매서운 눈을 빛내며 서지혁이 문을 열고 들어왔다. 육 따봉의 얼굴이 종잇장처럼 구겨졌다. 특히 원 따봉 경진의 얼굴은 저승사자라도 맞닥뜨린 표정이었다.

"왔어요, 지혁 선수?"

"저희는 그만 가 볼게요."

육 따봉은 혜윤과 지혁에게 꾸벅 인사를 하고는 의무실을 나섰다.

"어디 불편해요?"

"어."

인상을 잔뜩 구긴 채로 진료의자에 앉는 지혁의 목소리가 냉랭했다.

"어디?"

"허벅지가 화났어."

혜윤은 피시식 웃으며 반창고와 가위를 들고 지혁의 다리 사이에 앉았다.

"신경 많이 쓰였나 보네?"

지혁이 노려보자 혜윤은 싱긋 웃으며 반창고를 정사각형 모양으로 잘라서 무언가를 오리기 시작했다.

"아까 기분 많이 나빴어요?"

생글거리는 혜윤의 얼굴에 어느새 굳었던 지혁의 마음은 봄 눈 녹듯 녹았지만 표정을 풀지 않았다. 잔뜩 삐쳐 있는 자신을 어떻게 달래 줄지가 기대되어서, 지혁이 대답 없이 혜윤을 내려다보자 그녀가 다시 환한 미소를 만들어 내며 말했다.

"미안해요. 선수들이 보고 있어서, 팀 닥터로서 뭔가 기분이 나쁘다는 것을 표는 내야겠고."

팀 닥터로서? 그럼? 지혁은 기대감에 가득 차서는 고개를 갸웃하며 물었다.

"그럼 여자 한혜윤은?"

"부끄러웠지."

부끄러웠다며 얼굴을 붉히는 혜윤의 말간 얼굴에 심장이 쿵덕쿵덕 크게 방아를 찧었다. 참고 있던 웃음이 푸시시 새어 나왔다.

"다른 선수들한테 무서운 표정 좀 그만해요. 다들 겁먹잖아."

"내가 무서운가?"

"선수들은 무서워하던데?"

"그럼 한혜윤은?"

"내가 왜 무서워야 하는데? 그리고 아까 훔쳐본 건 맞잖아요?"

눈을 동그랗게 뜨고 자신을 올려다보는 혜윤의 입술이 눈에 들어왔다. 아무도 없는데, 확? 하는 순간 누군가 문을 벌컥 열었다.

"어? 미안!"

노크도 없이 들어온 이는 당연 현준이었다. 그런데 두 사람을 보자마자 사과부터 해 왔다.

"뭐가 미안해요?"

혜윤이 고개를 돌려 현준을 바라보자 지혁은 혜윤에게는 아직 아는 체하지 말라며 손가락으로 엑스 자를 만들어 보였다.

"아, 노크 안 해서!"

당황하는 현준을 보고 혜윤은 재빨리 고개를 돌려 지혁을 흘끔 쳐다봤다. 요상한 모양으로 손가락을 꼬고 있는 지혁의 모습이 눈에 들어왔다. 오호, 요고 봐라. 내 상사한테 도와 달라고 SOS라도 치셨나? 혜윤은 눈치 못 챈 듯이 현준에게 시선을 돌리며 말했다.

"새삼스럽게."

"선발 출전 명단 만드는 것 때문에 이따 저녁 먹고 여덟 시에 숙소 3층에 있는 대회의실에서 코칭 스텝이랑 회의할 거야."

"네, 제가 준비해야 할 건요?"

"그동안 인저리 테이블 만들면서 부상 횟수랑 부위 기록했던 거 써머리해서 가지고 와."

"네, 이따 봬요."

"그래, 이따 보자. 지혁 선수, 그럼 나중에 봐."

"넵."

혜윤은 손에 든 반창고를 마저 오리고는 다 됐다! 하고 외치며, 환하게 웃어 보이더니, 지혁의 허벅지에 손가락 한 마디만 한 크기의 반창고를 붙여 주었다.

"이제 우리 허벅지 화 좀 풀리려나?"

귀엽게 웃는 혜윤의 시선을 따라 자신의 허벅지를 본 지혁에게서 유쾌한 웃음이 터져 나왔다. 구릿빛 피부 한가운데 붙여진 새하얀 하트 반창고. 아, 이 초코송이 귀여워서 어쩌지? 이젠 못 참겠다.

지혁이 손을 뻗어 혜윤의 머리를 부드럽게 쓰다듬고는 뒤통수 감싸 끌어당기며 얼굴을 가까이 가져갔다. 혜윤의 눈이 이보다 더 커질 수는 없을 만큼 커다랗게 떠졌다. 입술이 점점 가까워지려는 찰나.

똑똑똑! 야속하게 울리는 노크 소리에 지혁은 꿍 하고 한숨을 내쉬었다. 지혁은 재빠르게 자세를 고쳐 앉았고 혜윤은 떨리는 목소리를 가다듬었다.

"네, 들어오세요."

문을 열고 들어온 이는 종아리 근육이 불편해서 찾아왔던 준민이었다.

"어, 지혁이도 있었네."

"어, 왔어?"

동갑내기인 그들은 혜윤의 앞에서 편하게 인사하는 듯 보였지만 준민의 차가운 시선은 지혁을 노려보고 있는 듯했다.

"다 끝난 거 아니야? 안 가?"

"어, 갈 거야. 좀 앉아 있다 가려고."

지혁이 눈썹을 치켜세웠다가 내리며 싱긋 웃자 혜윤은 그저 예의를 차린 미소를 지어 보이고는 준민이 앉아 있는 진료용 의자 앞으로 옮겨 앉았다.

"어디 불편해요?"

"아니요."

"그럼요?"

다른 남자한테 애교 부리지 마, 한혜윤. 커다란 눈으로 예쁜 눈웃음을 만들어 보이며 그럼요, 하고 묻는 혜윤의 얼굴에 지혁은 이가 바득 갈렸다. 저게 무슨 팀 닥터로 웃는 거야? 남자 마음 다 녹일 듯 예쁘게 웃고 있으면서?

"나, 그거 성공했어요."

"정말요?"

꺅 하고 소리를 지르더니 손뼉까지 치며 좋아한다. 아니, 진짜 저 여자가.

혜윤의 웃음에 준민도 환한 얼굴로 그녀를 내려다보다가 지혁에게 고개를 돌렸다.

"안 가? 나 팀닥이랑 얘기 좀 해야 할 것 같은데?"

"뭘 성공했는데?"

"비밀이야."

뭐? 지혁은 이마에 핏대가 빠직 솟아오르는 느낌이 났다. 허벅지에 하트 반창고 하나 붙여 놓고 그녀는 다른 남자, 아니 다른 선수와 비밀을 만들어 내고 있었다. 그래, 팀 닥터잖아. 지혁은 머뭇거리는 마음을 스스로 다독이며 진료의자에서 일어났다.

"잘하고 가. 갈게요."

"네, 내일 봐요. 그래서요?"

지혁이 나가는지 마는지 신경도 쓰이지 않는다는 듯, 건성으로 대답하는 혜윤의 목소리가 등 뒤로 들려왔다. 지혁은 의무실 문을 쾅 소리가 나게 닫아 버렸다.

혜윤은 문 쪽을 한 번 바라봤다가 피식 웃음 짓고는 다시 준민에게 시선을 돌렸다.

"베컴이 차는 동작이랑, 얼마 전에 루니가 성공한 동작이랑 동영상으로 열심히 보고 따라 해 봤는데, 되더라고요. 지금은 매번 성공해요."

"와! 잘됐다!"

혜윤이 꺅 하고 웃자, 준민도 환한 미소를 지어 보였다.

"이따 개막전 선발 명단 작성하러 가거든요. 그때 잘 이야기해 줄게요. 컨디션 관리 잘해요!"

혜윤의 말에 준민은 고개를 끄덕끄덕하며 고마워했다.

✚

3월 첫째 주 토요일 강산FC 구장, 시즌 개막 경기를 앞둔 경기장은 강산FC 팬들의 응원가가 힘차게 울려 퍼지고 있었다. 지난 시즌까지 매 경기 관중석의 반도 차지 않았었는데, 서지혁의 위력인지 역대 최다 관중 수를 기록했다고 한다.

경기장을 가득 채우며 파란 하늘을 왕왕 울리는 응원 소리에 킥오프(경기가 시작될 때 공을 하프라인 가운데 놓고 차는 것)를 준비하는 선수들의 심장도 쿵쿵 울렸다. 오늘 선수들의 컨디션은 최상이었고 기분 좋은 공기가 푸른 잔디 위를 흐르는 듯했다.

주심의 호루라기 소리와 함께 경기가 시작되었다. 4-2-3-1(수비수 4명, 수비형 미드필더 2명, 공격형 미드필더 3명, 공격수 1명) 포메이션, 원탑 공격수인 지혁의 노력한 움직임에 혜윤은 심장이 쿵쿵 뛰었다.

와! 멋지다, 서지혁! 수없는 연습 경기를 봐 왔고, 그가 뛰었던 경기를 관중석에서 본 적도 있지만 벤치에서 보는 경기는 달랐다.

상대 팀의 선제골로 전반전은 0:1로 끝이 났다. 라커룸에 모인 선수들에게 차 감독은 지혁을 향한 압박 수비에 대한 우려를 내비쳤다. 몸싸움이 격렬해 그가 부상을 당하지는 않을까 걱정하는 눈치였다. 지혁은 상대 팀 수비수를 뒤로 빼기 위해 공을 최대한 뒤로 돌리겠다며 유기적인 패스로 공격 기회를 만들겠다고 했고, 선수들도 고개를 끄덕였다.

후반 시작 5분, 지혁이 좌측면 미드필더의 공을 패스 받아서 순식간에 오버스텝으로 한 바퀴 휙 돌며 수비수를 제치곤 골문을 가르는 중거리 슛을 날렸다. 경기장 전체가 날아갈 듯 환호성이 터져 나왔다.

지혁은 골 망이 흔들리는 것을 확인한 뒤 아무렇지 않은 듯 다시 뛰기 시작했다. 혜윤은 평소와 같은 표정을 짓고 있는 지혁을 바라봤다. 단 한 번도 골을 넣은 뒤, 그가 세리모니를 하는 것을 본 적이 없었다. 골 넣고도 시크함을 유지한다며, 팬들은 그를 서식이라 부르기도 했다. 나중에 물어봐야지, 세리모니는 왜 안 하나.

후반전이 끝나고 주어진 인저리 타임 3분, 다행히 큰 부상 없이 경기가 마무리되어 가고 있었지만, 여전히 스코어는 1:1이었다. 지혁이 골을 넣은 이후 수비 압박은 더 거세어졌고, 그들은 지혁의 움직임을 꽁꽁 옭아맸다.

이 경기 마지막이 될 수도 있겠다 싶은 강산FC의 공격. 수비수가 공을 빼앗아 우측면 미드필더인 준민에게 패스했다. 상대 팀 수비수의 압박으로 하프라인 가까이 공격진용이 밀려나 있는 상태였다. 준민이 지혁에게 패스하려는 줄 알고 수비수들이 달리기 시작했다.

그때 준민의 발끝에서 뻥 차올려진 공은 커다란 포물선을 그리며 멍하게 서 있는 골키퍼 키를 넘기고는 골대 안으로 들어갔다. 준민이 공을 차올린 곳에서 골대까지는 족히 55m는 되어 보였다.

와! 엄청난 함성 소리가 들려왔다. 준민은 골 망이 흔들리는 것을 보자마자 벤치로 달리기 시작했다. 짐승과 같은 포효 소리가 그라운드를 울렸다. 세리모니를 위해 벤치로 달리는 그를 선수들이 알은체하려 했지만, 준민은 요리조리 피해서 어느새 벤치 앞에 다다랐다.

감독을 포함한 코칭 스텝을 지나치고, 팀 매니저를 지나치고, 의무팀장 현준을 지나치고, 혜윤의 앞에선 준민은 커다란 손으로 순식간에 혜윤의 머리를 감싸더니 그녀의 입술에 자신의 입술을 거세게 겹쳤다.

세리모니를 하러 벤치로 달려오는 준민의 얼굴을 보고 혜윤은 환하게 웃고 있었다. 멋지다는 말이 절로 나올 정도로 깔끔하고 군더더기 없는 슈팅이었다. 코칭 스텝 얼싸안고 뛰겠구나 싶었는데, 흡! 이게 뭐야? 말도 안 돼! 야! 강준민!

혜윤은 지혁이 사 준 축구화 앞코로 준민의 정강이를 걷어찼다. 준민이 깜짝 놀라서 얼굴을 떼어 내자, 혜윤은 오른손을 들어 준민의 고개가 휙 돌아갈 정도로 세게 뺨을 날렸다. 이 자식이 골 넣고 아무리 좋아도 그렇지, 얻다 대고 입술을 비벼 대?

경기 재개를 위해 경기장으로 뛰어 들어가는 준민의 뒤통수를 선수들이 험하게 갈겨 댔다. 몇 번의 패스가 이어지고 경기는 끝이 났다.

2:1로 통쾌하게 역전승했지만, 선수단이 오른 버스 안의 분위기는 차분했다. 이제 리그 첫 경기를 치른 것이니 앞으로 서른 경기이상 남은 셈이다. 선수들은 첫 경기 승리의 기쁨을 즐기기보다 남아 있는 수많은 경기를 차분히 마음속으로 준비했다.

차분한 분위기 속 지혁은 자신의 앞좌석에 앉은 준민을 당장에라도 끌어내서 패대기치고 싶은 것을 꾹꾹 누르느라 숨이 턱턱 막혔다. 감히, 누구한테. 내가 얼마나 애지중지하고 있는 여잔데.

버스에 마지막으로 현준이 오르는가 싶더니 문이 닫혔다.

"어? 혜윤 누…… 아니 혜윤 쌤은요?"

미드필더 찬형이 혜윤의 빈자리를 가리키며 물었다.

"따로 온대."

하! 지혁은 심장이 쿵 하고 내려앉았다. 어떻게 올 건데? 택시 타고 올 거야? 대체 어디 있는데? 숙소에 휴대전화를 두고 온 사실에 치가 떨렸다. 울먹울먹했던 표정이 자꾸만 떠올라서 화가 치밀었다. 지혁이 뭐라 하기도 전에 선수들은 옷이며 가방을 준민에게 던졌다.

"사과해. 강준민."

"네."

딱딱한 현준의 목소리에 기가 죽은 듯 준민을 고개를 떨궜다.

"간단히 몸 상태 체크할 거야. 오늘 의무실엔 내가 있을 거니까 팀닥 찾지 말고 나한테 와."

"네."

선수들은 맥이 빠진 목소리로 흐릿하게 대답했다.

축구화 자국이 선명한 등허리, 몸싸움하며 이리저리 할퀴었는지 손톱자국이 선연한 피부, 얻어맞기라도 한 듯 검붉게 멍이 들어 있는 선수들의 몸을 살피며 현준은 빠르게 손을 움직였다. 다행히 크게 다친 선수도 없었고 재활 중인 선수도 없어서 의무실 작업은 빨리 끝났다.

지잉. 문자가 와서 휴대전화를 보니 혜윤이었다.

[저 숙소에 도착했어요. 오늘 감사합니다.]

[그래, 쉬어라.]

"혜윤이 숙소 왔다네."

현준의 말에 선수들의 시선이 그에게로 몰렸다. 의무실에는 찬형과 한결, 지혁이 남아 있었다. 준민과 몸싸움이라도 벌일까 봐 우려되어 일부러 지혁을 잡아 두었다. 찬형과 한결이 나가고 마지막으로 의무실을 떠나려는 지혁을 현준이 붙잡아 세웠다.

"서지혁."

"네."

"흥분하지 말고."

지혁은 헛웃음이 새어 나왔다.

"뭐가요?"

"혜윤이 말이야."

준민과 키득거리며 비밀을 속닥거리던 모습을 본 이후로, 그녀를 단둘이 마주할 기회가 없었다. 개막 경기를 앞두고 지혁은 선수여서 정신없었고, 혜윤은 팀 닥터여서 정신이 없었다.

피곤한 일정을 소화해 내는 그녀는 휴대전화도 어디에 있는지 모를 정도로 바빴고, 전화 통화도 제대로 하지 못했다. 가끔 무리하지 말라는 문자를 보내면 시즌 개막 경기를 앞두고 설레고 기쁘다며 덩실덩실 춤을 추는 이모티콘을 보내오곤 했다.

"갈게요."

"그래, 방으로 바로 가라."

"네."

지혁은 연습구장에 있는 의무실을 나와 숙소로 터덜터덜 걸어갔다. 10분 남짓한 시간이 너무도 길게 느껴졌다. 창문 열어 놓으라고 할까, 방으로 간다고? 빨리 방에 가서 전화부터 해 봐야지.

숙소 로비에 들어서 중앙 계단으로 향하는데 1층이 소란스러웠다. 고개를 돌려 보니 혜윤의 방문 앞이었다. 혜윤이 숙소로 돌아왔다는 한결의 말에 선수들이 그녀의 방문 앞에 모여 있었다.

"뭣들 하는 거야? 빨리 안 들어가?"

지혁의 날카로운 목소리에 선수들이 뿔뿔이 흩어졌고, 준민은 여전히 그 앞에 서 있었다.

"넌 안 가?"

"이야기 좀 하려고……."

지혁은 준민을 향해 튀어 나가려는 주먹을 꽉 그러쥐었다.

"무슨 이야기?"

"미안하다고."

미안한 건 아냐? 지혁은 새까맣게 타들어 가는 속을 달래며 말했다.

"나중에 해. 너는 생각 없이, 오늘 공중파 TV 중계도 있었던 거 몰랐어?"

"어, 우린 케이블 스포츠채널 말고, 공중파에서 중계한 적 한 번도 없었으니까."

하아. 지혁은 한숨이 새어 나왔다. 자신이 들어오면서 생기는 일련의 변화들을 즐기는 선수도 있었지만, 고깝게 여기는 선수들도 더러 있어 보였다. 동갑내기 순수 국내파 강준민의 눈에 서지혁은 그런 존재인 것 같았다.

한숨을 푹 내쉬는 두 남자 앞에서 혜윤의 방문이 벌컥 열렸다. 기대감에 부풀었던 것도 잠시, 문을 연 사람은 연희였다.

"에휴. 강준민 선수. 나중에 석고대죄해. 지금은 가 봐요."

"……네, 팀장님."

"지혁 선수는 나 좀 봐요."

준민이 어깨를 축 늘어뜨리고 멀어져 가는 것을 보고는 연희는 복도 끝에 있는 계단으로 지혁을 이끌었다.

"여태 키스도 한 번 안 하고 뭐했어요?"

"뭐요?"

"아니 공격수가 좀 밀어붙이지."

연희의 말에 지혁은 헛웃음을 흘렸다.

"망 좀 봐 줘요."

"망?"

"혜윤이 방에 들어가게 망 좀 봐 달라고요."

"하아. 진짜 가지가지 하게 하네. 나중에 빚 갚아요!"

"빚은 지금 양 팀장님이 나한테 갚는 거죠. 내가 그날……."

연희는 알겠다는 듯 고개를 끄덕끄덕하고는 두 손바닥을 활짝 펼쳐 보이며 그만하라는 제스처를 취했다. 먼저 복도에 나간 연희는 혜윤의 방문을 두드렸다.

"혜윤아, 내가 방에 휴대전화를 두고 나온 것 같네. 문 좀 열어 줄래?"

"네, 잠시만요."

연희가 손가락을 까딱해 보이자, 지혁이 쏜살같이 복도를 내달렸다. 작게 열린 문을 잡아당기고, 연희를 뒤로한 채 그녀의 방 안으로 들어갔다.

"지……지혁 선수!"

"얼굴이 왜 이래?"

커다란 눈이 새빨갛게 충혈이 되어 있었고, 하얗고 고왔던 피부가 노랗게 변해 있었다. 퉁퉁 부은 눈이 자신을 바라보자 심장이 와그작 부서지는 것 같았다. 눈 안 가득 고인 눈물을 떨구지 못하고 입술을 비틀어 보이는 혜윤을 끌어당겨 품에 안았다.

"왜 왔어요?"

"소독하러."

"소독? 어디 다쳤어요? 의무실에 팀장님 계실 텐데…… 거기서 하지 그랬어요."

"너한테 해야 하는 거니까."

꽉 끌어안고 있던 팔을 슬쩍 풀어내자, 혜윤이 지혁을 올려다봤다. 지혁은 커다란 손으로 혜윤의 뺨과 머리를 감싸 쥐고는 입술을 내려 그녀의 입술에 살포시 겹쳤다.

"소독 끝!"

혜윤의 입에서 픽 하고 웃음이 새어 나왔다.

"뭐예요. 치."

"혀는?"

"응?"

"혀도 들어왔느냐고."

지혁의 질문에 혜윤은 깜짝 놀라 고개를 절레절레 흔들었다.

"입 꾹 다물고 있었어요."

"잘했어. 정강이 걷어찬 것도 잘했고, 뺨 때린 것도 잘했고."

혜윤이 뭐라 말을 덧붙이려는 찰나, 지혁이 또다시 그녀의 입술을 머금었다. 벌어져 있던 그녀의 입안에 혀를 집어넣고 그녀의 입안 구석구석을 누볐다. 오돌토돌한 입천장을 핥아 내고, 달아나려는 그녀의 혀를 낚아채서는 거세게 빨아들였다. 몸을 파르르 떨며 자신의 팔뚝을 꽉 붙잡는 혜윤의 움직임에 지혁은 슬며시 입술을 떼어 냈다.

"혀는 안 들어왔다니까요."

숨을 몰아쉬고 얼굴을 붉히며 또박또박 내뱉은 혜윤의 말에 지혁은 소리 없는 웃음을 터뜨렸다.

"이건 남자 서지혁이 하는 거야. 여자 한혜윤한테."

지혁은 혜윤의 얼굴에 자잘하고 부드럽게 입을 맞췄다.

"예쁜 얼굴이 이게 뭐야. 왜 그렇게 울었어?"

혜윤이 머뭇머뭇 입을 열었다.

"첫 키슨데."

울먹이는 그녀의 목소리가 파르르 떨렸다.

"첫 키스 아니야."

"응?"

내 첫 키스를 당신이 어떻게 알아? 혜윤은 퉁퉁 부은 눈을 동그 랗게 뜨고 지혁을 올려다봤다.

"내 차에서 잠들었을 때, 그때가 네 첫 키스야."

"뭐야! 그럼, 몰래 했어요? 뭐야? 난 내 첫 키스 기억도 못 하는 거잖아."

혜윤이 또다시 울음을 터뜨리자 지혁이 또다시 그녀의 입술을 머금었다. 혜윤은 깜짝 놀라는 듯했지만, 자신을 밀어내지는 않았 다. 지혁은 짧게 입을 맞추고는 혜윤의 이마에 자신의 이마를 맞대 고 말했다.

"미안해. 나 도둑고양이 맞나 보다, 정말."

"나빴어."

"그거 기억 못 하는 거 억울하지 않게 많이 해 줄게."

지혁의 말에 혜윤은 온몸이 달아오르는 것 같았다. 이미 그의 키스 에 몸이 흐령흐령 녹아 버린 것 같았고, 졸린 듯 정신이 몽롱해졌다.

"그리고."

"그리고?"

"입술에 힘 빼."

혜윤이 뭐라 대답을 하려는데, 지혁이 부드럽게 입술을 감싸 왔다. 입술에 힘을 빼라고? 어떻게? 내가 힘주고 있었어?

혜윤은 지혁이 부드럽게 자신의 입술을 감싸는 것처럼 그의 말캉한 입술을 슬쩍 머금었다. 혜윤의 움직임에 지혁의 말캉한 혀가 입안으로 들어왔다. 좀 전의 키스처럼 저돌적이고 거센 움직임이 아니었다. 입안에 있는 모든 세포를 어루만지고, 녹여 버릴 듯한 그의 움직임에 가녀린 음성이 혜윤의 입안에서 울려 퍼졌다.

작지만 야릇한 혜윤의 목소리가 들려오자 지혁은 그녀를 품에 더 꽉 끌어안았다. 혜윤은 조심조심 손을 올려 지혁의 목에 팔을 감았고, 지혁은 그녀의 움직임에 몸을 낮추고 밀착시켰다. 점점 뜨거워지는 피부의 온도가 느껴졌다. 혜윤은 고개를 비틀어 입술을 떼어 내곤 숨을 몰아쉬었다.

"이제…… 올라가요."

"너 잠드는 거 보고 갈게."

혜윤은 고개를 설레설레 저었다.

"얼른 가요. 나 이제 괜찮으니까."

그래, 올라가는 게 좋겠다. 오늘은 자는 거 지켜보는 걸로는 끝나지 않을 것 같으니.

"그래, 잘 자."

고개를 끄덕이는 혜윤을 뒤로하고 지혁은 창문을 통해 혜윤의 방을 빠져나왔다.

바로 아래층에 혜윤이 잠들어 있다고 생각하니, 새삼스레 묘한 기분이 들었다. 한혜윤, 잘 자고 있나? 그냥 잠드는 것 보고 온다고 우길걸.

한 시간 전의 키스로 몸이 달아오를 대로 달아오른 지혁은 침대 위에서 차가운 부분만 찾아다니며 몸을 굴리다가 벽에 등을 딱 붙였다. 아, 좀 살 것 같다.

혜윤의 야릇했던 목소리가 떠오르며 정신이 몽롱해지고 까무룩 잠이 들려는 찰나, 방문이 벌컥 열렸다. 누구야? 이 시간에?

"지혁 선수, 자요?"

뭐야? 한혜윤? 철컥, 방문이 잠기는 소리가 들렸다. 어두운 방 안에 움직이는 인영은 분명 혜윤이었다. 침대 가까이 다가오는가 싶더니 혜윤이 이불을 들치고 지혁의 품을 파고들었다.

"못 참겠어. 안아 줘요."

"뭐?"

"제발."

색기 어린 혜윤의 목소리에 지혁은 숨이 멎을 듯 심장이 크게 쿵 쾅거렸다.

"한혜윤, 너 한혜윤 맞아?"

"응, 나 맞아."

"혜윤아, 왜 이래?"

"안아 줘."

맙소사. 혜윤은 지혁의 위에 잽싸게 올라타며 그의 입술을 찾았다. 끈적한 혀가 얽히고 달콤한 타액이 목구멍으로 넘어갔다. 한혜윤, 왜 이래. 정말 덮치고 싶게. 지혁은 얼굴을 떼어 내고 혜윤을 올려다봤다.

"얼른 가."

"싫어. 안 가."

혜윤의 손이 티셔츠 안으로 들어와 지혁의 복근과 가슴근육을 조각조각 매만지더니, 야릇한 탄성을 자아냈다.

"완벽해. 우리 지혁 선수."

"하아."

혜윤의 손놀림에 지혁은 숨을 멈추었다. 아랫도리가 부풀 대로 부풀어서 통증이 느껴질 정도였다. 혜윤은 손놀림을 멈추지 않고 점점 아래로 향했다. 야무진 손끝으로 자신의 물건을 움켜잡더니, 몸을 비틀며 속삭였다.

"안아 줘. 응?"

"후회 안 해?"

"후회를 왜 해? 안 해, 절대 안 해. 제발 안아 줘."

지혁은 몸을 일으켜 혜윤을 침대에 바로 눕혔다. 민소매 면 티셔츠와 아랫도리를 벗어 버리고는 혜윤의 입술에 자신의 입술을 내리누르며, 그녀의 옷을 벗기기 시작했다.

이런 차림으로 내 방에 대체 어떻게 온 거야? 속이 다 들여다보이는 레이스 슬립을 입고, 안에 속옷도 입지 않은 그녀의 차림새가 의아스러웠다. 지혁은 이상하다는 생각이 들면서도 벗길 게 별로 없어서 좋다며 쾌재를 불렀다.

얇은 레이스 자락이 걷히고 단단하고 뜨거운 지혁의 몸에 부드럽고 말캉하며 한없이 달콤한 향을 내뿜는 혜윤의 몸이 닿았다. 지혁은 끙 하는 소리를 내며 혜윤의 가슴을 움켜잡았다. 혜윤의 입에서 야릇한 신음이 새어 나왔다. 지혁은 움켜잡았던 가슴으로 입을 가져다 댔다.

혀를 감을 때마다 야릇하게 소리를 내지르는 그녀의 목소리가 몸

안 모든 세포에 열기를 불어넣었다. 가슴을 핥아 내며 그녀의 여성 안으로 손가락을 집어넣으려는데, 혜윤이 지혁의 팔을 움켜잡았다.

"으음. 싫어. 오빠가 직접 들어와 줘. 아무것도 들어온 적 없는 곳에 직접 들어와 줘."

오빠라고? 혜윤의 말에 조종이라도 당하는 듯 지혁은 허리를 움직여 단번에 그녀의 안을 파고들었다. 고통스러운 듯 비명을 내지르는 혜윤의 모습에 지혁은 잠시 모든 걸 멈추었다.

"왜, 오빠? 뭘 망설여?"

"정말 괜찮아?"

"괜찮아."

지혁은 허리를 뒤로 뺏다가 쿵 하고 그녀의 안을 다시 파고들었다.

"하웃. 오빠!"

"그래……. 하아…… 혜윤아."

혜윤의 거친 호흡과 야릇한 신음은 줄어들 줄 몰랐다. 숙소 건물 방음이 그렇게 잘 되어 있지는 않을 텐데 하고 걱정이 되면서도 그녀의 달콤한 목소리가 너무 좋아서 조용히 하라는 말도 할 수가 없었다. 피스톤 운동 속도를 높여 가자, 그녀의 입에서 흘러나오는 신음의 본질이 달라지기 시작했다.

"하웃, 오빠. 나 할 것 같아."

"아아…… 혜윤아. 몇 번이고 하게 해 줄게."

그녀가 절정을 느끼는 듯 숨을 멈추더니 몸을 비틀었고, 한없이 조여드는 느낌이 났다. 지혁은 침대 위에 쓰러지며 널브러지는 혜윤은 일으켜 세우고 자신의 무릎 위에 앉혔다. 서로 마주 보고 앉은 자세에서 지혁은 천천히 허리를 돌리며 그녀의 안을 다시 깨어

나게 했다.

"하응. 오빠."

"좋아?"

"너무 좋아. 너무."

"하아. 혜윤아. 너한테 다 쏟아 내고 싶어."

"아웃. 줘, 오빠. 내가 다 받아 줄게. 제발."

지혁이 요란하게 허리를 움직이며 그녀의 안을 더 깊이 파고들었다. 사정감이 몰려오고 있었다. 지혁이 끙 하는 신음을 내뱉으며 절정을 느끼는 순간, 혜윤의 표정이 싸늘하게 식어 버렸다. 그리고 달콤한 밀어를 내뱉던 입에서 이상한 소리가 흘러나왔다.

— 기. 상. 다. 섯. 시. 삼. 십. 분. 기. 상. 다. 섯. 시. 삼. 십. 분.

기계음에 눈을 번쩍 든 지혁은 꿈에서 깨어나지 못한 채 침대 위를 살폈다. 맙소사. 온몸이 땀으로 뒤덮여 있었고, 아랫도리가 흥건히 젖어 있었다. 돌아 버리겠다. 정말.

✚

경기가 끝난 뒤 주어지는 하루의 휴일, 지혁이 오늘은 뭐 하냐며 괴롭힐 만한데, 연락도 없이 조용했다. 어제는 방까지 찾아와서 그렇게 달콤하게 입을 맞춰 놓고서는 연락 한 번 없는 그가 야속했다. 혜윤은 전화를 걸까 하다가 오늘은 그도 쉬고 싶겠지 하는 생각에 집으로 향했다.

"히익. 이게 뭐야?"

아버지와 그의 아들들은 혜윤의 앞에 어마어마한 물건들을 내놓았다. 호루라기, 후추 스프레이, 전기 충격기, 초, 총? 가스총?

"이거 다 가져가. 안 그러면 너 숙소 다신 못 가."

"아빠."

"스읍. 말 들어."

"아이고, 정말."

혜윤은 종이가방에 괴상한 물건들을 쓸어 담으며 한숨을 내쉬었다.

"동생, 너 그거 첫 키스 아냐?"

"아니거든!"

작은오빠 호윤의 놀림에 혜윤이 눈썹을 들썩이며 반박하자, 아버지의 호통이 이어졌다.

"뭐야?"

"아, 아니야. 아빠! 작은오빠가 놀려서 그런 거야. 키스는 무슨."

"운동하는 놈들이랑은 절대 안 돼. 강준민 그놈을 내가! 아휴."

아버지는 혈압이 오르는 듯 뒷목을 잡았고, 김자희 여사는 찬물이 담긴 유리잔을 건네며 남편을 진정시키기에 바빴다.

"나 일주일 만에 집에 왔는데 편하게 밥 좀 먹고 가면 안 돼요?"

주인에게 꾸중이라도 들은 강아지처럼 최대한 불쌍한 표정을 지으며 애교를 부리는 혜윤의 모습에 아버지도 이내 빙그레 미소를 지어 보였다.

"아, 엄마 밥이 최고다."

"그렇지?"

"응."

"이거 챙겨 가."

"이게 뭐야?"

식사를 마친 뒤, 소파 위를 뒹굴고 있는 딸에게 김자희 여사는 묵직한 종이가방 여러 개를 내밀었다.

"2주에 한 번은 집에 올 수 있는 거지?"

"응, 어웨이 경기 때는 힘들 것 같아."

"이거 2주 치 홍삼 절편이야. 쓸데없이 단 거 먹지 말고, 입 심심할 때 이거 꺼내 먹어. 이건 2주 치 공진단. 따뜻한 물이랑 같이 먹어. 하루에 두 알 먹기 힘들면 한 알이라도 먹어. 비싼 거야. 버리지 마. 이건 가시오가피즙이야. 아침 공복에 한 팩씩 먹고. 그리고 이거는 헛개나무 달인 거 희석한 거야. 뛰다가 갈증 나면 물 마시지 말고, 이거 마셔."

와, 드디어 등장했구나. 김자희 여사의 보양식 뒷바라지.

"엄마, 이걸 내가 다 어떻게 먹어? 이 많은 게 겨우 2주 치야?"

"오빠들이랑 네 동생들은 없어서 못 먹어. 그라운드 뛰어 들어갈 일도 많고, 항상 대기해야 하는데, 몸 관리해야지. 팀닥이 아프면 구단에 민폐 끼치는 거야."

"엄마."

혜윤은 김자희 여사의 팔에 얼굴을 비비적거리며 아양을 떨었다. 딸내미가 불순한 생각으로 머릿속을 가득 채우고 있다는 것은 모른 채.

"고마워, 엄마."

컴컴한 어둠이 내린 숙소 앞에 차가 세워졌다. 차에서 내린 혜윤은 창문을 내린 조수석 앞에 섰다.

"들어가, 딸. 이제 2주 있다가 보겠네?"

"응."

조수석에서 김자희 여사가 눈시울을 붉히며 울먹거리자, 혜윤은 씩씩하게 입을 열었다.

"엄마, 나 이거 다 먹을게. 걱정하지 마. 응?"

"전화 자주 하고."

"넵, 아빠."

"자, 그리고 이거."

"이게 뭐예요?"

아버지는 차창 너머로 손을 뻗어 딸내미의 손에 무언가를 쥐여 주었다.

"앞으로 의무실에서도, 경기장에서도 이거 하고 있어. 아빠가 찬형이한테 다 물어볼 거야."

"뭐야? 찬형이 첩자 노릇 하고 있는 거였어?"

"기윤이 통해서 다 들을 거야."

미드필더인 찬형이 남동생 기윤의 절친인 것은 알았지만, 이 자식이 감히 첩자 노릇을 해?

"아빠, 치사해."

"우리 귀한 딸 소식 전해 듣는 거지 치사한 거 아니야."

"헐."

지금이 무슨 파발로 통신하는 조선 시대도 아니고, 왜 남을 통해 제 소식을 들으신단 말입니까, 아바마마! 검은색 세단이 숙소 주차장을 빠져나가고 혜윤은 손에 들린 허여멀건 물건을 살펴보았다.

맙소사.

온종일 그라운드를 달렸다. 몸에 있는 열기를 빼내느라 지혁은 제대로 쉬지도 못했다. 샤워를 마치고 침대 위에 심신이 너덜너덜해진 상태로 누워 있었다. 아니, 사춘기 소년도 아니고 그런 꿈을 꾸다니! 한숨이 푹푹 쉬어졌다.

일부러 피한 건 아니었는데 혜윤에게 연락도 하지 못했다. 집에 다녀오겠다는 문자만 남기고는 혜윤도 전화가 없었다. 경기가 끝나고 쉬고 있는 자신을 배려하고 있다는 생각이 들기도 하면서, 동시에 서운했다. 뭐야, 나 진짜 욕구 불만이야? 갑자기 심술이 나기 시작했다. 한혜윤. 나쁜 계집애. 보고 싶잖아.

지잉. 휴대전화 진동이 울리자 지혁은 벌떡 몸을 일으켜 전화를 받았다.

"여보세요?"

— 지혁 선수, 자요?

꿈속에서 들었던 것과 똑같은 목소리와 말투. 심장이 쿵 하고 울리며, 몸이 녹아드는 기분이었다.

"아니, 안 잤어. 집엔 잘 다녀왔어?"

뭐야, 심통 좀 부려 볼까 했는데 그냥 녹아 버렸잖아. 아, 서지혁, 못났다.

— 응. 잠깐 내려올 수 있어요?

"뭐?"

심장이 쿵덕쿵덕 뛰었다. 혜윤이 숙소에 들어오던 날, 창문을 통해 그녀의 방에 갔었던 적이 있었고 어제 연희가 망을 봐 줘서 다른 선수들 몰래 방으로 숨어 들어간 적도 있었지만, 그건 전부 지혁의 뜻이었다. 지금, 방으로 오라고라고? 지혁은 마른침을 꿀꺽 삼켰다.

— 잠깐 못 내려와요?

"왜?"

— 줄 게 있는데.

"그게 다야? 그럼 내일 주면 되잖아?"

퉁명스레 쏟아져 나오는 목소리에 혜윤은 한숨을 한 번 내쉬는
가 싶더니 달콤하게 속삭였다.

— 보고 싶은데.

꺅! 한혜윤이 나 보고 싶대! 지혁은 육성으로 비명이 터져 나올
까 봐 입을 틀어막고는 방 안을 폴짝폴짝 뛰었다.

— 뭐 해요? 막 쿵쿵 뛰어, 왜?

아, 맞다. 아래층에 한혜윤 있지.

"아니야. 테이블 위에서 뭐가 떨어졌어."

천하의 서지혁 심장이 쿵덕쿵덕 방아를 찧고 있지.

— 못 와요?

"창문 열어 놔."

— 응!

재빠르게 창문을 열고 지혁은 매끄러운 동작으로 아래층으로 내
려갔다. 구렁이 담 넘듯 부드럽게 혜윤의 방 안에 착지한 지혁은
눈앞에 서 있는 혜윤을 보고 웃음을 터뜨렸다. 킬킬거리며 웃다가
바닥을 데구루루 굴렀다가 눈물을 닦아 내며 입을 열었다.

"대체 그게 뭐야?"

"아빠가 이거 꼭 하고 있으래요. 히히. 이거 되게 웃기죠?"

"와. 아버님 훌륭하시다!"

혜윤은 작은 얼굴의 반을 가리는, 무시무시한 검은색 엑스 자가 선명하게 프린트된 하얀색 마스크를 하고 서 있었다. 커다란 눈이 초승달 모양으로 휜 것이 환하게 웃고 있는 것 같았다. 지혁은 커다란 손으로 혜윤의 얼굴을 감싸고는 마스크 위에 입을 맞췄다.

"나한테도 이래야 해?"

"아니."

혜윤이 재빨리 마스크를 턱 아래로 잡아당겨 내리자, 지혁이 환하게 웃어 보이며 혜윤의 입에 쪽 소리가 나도록 입을 맞췄다. 부끄러운 듯 어깨를 좁히며 몸을 바르작거리는 혜윤을 지혁이 커다란 품에 끌어안았다. 생각할 겨를도 없이 입술이 겹쳐졌다. 혜윤은 가녀린 팔을 그의 목에 두르며 꼭 끌어안았다.

아. 너무 좋아. 우리 한혜윤.

딱 붙어 버린 입술은 떨어질 줄을 몰랐다. 혜윤이 겨우 목을 틀며 두 입술 사이에 아주 작은 공간을 만들어 냈다. 밭은 숨을 몰아쉬고 간신히 목소리를 낼 수 있게 되자, 혜윤이 배시시 웃으며 말했다.

"줄 게 있어요. 방에 미니 냉장고 있죠?"

"응, 있지. 냉장고는 왜?"

혜윤은 지혁의 목에 두르고 있던 팔을 풀고는 커다란 종이가방을 테이블 위에 올려놓고 펼치기 시작했다. 지혁은 혜윤의 허리에 팔을 두르고 그녀의 머리칼에 입술을 묻은 채 그녀가 하는 양을 지켜봤다.

"자, 봐요. 이건 홍삼 절편이에요. 가끔 간식 생각날 때 먹어요. 지혁 선수 단 거 안 좋아한다고 했잖아요. 이건 씁쓸해서 먹을 만할 거예요. 그리고 이건 공진단. 이건 따뜻한 물이랑 같이 먹으면 되고, 그리고 이건 가시오가피즙, 새벽 조깅 전에 한 팩 먹고요. 그리고 이건 헛개나무 달인 물 희석한 거예요. 오전, 오후 연습 끝나고 갈증 날 때 이거 마셔요."

혜윤은 의기양양한 표정으로 지혁을 올려다보았다.

"이게 다 어디서 난 거야?"

"우리 엄마표 보양식."

"어…… 그러니까, 이걸 나 먹으라고 주신 건 아닌 것 같은데?"

혜윤은 고개를 끄덕끄덕해 보이더니 대답했다.

"응. 나 먹으라고 챙겨 주시긴 했는데, 난 안 먹어도 돼요. 힘쓸 일 많은 사람이 먹어야지."

히, 힘쓸 일? 이것저것 챙겨 주는 게 부끄러웠는지 얼굴을 붉히는 혜윤의 표정에 지혁은 몸이 발화되어 버릴 것만 같았다. 아, 한혜윤, 그런 말 하면서 얼굴을 붉히면 어째.

"운동선수가 몸 관리 잘해야죠."

힘쓸 일. 몸 관리. 왜 저 단어들이 야릇하게만 들리는 걸까?

"나 이런 거 필요 없어. 이런 거 없이도 지금껏 잘해 왔는데, 뭐. 네가 먹어."

혜윤은 커다란 눈망울을 반짝이며 울상을 지었다.

"흠, 그럼 다른 남자 선수 줘야 하나?"

혜윤이 몸을 비비 꼬며 고개를 갸웃해 보였고, 지혁의 이마에 핏대가 올랐다. 다른 선수도 아니고 다른 남자 선수?

"알았어, 알았어. 먹으면 되잖아."

"헤헤."

아. 꼬리 아홉 개 달린 초코송이.

혜윤은 커다란 종이가방에 펼쳐 놓았던 보양식 전부를 담아서 지혁에게 내밀었다.

"냉장고에 넣어 놔요. 먹었는지 안 먹었는지 검사할 거야."

"검사는 어떻게 할 건데?"

"뭐, 영상통화라도 해야 하나?"

한결이랑 영상통화 한다고 했을 때, 뿌루퉁했던 그의 얼굴이 생각나서 혜윤은 키득키득 웃었다.

"칫. 한혜윤."

지혁이 눈을 가늘게 뜨고 노려보자, 혜윤은 혀를 날름 내밀고는 환하게 웃어 보였다.

"나 올라간다."

지혁이 종이가방을 들고 창가로 향하려는데, 혜윤이 지혁의 티셔츠 자락을 붙잡았다. 응?

"한 번 안아 주고 가요."

뭐, 뭘 해 주고 가? 지혁이 깜짝 놀란 표정으로 혜윤을 바라보자 혜윤이 왜 그러느냐는 듯한 표정을 지어 보였다. 아, 포옹. 지혁은 흑심을 저리 던져 놓고 생긋 웃으며 혜윤의 팔을 끌어당겨 품에 안았다. 어김없이 입술은 서로의 자리를 찾고 있었다.

✚

월요일 아침부터 혜윤은 싱글벙글이었다. 방글거리는 얼굴을 보고 선수들이 왜 그러느냐고 물어도 그저 어깨를 으쓱해 보이기만 했다. 의무실로 가는 발걸음은 깃털처럼 가벼웠다. 아, 누군가를 좋

아하면 세상이 다 아름다워 보인다는 게 이런 말이구나, 하면서도
마음은 딴 데 가 있었다. 의무실 문을 열고 들어서자 죄스러운 표
정을 하고 있는 준민이 혜윤을 기다리고 있었다.

"안녕하세요?"

"아, 준민 선수."

혜윤은 그저 빙그레 미소 지어 보이며 데스크 앞에 앉았다.

"앉아요. 그렇게 벌받는 초딩처럼 서 있지 말고."

혜윤의 말에 준민은 쭈뼛쭈뼛 의자에 앉았다.

"흠."

혜윤이 한숨을 크게 들이쉬었다가 내쉬자 준민이 뜨끔 놀라더니
이내 고개를 숙였다.

"그렇게 좋았어요?"

"네?"

준민의 눈이 커다랗게 뜨이더니 혜윤을 바라봤다.

"나 말고, 골 넣은 게 그렇게 좋았느냐고요."

준민의 얼굴에 그제야 어두운 기운이 가셨다.

"좋았어요. 개막전 선발 출전도 처음이었고, 그렇게 통쾌하게 골
넣은 것도 오랜만이었고, 게다가 내가 골 넣어서 팀이 이긴 것도……
정말 오랜만이었거든요."

"그렇다고 그럼 쓰나."

"골 넣었는데, 벤치에 혜윤 쌤 얼굴이 보여서……. 미안해요."

"미안한 만큼 앞으로 더 열심히 해요."

"저……."

"응?"

뭉그적거리며 망설이는 모양새가 이상했다.

"준민 선수?"

"네?"

"저…… 만나는 사람 있어요."

준민은 실망한 듯 보였다가 이내 평소의 표정으로 돌아왔다.

"알아요."

"알아요? 어떻게?"

준민은 머리를 긁적이며 입을 열었다.

"어제, 벽 타는 거 봤거든요."

"헙!"

혜윤은 깜짝 놀라서 눈이 쏟아질 듯했다. 사실 서지혁 선수 취미
가 파쿠르(맨몸으로 벽을 타고, 건물과 건물 사이를 뛰어다니는 익
스트림 스포츠)래요. 해 버릴까?

"혜윤 쌤이 저 용서 안 해 주면 협박하려고 했는데, 너무 쉽게 봐
주셔서……."

"협박하면 내가 무서워할 줄 알았어요?"

섬뜩한 목소리로 조용조용 이야기하는 혜윤의 날 선 눈빛에 준
민이 흠칫 놀란 듯 보였다.

"하하. 장난이에요, 장난. 그럼 난 준민 선수 용서해 주는 대신,
준민 선수도 비밀 지켜 줄 거죠?"

"그럼요. 제1의 전성기도 겪지 못했는데 지금 제2의 전성기라고
난리예요, 인터넷에서. 하하. 고마워요. 미안하단 말보다 고맙단 말
이 먼저였어야 했는데……."

"그래요. 고마운 줄 알면 부상도 당하지 말고요. 내 일 좀 덜게."

"히. 네. 아! 그리고 나 선수 생활 하면서 처음으로 별명도 생겼어요."

준민을 얼굴을 붉히며 머리를 긁적긁적했다.

"별명?"

"강……골매."

"강골매?"

"네. 골 넣고도 동료들한테 몰매 맞은 강골매."

"하하하."

혜윤이 유쾌하게 웃어 보이자, 준민은 신이 나서 말을 이었다.

"혜윤 쌤도 별명 생겼어요."

"저도요?"

"응. 뭐, 구단에서 막은 건지, 혜윤 쌤하고 관련된 기사는 아예 없는데, 축구 카페에서……. 혜윤 쌤 여신이래요. 강산FC 승리의 여신."

"푸흡."

안다, 알아. 내가 오늘 그래서 기분이 좋았어.

"낯간지럽게."

"그런데요."

"네?"

"저…… 그때 구단주는……. 회식 자리에서 혜윤 쌤 근처에 있던 선수들이 그러더라고요. 구단주랑 만나는 것 같은데, 너 쫓겨나고 싶어서 환장했느냐고."

"아. 진현수 구단주는 저희 큰오빠 친구예요. 치마 두른 여자 사람한테 다 그러니까, 신경 쓰지 마요."

준민은 아, 하는 입 모양을 만들어 내더니 고개를 끄덕끄덕했다.
경쾌한 노크 소리가 둘의 대화를 잠시 멈추게 했다.

"네, 들어오세요."

찌릿 하는 소리가 들릴 것처럼 준민에게 눈을 부라리며 의무실
을 들어선 선수는 지혁이었다.

"왔어요?"

"좋겠다. 서지혁."

"뭐?"

저 자식이 진짜! 지혁이 눈을 더 크게 부라리자 혜윤이 키득거리
며 입을 열었다.

"우리 파쿠르 꿈나무 서지혁 선수는 이제 벽 그만 타야겠는데?"

혜윤의 말에 지혁이 흠칫 놀라며 뒷걸음질 쳤다.

"뭐야, 인마. 그렇게 놀랄 거면 조심 좀 하지."

"어, 어…… 그러게……."

"걱정하지 마. 아무한테도 말 안 할 거니까. 우리 강산FC 여신
님 보호해 줘야지."

'여신'이라는 준민의 말에 혜윤이 까르르 웃으며, 어오, 그러지
마요. 하고 손사래를 쳤다.

아주 쇼를 하고 앉았네, 둘이.

"왜 왔어요, 근데?"

"보고 싶어서 왔다. 왜?"

"야, 너 아무리 그래도, 그렇게 대놓고."

셋은 동시에 웃음이 터져서 키득키득 웃었다.

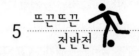
첫 번째 원정 경기까지 이긴 강산FC는 2승 0무 0패, 1위 팀과
의 골 득실 차로 리그 2위를 달리고 있었다. 강산FC 창단 이래 가
장 좋은 성적이라며, 구단 분위기는 날로 밝아지고 있었다.

오후 훈련이 끝나서 의무실로 향하는데 구단 로비가 어마어마한
택배 상자들로 가득 차 있었다.

"이게 다 뭐예요?"

혜윤의 물음에 구단 사무실에서 일하는 민철은 어깨를 으쓱해
보이며 입을 열었다.

"전부 서지혁 선수 앞으로 온 거예요."

"여태 이런 거 없었잖아요. 근데 이게 다 뭐래?"

혜윤은 쌓여 있는 상자들을 이리저리 살폈다.

"엊그제 원정 경기 끝나고, 팬 몇 명한테 서지혁 선수가 사인해
줬거든요."

"아. 그런데요?"

사인이랑 택배랑 어떤 상관관계가 있는 거지? 혜윤은 고개를 갸웃하며 민철을 바라봤다.

"한국 와서 뭐가 제일 좋으냐는 팬 질문에 서지혁 선수가 그랬대요."

"뭐라고요?"

"초코송이."

"에? 웬 초코송이? 지혁 선수, 단 거 안 좋아한다던데?"

"그러게요. 몸 관리하느라 음식 가려 먹어서 과자는 손도 안 대는 걸로 아는데."

"대리님, 그럼 이게 다 초코송이 과자예요?"

"네."

"와, 우리 지혁 선수 좀 있음 초코송이 CF 들어오겠네."

혜윤이 까르르 웃어 보이자, 민철도 환하게 웃었다. 친절한 팬들은 지혁 선수가 다 먹지 않아도 된다며, 나눠 먹으라며 주변인들 것도 챙긴 덕에 강산FC 구단 이름을 초코송이FC로 바꿔야 하나 할 정도로 많은 양의 과자가 쏟아졌다.

민철이 건넨 초코송이 상자 하나를 들고 오물오물 과자를 씹으며 혜윤은 의무실로 향했다. 책상 위에 초코송이 상자를 올려 둔 채 의무실에 필요한 물품 목록을 정리하려는데 누군가 문을 두드렸다.

똑똑똑. 똑똑.

저렇게 두드리는 건 지혁이었다. 노크 소리도 차별화하고 싶다는 서지혁. 의외로 귀여운 구석이 참 많은 남자다.

"들어와요."

"뭐 해?"

"의무실 물품 목록 정리."

"와. 일 많네, 우리 혜윤이."

"그럼. 선수들이 훈련하고 쉬는 걸 반복할 때, 나 같은 지원 스 탭은 끊임없이 일만 한다고요. 가엽게도."

지혁은 입술을 삐죽 내밀고 있는 혜윤의 머리를 쓰다듬고는 정 수리에 쪽 하고 입을 맞췄다.

"이번 주 홈경기 일요일 오후라서 일요일 밤부터 월요일까지 쉴 수 있잖아."

"응."

"월요일엔 뭐 할 거야?"

지혁의 목소리가 핑크빛 기대감으로 마구 떨리고 있었다.

"글쎄, 집에도 갔다 와야 하고, 왜요?"

혜윤은 눈치 없는 척 순진한 얼굴을 하고 물었다.

"나랑 놀아 주면 안 돼?"

"지혁 선수는 집에 안 가 봐도 돼요?"

"우리 부모님 미국에 계셔."

"아."

지혁은 개인사를 밝히는 일은 극도로 꺼렸다. 그의 부모님, 형제 등 가족 관계와 관련해서 아무것도 밝혀진 것이 없었다. 물어볼까? 혜윤은 자신도 가족사를 밝히는 걸 꺼리기에 질문은 접어 두기로 했다.

유명인이 자신의 가족을 보호하기 위해 공개를 꺼리는 것처럼,

유명인의 가족으로 살아가는 것도 그리 편한 일은 아니라는 걸 혜윤은 잘 알고 있었다. 수면 위로 모습을 드러내지 않는 지혁의 가족들도 이해가 되었다.

어릴 적, 쟤는 누구의 딸, 누구의 동생이라는 시선을 보내오는 사람들의 접근이 달갑지만은 않았다. 잘하면 잘하는 대로 누구 딸이니 당연히 잘하지 않겠느냐는 평을 들었고, 못하면 못하는 대로 누구 동생인데 이름값은 해야 하지 않겠느냐는 엄한 소리를 들었다.

학교를 그만두고 집에서 공부하면서는 그런 일들을 겪지 않아서 참으로 좋았다. 도서관에 가거나, 취미로 배웠던 피아노 교습소엘 가도 혜윤은 누구의 딸, 누구의 동생이 아닌 한혜윤이었다.

그때부터였다. 운동선수였던 아버지와 운동선수인 오빠, 동생들의 언론 노출은 어쩌면 당연했지만, 혜윤은 중학교 때 이후 한 번도 그런 것에 노출된 적이 없었다. 누구 딸, 누구 동생, 누구 누나가 아닌, 그저 인간 한혜윤으로 살아갈 수 있는 것이 좋았다.

그런데 아이러니하게도 만나는 남자가 국민 슈트라이커 서지혁이라니. 운동선수를 끌어 모으는 자석이라도 갖고 태어난 것일까?

불쌍한 표정을 지으며 아랫입술을 삐죽 내밀어 보이는 모양이 귀여운 지혁은 무언가 대답을 원하는 듯 눈을 반짝였다.

"일요일에 한 골 넣으면."

"뭐?"

"왜요? 스트라이커가 골 넣는 게 이상한가?"

"그럼 한 골 넣으면 만나 주고, 두 골 넣으면 뭐 해 줄 건데?"

지혁의 눈빛이 음흉하게 빛났다.

"뭐가 하고 싶은데요?"

혜윤이 커다란 눈을 느릿하게 감았다가 뜨며 속눈썹을 팔랑거리자 지혁이 뜨악하는 표정으로 헉 하고 숨을 들이마셨다.

"말도 못 하면서."

"말하면 해 줄 거야?"

"생각해 보고."

"치. 치사해. 나 간다. 이따 전화해."

혜윤은 고개를 끄덕이다가 책상 위에 놓인 초코송이 상자에 시선이 닿았다.

"지혁 선수!"

"응?"

"근데 초코송이 좋아한다며 왜 손도 안 대요? 여기 있는데, 좀 먹을래요?"

뭐? 지혁은 터져 나오려는 웃음을 삼키려 헛기침을 해 댔다. 너, 그 질문 지금 상당히 위험한 거 모르는구나?

혜윤은 초코송이 두 알을 입에 넣고는 알록달록한 과자 상자를 지혁에게 내밀었다. 지혁은 성큼성큼 다가와서는 상체를 숙이고, 커다란 손으로 혜윤의 뒤통수를 감싼 뒤 입을 맞추기 시작했다. 말캉한 혀를 그녀의 입안에 집어넣고, 아직 입안에 버섯 모양 그대로 있는 초코송이 하나를 감아서 쏙 빨아들였다.

입술을 뗀 지혁이 배시시 웃어 보이며, 상체를 꼿꼿이 세우고는 입안에 있는 과자를 와그작 씹으며 말했다.

"맛있네, 초코송이."

음흉한 미소를 만면에 띠며 의무실을 나서는 지혁의 뒷모습을 혜윤은 고개를 갸웃하며 바라봤다. 책상 위에 놓인 작은 거울에 비친 자신의 모습이 눈에 들어왔다. 뭐지? 이 기시감은?

✚

폭풍 같았던 아침 테이핑 작업이 끝나고, 연습구장에서 방향전환 훈련(지그재그달리기)을 하는 선수들을 열심히 관찰했다. 시즌이 시작되면서 부상에 대한 염려가 커져서인지 훈련 전 부상 예방을 위해 테이핑을 요청하는 선수들이 많아졌고, 그 덕에 아침마다 의무실은 전쟁터로 변했다.

테이프를 뜯고 붙이고, 스무 명 가까운 선수들을 상대하다 보니 손가락 마디가 쑤시는 것 같아 열심히 손을 털어 내고 있는데 현준이 물었다.

"한혜윤. 손 아파?"

"네. 손가락이 좀 쑤시는데, 괜찮아지겠죠."

"줘 봐."

현준은 혜윤의 손을 잡고 혈 자리를 눌러 가며 마사지를 해 주었다. 둘의 시선은 여전히 그라운드를 향해 있었다.

현준과 혜윤이 마주 보고 서서 손을 잡고 주물럭거리는 모습을 지혁이 발견했다. 저건 뭐 하는 그림이지?

"서지혁 눈 흘긴다."

"헤헤. 그래 봤자, 뭐."

현준이 잡고 있던 혜윤의 손을 놓고 말했다.

"너무 굴리지 말고 잘해 줘. 한국에 가족도 없고, 열여섯에 한국 떠나서 마음 터놓을 친구도 별로 없을 거야."

"네."

"최고의 자리를 박차고 나왔을 때는 지혁이도 다 각오한 거겠지만, 운동선수 마음 누구보다 잘 알잖아? 저 자리가 얼마나 외로운지."

혜윤은 그저 고개를 끄덕였다. 너무도 잘 안다. 승리는 모두의 것이지만, 패배와 그에 따르는 비난은 고스란히 선수의 몫이라는 걸. 가족에게조차 말할 수 없는 고독함과 외로움, 그리고 두려움.

초등학교 때 아빠가 패전 투수가 되어서 팀이 리그 준우승에 그쳤을 때, 그날 혜윤 역시 학교 가는 길이 두려웠다. 아빠가 경기에서 지는 날이면, 너희 아빠 어제 졌다며 놀리는 친구들이 있었는데, 그들을 일일이 상대하는 것은 시간 낭비라는 것을 알기에 혜윤은 그저 모른 척했다.

하지만 오빠들은 달랐다. 너희 아빠가 어제 경기에서 무슨 짓을 했는지 아느냐는 친구의 험담에 들이박기 일쑤였고, 그런 일들로 엄마는 항상 학교에 가서 머리를 조아려야 했다. 물론 오빠들도 중·고등학교에 들어가고 운동에만 전념하면서부터는 달라졌다.

오빠들이 정신을 차리자 이번엔 아빠에게 시련이 닥쳤다. 연속되는 팀의 패배로 떠안은 '이제 야구장을 떠나야 하는 선수'라는 질타와 가족이 겪는 일련의 일들을 보며 아빠는 마음을 닫으셨던 적이 있었다. 지독한 슬럼프와 심적 고통은 삶을 좀먹는 길이었다.

네 아들 뒷바라지와 슬럼프에 빠진 아빠 뒷바라지까지 겹쳐서 엄마가 생업에 뛰어들어야 했고, 그 시기에 하필 혜윤은 중학교를 그만두고 집에만 있었다. 아무 말 없이 멍하니 앉아 있는 아빠의 옆에서 함께 멍하니 앉아 있기도 하고, 책을 읽기도 하고, 이어폰을 꽂고 노래를 듣기도 했다.

아빠 곁을 떠나기가 두려웠던 날들이었다. 혹여 어딘가에서 상상도 하기 싫은 아빠의 모습을 발견하게 될까 봐, 그렇게 혜윤은 아빠의 곁에만 머물렀다. 그러던 어느 날, 혜윤이 읽고 있는 책을 아빠가 물끄러미 바라봤다.

'그게 뭐냐, 딸?'

'이순신 장군 일대기.'

'아……. 아빠가 읽어 봐도 될까?'

'응.'

혜윤이 읽고 있는 책을 읽고, 혜윤이 듣는 음악을 같이 듣고, 혜윤과 이야기를 나누기 시작하면서 아빠는 말을 되찾는 듯 보였다.

'딸.'

'응?'

'아빠, 야구 그만둘까?'

'왜?'

'그냥. 아빠가 나가면 맨날 지기만 해서.'

'피. 난 아빠가 야구장에 있을 때가 제일 멋진데?'

'요즘은 하나도 안 멋지잖아.'

'맨날 이기기만 하면 재미없잖아. 지기도 해야 이기는 기쁨을 알지. 나, 학교에서 맨날 꾸중만 들어서 공부하는 게 정말 재미없었는데, 요즘은 정말 신나. 이러려고 그랬나? 하는 생각이 들 정도로. 아빠도 그런 거 아닐까?'

배시시 웃어 보이는 열네 살 혜윤의 말에 아빠는 눈시울을 붉혔다.

'주말에 응원 올래?'

누구 딸 소리가 듣기 싫어서 경기장에 잘 가질 않았는데, 응원을 오라는 아빠의 목소리가 미세하게 떨리는 것 같았다.

'치. 내 응원 비싼데?'

'용돈 필요해?'

아빠가 피식 웃어 보였다. 얼마 만에 아빠의 얼굴에 표정이 깃든 것을 보는 것인지 가늠도 되지 않았다.

'아니, 경기에서 진다고 해도, 아빠가 나한테 그 비싼 웃음 보여 준다고 하면 가지.'

"한혜윤, 무슨 생각해?"

잠시 상념에 빠져 있던 그녀를 일깨운 건 현준의 목소리였다.

"아, 아니에요, 팀장님."

"잘해 주라고."

"저 선수들한테 다 잘해요."

"그런 의미 아닌 거 알잖아?"

혜윤은 빙그레 웃어 보이며, 고개를 한 번 끄덕이고는 열심히 훈련을 하는 지혁에게 시선을 고정했다. 아, 좋다. 하염없이 바라보기만 해도 뭐라 하는 사람도 없고.

오후 훈련이 끝나고 처리해야 할 일들을 사무실에서 확인한 뒤 찾는 의무실은 언제나 시커먼 선수들로 북적였다. 크고 작은 부상에 찾아온 선수들, 그저 마음이 헛헛해서 찾아온 선수들, 그들은 혜윤이 없는 의무실에 앉아서 저들끼리 수다를 떨기도 했다.

용규의 허벅지에 얼음 팩을 동여매고 있는데 현준이 들어왔다.

"여긴 뭐 이렇게 인간이 많아?"

"오셨어요, 팀장님?"

현준은 혜윤의 옆에 있는 의자에 앉으며 대기 중이던 경진을 불렀다. 경진은 실망 어린 표정으로 현준이 가리킨 진료의자에 앉았다.

"한혜윤 내일 인터뷰해라."

"인터뷰요?"

혜윤은 용규에게 다 됐다고 고개를 끄덕이며, 동시에 현준에게 되물었다.

"어."

"뭐, 구단 홍보물이에요?"

"아니, 알레케이리그."

"에에? 알레케이리그?"

혜윤이 눈을 휘둥그렇게 뜨고 현준에게 고개를 돌렸다.

"팀장님, 그거 공중파 스포츠 방송 아니에요?"

경진의 물음에 현준이 씩 웃으며 고개를 끄덕였다.

"그걸 제가 왜 해요?"

"이번 시즌 우리 팀 성적 좋아졌다고 뭐 그 요인을 분석한다는데, 새로 생긴 의무팀 이야기가 나왔나 봐. 그래서 인터뷰하라는데, 네가 해."

"싫어요. 그걸 팀장님이 하셔야지, 제가 왜 해요?"

혜윤은 정색을 하며 고개를 절레절레 흔들었다.

"리포터가 여자 스포츠 아나운서면 내가 하려고 했는데, 남자가 온대. 어오. 여기서 보는 시커먼 놈들도 지겨워. 네가 해."

"우와! 그럼 혜윤 쌤 텔레비전에 나오는 거예요?"

경진이 손뼉까지 쳐 가며 야단법석을 떨었다. 아. 경진 선수 귀에 들어갔으니, 내일 아침엔 구단 전체에 소문나겠네. 엄마한테 자랑해야겠다. 텔레비전에 자랑스러운 딸 나온다고. 혜윤은 더 말해 봤자 씨알도 안 먹힐 현준을 바라보며 미간을 구겼다.

밤 열한 시가 넘어 숙소에 도착하자, 마치 보고 있었다는 듯 혜윤의 휴대전화가 요란하게 울렸다. 혜윤은 씻지도 못하고 침대에 누워 전화를 받았다.

"여보세요?"

— 왔어?

아, 우리 서지혁이다!

"나 들어온 줄 어떻게 알았어요?"

— 네가 숙소 방에 불 켜면 1층 바닥에 비치니까.

목소리 좋은 서지혁.

"어휴, 그래서 계속 창밖만 보고 있었어요?"

— 어. 얼마나 기다렸는데.

자상한 서지혁.

"피곤할 텐데, 쉬지."

— 또 서운하게 그런다.

달달한 서지혁.

"헤헤. 미안하니까 그렇죠."

— 너, 내일 인터뷰한다며?

정보력 좋은 서지혁.

"응."

— 아이고. 우리 한혜윤 유명인사 되겠네?

"그러게. 내가 지혁 선수보다 유명해지면 어쩌죠?"

— 그러게. 안 그래도 우리 한 여신 넘보는 놈들 많은데.

"왜 그래요, 자꾸."

—나.

"응?"

지혁의 목소리가 아득하게 들렸다. 침대에 기댄 머리가 점점 무거워지고, 눈이 감기는 것 같았다.

— 불안해.

응? 뭐가? 뭐가 불안해? 지혁의 목소리가 외로운 공기를 품고 있었다.

"뭐가 불안해요?"

— 그냥. 흠…….

"지혁 선수, 경고 1회."

— 뭐?

"불안하단 말로 긴장감을 조성하려 한 죄. 경고 1회."

— 허, 참 내.

"뭐가 불안해요. 난 서지혁밖에 없는데."

— 하아. 한혜윤.

"응?"

— 보고 싶어.

"온종일 구장에서 실컷 봤으면서."

— 아니, 그렇게 말고. 그냥 둘이 있고 싶어.

손잡고 있고 싶고, 안고 있고 싶고, 입 맞추고 싶고…… 그렇게 둘만 있고 싶다, 혜윤아.

"나도."

— 월요일에 나 만나 줘야 한다?

"집으로 데리러 와요, 그럼."

— 그래. 두 골 넣으면 소원 들어준다는 것도 유효한 거지?

"그건 두 골 넣고 말해요."

피식 하고 낮게 웃는 지혁의 목소리가 전화기 너머로 들렸다.

"얼른 자요."

— 그래, 잘 자.

"응."

전화를 끊은 지혁은 침대에 털썩 걸터앉았다. 무언가를 얻으면 그것을 잃을까 조마조마해지는 불안감은 언제나 지혁을 옭아맸다. 골을 넣고 한 번도 세리모니를 해 본 적이 없다. 골을 넣은 기쁨보다, 다음에 골을 못 넣게 되면 어쩌나 하는 불안감이 더 커서였다.

지금 기뻐하면 나중에 더 아파질까 봐 감정을 통제하려 노력했다. 최고의 자리라 불리던 곳을 떠나온 이유도 같은 맥락이었다. 더는 이룰 것이 없어 보이는 곳에서 이제 내려가는 일만 남았다는 생각에 날마다 괴로웠다.

모든 것을 다시 시작하고 싶어서 돌아온 곳은 10대 중반까지의 삶을 살았던 강산시였다. 리그 5위 안으로는 한 번도 든 적이 없었던 팀이 지금은 2위를 달리고 있다. 리그 2위의 기쁨보다 옆에 있는 혜윤이 주는 웃음이 더 좋았고, 리그 순위가 떨어지면 어쩌나 하고 걱정하는 것보다, 혜윤이 혹여 자신의 곁에서 멀어지면 어쩌나 하는 불안감이 더 컸다.

평생을 축구만 하며 살아온 지혁에게 축구가 아닌 다른 존재가 삶의 커다란 부분을 차지해 가는 게 어색했다. 한숨을 푹 내쉬는데 휴대전화가 울렸다.

[나도 보고 싶어요, 많이. 나도 같이 있고 싶어, 계속. 불안해하지 말고 잘 자요. 일요일 경기 잘하면 상 줄게요. ^^]

짧은 문자와 함께 생긋 웃는 초코송이의 사진이 눈에 들어왔다. 아, 한혜윤. 예쁜 우리 한혜윤. 지혁은 휴대전화를 손에 꼭 쥐고 혜윤의 사진을 바라보며 잠이 들었다.

✚

"자, 시작합니다."

촬영 시작을 알리는 슬레이트 소리와 함께 빨간 불이 반짝이는 카메라가 혜윤의 눈에 들어왔다.

"안녕하세요? 알레케이리그 시청자 여러분, 저는 송미진입니다. 오늘은 정말 특별한 분을 모셨는데요. 강산FC 개막전에서 화려한 골 세리머니의 주인공이 되셨던, 강산FC의 여신! 팀 닥터 한혜윤 씨와 인터뷰를 하도록 하겠습니다."

남자 리포터가 온다더니, 요즘 스포츠계에서 인기가 가장 많은 송미진 아나운서가 리포터로 왔다. 어오, 김현준. 이 사람을 그냥! 이럴 줄 알았으면 미용실에라도 다녀오는 건데!

"선수가 부상당하는 거 참 꺼려지시겠어요?"

뭐지? 이 질문의 정체는?

"선수를 위해서도, 팀을 위해서도 부상은 없어야 하죠. 하지만 격투기에 가까운 볼 다툼을 벌이고, 순간 최대 속력을 발휘해서 달리다가 다른 선수와 부딪히고, 고의든 아니든 태클을 받다 보면 크고 작은 부상은 항상 발생하죠. 그래서 제가 있는 거고요."

"부상당한 선수들을 보실 때, 가장 눈여겨보시는 게 있다면요?"

"일단 부상 부위를 가장 먼저 눈여겨보죠. 그다음 살피는 건 선수의 심리 상태예요. 심각한 부상이어도 빨리 회복되는 선수가 있는 반면, 가벼운 부상에도 심적 부담감을 이기지 못하고 쉽게 회복하지 못하는 선수들도 있거든요."

아주 당연한 대답이 나올 것 같은 어설픈 질문에도 혜윤은 똑 부러지게 대답을 했다. 그런데.

"어떤 선수들이죠?"

혜윤은 작게 한숨을 내쉬며 PD에게 손을 들어 보였다.

"이 질문 빼자고 말씀드렸는데요? 선수의 약점을 드러내는 인터뷰를 하라는 건가요?"

혜윤의 날카로운 목소리에 PD가 송미진 아나운서에게 눈치를 줬다.

"아, 죄송해요. 이 질문 뺀 걸 깜빡했네요."

이 여자, 왜 이렇게 마음에 안 들까? 혜윤은 이내 예의를 차린 미소를 지어 보이며 고개를 끄덕였다.

"강준민 선수의 세리머니가 화제가 됐었는데, 강골매라는 별명까지 얻게 되었고요. 준민 선수가 새로 개설된 자신의 팬 카페에 팀 닥터에게 큰 실수를 했다며, 아무런 사이도 아니라는 글을 올렸던데, 보셨나요?"

"아, 그 글은 못 봤네요."

"하프라인 슛을 해 보는 게 어떻겠냐고 권유한 것도 팀 닥터인 한혜윤 씨였다고 하던데, 정말 대단하세요. 선수들한테 기술적 조언도 많이 하시나요?"

"아니요. 전 팀 주치의지, 기술고문은 아닌걸요. 강준민 선수의 강점을 살린 개인기가 될 수 있다는 생각에 이야기했던 건데, 그걸 결정적인 순간에 성공한 강준민 선수가 대단한 거죠."

"팀 내 선수 중 누굴 제일 아끼세요? 이번 시즌부터 합류한 남신 서지혁 선수도 있고."

"선수들 모두 친오빠 같고, 친동생 같고, 소중한 우리 팀 선수들이에요. 다 아깝니다."

허허. 열 손가락 깨물어서 뭐가 제일 아파요? 라고 물어보지 그러냐.

"팀 닥터가 흔한 직업은 아닌데, 어떻게 팀 닥터가 되신 거죠?"

"학회지에서 강산FC 의무팀장님이신 김현준 팀장님의 글을 읽은 적 있어요. 그 당시엔 대만 야구 대표팀 주치의였고요. 경기 중 부상에 대한 응급처치가 선수의 기량이나 경기의 질에 얼마나 큰 영향을 미치는지에 대한 부분이 있었는데, 운동경기를 즐겨봤던 저는 제 전공을 살려서 그 현장에 뛰어들고 싶어졌죠. 또 국내 프로 구단의 양적 팽창이 가져온 문제 중 하나가 팀 닥터의 부재였어요. 전문의까지 거친 의사가 상시, 혹은 비상시로 구단에 머물 수 있는 경우는 흔치 않아요. 다행히 강산FC에서는 상시 팀 닥터를 구하고 있었고, 그래서 제가 여기 있을 수 있게 된 거죠."

"아. 지금 스물여섯 한창인 나인데, 남자 친구는 있으세요?"

이런 개인적인 걸 꼭 물어야 하나?

"아니요. 바빠서 연애할 시간도 없는데요."

"인터뷰에 응해 주셔서 감사합니다. 시청자 여러분께 한 말씀 부탁드릴게요."

"K리그는 외국의 유명한 축구 리그만큼이나 훌륭한 선수도 많고, 훌륭한 경기가 펼쳐지는 곳입니다. 주말 가족 나들이 장소로도 좋고요. 구장에서 뵙겠습니다."

혜윤이 환하게 웃으며 고개를 살짝 숙여 보이는 것으로 인터뷰가 마무리되었다.

"와! 우리 한혜윤 선생님 화면발 잘 받으시네요. 누구 닮았는데?"

"제가요? 저희 부모님 닮았겠죠. 헤헤."

"그건 그렇죠."

PD와 이야기를 주고받는 사이, 송미진 아나운서는 열심히 화장을 고쳤다. 아오, 거기에 더 처바르십니까. 안 그래도 얼굴 가죽이 겨만큼도 안 보이는구먼. 미진은 퍼프로 인증을 찍어 내며 PD에게 물었다.

"감독님, 이제 서지혁 선수 인터뷰하는 거 맞죠?"

"응. 너 서지혁 본 적 있다고 했나?"

"그럼요. 라리가에 있을 때 제가 얼마나 인터뷰를 많이 갔는데요. 오늘 조우진 선배한테 이 인터뷰 내가 하게 해 달라고 얼마나 졸랐는지 몰라요. 헤헤."

아, 여자의 직감은 언제나 들어맞는구나. 미진을 흘끔거리는 혜윤에게서 어두운 아우라가 마구 뿜어져 나오고 있었다.

선수들이 오전 연습을 하는 동안, 지혁은 연습구장에 서서 송미진 아나운서와 인터뷰를 진행했다. 온갖 교태를 다 부리는 아나운서에게 지혁은 부드러운 미소를 지어 보이며 인터뷰에 응했다. 혜윤은 선수들을 관찰하는 척하며 서지혁과 송미진을 흘끔거렸다.

인터뷰가 끝나고 송미진은 셀카를 찍자며 들이대기 시작했다.

어머나! 나도 같이 찍어 본 적 없는 셀카를! 서지혁 찍기만 해 봐. 어머머머!

브이까지 만들어 보이며, 둘은 작은 휴대전화를 들고 셀카를 찍었다. 송미진이 여러 번 감사하다는 인사를 전하자 지혁은 신계 미소를 장착하며 인사를 했다. 아니, 저 남자가! 혜윤의 코에서 뜨거운 콧바람이 쌩쌩 불어 나오는 것만 같았다.

"어이, 한혜윤."

"네?"

현준에 부름에 혜윤은 화들짝 놀라 고개를 돌렸다.

"너 지금 되게 무서워. 네 주변으로 막 활활 타오르는 불길이 생기는 것 같아. 아우, 무서워!"

현준이 몸서리까지 쳐 가며 혜윤을 놀려 댔다.

"팀장님!"

혜윤이 빽 하고 소리를 지르며 현준을 노려보자 현준은 혜윤의 머리를 흐트러트리며 키득키득 웃었다.

"어머, 한혜윤 씨 남자 친구 없다더니, 팀장님이랑 사이 좋아 보이네요? 그렇죠? 팀 닥터도 김현준 팀장님이 쓴 글 보고 하게 되었다던데?"

인사를 끝내고도 가지 않고 있던 미진은 멀리서 혜윤이 있는 쪽을 보며 콧소리를 냈다. 미진의 말에 지혁은 어금니를 꽉 깨물었다. 남자 친구가 없다고 했다고?

"남자 친구 없대요?"

"네, 인터뷰에서 너무 바빠서 연애할 시간 없다고."

"아……. 그럼 안녕히 가세요. 전 훈련해야 해서."

"아, 네. 지혁 선수, 다음에 봐요."

미진이 뒤통수에 대고 인사를 하든지 말든지, 지혁은 성큼성큼 걸어서 혜윤에게 향했다.

"나, 허벅지 테이핑 좀 해야겠는데?"

"네."

갑자기 자신에게 틱틱거리는 지혁이 얄미워 혜윤은 몰래 눈을 흘기고는 그의 뒤를 따랐다. 의무실 문을 쾅 열고 들어가는가 싶더니 혜윤이 들어오자마자 잽싸게 문을 잠근 지혁은 벽으로 혜윤을 몰아붙이고는 그녀의 입술을 덥석 물었다.

혜윤이 두 손으로 지혁의 단단한 가슴을 밀어내려 애썼지만 소용이 없었다. 소유욕이 가득 담긴 끈질긴 입맞춤. 지혁은 혜윤의 혀를 뽑아낼 듯 자신의 혀에 감아올렸고, 그녀의 입안에 있는 타액을 전부 빨아들일 것 같은 기세로 힘을 주었다.

혜윤은 갑작스러운 그의 입맞춤에 깜짝 놀라 눈을 휘둥그렇게 떴다가 이내 그가 주는 감각에 녹아들었다. 강렬했던 입맞춤은 어느새 부드러워졌고, 가슴을 밀어내려 노력했던 혜윤의 손은 부드러운 지혁의 머리칼에 감겨 있었다.

지혁의 손이 혜윤의 등을 어루만지다가, 옆구리를 어루만지다가,

배를 어루만지다가 갈 길을 잃고 그녀의 등허리를 꽉 끌어안았다. 너무 세게 안은 탓인지, 아니면 끓어오르는 감정을 주체하지 못해서인지 혜윤의 입안에서 가느다란 음성이 새어 나왔다.

"하아. 왜 이래요? 갑자기."

"남자 친구 있느냐는 질문에 없다고 대답했어?"

혜윤이 고개를 끄덕이자, 지혁의 표정이 무섭게 일그러졌다.

"왜? 그럼, 난 뭐야?"

겉으로는 당황스러운 표정을 하려 애썼지만, 혜윤은 마음속에서 해트트릭이라도 한 듯 세리모니를 하고 있었다. 이 남자 뭐 하는 걸까? 입술을 삐죽 내밀고는, 눈을 가늘게 뜨는 그의 모습이 깜찍해 보이기까지 했다.

"방송 나가면 부모님이 다 보실 텐데, 남자 친구 있다는 걸 방송으로 아시게 할 수는 없잖아요."

"뭐?"

일그러졌던 지혁의 표정이 조금씩 풀어지는 듯했다.

"나중에 부모님께 직접 말씀드려야죠. 그게 순서 아니에요?"

하아, 한혜윤. 김현준 팀장이랑 티격태격하는 게 자꾸만 신경이 쓰였다. 인터뷰하면서도 둘이 나란히 서 있는 곳을 계속 흘끔거렸는데, 초코송이를 이리저리 만지는 팀장의 손을 보고 피가 거꾸로 솟는 것 같았다.

거기에 더해서 남자 친구가 없다는 인터뷰를 했다는데 속이 뒤집어지는 것 같았다. 그런데 그게 부모님께 직접 말씀드려야 한다는 예쁜 이유 때문이었단다. 그래. 그건 그렇지.

"지혁 선수는 막 그 아나운서랑 사진도 찍고 그랬으면서. 나랑은 한 번도 같이 사진 찍은 적 없으면서. 치."

입술을 비틀며 눈을 흘기곤 뾰로통한 표정을 짓는 혜윤을 보고 지혁은 웃음이 터졌다.

"아, 한혜윤."

"응?"

너무 예뻐. 뭐라 말할 새도 없이 지혁이 다시 혜윤의 입술을 달 콤하게 머금었다.

알레케이리그 방송이 나가고 구단 팬 페이지는 마비될 지경에 이르렀다. 여성 팬은 서지혁의 영상을 퍼 나르고 칭찬하는 데 여념 이 없었다. 그건 뭐 당연해 보였다. 그런데 새로 생겨난 남성 팬들 은 구단으로 전화해 혜윤의 연락처를 묻기까지 했다.

"와, 혜윤 쌤. 팬 카페 생겼어요."

"정말?"

경진의 말에 혜윤이 키득키득 웃으며 경진의 휴대전화 화면을 바라봤다. 이게 뭐야? 정말 팬 카페야? 맙소사.

혜윤은 경진이 가르쳐 준 팬 카페를 휴대전화 애플리케이션을 통해 수시로 들락날락했다. 와. 신기하다. 구단 로비를 지나쳐, 연 습구장으로 향하는데, 누군가 혜윤을 불러 세웠다.

"한혜윤 씨."

"아, 안녕하세요?"

엊그제 알레케이리그 촬영을 왔었던 PD였다. 구단을 돌아가며 촬영하는 시리즈물 관련 회의를 위해 오는 길이라고 했다. 혜윤이 그저 인사를 하고 지나치려는데, PD가 다시 혜윤을 붙들었다.

"저기, 혹시."

"네?"

"아버님 존함이…… 한, 동 자 수 자 되시나?"

아, PD님 어떻게 아셨대.

"아…… 네."

"아! 어쩐지. 낯이 익다 했지. 반가워요. 아버님 잘 지내시지?"

"네, 잘 지내세요."

"그럼, 나중에 기회 되면 또 봐요."

"네, 살펴 가세요."

누구 딸 아니냐는 질문에 기분이 나쁘지 않은 건 굉장히 오랜만인 것 같았다. 아니 처음일지도 모르겠단 생각이 들었다. 누구의 딸, 누구의 동생 한혜윤이 아닌, 한혜윤을 먼저 알아봐 주는 사람들이 생겨나는 게 기분이 좋았다.

"혜윤아."

"어? 오빠?"

뒤에서 들려온 목소리는 구단주 진현수였다.

"숙소는 지낼 만해?"

"응, 아주 좋아."

구단을 찾은 그의 목적은 아무래도 알레케이리그 PD가 구단을 찾은 것과 같은 이유인 것 같았다.

"의무실은? 선수들은 어때?"

"의무실도 좋고, 선수들도 좋고……. 진료용 의자 하나 더 있었으면 좋겠어. 아, 그리고 김현준 선생님이랑 나랑 둘이 하기에는 좀 벅찬 부분도 있어. 마사지 전담으로 하는 의무팀원 한 명 더 있으면 좋을 것 같아."

"그래? 그건 상반기 성적 보고 결정할게."

현수는 고개를 끄덕이며 진지하게 대답해 주었다.

"그래. 고려해 준다고 하는 것만으로도 고맙네."

"한혜윤. 여기 내 구단이야. 열심히 일해 주는데, 내가 고맙지."

"어이쿠, 구단주님. 받들어 뫼시지 못해 죄송합니다."

"일만큼이나 연애질도 열심히 하시고."

"뭐?"

혜윤은 깜짝 놀라 무슨 말이냐는 듯 고개를 갸웃하며 현수를 바라봤다.

"구단주가 구단 내에서 벌어지는 일을 모를 것 같아?"

"어떻게 알았어?"

"다 아는 수가 있지."

"혹시…… 큰오빠도…… 알아?"

혜윤의 조심스러운 질문에 현수는 장난기 어린 표정을 지어 보였다.

"아! 내가 도윤이한테는 깜빡하고 말을 안 했네."

현수가 주머니를 뒤적이며 휴대전화를 찾는 시늉을 하자, 혜윤이 그의 손목을 꽉 잡아챘다.

"아이고, 우리 주님께서 또 왜 이러실까?"

"아, 그래서 말인데. 구단주 부탁 좀 하나만 들어주라."

"뭔데? 뭐든 들어 드려야지."

✚

토요일 아침부터 혜윤이 보이질 않았다. 의무실에도 없고, 연습 구장에도 없고, 숙소에도 없는 것 같고. 오전 훈련 내내 김현준 팀장만 왔다 갔다 할 뿐 혜윤은 코빼기도 보이질 않았다.

뭐야, 내일 홈경긴데, 팀닥이 어딜 간 거야? 하는 생각보다 보고 싶은 마음이 더 간절했다. 훈련 중에 휴대전화는 항상 숙소에 두고 다녀서 연락할 방법도 없었다. 아, 이제 전화기 들고 다녀야 하나.

항상 고개를 돌리면 언제나 같은 자리에서 생긋 웃고 있던 혜윤이었는데, 그녀가 사라진 구단은 텅 비어 버린 것만 같았다. 동시에 지혁의 심장도 오그라드는 것 같았다. 대체 어디 있어, 한혜윤.

점심시간 후에 주어지는 짧은 휴식 시간. 혜윤이 어디 있는지 물으려 현준을 찾아다니는데, 휴게실에 엄청난 인원이 모여 있었다.

"무슨 일이야?"

지혁의 물음에 경진이 웃으며 텔레비전을 가리켰다.

"우리 한 여신 시구하러 갔대요."

"뭐? 시구?"

"네, 혜윤 쌤이 아무 말도 안 하고 갔는데, 내가 혜윤 쌤 팬 카페에 누가 올려놓은 거 찾았지."

뭐라? 팬 카페? 나도 가입해야겠네, 젠장.

"한혜윤 팬 카페도 있어?"

"한혜윤? 에이. 형은 그래도 사람 앞에 없다고 그렇게 이름을 막 부르고 그래요."

지혁의 이마가 미세하게 구겼다.

"근데 웬 시구? 어디로?"

"강산유니콘스로요."

"아! 시작한다."

「야구팬 여러분, 안녕하십니까? 여기는 강산시 하동에 있는 강산유니콘스 홈구장입니다.」

스포츠 아나운서와 해설자의 진행으로 중계방송이 시작되었다.

「오늘 시구자는 한혜윤 씨입니다.」

「네, 강산FC에서 팀 주치의로 있다고 해요. 축구팬들 사이에서 승리의 여신, 한 여신이라고 불린다죠?」

「네, 그 승리의 기운을 불어넣고자 함인지, 강산유니콘스에서 시구를 요청했다고 하네요.」

「말씀드린 순간, 한혜윤 씨가 마스코트 유니의 에스코트로 마운드에 올라섰습니다.」

「오, 포수와 사인을 주고받는 표정이 예사롭지가 않아요.」

「던집니다.」

「와. 폼이 흠잡을 데 없이 완벽한데요.」

혜윤이 공을 던지는 것을 보고 휴게실에 모인 선수들도 오오, 하는 작은 탄성을 터트렸다. 그래, 뭐, 집안 남자들이 다 야구선수라고 했잖아. 지혁은 그저 텔레비전 화면에 비친 환하게 웃고 있는 혜윤의 모습을 물끄러미 바라봤다. 왜 저렇게 먼 데 있는 것 같을까?

시구를 마친 혜윤은 작은 종이 하나를 카메라를 향해 들어 보이며 생긋 웃어 보였다.

내일 오후 2시, 강산FC 경기도 많이 보러 와 주세요.

혜윤의 시구가 끝나고 그녀가 마운드에서 내려와 경기장을 빠져나가는 모습이 계속 카메라에 잡혔다. 더그아웃에서 혜윤을 지켜보던 선수들이 자리에서 일제히 일어나 혜윤과 하이파이브를 했고, 혜윤도 환하게 웃으며 그들에게 인사했다.

지혁은 점점 심술이 나기 시작했다. 한혜윤, 나한테도 말을 안하고 갔단 말이야?

혜윤이 퇴장하자, 중계 카메라가 관중석을 비췄다.

「어? 저기 앉아 있는 사람, 한도윤 선수 아닌가요?」

「한도윤 선수뿐 아니라, 한호윤 선수와 전 국가대표 야구팀 감독이었던 한동수 감독도 보이는데요. 한기윤 선수의 응원을 온 걸까요?」

「한도윤 선수는 지금 미국에 있어야 하는 거 아닌가요? 한호윤 선수는 일본에 있어야 하고요.」

「아! 여기 중계석 근처에 스포츠 뉴스팀이 촬영을 나와 있는데요. PD가 흥미로운 사실을 하나 전해 주네요.」

「흥미로운 사실요?」

「방금 마운드에 올랐던 한혜윤 씨 남동생이 한기윤 선수라고 하네요.」

「아, 그럼 한혜윤 씨 아버님이 한동수 전 감독인가요?」

「정말 흥미롭네요. 가족 모두가 야구에 몸담고 있는데, 한혜윤 씨만 축구계에 있네요.」

「생전 서로의 경기에 모습을 나타내지 않았던 가족인데요. 오늘 한혜윤 씨 덕에 경기장에 모이게 됐나 보네요.」

「어릴 적부터 본인이 언론에 노출되는 걸 꺼린다며 딸에 대한 이야기는 한동수 감독이 별로 한 적 없었죠?」

「그랬죠. 한 감독이 WBC(World Baseball Classic) 끝나고 낸 자서전에 딸에 대한 언급이 있는 부분이 아주 짧게 있긴 했죠. 한 감독이 현역 은퇴를 늦게 한 편이었어요. 황금기를 보냈던 구단에서 은근히 은퇴를 종용당하고 타 구단으로 트레이드 당한 뒤, 2군, 3군으로 강등되기까지 했었는데요. 투수에서 포수로 전향을 하기도 했었고요. 당시 자신의 모든 것을 쏟아부었던 곳에서 물러나는 것에 대한 두려움 때문에 끈을 놓지 못하고 있을 때, 딸이 가장 큰 힘이 되어 주었다고 했었죠. 열네 살 딸아이에게 배운 내려놓기의 미학이라며 은근히 자서전을 통해 딸 자랑을 늘어놓았었는데, 한 감독이 자랑할 만했네요.」

「아, 한 감독님이 현역 은퇴를 서른아홉에 하셨나요?」

「네, 당시 강산고 2학년이었던 한도윤 선수가 고교야구선수권대회에서 승전투수가 됐었죠.」

「한 감독님, 결혼을 상당히 일찍 하셨네요?」

「부인인 김자희 여사를 누가 채 갈까 봐 대학교 1학년 때 식을 올린 걸로 알고 있어요.」

「아, 한혜윤 씨가 누굴 닮아서 미인인가 했더니, 어머님을 닮았군요!」

그 뒤로 중계 소리는 귀에 들리지 않았다.

"뭐야? 혜윤 쌤 아버지가 한동수 감독이야? 우리나라가 지난 WBC 우승했을 때 그 감독님?"

경진의 말에 한결도 눈을 휘둥그레 뜨고 말했다.

"그럼, 그때 그 페라리 스페치알레가 한도윤 선수였나 봐. 한도윤 선수가 그 차 타는 걸로 알고 있는데."

"와! 대박. 큰오빠는 메이저리거고, 작은오빠는 일본 프로야구 선수고, 남동생은 강산 유니콘스 투수야? 저 집에 아들 하나 더 있지 않아?"

휴게실에 모인 인원 중 누구에게 질문을 하는지는 모르겠지만, 경진의 질문에 찬형이 입을 열었다.

"막내 지윤이는 지금 상무에 있어요."

"찬형이 네가 어떻게 알아?"

"저 기윤이랑 초중고 동창이거든요."

"우와! 이찬형 대박! 너 그럼 혜윤 쌤 집에도 가 봤어?"

찬형은 그게 뭐 대수냐는 식으로 고개를 끄덕여 보였고, 선수들은 일제히 찬형의 곁으로 모여들었다.

"우와, 우와, 그럼 혜윤 쌤 언제부터 알았어?"

"저 초등학교 때요."

"와, 그때도 예뻤어?"

"예뻤죠. 인기도 엄청나게 많았어요."

"진짜?"

선수 예닐곱 명이 한목소리를 내며 되물었다.

"근데 형들 무서워서 아무도 혜윤 누나 옆에 못 갔어요."

"와, 너 누나라고 불러?"

"아, 그게 어릴 때부터 그렇게 불러서……."

선수들의 질문이 마구잡이로 쏟아졌고, 찬형은 그저 있는 사실 그대로를 대답하는 듯했다. 지혁은 신경 쓰지 않는 척하며 찬형이 하는 말을 다 듣고 있었다.

"근데 한 감독님이랑 네 형제는 되게 남자답게 생겼는데. 혜윤 쌤하고 하나도 안 닮았다?"

용규의 말에 찬형이 머뭇거리며 대답했다.

"혜윤 쌤 어머니가 미스코리아였어요. 혜윤 쌤은 어머니만 빼닮았고."

대박. 대박. 여기저기서 대박거리는 소리만 들렸다. 그래, 대박. 현준의 쉽지 않을 거란 말이 이런 뜻이었을까? 야구로 대한민국 둘째가라면 서러울 집안의 하나뿐인 딸내미가 축구 선수를 만난다고 하면 지나가는 개가 웃을지도 모를 일이었다.

"근데, 왜 혜윤 쌤은 축구팀 닥터 해? 야구가 아니고?"

"가족들이 전부 야구 이야기만 하고 자기는 안 끼워 줘서, 반발심에 축구를 좋아하게 됐다고 면접 때 그러던데?"

어느새 휴게실에 들어와 있던 차 감독의 말에 찬형이 피식 웃어 보였다.

"그건 대외용일걸요? 혜윤이 누나 야구도 되게 좋아해요. 남자보다 더 잘 알걸요?"

"대외용?"

선수 몇 명이 동시에 찬형에게 되물었다.

"그럼, 진짜는 뭔데?"

"아, 나 이거 말하면 혼나는데, 혜윤 누나한테 비밀 지켜야 해요."

"말해 봐, 말해 봐. 뭔데, 뭔데?"

어쩔 때 보면 남자들이 더 말이 많고, 수다스럽다니까, 하는 생각이 들었던 것도 잠시 지혁도 찬형에게 시선을 고정한 채 열심히 귀를 기울이고 있었다.

"혜윤 누나 첫사랑이 축구 선수였거든요."

"뭐?"

"누군데?"

"유명해?"

"아직도 축구해?"

"우리나라에 있어?"

"어느 팀에 있어?"

"혹시 우리 팀에 있는 거 아니지?"

지혁이 하고 싶었던 수많은 질문이 다른 선수들의 입을 통해 찬형에게 쏟아졌다.

"아. 혜윤 쌤이 출근 첫날 저한테 프로축구 선수로 등록된 선수 명단 찾아볼 수 있느냐고 물어봤었어요."

사무실 직원 민철의 말에 선수들의 시선이 일제히 그에게 옮겨 갔다.

"찾았대요?"

"글쎄요. 그건 못 물어봤는데."

"지금 축구 안 하나 봐요. 혜윤 누나가 찾았으면 가만히 안 있었 을걸요. 엄청 좋아했거든요. 이름이 뭐였더라? 이 뭐였는데……."

엄청 좋아해? 어떤 놈이야, 대체? 지혁은 이마에 또다시 빠직하고 핏대가 솟아올랐다. 첫사랑에까지 질투를 하고 있는 꼴이라니! 지혁은 한숨이 푹푹 나왔다.

왁자지껄하게 떠드는 틈을 타, 옆에서 휴대전화를 만지작거리던 골키퍼 진겸이 입을 열었다.

"야, 이러다 우리 혜윤 쌤 뺏기겠는데?"

"뭐?"

휴게실을 가득 메우던 시끄러운 이야기 소리가 순식간에 사그라졌다.

"이것 봐."

진겸이 내민 것은 강산유니콘스 공식 SNS 계정이었다. 선수 대기실에서 혜윤이 선수들과 함께 찍은 사진이 게시되어 있었고, '강산유니콘스 팀 닥터로 언제나 환영입니다.'라는 문구가 적혀 있었다.

"이것들이 누굴 넘봐?"

용규의 말에 모두 웃음을 터뜨렸다.

"우리 혜윤 쌤한테 삐쳐야겠다. 내일 경긴데, 우리 안 봐 주고 저기 갔다고."

그래, 경진아. 네가 했던 수많은 말 중에 옳은 말은 처음 듣는 것 같다. 뾰루퉁한 선수들을 향해 언제 왔는지 모를 현준이 소리쳤다.

"여기서 뭐 해? 다들 훈련 안 하고?"

"나 말하는 거야?"

"어? 감독님도 계셨어요?"

"어, 팀닥이 시구하는 거 보느라."

"아오. 그거 구단주가 시켜서 간 거죠? 내일 경기 관중 수 늘리겠다고 홍보차 보낸 것 같던데. 에효. 저기 갔다 와서 해야 할 일 천진데, 경기 전날까지 우리 혜윤이는 늦게 들어가겠네."

"그러게. 안 그래도 지난 경기 관중 수 꽤 늘었는데, 그걸로 성이 안 차나 보지."

선수들의 얼굴에 괜한 죄책감이 어렸다. 야구 수도 강산시에서 축구 경기 관중을 늘리기 위한 홍보 수단으로 팀 닥터가 경기 하루 전 야구장으로 불려 갔다는 사실이 달갑지 않은 듯 보였다. 그래서 아무한테도 말 안 하고 간 거야, 한혜윤?

"자, 이제 연습 경기 가자고."

차 감독의 말에 선수들은 휴게실을 하나둘 빠져나가기 시작했다.

"저, 지혁 선수."

민철의 부름에 휴게실을 나서던 지혁이 고개를 돌렸다.

"저 초코송이 이야기 좀 팬들한테 하면 안 돼요? 진짜 너무 많이 와서……."

"아, 그럴게요. 죄송해요."

"죄송하긴요. 덕분에 잘 먹긴 했는데. 이거 평생 가도 다 못 먹을 것 같아요."

민철의 말에 지혁이 피식 웃음을 터뜨렸다.

"그럼, 수고하세요."

"네, 지혁 선수도 수고요."

민철과 인사를 나누고 연습구장으로 터덜터덜 걸어가는데, 준민이 지혁의 옆에 나란히 섰다.

"야, 너 초코송이 그 초코송이 아니지?"

"무슨 말이야?"

"네가 말한 초코송이가 과자 초코송이가 아니라 다른 초코송이인 거 아니야?"

의심스럽다는 눈초리로, '네가 그린 기린 그림은…….'을 읊고 있는 듯한 준민의 질문에 지혁이 웃음을 터뜨렸다.

"뭐?"

"초코송이인 듯 초코송이 아닌 초코송이 같은! 네가 설마 과자랑 썸을 타겠냐?"

"눈치챘냐?"

"야, 척 보면 모르냐? 나중에 팬들한테 원성 사면 어쩌려고 그래. 빨리 수습해."

"머리 기르라고 하면 되지."

"아마 안 기른다고 할걸요."

지혁의 옆으로 슬쩍 다가선 건 찬형이었다. 아이, 깜짝이야!

"야, 너!"

지혁이 깜짝 놀란 표정으로 찬형을 바라보자, 찬형이 씩 웃으며 말했다.

"누나가 말해 줘서 알았어요. 저라도 알고 있으면…… 나중에 무슨 일 생겼을 때 도와 달라고 할 수 있을 것 같다고."

"아…… 그랬어?"

지혁은 마치 처남을 보는 듯, 따스한 눈빛으로 찬형을 바라봤다.

"머리 안 기를 거란 말은 무슨 말이야?"

준민의 질문에 찬형은 쭈뼛쭈뼛 대답을 하지 못했다.

"왜 대답을 못 해?"

"저기 그게……."

"아, 뭐 아까 그 첫사랑이랑 관련 있는 거야?"

준민의 짓궂은 질문에 찬형이 지혁의 눈치를 보는 척했다.

"뭐, 어릴 때 이야기인데. 괜찮아. 나 그런 거 신경 안 써."

새빨간 거짓말. 하나도 안 괜찮아, 신경 많이 써. 어떤 놈이야?

대체?

"누나 어릴 때 머리가 항상 길었거든요. 긴 머리가 예쁘다고, 그 형이 그랬었나 봐요. 그 형 못 만나는 뒤론…… 머리 안 길러요."

하! 한혜윤 첫사랑이 긴 머리 예쁘다고 해서 머리도 안 길러? 머리 기르라고 막막 우겨야지.

"형, 뭐, 막 혜윤 누나 몰아세우고 그럴 거 아니죠?"

"내가? 아니. 나 그렇게 속 좁은 남자 아니야."

그럼, 밴댕이 소갈딱지 부럽지 않은 좁은 마음을 가진 남자지. 아, 젠장.

"누나, 그 형 떠나고 되게 많이 힘들어했어요. 그래서 누나네 아버지는 아직도 축구 선수라면 치를 떨어요."

"뭐?"

청천벽력 같은 소리였다. 축구 선수라면 치를…… 떨어?

"뭐, 또 누나가 좋다면 별말씀 안 하실 테니 걱정하지 마세요. 근데 출국까지 미루고 형들이 야구장에 나타난 거 보면 대단하긴 해요. 아, 근데 가족 이야기 나온 거 알면 누나 별로 안 좋아할 텐데……."

"왜?"

"누구 딸, 누구 동생 하는 소리 엄청 싫어했거든요. 그냥 한혜윤이지 앞에 무슨 수식어가 붙는 한혜윤은 싫다고."

찬형이 쏟아붓는 말에 지혁은 머리가 핑그르르 도는 것 같았다. 뭐야. 이찬형, 저 자식 나 떼어 내려는 뭐 첩자 아냐? 왜 저렇게 심란한 이야기만 하는 거야? 서지혁 여자, 한혜윤. 그것도 싫어하면 어쩌지?

오후 훈련은 가벼운 연습 경기로 끝이 났다. 선수들의 상태를 간단히 점검하고, 내일 경기에 가져갈 응급키트를 챙겨 놓고 난 뒤, 혜윤은 의무실을 빠져나왔다.

　선수들 몰래 다녀오려고 했는데, 다 같이 모여서 시구를 지켜봤다는 민철의 말에 얼굴이 화르르 달아올랐다. 게다가 아빠와 오빠들이 화면에 비친 덕에 가족 이야기까지 쿵더더덕 흘러나왔다고 했다. 나중에 때가 되면 지혁에게 직접 말하려고 했는데, 괜히 미안한 마음이 들었다.

　어떻게 말해야 할까? 다 들었느냐고? 뭐, 우리 가족은 더 작은 공을 좋아한다고? 그냥 웃어 버릴까? 터덜터덜 숙소로 향하는데 휴대전화가 울렸다.

　"여보세요?"

　— 어디야?

　"지금 숙소로 가고 있어요."

　— 우리 한혜윤 공 무지 잘 던지더라.

　"헤헤. 그럼. 나 의사 안 했으면 야구 선수 했을걸요?"

　— 혜윤아.

　"응?"

　— 보고 싶어.

　"지금 창문으로 보면 나 보일 텐데."

　혜윤은 일부러 지혁의 방 창문에서 내려다보이는 곳을 서성이며 전화를 받았다.

　지혁은 창문가로 다가가 아래를 내려다보았다. 혜윤이 생글거리며 자신을 올려다보고 있었다. 그녀가 그냥 멀리 서 있는 모습을 바라보고만 있어도 가슴이 벅차오르고 눈물이 핑 돌 것만 같았다. 이렇게 소중한 게 나한테 있었던가? 지혁은 혜윤을 바라보며 살짝 손을 흔들어 보였다.

혜윤이 배시시 웃으며 말했다.

"이렇게 보니까 좋다. 꼭 마주 보고 이야기하는 것 같잖아요."

— 부족해.

"응?"

— 부족해. 꽉 안아 주고 싶어.

혜윤이 어깨를 좁히며 몸을 흔들흔들거리는 게 보였다. 부끄럽구나. 우리 예쁜 혜윤이.

— 키스도 하고 싶고, 아주 진하게. 정신 나갈 만큼.

"왜 그래요. 부끄럽게."

— 나 내일 꼭 두 골 넣어야지.

"엉큼해 보여."

— 남잔 다 엉큼해.

"골 넣으려는 의도가 너무 불순하잖아요."

— 이게 뭐가 불순해? 사랑하는 여자 위해서 골 넣는 게 불순해?

흔들거리던 혜윤의 움직임이 멈췄다. 오른발로 땅을 비비적거리던 행동도 멈췄다. 바닥을 내려다보던 시선이 지혁에게 닿았다. 세상 모든 것이 멈추고 오로지 두 사람의 시선만 존재하는 것 같았다.

따스하고 부드러운 봄바람이 혜윤의 몸을 휘감았고, 그에 맞추어 심장이 하늘을 날듯 두근거렸다. 눈물이 핑 돌아서 창가에 서 있는 지혁의 모습이 흐릿해졌다. 시야를 밝히기 위해 눈을 질끈 감았다가 뜨자, 뺨 위로 뜨거운 눈물이 또르르 흘러내렸다. 나 우는 건 안 보이겠지? 그럼, 정말 부끄럽잖아.

"……하아."

— 그렇게 감동적이야? 울지 마. 내가 눈물 닦아 줄 수 있을 때만 울어.

보이지 않아도 다 아는데, 숨소리만 들어도 다 알 것만 같은데, 자신을 올려다보며 굳어 있는 혜윤에게 당장 달려가 품에 안고 입을 맞추고 싶었다. 저 바보, 이 정도에 감동받아서 울고 있는 거야? 사랑해. 사랑해. 혜윤아.

— 그리고.

"그리고?"

— 네가 누구 딸이든, 누구 동생이든, 누구 누나든 상관없어. 나한테는 그냥 내가 사랑하는 여자 한혜윤이야.

참고 있던 울음이 툭 하고 터져 나왔다. 누군가를 마음에 두는 게 두려웠던 때가 있었다. 한혜윤이 아닌 다른 것을 보는 사람들의 접근이 두려웠었다. 그리고 그 다른 것에 인해 망가졌던 사이도 더러 있었다. 그 누구의 무엇도 아닌 남자 서지혁이 사랑하는 여자, 한혜윤.

"내일 꼭 두 골 넣어요."

— 응. 꼭 그렇게.

✚

강팀을 상대로 2승의 기록을 올리고 있는 성적 때문인지, 아니면 어제 시구를 하며 혜윤이 내보인 메시지 때문인지 강산FC 구장은 지난 경기보다 훨씬 더 많은 관중수를 기록하고 있었다.

지혁은 축구화의 끈을 꽉 조여 매며 굳은 의지를 다졌다. 오늘 반드시 골 망을 두 번 흔들어 보이겠다고. 골에 대한 갈망이 이렇게 컸던 적은 없었던 것 같다.

4-2-3-1 포메이션을 쓰지 않겠다는 감독을 끈질기게 설득해서 지혁은 오늘도 최전방 공격수 자리에 섰다. 무언가 비장한 각오를 다지는 것 같은 지혁의 모습에 차 감독은 부상을 걱정하며 아직 시즌 초반이니 몸조심하라는 말을 슬쩍 건넸다.

경기가 시작되자마자 지혁은 득달같이 달려들어 골 망을 뒤흔들었다. 강산FC의 응원가가 하늘 끝까지 울려 퍼졌고, 동시에 벤치에 있던 혜윤의 심장도 쿵쿵 뛰었다. 전반 1:0. 현재 리그 1위인 팀과의 맞대결이기에 이번 경기를 이기게 되면 강산FC는 창단 이래 처음으로 리그 순위 1위에 오르게 될 것이다.

전반전이 끝나고 난 하프타임, 라커룸의 분위기는 차분했다. 공격 진영에 있는 선수들에게 수비에 가담하라고 한 감독의 메시지가 전달사항의 전부였다.

후반전 시작을 앞두고 그라운드로 향하는 지혁에게 혜윤이 마음을 담은 눈빛을 보냈다. 한골 넣었잖아요. 너무 무리하지 마요. 지혁은 빙그레 웃으며 고개를 끄덕였다. 잘 알아들었다고.

경기 전체가 수비에 치중되었다. 상대 팀은 공격수를 한명 더 추가했고, 선수 교체로 윙어(골대 가까이, 사이드라인 쪽으로 넓게 자리 잡은 포지션, 공격의 날개 역할)를 보강하며 포메이션을 손보기까지 했다. 공격에 온 힘을 싣겠다는 뜻이었다.

수비수가 상태팀 공격 진영에서 공을 낚아챈 뒤 여러 번 패스를 주고받은 끝에, 측면 미드필더 준민의 발에 맞았고, 마침내 지혁의 앞으로 떨어졌다.

왔구나. 지혁은 화려한 슈팅으로 다시 한 번 골 망을 뒤흔들었다. 골 망이 흔들리는 것을 보자마자 지혁은 달리기 시작했다. 선수들과 얼싸안고 방방 뛰며 골이 들어간 것을 기뻐했다.

2:0 으로 경기가 끝나고 난 후, 지혁의 첫 번째 세리모니가 화제가 되었다. 한 번도 세리모니를 한 적 없는 서지혁이 환하게 웃으며 동료들과 얼싸안고 뛰다가 벤치를 향해 손을 흔들어 보이는 모습을 여러 각도에서 찍은 사진이 인터넷 기사에 실렸다.

홈 경기장에 있는 선수 대기실에서 혜윤은 선수들의 몸 상태를 간단히 점검했다. 공중 볼 다툼을 벌이다 골키퍼의 팔꿈치에 부딪혀 눈가가 찢어진 용규를 제외하고는, 오늘도 큰 부상을 입은 선수가 없어서 혜윤은 다행이라는 생각만 했다.

숙소로 향하는 버스 안에는 차분하다 못해 적막한 분위기가 흐르고 있었다. 조용한 가운데 혜윤의 심장은 계속해서 두근두근 뛰었다. 무슨 소원 들어 달라고 하려나?

설마, 진짜로 두 골이나 넣을 줄은 상상도 못 했다. 아무리 천하의 서지혁이라고 해도, 두 번째 골을 넣고 세리모니까지 하며 환하게 웃어 보이는 지혁의 모습에 혜윤은 왼쪽 가슴이 뻐근할 정도로 심장이 세차게 두근거렸다.

방에 도착하자마자 휴대전화가 요란하게 울려 댔다. 통화 쪽으로 손가락을 미끄러뜨리는데 손끝이 미세하게 떨렸다. 숨을 크게 몰아쉬고 전화를 받았다.

"여보세요?"

— 흠.

지혁의 만족스러운 웃음소리가 전화기 너머로 들려왔다. 그의 목소리에 긴장감이 조금 누그러드는 것 같기도 했다. 혜윤의 얼굴에 슬쩍 미소가 떠올랐다.

"오늘 멋졌어요."

— 응, 고마워.

"세리모니도 하더라?"

— 어, 나도 모르게 나오더라. 너무 좋아서.

피식, 웃음이 새어 나왔다. 심장이 콩닥거리는 속도가 계속 빨라졌다. 휴대전화를 통해서 흘러나오는 지혁의 나지막한 웃음소리를 듣는 것만으로도 심장에서 목구멍까지 열기가 올라오는 것 같았다.

— 소원 들어줘야지?

조용한 숙소 안, 찌릿한 공기를 휘감는 목소리가 귓가를 울렸다.

"소원이 뭔데요?"

— 뭐든 다 들어줄 거야?

"뭔지 들어 보고요."

— 그런 게 어디 있어. 내가 오늘 얼마나 열심히 뛰었는데.

"말해 봐요."

그의 목소리가 흘러나오기까지 짧은 시간 동안 시공간이 멈춘 듯했다.

— 오늘 같이 있어 줄래?

"……그럴……게요."

지혁이 말한 숙소 근처 으슥한 곳에서 그의 차에 올랐다. 지혁은 차에 오른 혜윤의 얼굴을 손등으로 한 번 스윽 쓸어내리더니 환한 미소를 지으며 차를 출발시켰다.

그런 그의 모습에 혜윤은 온몸에 소름이 오소소 돋아나고 자꾸만 아랫배가 뭉근하게 뭉쳐 오는 느낌이 났다. 심장이 쿵쿵거렸고, 가슴 한가운데가 뻐근하게 열이 오르고 있었다.

차 앞 유리로 스쳐 가는 아롱아롱한 가로등 불빛에 어지러운 것만 같았다. 음악도 틀지 않은 차 안에서 두 사람의 불규칙한 숨소리만이 울리고 있었다.

지혁은 숨을 몰아쉬었다가, 흠 하는 소리를 냈다가, 신호 대기에 차가 멈춰 서면 혜윤의 손을 꼭 잡아 보기도 했다.

지혁의 차가 멈춰 선 곳은 중구 K 아파트 혜윤이 살고 있는 동 앞이었다.

"여긴 왜요?"

"2401호, 비밀번호 36682255. 먼저 올라가 있어. 나 주차하고 올라갈게."

"헤헤. 비밀번호가 football이네요?"

"오오, 한혜윤 천잰데?"

"헤헤."

구식 유선 전화기 키패드에 있는 알파벳을 누르는 횟수와 상관없이 숫자로 변환하면 football은 36682255였다.

"나도 그 비밀번호 많이 써요."

"정말?"

"응."

혜윤이 고개를 끄덕끄덕하며 생긋 웃어 보이자 지혁은 일부러 미간을 좁히고는 장난스럽게 말했다.

"아, 이거, 집 비밀번호 바꿔야겠네. 난 이거 만들어 내고, 완전 천재라고 생각했는데?"

"헤헤. 그럼 우리 둘 다 천재네?"

지혁이 피식 웃어 보이며, 혜윤의 입술에 쪽 하는 소리가 나도록 입을 맞췄다.

"들어가 있어. 같이 들어가는 건 좀 그렇잖아."

"응."

혜윤은 차에서 내려 주차장 현관을 지나 엘리베이터에 올랐다. 같은 아파트, 같은 동, 같은 라인에 그가 살고 있었을 줄이야.

왜 말 안 했을까? 하긴 물어보지도 않았지. 그래서 중구 K 아파트 산다고 했을 때, 길을 자세히 물어보지도 않았었나 보다.

그의 집은 가구가 너무 없다 싶을 정도로 휑했다. 커다란 소파 하나, 벽에 걸려 있는 TV, 그 옆에 스탠드 형태로 된 홈시어터 시스템. 거실에 자리한 가구는 그게 전부였다. 혜윤이 거실을 둘러보고 있는데, 삐비빅 소리와 함께 현관문이 열렸다.

"왔어요?"

"와. 꼭 마누라가 퇴근한 남편 맞아 주는 것 같아!"

혜윤이 밉지 않게 눈을 흘겨 보이자, 지혁은 푸근한 미소를 지어 보이며 혜윤의 팔을 끌어당겨서 품에 안았다. 기다란 손가락으로 혜윤의 뺨을 훑고 귓가를 스쳐 머리칼을 빗어 내리다가 얼굴을 내려 그녀의 입술을 머금었다. 찌릿한 느낌이 온몸을 관통할 만큼 달콤해서 지혁의 목구멍에서 그르릉거리는 소리가 나올 정도였다.

달콤하게 혀가 얽히기 시작했다. 부드러운 감각에 점점 몸의 온도가 높아지는 것 같았다. 지혁은 혜윤의 입안 구석구석을 맛보려는 듯 천천히 혀를 움직였다. 고른 치열을 훑고, 말캉한 입 안쪽 벽을 핥고, 머뭇거리는 그녀의 혀를 자신의 혀에 감아 대자 혜윤도 그의 움직임에 따르기 시작했다.

고개를 이리저리 비틀어 가며 혜윤은 까치발을 든 채로 지혁의 목에 팔을 감아 꼭 끌어안았다. 지혁은 혜윤이 힘들지 않도록 자신의 몸에 그녀의 몸을 밀착시키며 등허리를 받쳐 안았다. 서로의 입안을 탐색하는 일은 끝을 맺을 줄 몰랐다.

밤은 기니까. 갈 곳이 따로 있는 것도 아니고, 그들을 찾을 사람도 없고, 둘은 충분한 시간을 즐기려는 듯 서두르지 않으려 노력했다.

지혁은 혜윤의 발이 바닥에서 떨어지도록 허리를 안아 든 뒤, 소파로 천천히 그녀를 이끌었다. 소파에 나란히 앉는 동안에도 입술은 딱 붙은 채로 떨어지지 않았다. 서로를 빨아들이고 음미하는 마찰음이 조용한 집 안을 울렸다.

지혁은 소파에 앉자마자 자신이 입고 있던 재킷을 벗어서 옆으로 던지고는 혜윤의 트렌치 코트를 벗겨 냈다. 손으로 그녀의 동그랗고 가녀린 어깨를 꽉 움켜쥐자, 혜윤이 어깨를 좁히며 끙 하는 소리를 냈다.

그녀의 어깨에서 느껴지는 까슬까슬하고 얇은 천의 느낌이 궁금해 입술을 슬쩍 떼어 냈다. 하늘거리는 살굿빛 원피스를 입은 혜윤의 모습에 지혁은 날카롭게 숨을 들이마셨다.

"이렇게 예쁘게 입고 온 거였어?"

예쁘다는 말에 혜윤은 달아오른 얼굴이 곧 터질 듯 새빨개졌다. 지혁은 혜윤의 팔을 끌어당겨 품에 안고는 만족스럽게 한숨을 내쉬었다.

"배고프지 않아요?"

"응, 고파. 그런데 다른 게 더 고프기도 해."

"응?"

되묻는 혜윤에게 지혁은 눈을 찡긋하며 말했다.

"네가 더 급해."

어떻게 저런 말을 얼굴색 하나 안 변하고 할 수 있는 거야?

혜윤은 입을 떡 벌리고 지혁의 얼굴을 바라봤다. 지혁은 그새를 놓치지 않고, 혜윤의 입안에 뜨거운 혀를 들이밀었다.

하늘거리는 얇은 원피스와 면 남방을 사이에 두고 두 사람의 뜨거운 체온이 느껴졌다. 입술이 떨어지자 혜윤이 겨우 목소리를 내어 말했다. 의지와 다르게 욕망이 가득 어린 쉰 목소리가 튀어나왔다.

"우리 뭐 좀 먹어요."

"그런 목소리로 음식을 말하는 거야?"

혜윤이 피식 웃어 보이자 지혁도 따라 웃으며 동그란 이마에 흘러내린 그녀의 앞머리를 쓸어 넘기고는 알겠다는 듯 고개를 끄덕였다. 그러고는 혜윤의 손을 꼭 잡고 부엌으로 향했다.

우와. 거실은 텅 비어 있는데 부엌엔 별게 다 있네?

"있을 건 다 있네요?"

"그럼. 뭐 해 먹을 때 조리도구 없으면 얼마나 불편한데."

"요리도 직접 해요?"

"나 10년 넘게 가족하고 떨어져 지냈어. 내가 요리를 얼마나 잘하는데?"

뭐 저렇게 발랄하게 말하는 거야. 귀여운 서지혁. 혜윤은 애교 섞인 목소리로 물었다.

"뭐 해 줄 거예요?"

"뭐 먹고 싶어?"

"글쎄, 지혁 선수가 해 주는 건 다?"

"그런데."

지혁이 갑자기 미간을 좁히고 팔짱을 끼며 심각한 표정을 지었다.

"언제까지 지혁 선수라고 부를 거야?"

서지혁, 그것 때문에 저렇게 심각한 표정인 거야? 놀려 먹고 싶게?

혜윤은 지혁이 한 것처럼 똑같이 팔짱을 꼈다가, 심각한 고민에라도 빠진 듯 오른손 검지로 볼을 톡톡 두드리며 대답했다.

"움, 우리 지혁 선수 은퇴하기 전까지?"

"그럼 은퇴하면 뭐라고 부를 건데?"

"코치님 되면 지혁 코치님, 감독님 되면 지혁 감독님."

"헛! 됐다, 한혜윤."

마주 보고 있던 몸을 싱크대 쪽으로 홱 돌리며 커다란 그릇에 물을 받는 지혁을 혜윤이 등 뒤에서 꼭 끌어안았다.

"됐어. 난 우리 팀 닥터 한혜윤 선생님이 드실 음식 만들어야 하니까, 꼬시지 마."

피식거리며 웃는 혜윤의 얼굴이 등 뒤에서 느껴지는 것 같았다.

"오빠."

지혁은 들고 있던 그릇을 싱크볼 안으로 뚝 떨어뜨렸다.

"지혁 오빠. 사랑해요."

수줍은 듯 떨리는 혜윤의 목소리가 등 뒤에서 들려왔다.

지혁은 잽싸게 몸을 돌려 혜윤을 안아서는 식탁 위에 앉히고, 또다시 입술을 집어삼켰다. 지혁의 입안에서 욕망 가득한 신음이 그르렁거리며 터져 나왔다.

한혜윤, 이 여우. 사람 계속 들었다 났다 하고.

혜윤의 입안을 휘젓던 지혁의 입술이 그녀의 뺨을 지나서 귓불로 옮겨 갔다. 귓불을 자잘하게 씹어 대며 혜윤의 머리칼에서 풍겨 나오는 향기를 한껏 들이마셨다. 취한 듯 정신이 몽롱해지는 것 같았다.

왼팔로는 혜윤의 허리를 꽉 감싸 안고, 오른손은 혜윤의 배를 어루만지다가 점점 위로 올라갔다. 까슬한 천 위로 느껴지는 봉긋한 그녀의 가슴을 손에 쥐자 혜윤이 허리를 비틀며 거친 숨을 내뱉었다.

"오빠, 나 정말 배고파요. 아까 긴장해서 점심때 아무것도 못 먹었어."

부드럽게 자신을 밀어내며 얼굴을 붉히는 혜윤을 갖고 싶어서, 지혁은 머리끝까지 열이 오르는 것 같았다. 그렇게 밀어내고 시간을 끄는 게 더 자극적이라는 거 아는 거야? 지혁은 피식 웃음을 흘리며 혜윤을 바라봤다.

"뭐 먹고 싶어?"

"그 질문 벌써 두 번째예요."

손가락 두 개를 들어 보이며 인상을 찡그리는 혜윤의 모습이 너무도 사랑스러웠다.

"알겠어. 정말 뭐부터 먹자."

혜윤은 식탁 위에 앉은 채로 지혁이 부엌을 왔다 갔다 하는 모습을 지켜봤다.

"내가 도와줄까요?"

"아니, 넌 그냥 가만히 있어. 괜히 지금부터 힘 빼지 말고."

으, 응? 지금부터 힘 빼지 말라니? 지혁의 말 한 마디, 한 마디에 혜윤은 몸 위로 간질간질한 털 뭉치가 굴러다니는 것 같았다.

지혁은 냉장고에서 채소며 고기며 갖은 재료를 꺼내서 다듬더니 프라이팬에 볶기 시작했다. 깨끗이 씻은 쌀도 한데 넣고 볶다가 뚜껑을 잠시 닫아 놓는가 싶더니 와인 잔을 두 개 꺼내서 닦아 냈다. 좀 전에 뚜껑을 닫아 놓았던 프라이팬을 오븐에 넣고는 혜윤을 보며 싱긋 웃었다.

"거의 다 됐어. 조금만 기다려."

혜윤은 능숙하게 부엌을 누비는 지혁을 그저 사랑스럽다는 눈으로 바라봤다.

"다 됐다!"

혜윤은 어느새 식탁 의자에 앉아 있었고, 지혁은 식탁 위에 주물 프라이팬을 통째로 내려놓았다.

"이게 뭐예요?"

"빠에야."

우쭐거리는 지혁의 목소리에 혜윤은 픽 하고 웃음이 나왔다.

"빠에야?"

"응. 스페인 가정식."

"우와! 멋지다, 우리 오빠!"

혜윤이 애교스럽게 웃으며 엄지를 치켜들자 지혁의 얼굴이 묘하게 굳었다.

"한혜윤."

"응?"

"경고 1회. 밥 다 먹고 싶으면, 다 먹을 때까지 오빠 금지."

"엥?"

혜윤은 고개를 갸웃하며 지혁을 바라봤다.

"밥 먹고 싶으면 그렇게 해. 안 그럼 지금 확 덮쳐 버리고 싶어
지니까."

"크흡."

"웃었어?"

혜윤이 고개를 끄덕끄덕하며 두 뺨에 보조개가 살포시 떠오르도
록 환하게 웃었다.

"경고 2회! 그렇게 환하게 웃는 것도 밥 다 먹을 때까지 금지."

"뭐야? 웃지도 못하게 해? 경고 2회면 나 퇴장당한 거예요?"

혜윤이 뾰로통한 표정을 지어 보이자, 지혁은 더 엄하게 표정을
굳혔다.

"그런 뾰로통한 것도 금지."

다 경고, 다 금지. 그냥 네 존재만으로도 난 지금 미칠 것 같단
말이다!

급기야 혜윤이 크게 웃음을 터뜨렸다.

"심술쟁이."

"그래, 나 심술쟁이야."

숟가락을 들어 빠에야를 한입 머금은 혜윤의 눈이 커다래졌다.

"와, 요리 잘하는 심술쟁이네?"

눈을 휘둥그렇게 뜨며 일부러 더 과장하는 혜윤의 말에 지혁도 웃음을 터뜨렸다.

맛있는 빠에야와 함께 와인도 한 잔 마신 혜윤은 발그레한 얼굴로 앉아 있었다.

심장이 벌컥벌컥 튀어 올랐고, 와인을 마신 탓인지 온몸이 열기에 휩싸이는 것 같았다. 갈증이 나는 것 같기도 하고, 화장실에 가고 싶은 것 같기도 하고. 생경하게 느껴지는 감각들에 혜윤은 몸 둘 바를 몰랐다.

지혁은 천천히 의자에서 일어나 긴장한 모습이 역력한 혜윤의 곁에 다가섰다. 그렇게도 말을 잘하는 똑똑한 입이 붉게 달아올라서는 달싹거리는 그녀의 모습에 단전 아래로 소용돌이가 치고 있었다.

"한혜윤."

"응?"

"나…… 너 가질 거야, 이제."

지혁의 말에 아랫배가 갑자기 확 조여드는 느낌이 났다. 혜윤은 지혁의 얼굴을 올려다보지도 못하고 그저 고개를 끄덕였다.

"근데, 오빠 쉬고 싶지 않아요? 오늘 경기도 풀타임 뛰었는데?"

열기 어린 목소리가 흔들렸다. 자꾸만 떨리는 목소리에 혜윤은 입술을 지그시 깨물었다.

"풀타임 뛰고 온 걸 다행으로 알아."

지혁은 말이 떨어짐과 동시에 혜윤을 안아 들고는 입술을 겹쳤다. 자꾸만 달아나려 하고 머뭇거리는 그녀의 움직임에 지혁의 몸은 공격력을 더해 가는 것만 같았다. 혜윤이 고개를 비틀며 입술을 떼어 냈다.

"저……기."

"왜?"

"씻고 싶어요."

"뭐?"

아, 한혜윤. 꼬리 아흔아홉 개 달린 초코송이! 지혁은 차가운 대리석 바닥에 혜윤을 슬쩍 내려놓았다.

"욕실 위치가 어딘지는 알지?"

"네."

잔뜩 토라진 뾰루퉁한 목소리가 툭 하고 튀어나오자 혜윤의 얼굴에 묘한 미소가 떠올랐다.

그래, 씻고 나와라. 두고 보자, 한혜윤.

혜윤이 욕실로 향하는 것을 물끄러미 바라보다가 지혁도 침실에 있는 욕실로 향했다. 혜윤이 하는 양을 보니 주도권을 잡기는 글렀다는 생각이 들어서 미지근한 물로 샤워를 하고 느긋하게 기다리기로 했다.

샤워를 마치고, 지혁은 일부러 상체에 남은 물기를 닦아 내지 않고 트레이닝복 반바지만 입었다. 커다란 침대가 놓인 침실에 간접 조명을 켜고, 끈적끈적한 음악이 흐르도록 했다.

한혜윤, 이래도 더 시간 끄나 보자, 어디.

거실 베란다 유리를 통해 비친 상체의 모습이 오늘따라 괜히 마음에 안 들어서, 바닥에 엎드려 푸시업을 해 댔다. 올록볼록한 상체 근육이 더 도드라지는 것 같았다. 좋았어.

흐뭇한 미소를 지으며 욕실 문이 바로 보이는 곳 앞에 서 있는데, 딸깍 하고 문고리가 돌아가는 소리가 들렸다. 천천히 문이 열리기 시작하자 마치 페널티 킥을 차기 전처럼 긴장되었다. 드디어 욕실 문이 활짝 열리고 혜윤의 모습이 드러났다.

물기를 머금은 젖은 머리칼이 뒤로 넘겨져 동그란 이마가 드러나 있었고, 물방울이 흩어진 가녀린 어깨가 실오라기 하나 없이 드러나 있었다. 굴곡진 몸매를 고스란히 내보이듯 커다란 배스타월 한 장이 그녀의 몸에 휘감겨 있었다. 맙소사.

문을 열고 선 혜윤도 그대로 멈춰 버렸다. 문고리를 잡고 있는 손끝이 눈에 보일 만큼 떨리고 있었다. 세 발짝 정도 떨어진 곳에서 지혁이 서 있는 모습이 보였다. 어두운 간접조명 아래 서 있는 그의 모습은 정신 나갈 정도로 섹시했다. 그 자리에 그대로 굳어 있는 그의 모습에 먼저 발걸음을 떼려는 순간 지혁이 성큼성큼 다가왔다.

"하아……. 한혜윤."

응, 이라 대답하려던 목소리는 지혁의 입안에 묻혀 버렸다.

혜윤을 번쩍 안아 든 지혁은 곧장 침실로 향했다. 침대 위에 혜윤을 내려놓는 동안에도 지혁은 입술을 떼지 않았다.

커다란 침대 한가운데 그녀를 눕히고 위로 몸을 포개어 엎드렸다. 왼팔로 침대를 짚고 그녀의 입안 끝 말캉한 곳까지 혀를 들이밀어서 파고들며, 오른손을 타월이 여며져 있는 곳으로 옮겼다.

입안 가득 차오르는 그의 존재감에 혜윤은 숨이 막힐 것만 같았다. 그의 커다란 손이 타월 위를 맴돌고 있었다. 가슴을 꽉 여미고 있던 답답한 기운이 사라지고, 앞섶이 훤히 열리는 느낌이 났다. 움직이지 않으려 노력해도 급박하게 산소를 찾으려는 몸의 움직임에 혜윤의 가슴이 커다랗게 오르락내리락했다.

귀밑 턱 선부터 시작해 천천히 쓸어내려 가던 지혁의 오른손이 혜윤의 가슴을 부드럽게 움켜잡았다. 이리저리 모양을 이지러뜨리는 그의 손이 가져다주는 느낌에 혜윤은 막힌 숨이 더 조여 오는 것 같았다.

쉴 새 없이 오르락내리락하는 말캉한 가슴을 움켜쥐자 혜윤이 눈에 띄게 몸을 바르작거렸다. 너무 좋다, 한혜윤. 정수리를 찌르는 것같이 열이 오르는 기분에 지혁은 끙 하는 신음을 내뱉었다.

지혁이 열망 가득한 소리를 내뱉자 혜윤은 머뭇머뭇 손을 움직여 그의 어깨를 그러쥐었다. 그가 입술을 떼더니 물끄러미 자신을 내려다보는 게 느껴졌다. 열기에 갇혀 몽롱해진 그의 눈빛에 시선이 옭아매어져 혜윤은 눈동자조차 움직일 수 없었다.

입꼬리가 슬쩍 올라가도록 야릇한 미소를 지어 보인 지혁은 얼굴을 내려 혜윤의 목덜미로 입술을 옮겨 가기 시작했다.

그가 입술을 찍어 댈 때마다 불이 붙는 것 같았다. 쇄골을 핥고, 쇄골과 쇄골 사이의 움푹 팬 곳을 빨아들인 그의 입술이 봉긋 솟은 가슴을 크게 머금었다.

입안에서 아이스크림을 녹이듯 천천히 혀를 움직이자, 혜윤이 허리를 비틀며 신음을 삼키는 것이 느껴졌다. 지혁은 다시 입술을 움직여 점점 아래로 내려갔다. 납작한 배를 핥고, 치골 라인을 따라 입술을 옮기자, 혜윤이 자신의 머리칼을 움켜쥐는 게 느껴졌다.

"하아…… 오빠……."

"혜윤아. 멈출까?"

"아……아니."

지혁은 엄지손가락으로 혜윤의 여성을 한 번 쓱 훑어 냈다. 혜윤의 몸이 굳어지며 숨을 참아 내는 소리가 들렸다. 꼭 다물고 있는 꽃잎은 이미 촉촉하게 이슬을 머금고 있었다. 지혁은 혀를 내밀어 할짝거리며 이슬을 맛보았다.

지혁의 움직임에 혜윤이 다리를 좁히며 엉덩이를 들썩였다. 지혁은 혜윤의 허벅지를 두 손으로 내리누르며 더 넓게 벌렸다.

"오……오빠……."

"멈출까?"

"……아니."

"그럼, 가만히 있어."

지혁의 입술이 계속해서 자신의 중심에 닿자 혜윤은 허리를 뒤틀겨 대며 숨을 참았다. 커다랗게 숨을 쉬면 야릇한 소리가 입 밖으로 터져 나올 것 같았다. 한없이 좋으면서도, 한없이 부끄러운 복잡한 감정이 계속해서 밀려들었다.

지혁이 엄지와 검지로 꽃봉오리를 벌리고 혀를 밀어 넣었다. 둥그런 포도알같이 느껴지는 것을 핥아 내고 있는 힘껏 빨아들이자, 놀란 혜윤의 입에서 달뜬 신음이 터져 나왔다.

그렇지, 한혜윤. 이제 시작이야.

지혁은 엄지로 그녀의 꽃잎 끝을 자극하며, 빨아들이기를 멈추지 않았다.

대학 시절 배웠던 생식기의 구조와 신경종말기관에 대한 이론은 아무짝에도 쓸모가 없는 것 같았다. 그의 손짓에 신경세포가 하나하나 일어섰고, 신경세포가 없다는 곳에도 열이 오르는 것 같았다.

허리를 비틀어 대며 아랫도리를 들썩이는 혜윤의 움직임을 막기 위해 지혁은 그녀의 엉덩이 아래로 손을 집어넣어 꽉 움켜잡았다.

그 덕에 지혁의 혀는 그녀의 안을 더 자유로이 휘저을 수 있었다.

"오빠, 그만…… 제발……."

울부짖는 목소리가 저절로 터져 나왔다. 자신의 목소리를 들었는지, 지혁이 고개를 들고 위로 움직이는 것이 느껴졌다. 턱에 묻은 말간 물을 닦아 내고 지혁은 고개를 숙여 다시 그녀의 입술을 찾았다. 서로의 입술이 이리저리 모양이 흐트러지며 급박하게 서로를 탐했다.

혜윤은 참을 수 없는 감정에 지혁의 머리칼에 손을 묻고 자신의 쪽으로 끌어당겼다. 혜윤의 손짓에 지혁의 목울대에서 끙 하는 신음 소리가 울렸다.

지혁은 왼팔로 그녀의 목을 받치며 어깨를 끌어안고는, 오른손으로 그녀의 중심을 찾아갔다. 맑은 물이 끊임없이 흐르는 곳에 손을 가져다 대니 빨리 그곳을 점령하고 싶은 마음이 들었지만 참아야 했다. 분명 자신을 받아들이기 버거울 테니 그녀가 충분히 녹아들 때까지 기다려야 했다.

중지 끝을 천천히 그녀의 안으로 밀어 넣었다. 자신의 움직임에 당황했는지 입안을 맴돌던 그녀의 혀가 도망가는 것이 느껴져 더욱 세차게 빨아들였다. 중지를 천천히 움직여 둥근 부분을 지나 말캉하게 와 닿는 부분을 툭툭 건드리자 혜윤이 움찔하는 움직임이 느껴졌다. 여기구나. 지혁은 좀 전에 했던 움직임에 속도를 붙이기 시작했다.

자신의 몸 안 구석구석을 속속들이 알고 있는 듯한 그의 움직임에 혜윤은 머릿속이 아득해지는 것만 같았다. 생전 처음 느껴 보는 통증과 함께 생전 처음 느껴 보는 이상한 몰입감에 심장이 터질 듯 두근거렸다. 꼬리뼈에서 시작된 찌릿한 떨림에, 발가락이 둥글게 말려들어 갔다. 가만히 감고 있던 눈이 저절로 질끈 감기며, 숨이 턱턱 막혀 왔다.

손끝에서 미세한 떨림이 느껴지더니 안 그래도 좁은 그녀의 안이 자신의 손을 아물아물 물어 오는 것이 느껴졌다. 지혁은 재빨리 아랫도리를 벗어 버리고 자신의 물건을 그녀의 안으로 들이밀었다.

처음 느껴 보는 환희와 함께 몸이 반으로 쪼개져 두 동강 날 것 같은 고통이 느껴졌다. 혜윤의 입에서 자신도 모르게 야릇한 비명이 터져 나왔다.

"하아…… 괜찮아?"

혜윤은 고개를 내젓는 것도, 끄덕이는 것도 아닌 동작으로 머리를 베개에 비벼 댔다.

"혜윤아."

"으……응?"

"사랑해."

사랑한다는 말이 들림과 동시에 그가 천천히 몸을 움직이기 시작했다.

몸속 끝까지 닿을 듯 파고들 때는 몸이 두 개로 갈라질 듯 느껴지는 통증과 동시에 무언가 커다란 만족감이 몰려왔고, 그가 허리를 멀리하며 빠져나갈 때는 온몸을 할퀴는 느낌과 동시에 아쉽기까지 했다. 속도가 빨라질수록 목구멍 가득한 열기를 참을 수 없어서 혜윤은 자신의 손등을 세게 깨물었다.

함초롬히 젖은 눈빛으로 자신을 올려다보다가 고개를 옆으로 움직이며 손등을 깨무는 혜윤의 모습에 지혁은 허리 짓을 멈추고 가만히 혜윤을 내려다보았다.

"혜윤아."

"응?"

지혁은 그녀의 손을 잡아다가 깍지를 끼며 침대에 내리눌렀다.

"나, 네 목소리 듣고 싶어."

"응?"

뭐라고? 뭐가 듣고 싶어? 혜윤은 숨을 몰아쉬며 지혁을 바라보았다.

"참지 마. 나도 이제 안 참을 거야."

지혁이 갑자기 혜윤의 몸 안에서 쑥 빠져나가더니 침대에 무릎을 꿇었다.

뭘 참지 마? 뭘 안 참아?

혜윤은 자신이 다리를 한껏 벌리고 있고, 그 사이에 지혁이 잔뜩 성난 물건을 불끈대며 앉아 있다는 사실에 온몸이 화르르 타오를 것 같았다.

지혁은 침대 옆 테이블로 손을 뻗어 작은 정사각형 모양의 포장을 뜯어내고, 자신의 물건에 얇은 막을 씌웠다.

"이제…… 못 참겠어."

지혁은 혜윤의 안을 단번에 파고들어서 내달리기 시작했다.

"하웃."

혜윤은 입에서 참을 수 없는 신음이 터져 나왔다.

"하아……. 혜윤아…… 너무 예뻐…… 목소리까지…… 다……
너무 좋아."

예쁘다는, 좋다는 그의 말에 혜윤은 지혁의 울퉁불퉁한 팔뚝 위에 자신의 손을 올리며 신음을 내뱉었다. 몸 전체를 관통하는 듯한 통증이 느껴졌지만 통증보다 환희가 더 강했고, 온몸이 붉게 물들 것처럼 부끄러웠지만 자신의 목소리가 좋다는 지혁이 더 좋았다.

"하아……. 오빠…… 사랑해."

"아웃. 혜윤아."

꼬리뼈와 허리 아래를 울리던 느낌이 척추를 타고 스멀스멀 올라오는 게 느껴졌다. 뇌 전체의 신경세포사슬이 흥분을 주고받느라 바빠지기 시작했다.

롤러코스터 꼭대기에서 떨어질 때 너무 무서우면 비명을 지를 수 없는 것처럼, 숨이 턱 막히며 절정이 몰려왔다. 혜윤은 지혁의 목을 감싸 안으며 고개를 한껏 뒤로 젖혔다.

그녀의 안이 자신을 물어 오는 느낌이 나자, 지혁도 가둬 두었던 모든 것을 풀어내듯 무너져 내렸다.

쿵쾅거리는 심장에 기분 좋은 무게감이 닿았다. 단단한 그의 가슴에서 느껴지는 두근거림에 혜윤의 눈에서 눈물이 흘러내렸다.

자신의 단단한 몸 아래서 작고 부드러운 그녀의 몸이 미세하게 떨리는 것이 느껴졌다. 지혁은 몸을 일으켜 혜윤을 바라봤다.

"왜 울어?"

"오빠가 눈물 닦아 줄 수 있잖아."

"그게 뭐야."

"너무 좋아서."

"하아……. 나도…… 너무 좋아."

지혁은 혜윤의 마른 입술에 입을 맞추고, 그녀의 안을 빠져나왔다. 하얀 타월을 붉게 물들인 얼룩에 가슴이 벅차올랐다. 지혁은 타월 자락을 들어 그녀의 중심을 부드럽게 닦아 내고, 자신의 앞도 스윽 닦아 냈다.

"잠깐만."

지혁은 혜윤을 안아 들어 타월 바깥쪽으로 옮기고 타월을 걷어 냈다. 이불 속을 파고드는 혜윤의 모습에 피식 웃음이 났다. 지혁은 혜윤이 몸을 숨기고 있는 이불 속으로 자신도 파고들며 그녀를 품에 안았다.

"잘 자."

"오빠도, 잘 자."

"응."

알람이 울리지 않아도, 십 년 넘도록 몸에 밴 습관은 지혁을 잠에서 깨어나게 했다. 자신의 품에 안겨서 잠이 들어 있는 혜윤의 말간 얼굴이 눈에 들어왔다.

어젯밤 일이 꿈만 같았다. 그녀를 안았던 일이 현실이 아닌 것처럼 느껴졌다. 동그란 이마, 붉은 뺨, 동그란 콧잔등에 입술을 찍어 내는데, 그녀가 흐음 하는 소리를 내며 눈을 떴다. 지혁과 눈이 마주치자 수줍은 미소를 지어 보이는 그녀의 모습에 또다시 심장이 뜨겁게 차올랐다.

"더 자."

"오빠는 안 자요?"

"난 너 보고 있을래."

"피이. 오빠가 보고 있는데 어떻게 자."

새벽녘 잠에서 막 깨어나 쉬어 있는 혜윤의 목소리와 핑크빛으로 물든 그녀의 뺨은 지혁을 자극하기에 충분했다.

"그럼, 자지 말고 다른 거 할까?"

"아니."

"많이 아파?"

지혁은 조심스런 손길로 혜윤의 짧은 머리칼을 쓸어내렸다.

"조금."

"미안."

"왜 미안해, 이게……."

"아프게 해서."

혜윤은 손을 뻗어 지혁의 뺨을 감쌌다.

"아픈 건 아무렇지 않을 만큼 좋았어요."

혜윤의 말에 지혁이 피식 웃으며 대답했다.

"아침부터 꼬리 치는 거야, 한혜윤?"

"아니야. 정말 아프기는 아파."

"그럼 얌전히 자."

혜윤은 다시 느른하게 눈을 감고 지혁의 품을 파고들었다.

✚

"딸, 어제 어디서 잤어?"

혜윤이 쑤시는 몸을 이리저리 비틀어 대며 식탁 앞에 앉아 점심
을 먹으려는데, 김자희 여사가 입을 열었다.

"어디서 자긴, 숙소에서 잤지."

"아, 그래?"

"응."

혜윤은 자신이 듣기에도 어색한 목소리로 대답을 하고 밥그릇에 코를 박았다.

"그렇게 배고파?"

"어? 어. 숙소 밥이 입맛에 안 맞아서."

양 팀장님, 미안.

"아! 챙겨 준 건 다 먹었어?"

"그럼! 하나도 안 빼먹고 다 먹었어."

"아, 그래? 그럼 오늘도 똑같이 챙겨 가."

"응, 엄마! 고마워!"

아, 너무 밝게 대답했다. 혜윤의 눈동자는 김자희 여사의 매서운 눈빛을 피하려 다시 밥그릇으로 향했다.

"오늘 숙소 수도가 끊겼다고 찬형이가 그러더라? 어떻게 씻었어?"

"아. 경기장. 경기장에 여자 샤워실 있어."

김자희 여사는 알겠다는 듯 고개를 끄덕이는가 싶더니 의뭉스럽게 물었다.

"아, 경기장⋯⋯. 얼굴이 왜 이렇게 까칠해? 요즘 피곤해?"

"아. 어제 잠을 잘 못 자서."

"왜 잠을 못 자?"

"어제 숙소⋯⋯ 수도 공사 때문에 시끄러워서⋯⋯. 엄마! 나 밥부터 먹자."

딸아. 난 네 표정만 봐도, 네가 된 똥을 쌀지, 묽은 똥을 쌀지 안단다. 숙소 수도가 왜 고장나?

김자희 여사는 므흣한 표정을 지으며 혜윤을 바라봤다. 혜윤은
식사를 마치고 차가운 물을 한 잔 벌컥벌컥 들이켠 뒤 입을 열었다.

"엄마, 나 좀 잘게."

"그래, 들어가서 쉬어."

김자희 여사는 딸이 허겁지겁 먹어 치운 식탁 위의 흔적을 치우
고는, 커다란 종이가방에 갖은 보양식을 챙겨 넣고 메모를 하나 적
어서 넣어 두었다.

지잉. 휴대전화 소리에 지혁은 침대에 누였던 몸을 일으켜 전화
를 받았다.

"왔어?"

집에 들렀다 온다던 혜윤의 전화였다.

— 네, 오빠. 저기 내가 내 방 가까운데 있는 계단에다가 종이가
방 갖다 놓을게요. 그거 빨리 내려와서 가져가요, 지금.

"종이가방?"

— 응, 전에 오빠 줬던 거.

"또?"

— 왜요? 먹기 싫어요?

불쌍한 듯 눈을 동그랗게 뜨며 입술을 삐죽 내밀 혜윤의 표정이
눈에 보이는 것 같았다. 지혁은 음흉한 목소리로 물었다.

"왜? 그렇게 열심히 보양식 먹여서 얻다 써먹게?"

— 그야…… 오빠, 진짜!

"하하하. 알겠어. 계단으로?"

— 응, 계단으로. 1분 후에.

지혁은 혜윤이 말한 계단으로 가서 종이가방을 집어 들고 방으로 돌아왔다. 안에 들어 있는 물건을 꺼내서 냉장고에 넣으려는데, 작은 상자들 사이에 메모지가 한 장 보였다.

[우리 딸이 이걸 다 먹을 리 없다는 걸 엄마인 내가 모를 리 없죠. 단것만 좋아해서 조금 쓰다 싶은 건 입에도 안 대는 아인데…… 누군 지 모르지만, 우리 딸 잘 부탁해요. 사춘기 이후로는 힘든 거 티 내지 않는 언제나 착한 딸이었고, 뭐든 척척 해내는 아이였지만…… 사랑을 하는 데 항상 서툰 아이였어요. 상처를 받지 않으면 배울 수 없는 게 사랑이라지만, 많이 아껴 주고, 많이 사랑해 줘요. 주말엔 되도록 집에서 재워 주고. ^^ 내가 안다는 거, 우리 딸한테는 비밀이에요. 모르는 척 놀려 먹는 게 얼마나 재미있는지 몰라.]

지혁은 혜윤의 어머니가 넣은 듯 보이는 메모에 사고가 멈춘 듯 몸이 굳었다. 똑똑한 머리는 어머님을 닮았나 보다, 한혜윤.

김자희 여사는 콧노래를 부르며 혜윤의 태블릿 PC를 들고 연습 구장으로 향했다. 아침에 혜윤이 급히 전화를 해서 놓고 갔다며 안 달복달을 해서 직접 가져다주러 가는 길이었다.

메모를 넣어 놓기는 했지만, 대체 어떤 남자를 만나고 있는 것인지 궁금해서 몸이 들썩였다. 딸에게 조금 미안하기는 하지만 혜윤이 집을 나서기 전 몰래 가방에서 태블릿 PC를 빼 두었다. 구단에서 하는 일을 위해 받았다고 했으니, 이게 없으면 일을 할 수 없을 것 같았다. 메모까지 넣어 두었는데, 내가 누군지 알면 와서 인사라도 하겠지.

구단에 도착하니 생각과 달리 모든 남자들이 와서 인사를 해 댔

212

다. 뭐야? 언놈이야, 대체? 혜윤의 엄마라고 하니 다들 환한 미소를 지으며 알은체를 했다. 한혜윤, 우리 딸. 일은 잘 하고 있나 봐?

마침내 연습구장에 도착했을 때 오전 훈련이 끝났는지 선수들이 식당으로 향하고 있었다. 혜윤이 어디 있나 찾고 있는데 찬형이 다가와서 반갑게 인사를 했다.

"어? 안녕하세요? 여기 어쩐 일이세요?"

"아, 혜윤이가 뭐 좀 갖다 달라고 해서."

지혁은 식당을 가는 길에 발견한 찬형과 이야기를 나누는 중년의 여성에게 시선이 머물렀다. 혜윤이라는 이름이 들려와서 자세히 살펴보니 그녀와 너무도 닮은 모습이었다. 단번에 혜윤의 어머니구나 하는 생각이 들었다.

선수들이 모두들 식당으로 향하는 것을 지켜본 지혁은 혜윤의 어머니 곁으로 다가갔다.

"저어……."

"아. 안녕하세요? 서지혁 선수."

설마? 서지혁? 정말? 천하의 서지혁? 국민 캡틴 서지혁? 에이, 설마.

"네, 안녕하세요?"

김자희 여사는 아무도 없는 주변을 두리번거리며 혜윤에게 전화를 걸고자 휴대전화를 만지작거렸다.

"어머님께서 챙겨 주신 건 감사히 잘 먹겠습니다."

휴대전화 화면을 터치하다 말고, 김자희 여사는 깜짝 놀라 지혁을 바라봤다. 지혁이 수줍게 웃으며 자신을 바라보고 있었다.

"많이 아껴 줄 거고, 많이 사랑해 줄 거고, 절대 아프게 하는 일은 없을 겁니다. 먼저 인사드리지 못해 죄송합니다."

허리를 숙여 꾸벅 인사를 해 보이는 지혁의 모습에 김자희 여사의 얼굴에 희미한 미소가 떠올랐다. 한혜윤, 제법이네?

"유명한 운동선수의 사람으로 산다는 건 참 힘든 일이에요. 그렇게 장담하지 마요. 앞으로 지켜볼 거예요?"

"네, 실망시켜 드리지 않도록 노력하겠습니다."

"얼른 가 봐요. 서지혁 선수 이러고 있는 거 다른 사람이 보면……."

"네, 살펴 가세요."

"그래요."

멀어져 가는 지혁의 뒷모습을 보며 김자희 여사는 괜히 코끝이 시큰해지는 것 같았다. 잠깐의 대화였지만, 솔직하고 진중한 지혁의 마음이 느껴지는 것 같았다.

어렸을 때의 일 이후로 아무도 사랑하지 못하면 어쩌나 했던 귀한 딸 혜윤을 아껴 주고 사랑해 주겠다는 그에게 고마운 마음마저 들었다. 우리 혜윤이, 그래서 그렇게 요즘 얼굴이 발그레했구나.

"엄마!"

"어, 딸!"

"엄마, 왜 그래? 울었어? 무슨 일 있어?"

"아니, 우리 딸 봐서 좋아서 그렇지."

배시시 웃어 보이며 팔짱을 껴 오는 딸의 웃음에 가슴 한구석이 먹먹해졌다.

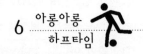

온 집 안에 아릿한 마늘 냄새가 진동했다. 김자희 여사는 부엌
바닥에 신문지를 깔고 털썩 앉아서는 수북이 쌓여 있는 마늘들을
손질하고 있었다.

"뭐 하는데 남편이 들어와도 몰라?"

"어? 왔어요?"

저건 또 뭐 하는 그림이야?

퍼런 물안경을 낀 채로 마치 도적처럼 손수건을 얼굴에 두른 아
내의 모습에 동수는 웃음이 터졌다. 쉰을 넘긴 나이지만 처음 만났
던 벚꽃 흩날리는 4월처럼 그녀는 사람을 두근거리게 하는 매력이
있었다. 아름다움이든, 유쾌함이든, 코미디든.

"흑마늘 만들려고."

"근데 뭘 이렇게 많이 해? 도윤이, 호윤이도 없고, 기윤이는 마
늘이라면 질색하는데. 나만 먹으면 되는 거 아니야?"

"그러게, 당신 이거 먹고 사람 되라고요."

눈썹을 찡긋하며 배시시 웃어 보이는 모습이 또 사람을 놀려 먹으려고 하는 고약한 버릇이 나오는 것 같았다.

"난 곰이 아니고 호랑이라 사람은 못 돼. 사람이 되라는 거야? 마늘이 되라는 거야? 이걸 어떻게 다 먹누."

"걱정하지 마요. 같이 먹어 줄 사람 있으니까."

"누구?"

김자희 여사는 자리를 툭툭 털고 일어나 퍼런 물안경을 벗었다. 아, 이제 살 것 같네. 눈 위로 동글동글한 자국이 난 채로 손수건을 아래로 내리더니 싱긋 웃어 보이는 아내를 동수는 그저 물끄러미 바라봤다.

"혜윤이, 누구 만나는지 당신이 알면 깜짝 놀랄걸!"

"흠."

아는 걸 물어 올 때는 절대 거짓말을 못 하는 사람. 동수의 얼굴에서 묘한 기운이 느껴졌다. 뭐야? 저 사람, 알고 있었어? 어떻게?

"뭐예요? 당신, 알고 있었어요?"

동수는 한숨을 푹푹 내쉬더니 김자희 여사에게 되물었다.

"당신은 어떻게 알았어?"

"그냥 감이지, 뭐. 보약 한 번 지어 주면 전부 다 쏟아 버려야 할 정도로 안 먹는 애인데 공진단이며, 홍삼이며, 바리바리 싸 들고 가면서 생글거리는 거예요. 그래서 한번 떠봤는데 덜컥 걸려들더라고요."

새로운 장난감이라도 사 든 어린아이처럼 김자희 여사는 어깨를 들썩이고 특유의 애교스러운 손짓을 섞어 가며 신나 했다.

"그래서 재미있었어?"

"재미있죠. 그래서 내가 오늘 뭐 갖다 줄 겸 해서 구단에 갔었는데, 나한테 먼저 와서 인사를 하는 거야, 글쎄!"

김자희 여사는 자신이 그 연애 감정을 고스란히 느끼기라도 하는 듯 꿈꾸는 표정이었다.

"뭐라고 했는데?"

"절대 아프게 안 하고, 많이 사랑해 주고, 많이 아껴 줄 거라고. 어쩜, 아주 듬직하더라!"

"아들 넷이나 있으면서 남의 집 아들이 듬직해?"

동수는 괜히 토라진 목소리로 물었다.

"뭐, 걔들이 우리 혜윤이 평생 데리고 산대?"

"김자희 여사, 사위 보신 분위기고만."

김자희 여사는 만족스러운 미소를 지어 보이고는 고개를 갸웃하며 물었다.

"당신은 어떻게 알았어요?"

"에효."

동수는 한숨을 푸욱 내쉬더니 마른세수를 해 댔다.

"스캔들 나도 되겠느냐고 연락 왔었어. 친한 기자 여럿한테……"

동수는 어깨를 한 번 으쓱해 보이고는 물을 한 잔 달라며 정수기를 가리켰다.

"뭐요?"

"아주 여러 군데서 찍혔더구먼. 차에서도 찍히고, 여기 집 뒤에 공원에서도 찍히고, 극장에서도 찍히고."

"그래서요?"

"일반인인 줄 알고, 뉴스거리 안 된다 싶어서 그냥 지켜보고 있었나 봐. 자극적인 사진 걸릴 때까지. 근데 시구했을 때 기자가 혜윤일 알아보고 나한테 연락을 해 왔어. 감독님 따님인데, 기사가 나가도 되겠느냐고."

"그래서 당신이 안 된다고 했어요?"

"그럼 된다고 해? 나중에 도윤이, 호윤이 장가갈 때 먼저 말해 준다고 달랬지."

한국 스포츠계에서 잔뼈가 굵은 탓에 스포츠를 포함한 보도국의 국장들과 메인 기자들 중 동수와 친분이 없는 이는 없었다. 그들과 좋은 관계를 유지해 온 것을 딸의 스캔들을 막는 데 이용하리라고는 생각도 하지 못했다.

"아유, 우리 남편은 날이 갈수록 멋지다!"

"그럼. 서지혁보다 내가 한 수 위지. 그렇다고 혜윤이한테는 말하지 마."

"그럼, 당연하지. 계속 놀려 먹어야지."

동수에게 혜윤은 확실히 아픈 손가락이었다. 한없이 행복하기만 했으면 하는.

✝

여름이 성큼 다가오고 있는지 하루해가 길어지기 시작했다. 혜윤은 작은 손을 펼쳐 이마에 대고 그늘을 만들었다. 선글라스도 모자도 그라운드로 달려 나가려면 거추장스러운 장신구에 불과했다.

오늘따라 경기가 잘 풀리지 않는다. 시즌 초반 상승세를 타던 성적이 요즘 주춤하고 있다.

지난주 토요일 원정 경기에서 수중전을 겪은 선수들은 크고 작은 부상을 당했는데, FA컵 경기가 수요일 저녁에 잡히는 바람에 제대로 회복할 틈도 없이 그라운드로 나서야 했다. 강행군이 계속되는 기간, 선수들은 피로와 부상에 시달려야 했고 빡빡한 일정 탓에 가족 얼굴도 제대로 볼 수 없었기에 외로움과 싸워야 했다.

막판에 페널티킥을 성공한 지혁의 활약으로 경기는 1:0으로 끝이 났지만, 홈 경기장 선수대기실의 표정은 어둡게 깔렸다. 다들 극도의 피로감에 찌들어 있는 게 눈에 보였다. 혜윤의 등장에 선수들은 반가운 듯, 저승길에 벗을 만난 표정을 지어 보였다.

어휴. 혜윤은 산소를 한껏 들이마시며 가슴을 팽창시켰다. 혜윤이 싱긋 웃어 보이자, 선수들도 희미하게 웃어 보인다. 저들이 보이는 미소가 혜윤이 일을 할 수 있는 원동력이라는 것을 알까?

혜윤은 선수대기실에서 간단히 그들의 상태를 점검하고 의무실로 향했다. 시즌 시작 만 3개월. 경기가 끝난 뒤 의무실은 밤 열두 시가 넘어서야 불이 꺼지곤 했다. 본인도 힘들 텐데 혜윤은 오늘도 생글거리며 선수들을 챙기고 있다.

지혁은 발목에 얹어 놓을 얼음 팩을 하나 들고 숙소로 돌아오고 있었다. 오늘도 늦겠네, 한혜윤. 힘들어서 어째.

숙소로 향하는 짧은 시간, 지혁은 이리저리 시선을 돌리며 이제는 익숙해진 풍경을 즐겼다. 고향에 돌아와서인지, 아니면 혜윤이 함께해서인지 하루하루가 즐겁고 힘이 났다.

그저 앞만 보고 달려왔던 지난 시간과 비교도 되지 않을 만큼 값지고 행복하기만 했다. 그저 축구만이 전부라고 생각하며 살아왔고,

은퇴한 이후에는 그냥 조용히 살면 되지 않겠나 싶었는데 조금씩 욕심이 나기 시작했다. 은퇴 이후에 그녀와 어떤 삶을 살게 될까?

익숙한 밤공기를 들이마시고 있는데, 누군가 옆으로 다가왔다.

"이제 가세요?"

"어."

"아! 맞다! 나 그 형 이름 기억났어요."

찬형은 초롱초롱한 눈을 반짝이며 지혁을 바라봤다. 자신을 도발하려는 말투였다.

"이름? 누구 이름?"

"혜윤 누나 첫사랑이요. 이재하."

"뭐?"

지혁의 미간이 순식간에 좁아졌고, 목소리가 튀어 올랐다.

"이재하?"

"왜요? 형 누군지 알아요?"

빈정거리듯 물어 오는 찬형의 물음에 지혁은 어금니를 꽉 물었다.

"너 숙소 가서 뭐 할 거야?"

"뭐, 집에 전화 좀 하고, 내일 오전 훈련은 없으니까 TV나 보다 자려고요. 왜요?"

"볼일 보고 내 방으로 와. 되도록 빨리."

지혁은 황당해하는 찬형의 얼굴을 뒤로하고 성큼성큼 앞서 갔다. 틈만 나면 자신을 도발하려 드는 찬형을 이제 더는 지켜보고만 있으면 안 될 것 같았다.

그런데, 이재하……. 이재하라고? 그렇게 지독한 상처를 줬던 첫사랑 이름이 이재하야? 지혁은 지끈 울리는 머리를 두 손으로 감아쥐며 방으로 향했다.

문을 부수기라도 할 듯 힘찬 노크 소리가 들려왔다.

"들어와."

"형, 왜 부르셨어요?"

"앉아."

찬형이 자신에게 은근히 공격적인 성향을 보인다는 것을 지혁도 알고 있었다. 녀석은 어릴 적부터 혜윤을 봐 온 탓인지 그녀를 친누나처럼 생각하는 것 같았다.

선심 쓰듯 해 주는 말들은 언제나 지혁의 신경에 거슬리는 말들뿐이었고, 그 말들은 지혁뿐 아니라, 다른 선수들에게도 경고 메시지를 보내는 것처럼 보였다.

"나한테 그렇게 다 이야기해 주는 이유가 뭐야?"

빙빙 돌리는 건 소용이 없어 보였다. 지혁의 물음에 찬형이 헛웃음을 지으며 되물었다.

"뭐가요?"

또 빈정거리는 말투다. 선배고 뭐고 없어 보였다.

"나한테 혜윤이 첫사랑, 집안 이야기 계속 하는 이유가 뭐냐고. 나 떼어 내고 싶어? 혜윤이 옆에서?"

"네."

한 치의 망설임도 없이 찬형의 입에서 단호한 대답이 흘러나왔다.

"형뿐 아니라, 운동선수가 들러붙는 꼴은 보고 싶지 않아요. 차라리 김현준 팀장님이나 의사 친구들이 낫죠."

"왜?"

"혜윤이 누난……."

이렇다 할 이유를 정확히 꼬집어서 말할 수 없는 것 같아 보였다. 그냥 운동선수는 싫은 거야? 아니, 왜? 너도 운동하잖아! 지혁은 격한 말들을 삼키고 숨을 골랐다.

"한번 해 봐."

"뭘요?"

지혁은 팔짱을 끼며, 찬형을 도발하듯 말했다.

"나 떼어 내고 싶다며, 한번 다 이야기해 보라고, 이재하 떠나고 무슨 일이 있었는지."

"정말 듣고 싶어요?"

"어. 듣고 싶어."

"내가 왜 이 이야기를 해 줘야 하는데요?"

찬형의 얼굴에 의심 가득한 표정이 묻어났다.

"나 떼어 내겠다고 첫사랑 이야기 꺼낸 건 너야."

"첫사랑 이야기면 돼요?"

"어…… 아니, 네가 아는 것 전부 다."

찬형은 노려보는 것도 아니고, 그렇다고 보기 좋은 눈빛도 아닌 시선으로 지혁을 바라봤다.

"누나가 중학교 들어가서 괴롭힘을 좀 당했었나 봐요. 형들은 고등학생이었고, 기윤이랑 지윤이는 초등학생이었고. 원래 운동하는 애들은 잘 안 건드리잖아요. 근데 혜윤이 누나는 여자고, 형들이 무섭긴 했지만 무서운 형들이 항상 옆에 있는 것도 아니고……."

"그래서?"

찬형은 한숨을 한 번 내뱉더니 말을 이었다.

"초등학교 때는 되게 공부도 잘하고, 활달하고, 인기도 많고 그랬는데…… 왜, 초등학교에서 중학교로 가는 겨울방학 동안…… 뭔가 많이 변하잖아요. 중학교에서는 애들이 누나를 좀 고깝게 생각했나 봐요. 처음부터 주목받고, 어른들이 알아보고 그러는 걸. 게다가……."

"게다가?"

"누나가 좀 특출하긴 했어요. 초등학교 땐 그게 잘 드러나지 않았는데, 중학교 가서는 수업 연구 제대로 안 하는 선생들은 다 혜윤 누나에게 쩔쩔맬 정도로."

이런 이야기들을 다 숨기고, 혜윤은 그저 자신이 아웃사이더였다고 이야기하며 배시시 웃었었다. 왜 전혀 연관 짓지 못했을까. 그 아이가 혜윤이었다는 걸. 지혁은 한숨이 새어 나오려는 입을 꾹 다물고 어금니를 꽉 깨물었다.

"그것도 마음에 안 들었나 봐요. 어떻게 괴롭힘 당했는지는 저도 자세히는 몰라요. 근데, 그걸 막아 준 사람이 이재하였나 봐요."

지혁이 결국 커다랗게 한숨을 내쉬었다.

"근데 그놈이 학교를 떠나면서, 혜윤 누나 반 다른 여자애한테 고백하는 편지를 전해 주고 갔대요."

하! 거짓말. 지혁의 미간이 더는 일그러질 수 없다 싶을 정도로 구겨졌다.

"근데 다른 건 다 참아 넘겼으면서, 누나가 그건 못 참아 넘긴 거죠. 그 여자애한테 가서 그 편지 보여 달라고 했대요. 그거 네 거 아닐 거라고. 그러다 싸움이 났대요. 치고받고 싸우는데 아무도 누나 편은 없고, 그때 누나 아버지도 힘든 시기였고…… 전학을 가는 게 좋겠다 했는데 같은 시에서는 전학이 안 된다고 해서 누나랑 누나 어머님만 다른 도시로 이사를 하려고 했어요. 근데 누나가 그 냥 학교를 그만두고 싶다고 했대요. 그러고 나서……."

뭐? 이것 말고 뭐가 더 있어? 찬형은 크게 한숨을 내쉬더니 말을 이었다.

"누나 학교 그만두고 며칠 안 돼서…… 저랑 기윤이랑 학교 끝 나고 기윤이 집으로 숙제를 하러 갔어요. 말이 숙제지, 놀러 간 거 죠. 거실에서 한참 노닥거리다가, 기윤이가 화장실엘 갔는데, 끔찍 하게 비명을 질러 대는 거예요."

떨리는 찬형의 목소리에 지혁은 심장이 쿵 하고 내려앉았다. 찬 형은 그때 기억이 되살아나는 듯 얼굴이 심하게 일그러졌다.

"하아……. 누나가…… 욕실 바닥에 쓰러져 있는데, 머리카락이 엉망으로 잘려 나가 있었어요. 사람 머리카락이 그렇게 무서울 수 있다는 걸 그날 알았어요. 엉엉 우는 기윤이 대신해서 119에 전화 하고 병원에 갔는데. 너무 많이 울어서 실신한 거라고, 자기 손으 로 머리카락 잘라 내면서 울었나 봐요. 누나 왼쪽 귀 뒤에 보면 아 직도 흉터 있을 거예요. 가위질하다가 그어 놓은……."

아무런 대꾸도 할 수 없었고, 그 무엇도 더는 물을 수 없었다.

"그 뒤로 머리 안 길러요. 그놈이 긴 머리가 예쁘다고 했다는 건 그냥 제 추측이에요. 그러니 다 잘라 냈겠다 싶었어요."

"……그래."

지혁은 고개를 떨군채로 한숨만 내뱉고 있었다.

"형."

"왜."

"누나한테 아는 체하지 마요."

"아는 체하지 말라며 왜 다 이야기해?"

"형 싫어서요."

지혁은 어이없다는 듯 되물었다.

"왜?"

"그냥 싫어요. 누나 옆에 있어서. 그놈처럼 축구 선수고."

"참 내."

이건 또 무슨 논리야?

"네가 싫든 좋든 상관없어."

"기윤이도 싫어해요. 한 감독님이랑 형들이 싫어할 거라는 건 확실치 않지만, 기윤이는 싫어해요."

"그냥 축구 선수여서? 네 친구라며? 너도 축구 선수잖아?"

"난 누나 안 꼬이잖아요."

찬형은 얄밉게 어깨를 으쓱해 보였다.

"가 봐."

"누나한테 상처 주면 나 가만히 안 있을 거예요."

"그럴 일 없어. 가."

무언가 속 시원한 대답을 원하는 듯 보이는 찬형을 겨우 돌려보냈다. 그러고 한참 뒤에 방을 나온 지혁은 외박계를 작성해서 사무실 당직자에게 제출하고 의무실로 향했다. 아직도 서너 명의 선수들이 의무실에 남아 있었다.

"지혁 선수, 웬일이에요?"

"허벅지 근육이 계속 땅겨서요."

허벅지 근육을 이야기하는 건 이제 둘만의 신호와 같은 거였다.

혜윤은 그저 고개를 끄덕여 보이며 비어 있는 대기 의자를 턱짓으로 가리켰다.

선수들이 모두 빠져나가고, 의무실을 정리하는 혜윤을 지혁이 물끄러미 바라봤다. 피곤한 듯 하품을 하며 고개를 뒤로 젖히고는 이리저리 목을 흔들어 대는 모습에 콧등이 시큰했다.

"무슨 일 있어요?"

"나 외박계 썼어."

"왜요?"

혜윤은 목을 주무르다 말고 지혁을 바라봤다. 동그랗게 뜬 눈에 걱정이 어려 있었다.

"너랑 같이 있고 싶어서."

혜윤이 푸시시 웃어 보였다. 환한 미소가 너무도 좋아서 지혁의 얼굴에도 겨우 미소가 떠올랐다.

"혜윤아."

"응?"

"갈까?"

"응."

언제나와 같이 지혁은 온 정성을 쏟아부어서 혜윤을 안았다. 이젠 익숙하면서도 여전히 찌릿한 지혁의 품에서 혜윤은 가쁜 숨을 몰아쉬었다.

혜윤이 숨을 돌릴 틈도 없이 다시 공격을 해 오던 그였는데, 오늘따라 가만히 혜윤을 가슴 위에 올린채로 맨등을 쓸어내리고 있었다. 커다란 손이 오르락내리락하면서 만들어 내는 부드러운 마찰감이 너무도 좋았다. 하루 동안 쌓였던 스트레스가 누그러들듯 그의 손길에 마음이 평안해지고 있었다.

"혜윤아."

"응?"

그의 가슴에 얼굴을 기댄 채 정신이 몽롱해지려는 찰나, 지혁이 자신을 부르는 소리가 들렸다.

"나 중학교 때."

"중학교 때?"

혜윤은 장난스러운 목소리로 지혁이 하는 말을 따라 했다.

"되게 예쁜 여자애가 한 명 있었어."

"와. 서지혁 첫사랑 얘기해 주려는 거야? 재미있겠다!"

혜윤은 까르르 웃더니 지혁의 몸 위에서 내려와 그의 팔을 베고 누웠다.

✚

노란 먼지가 풀풀 이는 운동장을 가로질러 가고 있는데 눈앞에 이상한 광경이 펼쳐졌다. 고개를 푹 숙인 채로 어깨에 두른 가방끈을 그러쥐고 빠르게 걸어가는 여학생 뒤로 남학생 둘이 키득거리며 따르고 있었다.

남자애 한 명이 주머니에서 새총을 꺼내 들었고, 옆에 있는 다른 남자애는 교과서 표지를 조각조각 찢어서 동그랗게 말아서는 친구에게 건네며 키득거렸다. 새총을 든 남자애가 어디론가 조준을 하는가 싶더니, 여자애의 종아리에 딱딱한 종이 뭉치를 맞히고 있었다.

저것들이, 지금 뭐 하는 거야? 재하는 손에 들고 있던 공을 차올려 새총을 들고 있던 남자애의 뒤통수를 맞췄다.

"아야."

"너희 뭐 하는 거야?"

넥타이 색을 보니 1학년이다. 1학년밖에 안 된 것들이 어디서 못된 것만 배워서 여자애를 괴롭혀?

재하가 무서운 얼굴로 남학생들을 노려보자, 이리저리 눈치를 보는가 싶더니 냅다 뛰기 시작한다. 따라가면 충분히 잡을 수 있는 속도였지만 재하는 공을 주워서 그 자리에 우뚝 멈춰 서 있는 여자애 곁으로 다가갔다.

종아리 군데군데가 빨갛게 부어올라 있었고, 밴드 여러 개가 붙어 있는 걸로 봐서 처음 당하는 일이 아닌 듯싶었다.

"야."

'야' 하는 소리에 움찔한 여자애는 불러도 뒤를 돌아보지 않는다. 아마 자신을 괴롭힐 거라는 생각이 들었나 보다.

"도와줬으면 고맙다는 인사는 해야지?"

자잘하게 발걸음을 옮겨서 재하를 바라보는 여자애의 얼굴에 심장이 콩닥거렸다. 반짝이는 긴 생머리가 찰랑였고, 앞머리는 한쪽으로 모아져 검은색 실핀이 꽂혀 있었다.

"고맙습니다."

여자애는 인사를 꾸벅해 보이더니 다시 뒤를 돌아 걷기 시작한다. 어깨는 한없이 움츠러들어 있었고, 목소리는 개미 소리보다 작았다.

재하는 일부러 그 애 옆에 서서 걷기 시작했다.

"쟤네 언제부터 그랬어?"

대답할 생각이 없는 건지, 아니면 숨기고 싶은 건지 말이 없었다.

"1학년?"

"네."

"몇 반?"

"4반이요."

"아…… 1분이라도 지각하면 막 책상 위에 무릎 꿇고 올라가서 온종일 있으라고 하는 그 한문 선생님이 담임인?"

"네."

담임 이야기에 여자애 얼굴에도 피식 웃음이 어렸다. 웃는 게 예쁘다는 생각이 드는 건 TV에 나오는 연예인 외엔 처음이었다.

"이름은?"

"네?"

이름을 묻는데 왜 그렇게 놀라. 여자애는 깜짝 놀란 얼굴로 재하를 바라봤다가 고개를 푹 숙였다. 말하기 싫음 말아라.

"난 3학년 2반 이재하. 은인 이름은 알아야지?"

재하의 말에 아이의 얼굴이 빨갛게 달아올랐다.

"오늘 감사했어요. 계속 상대하면 더 심해지니, 그냥 모른 척하면 돼요. 그러니 앞으로 안 도와주셔도 돼요. 오빠만 곤란해져요."

오빠? 축구부로 찾아오는 여자애들이 오빠라고 불러도 아무런 감흥이 없었는데, 이름도 알려 주지 않는 아이가 오빠라고 부르는데 심장이 자꾸만 두근거렸다. 여자애는 잰걸음으로 빠르게 모퉁이를 돌아 사라졌다. 1학년…… 4반.

오늘도 야구부 감독이 엄마 가게에 와서 재하를 설득하다 지쳐서 돌아갔다. 축구 할 거라니까, 왜 자꾸 그 작은 공을 던지라고 난리야.

재하는 미용실 가득 쌓여 있는 수건을 정리하며 파마용 파지를 정리하고 있는 엄마를 흘끔거렸다. 축구화를 바꿀 때가 되었는데, 입이 떼어지질 않았다.

"재하야."

"응?"

"엄마가……."

엄마도 무슨 이야기를 하려는지, 입이 떼어지질 않는 것 같았다.

"말해, 엄마. 왜 이렇게 뜸을 들여?"

"엄마, 만나는 사람이 있는데……."

2주에 한 번씩 머리 자르러 오는 정비소 아저씨? 알고 있었다. 안 그래도 숱도 없고 짧은 머리를 2주에 한 번 꼴로 와서 자르고 간다는 걸. 학교가 끝나면 언제나 재하는 미용실을 지키고 앉아 있었다. 남편 없이 혼자 사는 엄마를 희롱하려 드는 고약한 인간들 때문이었다.

암튼 여자 괴롭히는 놈들은 깡그리 모아다가 지구 밖으로 뻥뻥 차 버려야 한다니까. 정비소 아저씨는 그런 놈들과 달리 점잖았고, 수줍음도 많아 보였다. 재하의 입에서 퉁명스러운 목소리가 툭 하고 튀어나왔다.

"그런데? 나 버리고 시집이라도 가게?"

엄마의 얼굴에 쓴웃음이 떠올랐다.

"왜? 그러면 안 돼?"

"안 될 건 뭐야."

재하가 푸시시 웃어 보이자, 엄마가 재하의 곁으로 다가왔다.

"미안해."

"뭐가 미안해."

"그냥……."

"그 아저씨 좋은 사람 맞지?"

고개를 끄덕끄덕하는 엄마의 눈가에 눈물이 고여 있었다. 아, 엄마 우는 거 싫다니까. 재하가 인상을 써보이자, 엄마가 눈을 길게 늘이며 눈물을 삼켰다.

엄마 말대로 정비소 아저씨는 좋은 사람 같았다. 그리고 좋은 아빠가 될 사람 같았다. 아빠가 돌아가시고 혼자서 작은 미용실을 하시며 재하를 키운 엄마의 고생을 덜어 줄 수만 있다면 그것만으로도 재하는 감사했다. 그런데.

"재하야."

"네, 아저씨."

"계속 아저씨라고 부를 거야?"

"아직 엄마랑 결혼한 건 아니잖아요."

"그건 그렇지……. 엄마가 겉으론 강해 보여도, 속은 참 여리잖아."

재하는 그저 고개를 끄덕끄덕했다.

"안 그래도 미용실에 말 많은 아줌마들 모이는데……."

재하는 무슨 이야기를 하느냐는 듯 눈을 치켜떴다.

미국에 기술이민을 갈까 생각 중이라고 하셨다. 아저씨는 그곳에서 자동차 정비소를 할 거고, 엄마는 그저 편하게 집에 있으면 된다고. 그럼 나는? 심드렁한 표정을 짓고 있는 재하에게 아저씨는 알아볼 수 없는 글씨가 가득한 종이를 하나 내밀었다.

"스페인에 있는 유소년 축구클럽이야. 만 16세 이하가 입단 조건이라 좀 준비를 서둘러야 할 것 같은데……. 해 볼래?"

어리둥절했다. 그저 학교에서 달리기가 빠르고, 발재간이 좋은 아이로 묻혀 버리는 줄 알았다.

"왜요? 나한테 왜 이런 거 해 줘요? 두 분이서만 사시려고 저 내쫓는 거예요?"

"아니. 내 아들이니까, 이제."

눈물이 핑 돌았다. 사내 녀석이 감격에 겨워 눈물짓는 모습을 보이고 싶지 않아서 재하는 자리를 툭 털고 일어났다.

"운동하러 가야 해요. 좀 뛰다 온다고 엄마한테 전해 주세요."

재하는 낡은 운동화 끈을 고쳐 매고 달리기 시작했다.

동네를 한 바퀴 돌고 있는데 골목 어귀에서 기분 나쁘게 키득거리는 소리가 들려왔다. 여자애들과 남자애들이 섞인 무리가 누군가를 괴롭히고 있는 그림이었다. 가까이 다가가니 대화 소리가 제법 또렷하게 들렸다.

"그러니까, 그 타자 사인 받아 오라니까? 그런 것도 못 받아 와?"

괴롭힘을 당하는 아이는 대답이 없었다.

"아 놔, 말귀 못 알아먹네."

남자애 한 명이 콜라 캔을 따서 들더니 여자애 머리에 죽 들이붓기 시작했다. 재하는 자신보다 머리통 하나는 작은 남자애 손을 낚아채서 콜라 캔을 패대기쳤다.

"뭐 하는 거야?"

변성기가 온 탓에 허스키한 재하의 목소리가 더 날카롭게 울려 퍼지자 여자애들은 슬금슬금 자리를 피해서 도망갔고 남자애들도 눈치를 보며 뒷걸음질 쳤다. 그중에는 새총을 쏘아 대던 애들도 보였다. 모여 있던 아이들이 흩어지며 괴롭힘을 당하고 있던 아이를 볼 수 있었다. 1학년 4반, 그 아이였다.

"한 번만 더 애 괴롭히면, 니들 내 손에 죽는다."

인상을 구기며 눈을 부라리는 재하의 목소리에 모여 있던 아이들이 움찔하는 듯싶더니, 남자애들도 슬금슬금 도망치기 시작했다.

재하는 바닥에 떨어져 있는, 여자애의 것으로 보이는 가방을 집어 들었다. 바닥에 널브러져 있던 교과서, 공책, 천으로 된 필통에는 전부 신발 자국이 나 있었다.

"왜 당하고만 있어?"

"가만히 안 있으면 더 심해져요."

"……가자. 집이 어디야?"

집으로 향하는 내내 여자애는 말이 없었다.

"기다려 봐."

재하는 엄마의 미용실로 뛰어 들어가 수건을 하나 집어서 나왔다. 여자애는 어리둥절한 표정으로 재하를 바라보고 있었다. 재하는 생긋 웃어 보이며, 아이의 머리 위에 수건을 덮어 주었다.

"단내 나서 그런가, 벌 꼬여. 이거라도 덮고 가."

"고맙습니다. 여기서부터는 혼자 갈게요."

여자애는 고개를 푹 숙이고는 힘이 없는 목소리로 말했다.

"근데."

"네?"

"이름은 말 안 해 줄 거야?"

아이는 꿀 먹은 벙어리처럼 입을 꾹 다물고는 고개를 푹 숙였다. 뭔 이름 하나 알려 주는 게 그렇게 힘들어.

"그래, 그럼. 들어가."

"감사합니다."

다시 한 번 고개를 숙여 인사를 해 보인 아이가 멀어져 가는 것을 보며 재하도 괜히 아쉽게 느껴지는 발걸음을 돌렸다.

아침 조깅은 재하에게 필수 운동 코스였다. 동네 약수터에 물을 뜨러 가야 하는 목적의식이 더 강하기는 했지만.

졸린 눈을 비벼 가며 약수터에 앉아 두 번째 통에 물을 받고 있는데, 누군가 다가와서 어깨를 톡톡 두드렸다.

"저기……."

재하에게 말을 건 이는 그 여자애였다.

"응? 너 이 시간에 여기 웬일이야?"

"저 아래 아파트에 살아요. 아침에 오빠 뛰는 거 우연히 봤어요."

주변에 다른 학생들이 없어서 그런 건지, 제법 말을 많이 한 여자애가 배시시 웃었다. 그렇게 웃을 줄도 아네? 재하는 세수도 하지 않고 약수터로 뛰어왔다는 사실에 갑자기 얼굴이 화르르 달아올랐다. 아, 젠장. 눈곱은 뗐나? 재하는 멋쩍은 미소를 지어 보이며 아이를 바라봤다.

그날 이후, 재하는 매일 아침 약수터에 물을 뜨러 갈 때 마다 그 아이를 만났다. 자신이 나오는 시간을 용케도 알고 찾아와 주는 아이가 무척이나 반가웠다.

"이재하."

"응?"

"우리 아들, 약수터에서 선녀라도 만나니?"

"뭐?"

거울에 얼굴을 요리조리 비추며, 머리에 젤을 덕지덕지 바르고 있는 아들을 바라보는 엄마의 눈초리가 매섭게 빛났다.

"선녀는 무슨. 그냥 인기 관리야."

의뭉스러운 얼굴을 하고 있는 엄마를 뒤로하고 집 밖으로 나왔는데, 비가 주룩주룩 내리고 있었다. 에이. 비 오면 가기 싫은데.

"재하야, 비 온다. 오늘은 나가지 마, 거기 흙더미 쌓여 있어서 위험해."

엄마의 목소리에 재하는 한숨을 푹 내쉬었다. 오늘은 걔도 안 나오겠지. 재하는 하는 수 없이 다시 집으로 들어왔다.

다음 날, 약수터에서 만난 아이가 조심스레 물었다.

"오빠, 비 오는 날은 원래 안 와요?"

"너 설마 어제도 왔었어?"

재하는 깜짝 놀란 표정을 하고는 아이를 내려다봤다. 아, 여기 비 오면 위험한데 다치면 어쩌려고.

"네, 오빠 보는 게 좋아서……."

고개를 푹 숙인 채로 입술을 꽉 깨문 여자애가 다시 입을 열었다. 한없이 떨리는 작은 목소리가 맑은 아침 공기를 비집고 흘러나왔다. 마치 아기 새가 지저귀는 소리처럼 맑고 귀여웠다.

"저…… 오빠 좋아하는 것 같아요."

자신을 보는 게 좋다는, 자신을 좋아한다는 여자애의 수줍은 고백에 재하는 심장이 한껏 부풀어 올랐다. 재하는 반짝이는 여자애의 정수리를 슥슥 쓰다듬으며 말했다.

"비 오면 여기 위험해. 비 올 땐 나도 안 오니까 오지 마. 알겠지?"

"네."

얼굴이 분홍빛으로 달아올라서는 배시시 웃어 보이는 여자애의 모습에 심장이 터질 듯 두근거렸다. 이렇게 귀여운 앤데, 애들은 왜 괴롭히지 못해서 안달일까?

수줍은 고백까지 건넨 아이가 학교에서 마주치면 약수터 일은 생각이 나지도 않는다는 듯 재하를 피해 다녔다. 그러다 학교가 아닌, 다른 학생들이 없는 약수터에서 만나면 귀엽게 웃기도 하고 가끔 농담을 하기도 했다.

"걔들이 왜 너 괴롭히는 거야?"

대답이 없다.

"대체 이름은 뭔데?"

대답이 없다.

"내가 1학년 4반으로 찾아갈 수도 있는데?"

아이가 화들짝 놀라서는 재하를 올려다본다.

"그러지 마세요."

울먹이는 얼굴에 심장이 쿵쿵 울렸다. 아, 여자 우는 거 싫다니까.

"그래, 알았다."

그렇게 두 사람의 두근거리는 약수터 만남이 계속되던 어느 날, 축구부 사물함을 열었는데 주황색 상자가 하나 들어 있었다.

[멋대로 사물함 열어서 죄송해요. 직접 전해 주면 거절할 것 같아서 놓고 가요. 발등에 이름 새겨 놔서 바꾸지도 못해요. 꼭 훌륭한 축구 선수가 되면 좋겠어요. 내일 약수터에서 봐요.]

상자 안에는 노란색과 검은색이 섞인 축구화 한 켤레가 들어 있었다. 재하는 축구화를 손에 들고 이리 살피고 저리 살폈다. 이렇게 비싼 걸, 얘가 미쳤나. 이니셜까지 새겨 놓으면 어떡해? 사이즈도 크고 말이야.

축구화 상자를 들고 집에 왔는데 아저씨가 환한 미소를 지으며 재하를 반겼다.

"재하야, 이것 봐!"

"이게 뭐예요?"

"입단 테스트 받으러 오래!"

꿈인 줄 알았던 일이 현실이 되어 가고 있었다. 재하는 떡 벌어진 입을 다물지 못하고 요상한 글자가 가득한 종이를 바라보았다.

"당장 내일 출국해야 할 것 같아. 국제 우편이 늦게 도착했는지, 테스트가 3일 앞이야."

"내일요?"

안 돼! 그럼 약수터에 못 가는데.

"하루만 늦추면 안 돼요?"

"그럼 테스트 못 받을 수도 있어. 이번 테스트 놓치면 1년을 더 기다려야 하는데, 그렇게 되면 나이가 차서 유소년 클럽 입단은 어려워."

하아. 젠장.

재하는 밤새도록 짐을 챙기느라, 한숨도 자지 못했다. 저 축구화는 꼭 챙겨 가야지. 재하는 전화번호는커녕 이름도 알지 못하는 여자애에게 난생처음 연애편지라는 것을 썼다.

[축구화 고마워. 잘 신을게. 네 말대로 정말 훌륭한 선수 될 거야. 나 스페인 유소년 클럽에 입단 테스트 받으러 가. 나 없어도 씩씩하게 지내야 한다. 나도…… 너 좋아했어. 지금도 좋고. 얼굴 보고 말해 줬어야 했는데, 미안. 여기 내 이메일 주소야. 꼭 연락해. 꼭이다.]

재하는 밤늦게 가장 친한 친구인 윤수에게 전화를 걸어서 자신이 내일 떠난다는 사실을 알렸다. 돌아올 수도 있고, 안 돌아올 수도 있다고. 윤수는 사내 녀석이 꺼이꺼이 울기 시작했다. 한밤중이었지만 근처에 살던 윤수가 집으로 찾아왔다. 재하는 썼다 지웠다를 반복한 편지를 윤수에게 내밀었다.

"이거…… 1학년 4반 여자앤데, 머리가 길고 예쁘장하게 생기고 앞머리에 맨날 까만 실핀 꽂고 다니는 애 있거든? 약수터 가는 길에 있는 D 아파트 살아. 이거 꼭 걔한테 전해 줘. 꼭."

아침 9시 비행기. 재하는 새벽 5시에 집을 나서야만 했다.

✚

약수터에서 한참을 기다려도, 재하는 나타나지 않았다. 학교 갈 시간이 지났는데도 혜윤은 꿈쩍도 하지 않고, 약수터에 앉아 있었다. 토독, 토독, 톡톡톡. 비가 내리기 시작했다. 일기예보에 비가 온다고 해서 안 왔나?

혜윤은 재하의 사물함 안에 몰래 축구화를 넣어 두었다. 오빠들이 야구 글러브에 이름 새기는 곳에 가서 이니셜도 새겨 넣었다. JHY. 재하와 혜윤의 이니셜을 합쳐 놓은. 이름을 이야기할 수 없었다. 학교에서 혜윤의 별명은 괴물 혹은 마녀였다.

괴물이라 다들 혜윤을 알아보는 거라고 놀리는 아이들, 쟨 마녀라 모르는 거 없이 다 안다는 아이들. 축구가 전부인 줄 알고 운동만 하는 재하는 자신을 알아보지 못하는 것 같았고, 이름도 알지 못하는 것 같았다.

한혜윤, 괴물, 마녀. 재하가 자신의 다른 이름을 알게 되어 자신을 싫어하면 어쩌나 하는 마음에 이름을 물을 때면 입을 꾹 다물었다.

아침 일찍 일어나 약수터에서 재하를 만나고 오는 날이면 온종일 기분이 좋았다. 반 전체 아이들이 자신을 괴롭혀도, 전교생이 마녀라고 놀려도 상관없었다. 누구 딸 한혜윤, 혹은 괴물, 마녀가 아니라, 아무런 조건 없이 자신을 보고 웃어 주는 재하만 있으면 된다고 생각했다.

이니셜을 새기며 언젠가는 이름을 말해 줄 수 있지 않을까 생각했다. 재하 오빠가 고등학생이 되면? 그럼 말할 수 있을까?

결국 약수터에 앉아서 재하를 기다리다가 혜윤은 그날 학교에 가질 못했다. 다음 날 학교에 갔는데, 맨 앞에 앉아 있는 여자애 앞으로 수많은 학생이 몰려 있었다. 그중에는 2학년, 3학년 여자 선배들도 있었다.

"그래서, 그래서? 재하 오빠 어제 떠난 거래?"

"어, 나한테 이거 전해 주라고 했대."

뭐? 뭘 전해 줘?

편지를 들어 보이며 잘난 체를 하고 있는 여자애는 혜윤이 하고 다니는 건 은근히 다 따라 하는 아이였다. 혜윤은 머리숱이 많은 앞머리를 고정하려 실핀을 꽂고 다녔지만, 걘 짧은 앞머리에 학교에서는 교칙 위반인 젤까지 발라 가며 실핀을 꽂고 다녔다.

"우와, 진짜 대박이다."

"그거 이리 줘 봐."

날카로운 혜윤의 목소리가 울려 퍼지자 수많은 눈이 그녀를 쏘아보았다.

"뭐?"

"이리 달라고. 너 준 거 아니니까."

혜윤의 말에 교실 여기저기서 비웃음이 터져 나왔다.

"무슨 소리 하는 거야? 그럼, 한혜윤 너 같은 마녀한테 이걸 주기라도 했단 말이야?"

편지를 받은 여자애는 잔뜩 비아냥거리는 말투로 혜윤을 도발했다.

"어."

"참 내. 이게 말이면 다인 줄 아나."

여자애가 자리에서 일어서더니 혜윤의 머리채를 잡았고, 그동안 꾹 참고만 있던 혜윤도 여자애의 머리채를 잡아서는 바닥에 패대기쳤다. 혜윤보다 한 뼘이나 작은 애였고, 운동신경이 꽤나 둔해 보였다.

"이게 쳐 돌았나?"

혜윤의 움직임에 여자애 친구들이 욕지거리를 퍼부으며 혜윤의 머리채를 잡고, 할퀴고, 발로 걷어차기까지 했다. 혜윤은 발악을 하며 몸을 이리저리 흔들어 댔지만, 소용이 없었다. 혜윤은 아이들에게 붙들려 꼼짝없이 당하고 있었다.

얼마 지나지 않아 누가 불렀는지 담임이 달려왔다. 싸움의 원인에 대한 담임의 물음에 아이들은 약속이라도 한 듯 하나같이 그 여자애의 편을 들었다.

아무도 제 편을 들어 주지 않을 때, 자신을 두둔해 주었던 재하 생각에 눈물이 왈칵 나올 것 같아서 혜윤은 입술을 꽉 깨물었다. 결국 그 일로 여자애 엄마와 혜윤의 엄마가 학교에 왔다.

그날부터 혜윤은 학교에 가지 않았다. 아니, 징계 처분을 받을 때까지 가지 못했다.

"엄마."

"응."

"엄만 내 말 믿지?"

"그럼. 엄마가 딸이 하는 말을 안 믿으면 누가 우리 딸을 믿어?"

엄마의 말에 눈물이 핑 돌았다. 재하 오빠도 내가 하는 말 다 들어 줬었는데.

당분간 쉬는 줄 알았던 학교는 전학을 해야 한다고 했다. 강산시 안에 있는 중학교로의 전학은 어려웠고, 다른 도시로 가야 한다고. 강산고 야구부에 있는 오빠들에게 이사와 전학은 말도 안 되는 것이었다.

엄마는 혜윤이 중·고등학교를 마칠 때까지 따로 살아야겠다고 했다. 가족이 왜 따로 살아? 나만 견뎌 내면 되잖아?

혜윤은 학교를 그만두겠다고 했다. 어차피 학교에, 친구에게 미련도 없었다. 공부는 집에서 하면 된다고 아주 간단하게 생각했다.

학교를 그만둔 혜윤은 엄마와 함께 홈스쿨링을 시작했다. 학습지 선생님으로 오후부터 집을 비우는 엄마는 오전 내내 혜윤과 함께 시간을 보냈다.

김자희 여사는 혜윤에게 가장 친한 친구였고, 가장 좋은 선생님이었고, 가장 훌륭한 엄마였다. 다수의 괴롭힘에서 벗어난 혜윤은 얼굴빛이 밝아지기 시작했다.

✚

재하는 입단 테스트 통과와 동시에 마드리드에서의 생활을 시작했다. 언어가 통하지 않는 곳에서 부모님 없이 기숙사에서 지내며 여러 가지를 홀로 해결해야 했지만 힘들지 않았다. 쉽게 얻을 수 없는 기회와 시간을 헛되이 보내고 싶지 않았다.

재하는 외로워질 때면 불쑥 떠오르는 여자애의 얼굴에 심장이 덜컹거렸다. 이메일은 왔을까? 아직도 그놈들이 괴롭히나? 혹시나 아직도 괴롭힘 당하고 있으면 어쩌나 하는 생각에 밤새 잠을 못 잤던 적도 있었다.

스페인에서 생활한 지 두 달쯤 되었을 때, 겨우 한글 인식이 가능한 낡은 컴퓨터를 구할 수 있었다. 어렵게 인터넷에 연결해서 이메일을 확인했는데, 여자애 이름이 하나 눈에 띄었다. 하! 왔구나.

둘이 있을 땐 작은 입으로 재잘재잘 말을 잘도 하는 아이였는데, 둘 사이에 있었던 일에 대한 내용은 하나도 없고 학교 이야기만 잔뜩 적혀 있었다.

잘 지내는지, 아직도 괴롭히는 애들은 없는지, 인사 못 하고 와서 미안하다고, 약수터에서 오래 기다렸느냐고 이메일을 쓰는데, 배시시 웃는 모습이 그리워서 눈물이 핑 돌았다. 사진을 보내 달라고 했다. 괜히 부끄러워서 많이 보고 싶다는 말은 할 수 없었다.

훈련을 마치면 재하는 항상 컴퓨터를 끼고 있었다. 새로 이메일이 들어오면 알림창이 울리도록 설정도 해 놓았다. 띠리링. 이메일이 들어오는 소리와 동시에 재하는 침대에서 몸을 일으켰다. 심장이 목구멍까지 기어 올라왔다. 그러나 첨부 파일로 들어 있는 사진을 보고, 재하는 허탈하게 의자에 주저앉았다. 아니잖아. 걔가 아니잖아.

재하가 스페인에 온 지 1년이 거의 다 되어 갈 무렵, 엄마도 미국으로 간다고 했다. 정비소 아저씨가 아버지가 되었고, 재하는 자신의 꿈을 이뤄 주기 위해 노력하는 새아버지에게 나는 정말 당신의 아들이라는 뜻으로 그가 지어 준 새 이름으로 개명했다. 서지혁.

축구화에 새겨진 JH라는 이니셜을 버릴 수 없었다. JHY. Y는 무슨 뜻일까? '이'를 Yi로 표기한다고 생각했을까? 축구를 하면서 가장 오래 신었던 축구화가 바로 그 아이가 선물해 준 것이었다. 낡고 해지고 벌어져도 벗을 수 없었다.

모두들 야구를 응원하는 곳에서 지혁은 허름한 축구부 선수였었다. 야구 선수 하면 딱 좋겠다고 하는 사람들 틈에서 훌륭한 축구 선수가 되라는 아이의 진심 어린 응원은 타국의 외로움을 견디는 버팀목이었다.

✚

지혁은 얇은 면 이불을 혜윤의 몸에 돌돌 말아서 번쩍 안아 들고는 침실 맞은편에 있는 방으로 향했다. 붙박이장을 열고, 가장 깊숙한 곳에 넣어 두었던 신발 상자를 꺼냈다.

혜윤은 지혁이 하는 행동을 그대로 지켜보고 있었다. 뇌리에 깊게 박혀 있는 사물함 속 주황색 상자.

"자, 내가 가장 아끼는 물건이야."

지혁이 내민 상자를 조심스레 열었다. 상자 안에는 아주 낡은 축구화 한 켤레가 들어 있었다. 기억 속에 반짝이던 축구화는 낡고 해져서 앞코가 벌어져 있을 정도였다.

색 바랜 축구화에 손이 닿자 혜윤의 심장이 더욱 세차게 쿵쾅거렸다. 아련했던 그리움과 뭐라 말로 다 할 수 없는 벅찬 세월의 무게가 눈물이 되어 왈칵 쏟아져 내렸다.

노란색 에나멜 인조가죽 위에 검은색 실로 새겨 넣었던 JHY라는 이니셜은 공과 잔디에 부딪히고 뜯겨 나가 바늘 자국만이 미세하게 남아 있었다.

"재하······. 혜윤······."

혜윤이 손가락으로 바늘 자국을 쓸어 보며 낮게 속삭였다.

"그런 의미였어?"

"응."

혜윤이 고개를 끄덕이자 눈 안 가득 고였던 눈물이 다시 또르르 흘러내렸다.

"난 또 이재하를 쓴 건 줄 알았지."

"이름을······ 말하기가 어려웠어. 오빠도 날······ 다른 눈으로 볼까 봐서……."

미세하게 떨리는 혜윤의 목소리에 지혁은 심장 한구석이 깊게 패는 것 같았다. 많이 힘들었어? 나 떠나고, 그렇게 힘들었어? 지혁의 목소리에 힘이 실리지 않았다.

"나 때문에 정말 많이 힘들었어?"

지혁의 물음에 혜윤은 고개를 내저었다. 재하는 힘들고 아픈 첫사랑이 아니었다. 오히려 누군가의 따스한 관심을 받을 수 있고 좋은 사람을 만날 수도 있다는 희망을 준 고마운 사람이었다.

"머리도 막 잘라 냈다며……."

지혁은 혜윤에게 다가서 볼에 입을 맞추는 척하며 왼쪽 귀 뒤를 살폈다. 찬형이 말처럼 길게 그어진 흉터가 진하게 남아 있었다.

죄책감 어린 지혁의 목소리에 혜윤은 살포시 미소 지었다.

"오빠가 긴 머리 여자애한테 편지 주고 가라고 했다며. 그게 그땐 너무 싫어서……. 근데 머리 자르기 시작하면서, 내가 너무 바보 같은 거예요. 그 당시엔…… 가족 외에는 날 좋아해 줄 사람은 없다고 생각했는데, 오빠가 아니라는 거 알려 줬다……."

지혁은 축구화 상자를 바닥에 내려놓고 혜윤을 꼭 끌어안았다.

"찬형이가 그래? 나 첫사랑 때문에 많이 힘들었다고?"

"응."

"걔는 잘 알지도 못하면서 막 떠들고 다녀. 혼내 줘야겠네, 이놈. 첫사랑 때문에 겨우 힘내서 살 수 있었지."

"하아……."

지혁이 가슴 가득 차오른 뜨거운 감정을 뱉어 내듯 한숨을 내쉬며, 혜윤의 이마에 살포시 입을 맞췄다.

"혜윤아."

"응?"

"아버지가 이름을 새로 지어 주시겠다고 했을 때."

"응."

"네가 새겨 준 이니셜을 버릴 수가 없었어."

지혁의 목소리에도 조금씩 물기가 묻어나기 시작했다.

"중학교 때, 아무도 나에게 좋은 축구 선수가 될 수 있다고 말해 주지 않을 때, 넌 나한테 말해 줬으니까. 그게 나한테는 아주 큰 버팀목이었다. 나도 그때 너 많이 좋아했어."

12년 만에 첫사랑이 들려주는 고백에 혜윤은 어깨가 떨려 왔다. 지혁은 그녀의 심장 깊은 곳 떨림까지 감싸 안으려는 듯, 혜윤을 꼭 끌어안고 토닥여 주었다.

"미안해, 이제야……."

지혁이 미안한 표정을 지으며, 혜윤을 내려다보았다. 커다랗고 부드러운 손가락이 붉게 달아오른 뺨 위로 흐르는 눈물을 쓱 닦아 내자, 혜윤이 배시시 웃어 보였다.

"나 아주 잠깐 오빠가 재하 오빠일지도 모른다고 생각했던 적 있었다?"

"언제? 뭐야? 그럼 나를 보고 첫사랑을 떠올렸단 말이야?"

지혁은 자신을 보고 다른 남자라고 생각했던, 그러나 자신이었던 첫사랑을 떠올렸다는 혜윤의 말에 목소리가 튀어 올랐다.

"본인이 본인을 질투하는 건 반칙이야!"

"뭐, 그건 그렇긴 한데. 그래도 그땐 내가 이재하인 거 몰랐을 때잖아!"

뾰루퉁해진 지혁의 표정에 혜윤은 푸시시 웃음이 새어 나왔다.

"오빠 중학교 때보다 키도 한 뼘은 넘게 컸잖아. 그때도 멋있긴 했는데…… 그땐 잘생긴 소년이었다면…… 지금은 너무 멋진 남자고……."

혜윤은 떡 벌어진 지혁의 어깨에 손을 올리고 말을 이었다.

"근데, 눈빛이…… 날 봐 주는 눈동자가…… 너무 비슷한 거야. 이름도 다르고, 재하 오빠는 선수 등록도 안 되어 있는데……. 그냥 내가 느낌이 비슷한 남자를 좋아하는구나 생각했지."

"그래도 뭔가 질투나. 날 보고 다른 남자를 떠올렸다는 거잖아. 결국 같긴 하지만."

지혁은 슬쩍 미소 지어 보이더니 입술을 삐죽 내밀었다.

"근데 있잖아, 오빠."

"응?"

지혁은 한없는 사랑을 담은 표정으로 혜윤을 바라봤다. 혜윤은 무언가 골똘히 생각에 빠진 듯하더니 입술을 뾰족하게 내밀어 보였다. 아, 초코송이, 이 표정은 뭔가 심오한 장난을 치고 싶어서 죽겠다는 표정인데?

"진짜 생각해 보니 억울 돋네."

"뭐가?"

혜윤의 뾰루퉁한 표정에 지혁은 눈썹을 치켜세우며 물었다.

"그럼 난 결국 12년 전이나 지금이나 나 좋다는 남자가 동일 인물인 거잖아? 추억할 수 있는 첫사랑이 지금의 남자인 거네? 젠장."

"뭐?"

지혁이 당황한 얼굴로 되물었다. 혜윤의 커다란 눈이 예쁜 모양을 만들어 내며 보기 좋게 휘었다. 아, 한혜윤, 또 무슨 말을 하려는 거야?

"오빠는?"

"뭐가?"

"오빠는 나와 나 사이에 연애가 몇 번이나 있었어?"

지혁은 혜윤의 시선을 피해 다른 곳을 바라보다가 몸을 숙여서 혜윤을 어깨에 둘러메고 침대로 향했다. 혜윤이 깜짝 놀라 꺅 하고 비명을 지르며 팔다리를 버둥거렸다. 이럴 땐 그냥 덮치는 게 정답이지.

✛

구단 로비에서 커다란 택배 상자를 낑낑거리며 들고 가는 혜윤의 뒷모습이 보였다. 지혁은 얼른 뛰어가서 택배 상자를 들어 주었다. 묵직한 무게감이 사라지자 혜윤이 한숨을 내쉬었다.

"이게 뭐야? 뭐가 이렇게 무거워?"

"샴푸 세트."

"응? 샴푸 세트?"

"응. 머리 빨리 자라는 샴푸 세트. 다시 머리 기르려고."

배시시 웃어 보이는 혜윤의 얼굴에 그만 입술을 쪽 맞춰 버리고 싶은 충동이 일었다.

아, 우리 초코송이 별명 바꿔야겠네.

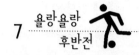
시원한 에어컨 바람이 솔솔 나와서 뜨거운 열기가 없는 의무실
은 일과를 마친 선수들의 쉼터가 되어 버렸다. 다른 데 가서 쉬어
도 될 것을. 시원한 얼음찜질과 함께 진료용 의자에 앉아 있거나,
진료용 침대에 드러누워서 수다를 떨어 대는 선수들을 혜윤은 한숨
을 푹푹 내쉬며 바라봤다.

사람의 온기라고는 요만큼도 찾아볼 수 없었던 삭막하고 휑뎅그
렁했던 의무실의 모습은 이제 찾아볼 수 없었다.

"혜윤 쌤."

"네?"

수비수 강일의 부름에 태블릿 PC 화면을 툭툭거리던 혜윤이 고
개를 들었다.

"소개팅할래요?"

"엥? 웬 소개팅?"

활짝 웃으며 되묻는 혜윤의 밝은 목소리에 선수 열댓 명의 시선이 혜윤에게 향했다. 그중 소개팅이라는 말에 눈동자를 활활 불태우며 혜윤과 강일을 노려보는 지혁도 물론 포함되어 있었다. 뭐야? 서지혁. 또 놀려 먹고 싶게. 저러다 눈동자 기화(氣化)되겠네.

"누구요? 어디 괜찮은 사람 있어요?"

혜윤이 데스크 위로 팔꿈치를 대고 두 손으로 꽃받침을 만들며 얼굴을 괬다.

저런! 저! 저! 저! 지혁은 레이저라도 쏘아 댈 듯 눈을 부릅떴다. 귀여웠던 초코송이가 어느 날부터 머리를 질끈 묶기 시작했다. 더워서라는 대외용 핑계를 대면서.

의사라는 사람이 머리를 묶어서 잡아당기면 더 빨리 자란다는 엉뚱한 소리를 어디서 듣고는 머리카락 한 올 빠지지 않도록 정수리 가까운 곳에 묶고, 색이 고운 머리띠로 앞머리까지 넘겨 버렸다.

그 덕에 작고 하얀 얼굴이 도드라졌고, 동그란 이마 선이 나타났다. 커다란 눈에 오밀조밀 자리 잡은 코와 입술. 마치 명화 속 발레리나의 초상처럼 혜윤의 얼굴이 빛나서 지혁은 괜히 심술이 났다.

"우리 형이요."

"형이요? 강일 선수 친형?"

강일은 허리에 찜질팩을 얹은 채로 엎드려서 고개를 끄덕였다. 너희 형이 뭐 하는 놈인데? 나보다 잘생겼어? 나보다 키 커? 나보다 유명해? 지혁은 아주 유치하고 우스운 질문들을 열불 나는 속으로 집어삼키고 있었다.

"형이 나이는 찼는데 만나는 사람이 없어서요. 동생인 제가 먼저 결혼을 해서…… 명절 때나 집안 행사 때 모이면 좀 모양새가 그렇거든요."

강일은 스물둘에 결혼해서 슬하에 자녀를 셋이나 둔 스물일곱 살 젊은 아빠였다.

"아……. 형은 몇 살인데요?"

아, 뭐 그런 걸 물어, 한혜윤? 정말 소개팅할 거야? 지혁은 어금니를 꽉 깨물며 혜윤을 노려봤다.

혜윤은 일부러 지혁이 있는 쪽으로는 눈길도 주지 않았다.

"서른이요."

"와. 그럼 나랑 네 살 차이네? 궁합도 안 본다는?"

혜윤이 엄청난 감탄사를 내뱉고는 꽃받침을 한 손가락으로 볼을 톡톡 두드리며 환하게 웃었다.

"잘생겼어요? 나 얼굴 되게 많이 봐요. 딴 거 다 안 봐. 얼굴만 봐."

혜윤이 장난스럽게 말하자, 강일이 피식 웃으며 대답했다.

"많이 잘생겼어요."

"우와, 정말?"

지혁은 강일의 얼굴을 노려봤다. 진한 눈썹, 쌍꺼풀 짙은 눈, 날렵하게 솟은 콧대가 꽤 잘생긴 얼굴이다. 아니 기생오라비처럼 생겼다. 형이 잘생겨? 뭐, 얼마나? 나보다 잘생겼어?

"뭐 하는 사람인데?"

강일은 이번 시즌부터 강산FC에서 뛰기 시작한 선수였다. 아직 가족에 대한 이야기는 많이 나누지 않았는지 한결이 대기 의자에 앉아서 이온음료를 홀짝이며 물었다.

"채형욱."

"누구요오?"

혜윤이 의자에서 벌떡 일어나 깜짝 놀란 얼굴을 하고 강일을 바라봤다. 얼어 있는 혜윤을 대신해 한결이 다시 물었다.

"영화배우 채형욱?"

"어."

"너희 친형이야?"

"어."

"이름은 가명이야?"

"어. 본명은 이강원이야."

"대애박."

혜윤이 발그레한 얼굴로 대박을 외쳤다.

채형욱이라면 얼굴이 너무 잘생겨서 천재적인 연기력이 묻힌다는 그 배우잖아. 얼굴이 조금만 덜 잘생겼더라면 좋았을 거라고 비평가들이 안타까워하는! 근데 그 미남 배우가 강일 선수 친형이야? 혜윤은 눈만 껌뻑껌뻑할 뿐 아무 말도 하지 못하고 있었다.

그런 혜윤을 바라보며 지혁의 눈빛이 이글이글 타올랐다. 아! 나, 저 똥머리 진짜! 혜윤이 어떨 때 저런 표정을 짓는지 지혁은 너무도 잘 알고 있다. 한혜윤, 너 그거 설레는 표정이야, 지금?

혜윤은 피식 하고 웃어 보이더니 입을 열었다.

"에이, 농담도……."

"농담 아니에요."

강일은 입술을 삐죽 내보이며 대답했다.

"사실 형이 먼저 소개해 달라고 했어요."

혜윤은 고개를 갸웃하며 강일을 바라봤다. 뭐라고? 푸흐흐.

"시구 보고."

"아. 그래요?"

혜윤은 무심한 척 되물었지만 목소리에는 기쁨이 한가득 묻어났
다.

"우리 형 되게 착해요. 스캔들 한 번 없었고, 만나 본 여자도 많
지 않아요."

"좀…… 생각 좀 해 보고요."

혜윤이 생긋 웃으며 대답하자, 강일도 알겠다며 고개를 끄덕였
다.

저 똥머리가 뭘 생각해 보겠다는 거야? 지혁의 얼굴에 점점 어
두운 그림자가 드리웠다.

혜윤은 잔뜩 뿔이 난 지혁의 얼굴을 흘끔 바라보았다. 푸훗, 서
지혁, 이 정도에 약 올라?

의무실을 가득 메우고 있던 선수들이 모두 숙소로 돌아가고 혜
윤이 의무실 불을 끄려는 찰나 누군가 들이닥쳤다. 순식간에 몸을
움직인 남자는 의무실 불을 끄고 문을 잠가 버렸다. 갑작스레 일어
난 빛의 변화에 혜윤의 눈앞은 새까맣게 물들었다. 뭐야? 누구야?

예상치 못한 이의 출현에 심장이 콩닥콩닥 뛰었다. 마치 공포 영
화에서 귀신이 나타날 것만 같은 순간처럼 기분 나쁜 한기와 열기
가 동시에 느껴졌다. 어둠에 익숙해지려는 홍채의 움직임과 멀리서
비춰 오는 가로등 불빛의 미세한 노력에 남자의 형체가 어디 있는
지 정도가 구분되었다.

"누구……!"

남자의 커다란 손이 허리를 감아 왔고, 다른 손은 혜윤의 목 뒤부터 등을 쓸어내렸다. 오소소 소름이 돋아나고 심장이 벌컥 튀어올랐다. '누구세요'라는 말을 채 끝내기도 전에 혜윤의 입술은 남자의 입안에 먹혀 들어갔다.

이어지는 익숙한 손길과 입놀림. 서지혁! 깜짝 놀랐잖아! 지혁이 천천히 발걸음을 옮기기 시작했다. 혜윤이 고개를 비틀어 입술을 떼어 내자 지혁이 그녀의 목에 얼굴을 묻고는 입술을 찍어 댔다.

"뭐, 뭐야? 왜 이래요, 갑자기? 여기 의무실이야!"

"확실히 알려 주려고."

지혁의 손이 혜윤의 저지티셔츠 안으로 들어왔다. 급하게 브래지어 컵을 들어 가슴을 거머쥔 지혁은 손끝에 잡히는 구슬을 이리저리 굴리기 시작했다.

"흐읏. 뭘 알려 줘?"

이 사람이 지금 신성한 일터에서 뭐 하는 거야? 지혁은 혜윤의 귓불을 자잘하게 씹고 빨아들이며 대답했다.

"한혜윤이 누구 여잔지."

맙소사! 서지혁 잘못 건드렸네?

"그냥 단번에 거절하기는 좀 그래서…… 장단 맞춘 거야. 그리고 오빠 표정이 너무 재미있어서 장난 좀 친 거고."

"그래? 장난? 그게 얼마나 위험한 장난이었는지 알려 줄게."

지혁의 움직임을 피하려 뒷걸음질 치다 보니 혜윤의 허벅지 뒤쪽에 데스크가 닿았다.

지혁은 혜윤의 의자에 앉으며, 그녀를 자신의 무릎 위에 앉혔다.

지혁의 입술은 여전히 혜윤의 목 언저리를 맴돌고 있었다.

"아까 여기 앉아서 뭐라고 했어?"

티셔츠 안으로 들어와 있는 손과 목선을 타고 오르내리는 입술이 주는 감각에 혜윤은 몽롱해지는 정신을 가다듬으려 애썼다.

"아니야. 장난이었어, 오빠."

지혁은 잠시 주춤하는 듯싶더니 혜윤의 트레이닝팬츠 안으로 손을 쑥 집어넣었다. 헙! 이게 지금 뭐 하는 거야? 혜윤은 여기서 이러면 안 된다는 이성적 사고와 생각을 배제한 동물적 본능이 따로 놀기 시작했다.

꼭 묶어 놓은 머리 덕에 혜윤의 목선이 하얗게 드러나 있었다. 지혁은 혜윤의 뒷목에 숨결을 불어 넣으며 물었다.

"채형욱이 나보다 잘생겼어?"

음산하리만큼 낮고 음흉한 지혁의 목소리가 의무실 안을 울렸다.

"아, 아니. 오빠가 훨씬 잘생겼지."

"근데 그런 표정을 해?"

표정? 내가 어떤 표정을 했는데?

"그냥 놀란 거지. 강일 선수 친형이라니까."

혜윤이 어영부영 변명을 늘어놓는 사이, 지혁은 혜윤의 안을 비집고 들어와 있었다. 정신이 쏙 빠지도록 아찔하게 자신을 리드하는 지혁의 행동에 혜윤은 앞에 있는 데스크 모서리를 꽉 움켜잡았다.

지혁의 왼손은 혜윤의 배와 가슴을 왔다 갔다 하고 있었고, 오른손은 티셔츠 안에서 척추 마디마디를 쓸어내려 왔다. 혜윤의 입에서 달뜬 신음이 절로 흘러나왔다.

"훗, 오빠."

지혁이 허리를 통통 튕기기 시작하자 혜윤은 입술을 꽉 깨물었다. 늦은 밤이었지만 밖에서 누가 들을지도 모른다는 생각에 온몸이 긴장감으로 뒤덮였다.

지혁의 잘빠진 치골 근육이 그녀의 궁둥이에 닿을 때마다 찰박거리는 마찰음이 생겨났다. 조용하고 캄캄한 의무실 안, 그녀의 공간에서 그녀를 안고 있다는 생각에 혼이 나갈 듯한 쾌감이 몰려왔다. 절정을 향해 가는 듯 혜윤의 몸이 크게 바르작거리자 지혁은 재빨리 혜윤의 허리를 들어 올렸다.

아! 이게 뭐야? 지금 뭐 하는 거야? 왜 멈춰? 혜윤은 깜짝 놀라 뒤를 돌아봤다.

"왜? 나도 장난 좀 쳐 봤어."

지혁의 목소리는 짜증이 날 만큼 섹시했다. 그는 혜윤을 마주 보도록 돌려세우더니 데스크에 걸터앉게 하고는 왼쪽 다리의 바지와 속옷만 완전히 벗겨 냈다. 맨살이 그녀의 드러난 다리를 자신의 허리에 감은 뒤 지혁은 또다시 그녀의 안을 파고들었다.

혜윤의 입에서 날카로운 숨소리가 터져 나왔다. 혜윤은 지혁에게 매달리듯 그의 목을 꽉 끌어안았다. 그가 다시 움직이기 시작했지만, 아쉬우리만큼 천천히 움직이는 그의 허리 짓에 혜윤은 자신도 모르게 엉덩이를 들썩이고 있었다.

혜윤이 하는 행동에 지혁은 묘한 희열을 느꼈다. 한혜윤, 오늘은 그렇게 쉽게 안 될걸? 지혁은 혜윤의 목 안쪽 움푹 팬 곳에 입을 맞추고 혀를 할짝대며 여유를 부렸다.

야릇한 소리도 양껏 내뱉지 못하고 지혁이 허리를 꽉 잡는 바람에 더는 엉덩이도 들썩이지 못하게 된 혜윤은 지혁의 등과 목을 꽉 끌어안는 것밖에는 할 수 있는 게 없었다.

"아! 오빠. 미안해. 다신 그런 장난 안 칠게. 응? 제발."

지혁은 슬쩍 미소를 지었다.

"제발 뭐?"

혜윤은 머릿속이 텅 비어 버린 것만 같았다. 뭐라고 해야 해? 빨리 움직이라고? 장난 그만하라고? 이게 장난이야?

아무 말 없이 목을 꼭 끌어안으며 얕은 신음을 내뱉는 혜윤의 행동에 지혁도 더는 참을 수 없었는지 허리를 빠르게 놀리기 시작했다. 혜윤이 자신의 머리칼 속에 손을 묻고 움켜쥐는 게 느껴졌다. 한혜윤, 한 번 더?

지혁은 혜윤에게서 몸을 떨어뜨리고 그녀를 데스크 옆에 있는 벽으로 몰아세웠다. 크게 숨을 몰아쉬며 상체가 오르락내리락하는 그녀의 그림자가 보였다. 지혁은 자신의 허벅지에 걸려 있는 트레이닝복 주머니에서 네모난 물건을 꺼내서 혜윤에게 건네고는 두 손으로 그녀의 머리 옆에 있는 벽을 짚었다.

혜윤은 지혁이 건넨 것을 받아 들고는 손을 파르르 떨었다. 뭐? 이걸 어떡하라고? 아, 정말! 서지혁! 혜윤은 조심스레 포장을 뜯어내고, 어두컴컴한 곳에서 그 모양을 이리저리 살폈다. 아, 이 방향이구나! 커다란 깨달음이라도 얻은 듯 혜윤은 미끌미끌한 얇은 막을 서불룩에게 입히기 시작했다.

부드러운 혜윤의 손이 불끈거리는 그곳에 와 닿자 지혁은 낮은 신음을 내뱉었다. 이제 마무리를 해야지 싶었는데, 혜윤의 손이 엉뚱하게 움직이기 시작했다.

날 그렇게 놀려 먹었다 이거지, 서지혁! 혜윤은 작은 손으로 불끈거리는 남성을 움켜쥐고 아래위로 한 번 쓰다듬었다가 슬쩍 힘을 주어 움켜쥐고는 위아래로 움직이기 시작했다. 지혁이 당황한 듯 발을 움직거렸다.

"뭐 하는 거야?"

"제대로 인사를 나눈 적이 없는 것 같아서, 악수라도 나누려고."

하! 한혜윤을 얕본 내 잘못이지. 이게 손이냐? 악수하게?

"그만해. 후회하고 싶지 않으면."

"음음."

혜윤은 장난스럽게 웃어 보이며, 고개를 가로저었다.

"지금 내가 뭘 손에 쥐고 있는데, 서지혁. 얌전히 굴어."

"하. 정말. 한혜윤……. 항복!"

그래, 내가 널 이겨 먹어서 뭘 하겠냐. 혜윤이 키득키득 웃는 소리가 들려왔다. 그 웃음은 곧 멈추겠지만.

혜윤이 슬쩍 손을 놓고 지혁의 목을 감싸 안자, 지혁은 그녀의 다리를 자신의 허리에 감아올리며 그녀의 안을 다시 한 번 깊게 파고들었다. 역시 삼세번이라 했던가. 좀 전의 결합과는 비교도 안 될 만큼 아찔한 쾌감이 둘을 감싸기 시작했다.

둘의 입에서 참을 수 없는 신음이 터져 나왔다. 지혁은 입술을 꽉 깨물고 있는 혜윤에게 슬쩍 입을 맞추었다. 경쟁이라도 하듯 서로의 입안을 열심히 탐험하고 있는데, 누군가 의무실 문을 쾅쾅 두드리는 소리가 들렸다.

"누구요? 거기 누구 있소?"

맙소사! 경비 아저씨다! 심장이 쿵쾅쿵쾅 뛰었다. 어떡하지? 나 있다고 해? 어떡하지? 혜윤이 당황해서 고개를 두리번거리자 지혁이 쉬이 하는 소리를 혜윤의 귓가에 냈다.

입안으로 튀어 오른 심장을 달래며 아무 소리도 내지 않고 잠자코 있었더니, 복도를 울리는 발걸음 소리가 점점 멀어지는 것 같았다.

발걸음 소리가 더는 들리지 않자, 혜윤이 크게 한숨을 내쉬었다.

여전히 자신의 품에 안겨 있으면서 안도의 한숨을 내쉬고 있는 혜윤의 모습에 지혁이 키득키득 웃었다.

"뭐예요? 지금 웃음이 나와?"

"그럼 울까?"

지혁은 소리 없는 웃음을 터뜨리며, 혜윤의 입안을 파고들었다. 하던 건 마저 해야지.

지혁이 더는 빨라질 수 없겠다 싶은 속도록 허리를 움직이자, 그의 허리를 감고 있던 혜윤의 다리가 파르르 떨려 왔다. 지혁은 한 팔로는 그녀의 허리를 감싸 안고, 다른 한쪽 팔로는 혜윤의 다리를 그러모으며 끙 하는 신음을 내뱉었다.

이른 아침 의무실 앞에 경비 아저씨가 서성이고 계셨다. 아, 어떡하지? 그냥 모른 척해야겠지?

"안녕하세요, 아저씨?"

"어, 그래요. 좋은 아침."

복도 바닥을 살피시는 경비 아저씨의 손에는 양은그릇 하나와 고양이 사료 봉투가 들려 있었다.

"저기, 이것 좀."

"네?"

혜윤은 경비 아저씨가 내민 양은그릇과 사료 봉투를 바라보며 되물었다.

"아니, 어제 순찰하는데, 여기 의무실 안에서 발정 난 고양이 소리가 들리더라고."

"네에?"

혜윤은 눈을 휘둥그렇게 뜨며 경비 아저씨에게 시선을 돌렸다. 아, 당황하지 말자.

"아이고, 아가씨 놀라기는. 이따 밤에 들어갈 때, 이것 좀 창틀에 올려놓고 가요. 고양이들이 나타나면 주변이 더러워지기 시작하는 게 먹이 구하려고 쓰레기통을 뒤지면서부터거든. 이거 먹으면 쓰레기통 뒤질 일 없을 테니."

"아, 그, 그래요?"

"얼마나 불쌍해. 먹을 게 없어서 쓰레기통을 뒤지는 고양이 삶이. 돌아다니면서 이 쓰레기, 저 쓰레기 뒤지고, 그거 다 먹어서 뚱뚱해진 줄 아는데, 그게 아니래. 염분이 많은 사람 음식을 먹으면 그렇게 통통 부어서 결국 죽는다고 하더구먼. 복도에 흔적이 없는 거 보니까 거기 창가 쪽에 나타나는 거 같으니, 꼭 놔두고 가요. 동물이고 사람이고 더불어 살아야지."

"네, 그럴게요."

죄송해요, 아저씨. 그 도둑고양이는 사료는 안 먹는데. 엉엉. 서지혁은 이제 자타가 인증한 도둑고양이가 되었구나.

혜윤은 피식 웃으며, 의무실 문을 열고 들어갔다. 어젯밤 의무실에서 있었던 일이 생각나면서 갑자기 얼굴이 화끈 달아올랐다.

"일찍 나왔네?"

"어, 일찍 나왔네요?"

"응. 무슨 생각 하고 있었어?"

혜윤이 화들짝 놀라며 음흉한 표정을 짓고 있는 지혁을 올려다 봤다. 아침 댓바람부터 이러지 마십시다, 서지혁 씨.

"그냥 뭐, 의무실 정리하려고 둘러보고 있었어요."

저기 내 의자, 저기 내 데스크 위, 저기 저 벽쯤? 아오, 화끈거려.

"너 그 샴푸 되게 효과 좋나 봐."

"뭐가요?"

"막 머리가 쑥쑥 자라는데?"

혜윤이 뒤통수에 동그랗게 말려 있는 머리를 만지며 말했다.

"그런가?"

"아니면 내 생각을 너무 많이 해서 그런가?"

"엥?"

혜윤이 고개를 갸웃하며 지혁을 올려다보자 그는 절대 반지의 비밀이라도 말해 주듯 조용조용 속삭였다.

"야한 생각 많이 하면 머리 빨리 자란다며?"

혜윤이 눈을 부릅뜨고 뭐라 하려는 찰나, 지혁이 싱긋 웃으며 혀를 날름거리고는 의무실을 송 나가 버렸다. 아, 서지혁. 진짜. 음란마귀! 근데 좋다, 음란마귀.

✚

오전 훈련을 마치고, 점심을 먹고 있는데 강일이 지혁의 옆자리에 앉았다. 맞은편에 앉아 있던 준민이 지혁을 놀리려는 듯 강일에게 물었다.

"혜윤 쌤, 소개팅한대?"

"아니, 안 한대요."

"왜? 채형욱, 아니 너희 형이랑 안 한대?"

"네."

지혁은 이마에 핏대를 세우며 준민을 조심스레 노려봤다.

"만나는 사람 있다고 하더라고요. 의무실에 선수들이 많아서 이야기 제대로 못 했다고, 미안하다고요."

"와! 진짜? 어떤 사람이래?"

지혁의 귀 근육이 쫑긋하고 움직였다.

"뭐, 자세히는 안 물어봤는데요. 뭐라고 했더라?"

"뭐라고 했는데?"

지혁의 물음에 준민이 크흡 하고 웃음을 터뜨렸다. 지혁은 탁자 밑에서 준민의 정강이를 걷어찼다.

"아야. 아, 서지혁 진짜. 누구처럼 정강이를 걷어차?"

지혁의 반응에 준민이 재미있다는 듯 킬킬거렸다. 강골매! 너 골 안 넣고도 맞는 수가 있다!

강일이 고개를 갸웃하고 킬킬거리는 준민을 바라봤다가, 눈을 부릅뜨고 있는 지혁에게 시선을 옮겼다.

"두 분 왜 그러세요?"

"아니야, 얘기해."

"뭐, 가볍게 만나는 사람이면 우리 형도 한번 고려해 보라고. 매체에서 보는 거와 달리 되게 진중하고 괜찮다고 했더니."

"그랬더니?"

지혁은 취조라도 하는 듯 진지한 눈빛으로 되물었다. 아, 서지혁. 이렇게 진지 잡숫고 물어보면 어째.

"되게 멋진 말이었는데……. 내가 결혼만 안 했으면 반할 뻔했다니까요."

아, 그러니까 뭐라고 했는데!

"아! 생각났다. 혜윤 쌤 인생에 남자는 그 사람 하나일 거라고."

강일의 말에 지혁이 피어오르는 웃음을 참으려 입 안쪽 벽을 꽉 깨물어 보았지만 소용없었다. 똥머리, 동화 속 예쁜 공주님 올림머리로 승격!

"형, 다음 주 A매치, 국대 소집 날짜 언제래요? 수요일이었나?"

"다음 주 화요일."

지혁의 대답에 준민이 부러운 듯 말했다.

"와, 난 태극마크 언제 달아 보냐. 뭐, 다음 주 리그 경기도 없는데, 난 혜윤 쌤한테 어디 놀러 가자고 할까?"

지혁이 또 한 번 준민의 정강이를 걷어차려고 하자, 준민이 다리를 요리조리 피하며 혀를 날름 내밀었다.

"이게 다 뭐야, 엄마?"

휴일을 집에서 보내고, 현관을 나서는 혜윤에게 김자희 여사는 작은 아이스박스를 하나 내밀었다.

"더우니까 그냥 들고 가지 말라고."

"에이. 숙소 멀지도 않은데."

아이고, 딸내미야. 우리 지혁 선수 국대 소집이잖아. 거기 냉장고 없을지도 모르는데, 이렇게라도 보내야지.

"암튼 잘 먹을게."

"응, 그래그래. 얼른 가. 전화하고."

"응."

엘리베이터 문이 닫히기 전, 김자희 여사가 급하게 소리쳤다.

"흑마늘 엄마가 직접 만든 거라고 해!"

뭐? 천천히 닫히는 엘리베이터 문 사이로 섬뜩하리만큼 상냥한 김자희 여사의 미소가 보였다. 혜윤은 꽉 막힌 사각의 공간, 엘리베이터 안에서 사고도 멈춘 듯 몸이 굳어 갔다. '엄마가 만든 거야.'가 아니라, '만든 거라고 해?' 설마 우리 여사님, 눈치챈 거야? 에이, 설마.

혜윤은 숙소로 돌아오자마자 복도 끝 계단에 아이스박스를 가져다 놓고, 지혁에게 전화를 걸었다. 짧은 신호음이 한 번 울리기도 전에 지혁의 목소리가 들려왔다.

— 왔어?

"응. 계단에 아이스박스 있어요. 그거 가져가."

— 헤헤, 알겠어. 나 내일 아침 일찍 가야 하는데, 얼굴 잠깐만 보여 주면 안 돼?

"안 돼요. 지난번 의무실 일도 그렇고, 그러다가 누구한테 걸리면 어쩌려고."

— 치이. 나 내일 가면 5일은 못 보는데?

"갔다 와서 많이 보면 되죠. 그리고 어제 밤늦게까지 같이 있었잖아."

— 치사해, 한혜윤. 얼굴 좀 보여 준다고 닳아?

"유치해, 서지혁. 조르면 다 되는 줄 알아."

— 그래, 나 유치해. 치사 빤스다!

"그래, 나 치사해. 유치 빤스다!"

혜윤의 말에 지혁이 킬킬거리며 웃는 소리가 들렸다.

— 나 없는 동안, 심심해서 어쩌냐? 우리 한혜윤.

"어오, 그러게. 질투 대마왕 사라지고 나면 구단 선수들이랑 못다 한 얘기 좀 해 봐야겠네."

— 안 되겠다. 나 가지 말아야겠다.

"그럼 난리 날걸? 서지혁 안 나온다고 하면 언론에서 마구 퍼부을 텐데?"

— 좀 퍼부으라지, 뭐. 한혜윤 때문이라고 동네방네 소문내고 다녀야지.

지혁의 말에 이번에는 혜윤이 키득키득 웃었다.

"잘하고 와요. 다치지 말고."

— 응. 내일 가기 전에 의무실 잠깐 들를게.

"응. 잘 자요."

전화를 끊고, 지혁은 애꿎은 전화기에 쪽 하고 뽀뽀를 해 보였다. 아, 한혜윤. 어젯밤 집으로 보내기 싫어서 어찌나 몸이 닳던지. 짧은 시간이 아쉬워 쉴 새 없이 혜윤을 안아 대다가 이제 제발 그만하라는 그녀의 말에 정신이 번쩍 들었다.

쉬는 날, 잠은 꼭 집에서 재우라는 예비 장모님의 말을 지혁은 아주 잘 들고 있었다. 정말 잠만 집에서 자게 해 줬으니까. 혜윤이 집으로 올라가고 나면 둘이서 뒹굴던 텅 빈 침대가 너무도 커 보였다. 아, 이럴 때 다들 장가가고 싶어지는 건가?

사랑을 나누다 한 침대에서 꼭 끌어안은 채 같이 잠이 들고, 아침에 일어나 같이 밥 먹고, 집 안 정리도 하고, 마트에서 장도 보고, 점심 뭐 먹을까 고민도 해 보고, 오후엔 같이 산책도 했다가, 저녁 해 먹고, 또다시 침대로. 와! 지혁은 혜윤과의 가상 결혼 생활을 머릿속에 그리는 것만으로도 가슴이 벅차오르는 것만 같았다.

계단에 덩그러니 놓여 있는 아이스박스를 가져와서 열어 보니, 메모지가 한 장 들어 있었다.

[국대 소집 화요일이죠? 아이스박스에 넣어서 가져가요. ^^]

하아. 세상에. 이렇게 챙겨 주시는 것만으로도 황송한데, 일부러 아이스박스까지 보내 주시다니. 지혁은 바보같이 눈물이 핑 도는 것만 같았다. 아, 한혜윤, 보고 싶다. 지혁은 보라색 네모난 아이스박스가 혜윤이라도 되는 듯 꼭 끌어안았다.

✚

A매치 데이, FIFA에서 지정한 국가 간 대항전이 열리는 날로, A매치 주간에는 리그 경기가 이뤄지지 않으며 구단에서는 차출된 국가대표 선수를 의무적으로 경기에 내보내야 한다.

강산FC에 소속된 국가대표 선수는 서지혁과 수비수 이강일 두 명이었는데, 강일은 지난 경기 가벼운 부상으로 이번 평가전 경기에서 막판에 제외되었고, 국민 캡틴 서지혁은 차 감독이 울며 겨자

먹기로 내보내야만 했다.

"지혁아, 경기 있는 날 저녁에 비 온대. 몸조심해."

차 감독이 지혁의 어깨를 툭툭 쳐 보였다.

"걱정 마세요, 감독님."

지혁은 차 감독에게 꾸벅 인사를 해 보인 뒤, 의무실로 향했다. 의무실에는 용규와 한결 두 선수가 각각 진료의자에 앉아 있었다.

"혜윤 쌤, 나 가요."

지혁의 목소리에 혜윤이 환하게 웃으며 고개를 돌렸다.

"잘하고 와요."

"응. 이야! 좋겠다. 이번 주 경기 없어서."

"그래 좋다! 저게 누구 놀리나."

지혁이 미안한 듯 웃어 보이며 용규와 인사를 나누는 사이 혜윤이 종이봉투 하나를 내밀었다.

"혹시 몰라서 냉각 스프레이랑 테이프랑 좀 챙겼어요. 관리 잘해요. 다음 주말에 우리 정말 중요한 원정 경기 있으니까."

"알았어요."

알았다, 한혜윤. 저것들은 왜 의무실에 있어 가지고! 한혜윤 안아 보지도 못하게. 키스도 못 하게. 사랑한다는 말도 못 해 주게. 지혁은 괜히 심술이 날 것만 같았다. 겨우 5일 못 보는 건데, 왜 이렇게 가기 싫을까?

한국에 와 있는 동안 그녀가 없었던 시간보다 그녀와 함께한 시간이 훨씬 길었고, 혜윤이 지혁의 삶을 차지하고 나서부터는 그녀가 없는 삶은 생각조차 해 본 적 없었다. 경기 끝나자마자 내려와야지. 내려와서 한혜윤 꼭 끌어안고 있어야지.

"갈게요."

"잘 가요. 운전은 직접 해요?"

"응."

"그래요, 운전 조심하고."

이럴 때 에이전시 말 들으면 좀 좋아. 에이전트의 에스코트를 마다하고, 기어코 운전을 하고 가겠다는 지혁을 보며 혜윤은 작게 한숨을 내쉬었다.

"간다."

"그래, 몸조심해라."

용규의 목소리를 뒤로하고 의무실을 빠져나오는데 마음이 횅했다. 의무팀장 현준이 국대 의무팀에 지원 스텝으로 있을 거라고는 했지만, 혜윤이 없는 벤치를 상상하니 괜한 실망감이 몰려왔다. 지혁은 휴대전화를 들고 혜윤에게 톡을 보냈다.

[나 이번에도 골 넣으면 소원 들어줄 거야?]

[아니요.]

[왜?]

[내가 소원 들어준다고 하면, 또 오빠 그때처럼 물불 안 가리고 뛸 거잖아. 내가 얼마나 조마조마했는데.]

[치이.]

[무사히 갔다 오면, 소원 하나 들어줄게요.]

[정말?]

[응.]

[알았어!]

지혁이 없는 구장은 마치 커다란 골대를 앞에 두고 골키퍼 없이 게임하는 것처럼 재미가 없었다. 심심하면 의무실로 찾아와서 혜윤을 놀리고 가거나 아니면 놀림당하고 가거나 했던 그의 얼굴이 계속 머릿속을 맴돌았다.

숙소 계단에서 얼굴 한 번만 보여 주면 안 되느냐며 조르는 전화도 없었고, 자기 전 서로 먼저 끊으라는 닭살 돋는 전화 통화도 없었다.

2인 1실을 사용하는 지혁은 전화 통화가 어렵다고 했다. 훈련이 끝나면 가끔 톡이 오곤 했는데, 그마저도 누구랑 그렇게 열심히 이야기를 하느냐며, 서지혁은 휴대전화를 사춘기 여고생처럼 들고 다닌다며 핀잔을 준다는 선배 선수 때문에 횟수가 줄어들었다. 아, 허전하다.

혜윤은 의무실을 정리하다가 지난주 창틀에 놓아두었던 모양 그대로 있는 고양이 사료 그릇을 발견했다. 겨우 일주일 전에 있었던 일인데, 마치 먼 과거 속 추억이 되어 버린 듯 지혁의 목소리가 아득하게 울리는 것 같았다.

한혜윤, 대체 요 몇 달간 인생을 어떻게 살아온 거야? 서지혁 없으면 못 살아?

못 살 것 같다. 누군가가 없어서, 사랑이 없어서 못 산다는 생각을 단 한 번도 해 본 적 없었는데 그가 없으면 못 살 것 같고, 그가 아니면 안 될 것만 같은 나약하고, 당연하고, 낭만적인 생각에 사로잡혔다. 어떡하지? 이대로 계속 연애만 해? 팀 닥터는 계속할 수 있을까? 오빠는 언제쯤 은퇴할 생각이지? 계속 선수로 뛸 건가?

그러고 보니, 서로를 향해 거침없이 달려온 몇 개월의 시간 동안 미래에 관한 이야기를 해 본 적이 없는 것 같았다. 지혁은 그저 강산FC에서 열심히 뛰는 선수로 만족하고 있었고, 혜윤은 강산FC의 팀 닥터로 일할 수 있는 것에 감사했다.

그래. 주어진 시간을 열심히 살면 되지, 언젠가 함께 미래를 바라볼 날이 오겠지. 혜윤은 어깨를 한껏 위로 끌어올렸다가 떨어뜨리며 한숨을 내쉬었다.

조직력 강화를 위한 빡빡한 훈련 일정으로 하루하루가 정신없이 지나갔다. A매치 경기가 있을 때마다 소집되는 국대 경기였고, 거의 비슷한 일정이었는데 지혁은 자꾸만 느껴지는 공허감에 숨이 턱턱 막히는 것만 같았다.

한혜윤, 지금쯤 의무실에서 나왔으려나? 리그 경기 없으니 훈련 강도가 약해서 좀 일찍 끝났으려나? 숙소에서 통화하다가 잠이 든 적도 있었는데, 지금은 뭐 하다가 잠들려나?

지혁은 선배 선수가 잠이 든 틈을 타 방을 빠져나왔다. 어찌나 잔소리가 많은지 귀에 못이 박힐 지경이었다. 여자를 빨리 만나면 선수 생활이 힘들어진다는 둥, 여자에 빠지지 말라는 둥. 그러는 선배는 스물셋에 결혼했으면서, 스물여덟 지혁에게 수년째 똑같은 잔소리를 늘어놓았다.

어두운 계단 초록색 비상등 불이 깜빡이는 곳 옆에 앉아서 전화를 걸었다.

— 오빠!

"응, 잘 지내?"

— 응, 오빠는? 아픈 데는 없고? 불편한 건 없어? 아이스박스에 챙겨 간 건 먹고 있어? 훈련은 언제? 같은 방 선배가 아직도 잔소리해?

따다닥 질문을 쏟아 내는 혜윤의 목소리에 지혁은 낮은 웃음을 터뜨렸다.

"보고 싶어."

— 나도.

나도, 하는 두 음절이 파르르 떨리는 게 느껴졌다. 아, 한혜윤. 대체 나한테 무슨 짓을 한 거야? 당장 달려가고 싶잖아.

— 이제 내일이네?

"응. 소원 들어주기로 한 거 잊지 마."

— 그럼, 안 잊어버렸어. 나 잊어버릴까 봐 '서지혁 소원 들어주기!' 라고 이마에 써 붙이고 다닌다?

"아, 한혜윤."

키득거리는 혜윤의 목소리에 불안했던 마음이 사르륵 녹아들었다.

— 무슨 소원 빌 거야?

"안 가르쳐 줄 건데?"

— 치이, 힌트도 안 줘?

지혁은 어둠 속에 앉아서 혜윤의 얼굴을 떠올렸다. 같은 과거를 품었었고 현재를 사랑하니, 이제 네가 내 미래가 되어 달라고 할 거야, 한혜윤.

"안 줘."

— 와, 유치했던 서지혁이 이제는 치사해지기까지?

"너한테 배운 거야."

─ 칫, 나도 그럼 유치해져야지. 흥!

"너 지금도 충분히 유치해."

혜윤이 키득키득 웃었다. 지혁도 함께 키득키득 웃었다.

─ 얼른 자.

"응. 잘 자, 혜윤아."

전화를 끊고 한참이나 방에 돌아가지 못하고 어두컴컴한 계단에 앉아 있었다. 왠지 눈물이 왈칵 쏟아질 것만 같았다. A매치 경기를 앞두고는 늘 잠을 설쳤었다. 내일 골을 넣지 못하면 어쩌나, 내일 경기에서 엄청난 실책을 하면 어쩌나 하는 불안감에 몸서리쳤고, 수많은 사람의 기대감에 못 미치는 플레이를 하게 될까 봐 긴장감에 몸을 떨어야 했다.

그런데 오늘 밤은 혜윤의 목소리에 그런 불안감과 긴장감은 아무것도 아닌 일이 되어 버렸다. 그저 최선을 다해서 경기를 마치고 돌아가면 자신을 보고 환하게 웃어 줄 혜윤의 얼굴이 떠올라 피식 웃음이 났다. 그래, 최선을 다하면 되지! 지혁은 자리를 툭 털고 일어나 방으로 향했다.

"오오, 시작한다."

몸에 안 좋은 음식은 손도 안 댈 것 같은 선수들이 오랜만에 치킨을 잔뜩 시켜서는 휴게실에 모여 앉았다. 이 순간만큼은 그라운드에서 뛰는 선수가 아닌 그저 치맥을 즐기며 경기를 지켜보는 축구 팬이고 싶다며.

"어오, 초조해."

닭다리를 하나 들고 있는 경진이 다리를 소파 위로 올리며 말했다. 그러게, 괜히 초조하다. 선수들이 입장하고, 커다란 TV 화면에 지혁의 얼굴이 잡혔다. 심장이 쿵쿵 하고 뛰는 속도가 빨라지기 시작했다.

강산시는 온종일 날씨가 맑았는데, 국가 대항전이 열리는 경기장은 비가 추적추적 내리고 있었다. 선수들이 입장하고 애국가가 울려 퍼졌다. 경진이 부산스럽게 눈물을 훔치며 말했다.

"아, 난 축구 경기에서 애국가만 들리면 눈물 나."

경진의 말에 선수들이 그렇다며 고개를 끄덕였다. 아, 선수들도 그런 거야? 혜윤이 고개를 돌려 이리저리 살펴보니 선수들의 표정이 마치 그라운드를 바로 내달릴 듯 비장하게 굳어 있었다. 뭐야, 치맥 먹으며 재미있게 보자더니. 다들 긴장해서는.

주장인 지혁이 상대 팀 주장과 함께 하프라인 한가운데에서 마주 보고 섰다. 주심의 지시에 따라 동전의 앞뒷면을 정하는데, 먼저 정하라고 고개를 끄덕이며 환하게 웃는 그의 모습이 너무도 멋있었다. 아, 우리 서지혁 화면발 정말 안 받는다. 저것보다 훨씬 잘생겼는데.

주심의 호루라기 소리와 함께 경기가 시작되었다. 한국의 선제공격이다. 공이 구르기 시작하자 쿵쾅쿵쾅 심장이 울렸다. 그라운드를 진두지휘하는 그의 몸짓과 표정에 혜윤은 온몸이 부들부들 떨리는 것 같았다.

지혁은 공을 돌리라고 고갯짓을 하는 듯했다. 화면에 잡히는 구장의 일부분만 보기에도 상대 팀 수비 압박이 너무 거세었다. 월드컵 경기도 아니고, 무슨 작정이라도 한 듯 거칠게 몸싸움을 해 대는 통에 불안감이 엄습했다.

골키퍼가 차올린 공이 수비수에게 전달되었다. 짧고 긴밀하고 정확한 패스가 요구되는 경기였다. 패스의 텀이 길어지면 금세 공수가 전환될 것이다. 수비수는 하프라인 너머 공격선 가까이에 있는 미드필더에게 패스했고, 미드필더는 지혁의 위치를 알고 있었다는 듯 크로스를 올렸다.

마침내 그의 발끝에 공이 떨어졌다. 화면 가득 잡힌 그의 모습, 왼쪽 디딤발에 힘을 주고 상체의 반동을 이용해 오른발로 강한 슈팅을 쏴 올렸다.

와! 멋지다, 서지혁! 골키퍼가 방향을 알아챘지만, 소용없었다. 지혁이 쏘아 올린 공은 정확히 골대의 왼쪽 코너에 박혀서 그물을 세차게 흔들었다. 지혁은 환한 미소를 지으며, 카메라를 향해 윙크를 해 보였다.

맙소사! 미쳤어? 서지혁? 얻다 대고 윙크를 해! 그런 건 나한테만 해야지!

「와, 서지혁 선수, 요즘 부쩍 달라진 모습을 보이고 있어요.」

「그러게요, 지혁이가 절대 세리모니를 안 하는 걸로 유명한 선수인데요. 지금 윙크를 했나요?」

지혁이 골을 넣는 장면과 함께 윙크하는 장면이 다각도에서 리플레이 되었다. 아니, 골 넣은 것만 보여 주면 되지, 뭐 윙크한 것까지 보여 주고 그러시냐? 혜윤은 닭 날개 튀김을 벗겨 내서 질겅질겅 씹어 댔다.

콧바람이 슝슝 나오고 있는 혜윤에게 옆에 있던 연희가 슬쩍 귓속말을 해 왔다.

"혜윤아. 너 그러다가 코에서 불 뿜을 것 같아. 아무리 남자 친구가 카메라에 대고 교태를 부렸어도 골 넣은 건 기뻐해야지."

혜윤이 화들짝 놀라 연희를 바라봤다. 뭐야, 양념? 현준이 하도 양 팀장을 양념이라고 불러 대서, 혜윤의 머릿속에서도 그 호칭이 가장 먼저 떠올랐다.

"헤헤. 모를 줄 알았어?"

혜윤은 무슨 뜻이냐는 듯 어색한 웃음을 지어 보이며 연희를 바라봤다.

"다 알아. 우리 현준 씨가 다 알려 줬오."

뭐야? 이 귀여움 볶아 낸 말투는? 혀, 현준씨? 섹시한 얼굴에 어울리지 않는 연희의 깜찍한 표정에 혜윤은 푸흡 하고 웃음을 터뜨렸다.

전반전은 1:0으로 끝이 났다. 선수들은 저마다 전반전 경기에 대한 평을 늘어놓고 있었다.

"이제 골 굳히기 들어가겠죠?"

경진의 물음에 용규가 대답했다.

"글쎄, 평가전인데 이것저것 해 보지 않을까? 그렇다고 지려고 할 것 같지는 않지만, 후반전에 포메이션은 좀 손볼 것 같기도 하고?"

"그럼 후반에 지혁이 형은 안 나오려나?"

"근데, 서지혁 막 인제 카메라 보고 끼도 부리네?"

용규가 슬쩍 시선을 돌려 혜윤을 쳐다보는 게 느껴졌다. 혜윤은 당황하지 않고, 맥주 캔을 하나 딱 따 보였다. 치이익 하는 소리와 함께 거품이 일었다. 맥주를 벌컥벌컥 들이켜는 혜윤의 모습을 용규가 물끄러미 바라봤다.

"혜윤 쌤."

"음?"

혜윤은 맥주 캔을 입에 댄 채로 눈을 찡긋하며 용규를 바라봤다.

"뭐 속 타는 일 있어요?"

"푸흡!"

검지로 화면을 가리키며 싱긋 웃는 용규의 행동에 혜윤은 입에 물고 있던 맥주를 앞으로 뿜어냈다. 혜윤의 행동에 용규가 깔깔거리며 웃어 댔다. 왜 이래? 분위기 왜 이래? 혜윤은 아무렇지 않게 트레이닝복 위로 흐른 맥주를 닦아 냈다. 아나. 이거 오늘 처음 입었는데.

짧았던 하프타임이 끝나고 선수들이 다시 그라운드로 나왔다. 포메이션은 바뀌었지만 여전히 지혁은 그라운드에 있었다. 원톱 공격이 투톱 공격으로 전환된 것 같았다.

후반전이 왜 더 초조할까. 혜윤은 떨리는 손을 맞잡고 TV 화면에 시선을 고정했다. 선수들의 우려 섞인 목소리가 휴게실 여기저기서 들려왔다.

"와, 쟤네 너무 위험하게 덤비는데?"

"그러게, 저 정도 비 오면 그라운드 엄청 미끄러울 텐데, 잔디 곳곳이 파였어."

후반 20분이 넘어가는 시각, 혜윤은 초조한 마음을 캔 맥주로 달래느라 벌써 두 캔째 마지막 방울까지 깨끗이 비워 냈다.

"팀장님, 그 옆에 맥주 있어요?"

"아니, 저기 휴게실 입구 냉장고에 더 있을 거야."

"아, 네."

혜윤은 화장실도 다녀올 겸 자리에서 일어났다.

뭐 내가 안 보는 동안 골이 들어가겠어? 물비누로 손까지 깨끗이 씻고 화장실을 나서며 손톱 끝에 붙은 굳은살을 슥 떼어 내는데 피가 났다. 괜히 기분이 나빴다.

휴게실 입구에 있는 냉장고에서 캔 맥주 번들을 꺼내고 보니, 선수들이 전부 자리에서 일어나 있었다. 쿵 하고 심장이 내려앉았다. 왜? 골이 들어갔으면 소리를 질러야지, 왜 그러고들 있어?

"왜 그래요? 무슨 일 있어요?"

혜윤의 물음에도 마치 정지 화면처럼 선수들은 움직이지 않고 그저 화면만 바라보고 있었다. 혜윤은 천천히 발걸음을 옮겨 장벽처럼 서 있는 선수들 사이사이를 비집고 들어가 화면 앞에 섰다. 손에 들려 있던 맥주 번들이 바닥으로 뚝 떨어져서 치익 소리를 내며 맥주를 뿜어 댔다.

"지금 저기 쓰러져 있는 거 누구예요?"

뻔히 보인다. 누군지. 자신의 눈을 의심하고 싶었다. 그가 아니라고 믿고 싶었다. 그를 살피는 화면 속 김현준 팀장의 행동이 불길해 보였다. 벤치를 향해 엑스 자를 그어 보이는 얼굴이 카메라에 잡혔다. 저렇게 심각한 표정의 팀장 얼굴은 처음이다.

어느새 연희가 혜윤의 곁으로 다가와 손을 꼭 잡고 있었다. 현준이 지혁의 왼쪽 다리에 부목을 대고 붕대를 감는 동안 들것이 들어왔다. 지혁은 끔찍하리만큼 고통스러운 표정으로 들것 위에 눕혀졌다.

지혁이 그라운드 밖으로 나가는 사이, 믿을 수 없는 장면이 리플레이 되었다. 지혁이 왼발을 디딤발 삼아 오른발로 슛을 하려는 순간, 상대 팀 수비수가 태클을 걸어 왔고, 잔디 위를 미끄러지며 좋지 않은 타이밍이 만들어졌다. 축구화를 신은 두 발이 지혁의 왼쪽 다리를 그대로 가격했고, 지혁은 곧바로 풀썩 쓰러졌다.

"하아!"

두 손이 저절로 입가로 올라왔다. 너무 놀라 딸꾹질이 튀어나왔다. 갑자기 주위가 소란스러워지기 시작했지만, 혜윤은 아무것도 하지 못하고 그 자리에 그대로 굳어 버렸다. 지혁에게 태클을 가한 선수는 퇴장당했고, 경기는 재개되었지만, 혜윤은 그라운드 위에서 지혁이 뛰고 있을 거란 헛된 믿음을 갖고 화면을 샅샅이 뒤졌다.

"혜윤 쌤! 나와요!"

용규가 자신을 크게 부르는 소리에 혜윤은 정신을 번쩍 차렸다. 고개를 돌려 보니 그가 다급한 얼굴로 혜윤을 부르고 있었다.

"가자! 얼른!"

용규의 손에는 차 키가 들려 있었다. 그래, 가 보자. 가자. 내가 달려가야지.

연희의 도움으로 혜윤은 겨우 용규의 차에 올랐다. 딸꾹질이 멈추질 않았다. 뒷좌석에는 연희와 한결이 타는 것 같았다. 머릿속이 복잡하게 돌아갔다. 그 정도 충격이면, 정강이뼈가 버텨 내지 못했을 것이다.

아니야, 아니야. 아닐 거야. 팀 닥터로서 선수의 부상 정도를 가늠하는 판단력과 지혁을 그리는 마음이 따로 놀았다. 고통에 일그러진 그의 얼굴이 떠올라 눈물이 솟구쳐 나왔다. 용규는 콘솔을 여는가 싶더니 혜윤에게 휴지를 건넸다.

"고마워요."

울음 섞인 목소리가 의지와 상관없이 흔들거렸다.

"지혁이 괜찮을 거야. 일단 병원으로 가 보자, 우리."

"팀장님이 국대 지정 병원으로 간대요. 용규 선수, 거기 어딘지 알아요?"

"응, 알아요."

현준에게 연락을 받았는지 연희의 말에 용규는 차를 돌렸다.

차가 출발한 지 30분쯤 지났을 때, 혜윤의 휴대전화가 짧게 울렸다. 현준의 번호로 온 문자였다.

[혜윤아, 나 괜찮아. 금방 갈게. 기다려.]

혜윤은 지혁이 보낸 것 같은 문자를 보자마자 커다란 울음을 토해 냈다. 안 괜찮은 거잖아. 괜찮은 거면 왜 굳이 괜찮다고 문자를 보내, 이 바보야.

병원으로 향하는 두 시간이 끔찍하도록 길게 느껴졌다.

용규가 병원 입구에 차를 대자마자 혜윤은 병원 안으로 뛰어 들어갔다. 이미 경기가 끝나고 한 시간 반이 훌쩍 넘은 시간이었다. 연희가 현준에게 무어라 연락을 받은 것 같았지만, 혜윤에게는 알려 주지 않았다.

병원 로비에는 기다리고 있었다는 듯 현준이 나와 있었다.

"혜윤아."

현준의 표정이 심각해 보였다. 혜윤은 목소리를 가다듬고 애써 태연한 척 물었다.

"지혁 선수, 어디 있어요? 에, 뭐, 얼마나 다쳤다고 병원까지 왔어요. 구단으로 데려오지."

애써 웃음 짓는 혜윤을 보고 현준이 어설피 웃어 보였다. 현준의 눈짓에 연희가 혜윤을 데리고 가 로비에 놓인 소파에 앉혔다.

"혜윤아."

"네?"

현준은 한숨을 몰아쉬고는 다시 입을 열었다.

"지혁이 수술 들어갔어."

수술? 뭐라 대꾸를 해야 할지 생각이 나질 않았다. 눈물이 또르르 뺨을 타고 흘러내렸다. 혜윤은 손등으로 눈물을 닦아 내며 현준에게 물었다.

"나도 확인해 보고 싶어요. MRI 찍었어요? 엑스레이라도 볼 수 있어요?"

"따라와."

현준은 고개를 끄덕이며 혜윤을 이끌었다.

맙소사. 엑스레이를 마주한 혜윤의 눈앞이 새까맣게 물드는 것 같았다. 정강이뼈를 구성하고 있는 경골(脛骨)과 비골(腓骨)이 모두 부러진 이중 골절이었다. 비골은 깁스만 하면 자연스레 붙는다고 하지만, 경골은 달랐다.

"티타늄으로 잇는 수술 하고 있어. 뼈가 바스러지지는 않아서 그렇게 오래 걸릴 것 같지는 않아. 기다려 보자."

"네."

바보같이 이렇게 아픈 거였으면서 괜찮다고 문자를 보낸 거야? 그 와중에? 혜윤은 자꾸만 흘러나오려고 하는 눈물을 집어삼키기 위해 한숨을 내쉬었다. 그라운드에는 다시 설 수 있을까?

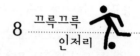
보호자 대기실에서 기다릴 생각은 하지도 않고, 몇 시간째 수술
실 밖 대기 의자에 초췌한 얼굴로 앉아 있는 혜윤에게 용규가 생수
병을 하나 건넸다.

"아까 미안해, 휴게실에서 막 놀려서."

혜윤이 피식 웃으며, 생수병 뚜껑을 따서 한 모금 마셨다. 물이
들어가니 무언가 진정이 되는 것 같기도 했다.

"어떻게 알았어요?"

"서지혁이 하도 질질 흘리고 다녀서."

용규의 말에 혜윤이 또다시 피식 웃었다.

"지혁이 원래 성격 안 저랬어. 얼마나 찬바람 쌩쌩 부는 애였는
데."

"같이 팀에서 있었던 적 없었잖아요."

"나도 햄스트링 부상 자주 당하기 전에…… 국대였잖아."

"아. 그랬죠."

용규는 허벅지를 쓱쓱 쓸어내리며 말을 이었다.

"되게 차가웠고, 또 항상 경기만 생각하느라 아무것도 못 하는 놈이었어. 우리 팀으로 온다기에 좀 걱정했는데, 웬걸."

혜윤은 고개를 갸웃하며 용규를 바라봤다.

"나한테 워밍업 공들여 하는 법을 알려 주더라고. 성급하게 마음먹지 말고, 천천히 하라면서……. 스페인에 있을 때 배웠다고 한결이한테는 손가락에 테이핑 제대로 하는 법도 알려 주고. 어떻게 보면 팀에서 경쟁자나 다름없는 공격수 민형이한테는 디딤발 각도가 부상당하기 쉬운 각도라고 슈팅 자세도 교정해 주고. 그래서 아, 얘가 뭐 코치하려고 하나? 생각했거든."

용규는 피식 웃어 보이더니 말을 이었다.

"너 때문이더라고. 선수들이 부상당하면, 네가 힘드니까. 본인이 할 수 있는 일은 그거라고 생각했나 봐. 그 덕에 팀워크가 얼마나 좋아졌는데."

"몰랐어요."

"얼마 전에 강일이가 소개팅해 보라고 떠본 거."

혜윤은 고개를 끄덕여 보이며 용규를 바라봤다.

"그거 거짓말이야."

"네에?"

"강일이 외아들인데?"

"정말요?"

혜윤이 어이없는 웃음을 흘렸다.

"그때 의무실에 있는 애들은 대부분 눈치챈 애들이었거든. 아마

입만 산 경진이 빼고는 다 알걸?"

용규는 경진의 흉내를 내며 키득거렸다.

"지혁이 놀려 먹는 게 재미있어서 그날 장난친 거야. 막 연습구장에서 훈련할 때도 '어! 혜윤쌤!' 이러면 지혁이 고개가 얼마나 빨리 돌아가는지 모르지? 그렇게 알아봐 달라고 난리를 치는데, 우리가 모를 리가 있나."

용규를 바라보고 있던 혜윤의 시선이 병원 복도 바닥에 닿았다.

"근데, 애들이 왜 모른 척하는지 알아?"

혜윤은 다시 시선을 돌려 용규를 바라봤다.

"우리가 아는 척하면, 너 그만둘까 봐서."

"하아."

"지혁이 오고 전력이 좋아진 건 분명하지만, 팀닥이 우리 잘 봐줘서, 우리 잘하는 것도 맞아."

"고마워요. 위로해 줘서."

혜윤은 따스한 미소를 지어 보이려 애썼다.

"위로하려고 하는 말 아니야. 지혁이 다쳐서 힘든 건 알지만, 우리도 잊으면 안 돼. 우리가 기자들한테 둘러대느라 얼마나 힘들었는지 알아? 막 일부러 너랑 셀카 찍어서 우리 다 친하다고 막 그랬다니까."

"그래서 나랑 막 사진 찍자고 선수들이 그런 거였어요?"

용규는 고개를 끄덕끄덕하며 환하게 웃었다. 그래, 지혁의 부상 때문에 여기 앉아 있기는 했지만, 혜윤에게 나머지 스물아홉 명의 선수도 소중한 사람들이었다.

"힘내."

"고마워요."

"아, 서지혁. 수술 잘 돼야 할 텐데."

용규도 초조한지 생수병을 들어 물을 벌컥 마시고는 한숨을 내쉬었다.

적막한 수술실 앞 병원 복도에 현준, 용규, 한결, 연희 그리고 혜윤이 아무 말도 없이 수술실 문이 열리기를 기다리며 숨을 죽이고 있었다.

머릿속에서도 진땀이 나는 것 같았고, 손바닥이 자꾸만 축축해져서 트레이닝복에 계속 문질러 댔다. 생수 한 병을 다 마셨는데도 갈증이 가시질 않았다. 타들어 가는 입술을 깨물고 있었더니 입안에서 비릿한 맛이 느껴졌다.

지잉. 기계음과 함께 수술실 문이 열렸다. 수술을 집도한 의사가 나와 빠르게 설명을 하기 시작했다.

"경골 접합 수술은 성공적입니다. 수술 부위를 고정하기 위해 깁스는 최대 6개월 정도 지속해야 할 것 같습니다. 재활까지 하면…… 그라운드에 다시 서기까지 길게는 1년 정도 걸릴 듯합니다."

1년? 지금 7월인데, 내년 여름이나 돼야 다시 뛸 수 있다는 소리잖아. 아직 리그가 5개월도 더 남았는데, 해가 바뀌어 시즌이 바뀌고도 중반은 지나야 다시 그라운드에 설수 있다고?

혜윤은 눈만 껌뻑거릴 뿐 아무것도 물을 수 없었다. 의사로서 물을 수 있는 것들이 많았다. 또 의사여서 가늠할 수 있는 것들이 있었다. 그런데 머릿속은 회복실에 들어가 있을 지혁의 얼굴만 가득했다.

지혁이 누운 침대가 회복실에서 나와 병실로 옮겨지고 있다고 했다. 혜윤은 어떤 얼굴을 해야 할까 고민했다. 왈칵 울어 버리면 그가 마음 아파할 것만 같아서, 울음을 참기 위해 눈물을 꾹 삼켰다.

"혜윤아, 우리 밖에서 기다릴게. 네가 먼저 들어가 봐."

병실 앞에 선 현준이 혜윤의 어깨를 다독여 주었다.

"네."

간호사의 안내에 따라 병실로 들어갔다. 아직 마취 기운이 가시질 않았는지 지혁이 두 눈을 꼭 감고 있었다. 혜윤은 조심스레 손을 뻗어서 지혁의 얼굴을 쓰다듬었다.

수술 잘됐대. 잘 견뎌 줘서 고마워.

병원에 실려 와서 검사하는 동안 혜윤이 걱정되어서 통증은 아무것도 아닌 것처럼 느껴졌다. 경기 무사히 마치고 돌아가서 소원 들어 달라고 조르려고 했는데. 혜윤이 병원으로 오고 있다는 현준의 말에 인상이 구겨졌다. 아, 이런 모습 보여 주고 싶지 않은데.

생각했던 것보다 부상이 더 심했다. 정강이뼈가 완전히 부러졌다고 했다. 응급수술이 필요하다고. 혜윤의 얼굴을 보지 못하고 수술실로 들어가는 게 어쩌면 다행이란 생각도 들었다. 이런 모습 보면 많이 아파하겠지.

긴 수술이 진행되는 동안 아주 짧은 꿈을 꾼 것 같았다. 예쁘게 웃고 있는 혜윤이 괜찮다며 자신을 꼭 안아 주는 꿈이었다. 뺨을 스치는 따스한 기운에 지혁의 눈이 떠졌다.

"오빠?"

연한 하늘빛 병원 천장이 뱅그르르 돌며 눈에 들어왔다.

"나 여기 있어."

따스한 목소리가 들리는 곳으로 고개를 돌리자, 흔들거리는 혜윤의 얼굴이 눈에 들어왔다. 매캐한 기운이 코끝에서 싸하게 느껴졌다.

"에이, 나 진짜 소원 들어주려고 했는데, 오빠 퇴원할 때까지 기다려야겠네? 무슨 소원인지?"

혜윤의 목소리에 피식 웃음이 났다.

"아껴 뒀다가 말해 줄게."

잔뜩 쉰 목소리가 흘러나오자 혜윤의 표정이 아프게 바뀌는 듯하다가 이내 미소를 머금었다.

"혜윤아."

"응."

"이리 와."

지혁은 링거 바늘이 꽂혀 있지 않은 오른팔을 벌려 보였다. 혜윤은 몸을 일으켜 누워 있는 지혁의 품에 살포시 안겼다. 지혁은 할 수 있는 한 깊이 숨을 들이마셨다. 아, 좋다. 한혜윤 냄새.

혜윤의 뺨을 타고 뜨거운 눈물이 주르륵 흘러내렸다. 지혁은 가만가만 혜윤의 등을 토닥거렸다.

가벼운 부상이 아니었다. 1년 후에 그라운드에서 다시 뛸 수 있을 거라고는 했지만 그건 지극히 희망적인 이야기일 뿐이었고, 최악의 경우 그는 선수 생활을 접어야 할지도 모른다.

스물여덟. 선수로서 전성기를 누려야 할 시기에 그에게 찾아온 시련은 너무도 가혹해 보였다. 이제야 그라운드에서 골을 넣고 웃는 법을 배운 그였다. 혜윤은 울음을 삼키며 손등으로 얼굴을 쓸어 냈다.

"나빴어."

혜윤의 말에 지혁이 그녀의 등을 쓸어내리던 손짓을 멈추고 물었다.

"뭐가?"

혜윤이 뾰루퉁한 얼굴을 하고 지혁을 바라봤다.

"누가 그렇게 멋지게 윙크하래?"

불퉁한 혜윤의 말에 지혁이 푸시시 웃어 보였다. 아, 한혜윤. 너 없으면 어쩌지?

"혜윤아."

"응?"

"뽀뽀해 줘."

"뭐어? 뭐가 예쁘다고. 무사히 오랬더니 다치기나 하고."

혜윤이 슬쩍 눈을 흘기며 지혁을 노려보자, 지혁이 환한 미소를 지으며 졸라 댔다.

"나 못 움직이잖아. 네가 빨리 해 줘."

혜윤은 몸을 일으켜 그의 입술에 자신의 입술을 가져다 댔다. 입술이 닿은 순간 지혁이 혜윤의 등을 살포시 끌어안았다. 입술이 눌리고, 혀가 얽히고, 겹친 뺨으로 눈물이 얼룩졌다. 먼저 입술을 떼어 낸 지혁이 속삭였다.

"그렇게 감동적이야? 눈물 날 정도로?"

"뽀뽀한다며! 갑자기 키스해서 억울해서 그런다, 왜?"

지혁은 혜윤의 뺨 위로 흘러내린 머리칼을 귀 뒤로 넘겨 주며 싱긋 웃어 보였다.

누군가 병실 문을 두드리는 소리에 혜윤은 몸을 일으켰다.

"네. 들어오세요."

혜윤은 얼른 눈물을 닦고, 노크에 답했다. 문이 열리고 현준과 연희, 뒤이어 용규와 한결이 들어왔다.

"형, 괜찮아요?"

한결의 걱정 가득한 물음에 지혁이 슬쩍 미소 지었다.

"너 같으면 괜찮겠냐?"

"다행이다. 죽을상을 하고 있으면 어쩌나 했는데."

용규의 말에 지혁은 오른손을 뻗어 침대에서 한 발짝 떨어져 있는 혜윤의 손을 꼭 잡아 보였다.

"그럼, 훌륭한 팀닥이 나 보려고 한달음에 달려왔는데."

지혁의 대꾸에 어이없다는 듯 현준이 얼굴을 구기며 나무랐다.

"서지혁, 너 여기까지 데려온 나한테는 안 고마우냐?"

"네. 아까 팀장님이 부목 댈 때 얼마나 아팠는지 알아요? 우리 혜윤이가 했으면 하나도 안 아팠을 텐데?"

남자 셋이 일제히 그를 노려보았다. 지혁이 킬킬거리며 웃자, 다들 다행이라는 듯 한숨을 내쉬었다.

✚

원정 경기에서 돌아와 의무실을 정리하고 있는데, 갑자기 울리는 휴대전화 소리에 혜윤이 화들짝 놀라 전화를 받았다.

"오빠!"

— 응, 혜윤아. 내일 올 때 예쁘게 하고 와.

"왜요? 나 평소엔 안 예뻤어?"

혜윤이 잔뜩 심통 난 목소리로 묻자 지혁이 낮게 웃는 소리가 들렸다. 그가 부상을 당한 지 딱 일주일째 되는 날이었다.

— 아니. 항상 예뻤지.

예쁘단 말에 혜윤의 얼굴에 활짝 미소가 피어올랐다.

— 내일 어머니 오실 거야.

"응?"

— 불편해? 그럼, 그냥 다음 주에 올래?

겨우 쉬는 날 하루만 병원에 있는 지혁을 보러 갈 수 있는데, 일주일이나 미룰 수는 없었다.

"아니, 불편하긴 뭐가. 나 예쁘게 하고 갈게."

— 응.

병원 로비를 들어서는데 심장이 쿵쾅쿵쾅 뛰었다. 언젠가는 그의 부모님께 인사를 드릴 거라고 생각했지만, 지혁의 부상으로 그 시기가 빨라졌다.

어떤 분이실까? 어떻게 인사를 드려야 하나? 한숨을 크게 들이쉬며, 지혁의 병실 문 앞에 서 있는데, 스르륵 병실 미닫이문이 열렸다.

문을 연 중년의 여성이 문 앞에 우두커니 서 있는 혜윤은 보고 화들짝 놀란 듯하더니, 이내 누군지 알겠다는 듯 인자한 미소를 지었다.

"한혜윤 양?"

"네, 안녕하세요? 한혜윤입니다."

혜윤은 얼른 고개를 푹 숙여 보이며 인사했다.

"반가워요, 나 지혁이 엄마. 어서 들어와요."

혜윤이 조심조심 병실 안으로 들어서자 지혁이 환한 목소리로 소리쳤다.

"와! 우리 한혜윤 무지 예쁘다! 엄마, 내가 말했던 거보다 훨씬 예쁘죠?"

연한 베이지색 원피스에 까만 토오픈 샌들을 신고, 여전히 올림 머리를 한 혜윤은 곱게 화장까지 하고 왔다. 아, 한혜윤. 엄마 있어 서 안아 주지도 못하는데, 어쩌지.

"아유, 아들 놈 키워 봐야 소용없다니까."

지혁의 엄마 인옥은 곱게 눈을 흘기며 아들을 나무랐다.

"혜윤 양, 아프다고 얘가 해 달라는 거 다 해 주지 마요. 남자는 애 같아서 그렇게 길들이면 안 돼. 그럼 버릇 나빠져."

"네."

"뭐가 네야? 왜 네야?"

인옥이 환한 미소를 지으며 혜윤을 바라보고 있었고, 혜윤은 수 줍은 듯 고개를 푹 숙이고 손끝만 바라보고 있었다. 지혁은 사랑하 는 두 여자의 만남에 곧 자리를 털고 일어날 듯 몸이 가벼워지는 것 같았다.

노크와 동시에 간호사가 병실 문을 열고 들어왔다.

"서지혁 선수, MRI 한 번 더 찍고 올게요. 결과 보고 오늘 통깁 스 할 거예요."

"네, 지금 가요?"

대답을 건네는 지혁의 목소리는 평소보다 한 톤 더 높게 들렸다. 밝은 척 노력이라도 하는 듯.

"네. 지금 가실 거예요."

"나 갔다 올게요. 혜윤아, 갔다 올게."

"응, 우리, 네 욕 아주 조금만 할게."

인옥의 말에 침대가 통째로 움직여서 나가는 동안, 지혁은 키득 거리며 눈을 흘겨 댔다.

지혁이 병실 밖으로 나가고 나자, 인옥이 크게 한숨을 내쉬었다.

"어릴 때부터 조금이라도 다치면 참 많이 속상해하던 애였어요. 이번에는 부상이 심하다고 해서 크게 상심했으면 어쩌나 하고 걱정했는데……."

인옥의 목소리가 미세하게 떨리는 게 느껴졌다. 그녀는 한숨을 푹 내쉬고는 쓰게 웃어 보였다.

"엄마가 서운할 만큼 씩씩해 보이죠?"

혜윤이 아무런 대답도 하지 못하고 가만히 있었다. 금방이라도 눈물을 쏟아 낼 듯 차올라 있는 혜윤의 눈가를 바라보며, 인옥은 더욱 가슴 아픈 미소를 만들어 냈다.

"일부러 씩씩한 척하는 거, 혜윤 양도 아는구나."

아무도 없는 한국으로 돌아갈 거라 했을 때, 굳이 그럴 필요가 있겠느냐며 인옥은 아들을 말렸다. 차라리 엄마가 있는 미국으로 오는 게 좋지 않겠느냐고. 아들은 축구를 시작한 그곳에서 새로운 시작을 하고 싶다고 했다. 자신이 훌륭한 선수일 수도 있지만, 자신을 응원해 주고, 지켜봐 주고, 선택해 주어 이 자리에 있게 해 준 고국으로 돌아가고 싶다고 했다.

최고의 위치에서 할 수 있는 다른 쉬운 길을 마다하고, 지혁은 어려운 길을 택했다. 한국에 가서 고생하면 어쩌나 했는데, 구단에서의 생활을 시작하면서 걸려 오는 아들의 전화 목소리는 언제나 밝았다.

'엄마, 꼭 보여드리고 싶은 사람이 생겼어요.'

잔뜩 벅차올라서는 스페인 리그에서 우승했을 때보다 더 밝고 상기된 목소리로 말하는 아들의 말에 인옥은 안도감과 서운함이 동시에 밀려들었다. 스페인으로 보내며 제 품을 떠난 아들이었지만, 괜히 가슴 한구석이 텅 빈 것 같았다.

골을 넣고 윙크까지 해 보이며 환하게 웃는 아들의 모습이 반가워 화면에 잡힌 얼굴을 이리 쓰다듬고, 저리 쓰다듬었다. 그렇게 밝아진 모습에 기쁨의 눈물을 찍어 내고 있었는데, 아들이 쓰러지는 모습을 보고는 심장이 떨어져 나가는 기분이었다.

차라리 내 다리를 아프게 하시지, 차라리 내가 넘어지게 하시지.

한국으로 향하는 비행기에서 두 손을 꼭 마주 잡고 계속 기도했다. 우리 아들이 버텨 낼 수 있을 만큼의 고통만을 달라고.

수년 전, 무릎 십자인대 부상을 당해서 마주한 병실에서 지혁은 억울함과 열패감에 치를 떠는 모습을 보였었다. 그때보다 더 심한 부상이었다. 뉴스에서는 지혁이 완전히 은퇴해야 할지도 모른다며 떠들어 댔다.

커다란 불안감을 안고 마주한 병실에서의 지혁은 인옥을 향해 환하게 웃어 보였다. 억지웃음일지라도, 일부러 씩씩한 척하고 있는 것일지라도.

인옥은 옆에 가만히 서 있는 혜윤에게 다시 시선을 옮겼다. 자신만큼이나 지혁을 헤아리고 있는 것 같은 혜윤의 모습에 텅 비었던 가슴이 예전과는 비교할 수 없을 만큼 차올랐다.

"지혁이 여기 병원에서 나갈 때까지 한국에 있을 거예요. 그 뒤로는 잘 부탁해요."

"네."

인옥은 깊게 가라앉아 있는 분위기를 달래려는 듯 장난스럽게 말했다.

"근데 우리 지혁이 되게 효자야. 집에 무슨 일 생겼다고 하면 멀리서도 득달같이 달려오는 애야. 효자인 남자는 매력 없다던데, 괜찮아요?"

혜윤이 배시시 웃으며 대답했다.

"모두가 그런 건 아니겠지만, 효자인 남자가 부인한테도 잘한다고 들었어요. 어머니를 사랑하는 남자가 피 한 방울 안 섞인 여자랑 결혼해서 자기 아이의 엄마가 된 여자에게도 잘한다고."

혜윤의 말에 인옥은 더없이 환한 미소를 지어 보였다. 말도 참예쁘게 하는 아가씨네. 우리 지혁이가 사람 보는 눈은 있나 보다. 인옥은 진한 한숨을 내쉬며 혜윤의 등을 토닥였다.

✚

수술받은 병원에서 강산시에 있는 재활 병원으로 옮겨진 지혁은 이제 목발을 짚고 걸을 수 있는 정도가 되었다. 일반인이었다면 일반 병원에서 통원 치료를 받았겠지만, 지혁은 운동선수로서의 재활 치료를 병행해야 했다.

비골이 붙고, 수술한 경골이 자리를 잡는 동안 몸을 움직이지 못한 탓에 근육이 많이 무너진 것 같았다. 동시에 지혁도 조금씩 무너져 가는 모습이 눈에 보이기 시작했다.

날개 꺾인 새가 하늘을 바라보듯, 지혁은 멍하니 창밖의 하늘을 응시하는 시간이 점점 길어지고 있었다. 혜윤이 다녀간 다음 날이면, 그런 울증은 더 심해졌다. 지혁 앞에서 혜윤은 재잘재잘 귀엽게 떠들어 댔지만 그녀가 몰래 눈물을 훔쳐 낸다는 걸 그가 눈치챘기 때문이다.

오늘도 말을 너무 많이 한 것 같았다. 혜윤은 요즘 들어 크게 소리를 내어 웃지도 않고, 가끔 부르면 대답도 하지 못할 정도로 멍해져 있는 지혁의 모습에 심장이 뻐근해지기도 했다. 지혁의 주치의에게 물으니, 하루에 8시간 가까이 진행되는 재활 치료를 받을 때는 아무렇지 않다고 했다. 재활에 대한 의지가 강해서 회복 속도로 빠른 편이라고 했다.

의사는 망설이듯 조심스레 입을 열었다. 유독 혜윤이 다녀가는 날과 그다음 날에는 말수가 적어지고, 힘들어하기도 한다고. 힘이 되어야 할 사람이 더 힘든 대상이 되어 가는 건, 많이 사랑해서일까, 깊이 사랑해서일까, 그도 아니면…….

혜윤은 나약한 생각을 지워 내려 머리를 가볍게 흔들었다. 의사를 만나고 다시 지혁의 입원실로 향하는 길. 괜히 오늘은 발걸음이 더 무거웠다.

병실 침대에 누워 있는 지혁은 멍하니 천장만 올려다보고 있었다. 자신의 약해진 모습을 계속 혜윤이 지켜보고 있다는 사실에 견딜 수가 없었다. 이보다 더 어려운 일도 살면서 충분히 겪을 수 있는 것을.

지혁의 머릿속에 '슬럼프' 세 글자가 떠올랐다. 사랑에도 슬럼프가 있는 것일까. 멋진 모습만 보이고 싶고, 남자다운 모습만 보여 주고 싶고, 능력 있는 모습만 보여 주고 싶은 건 어느 남자든 마찬가지일 것이다.

행복에 겨워야 할 시기에 자신이 당한 부상으로 인해 날마다 눈물지을 혜윤을 생각하니 숨이 꽉 막혀 왔다. 그녀를 위해서라면 무슨 일이든 할 수 있는 지혁이었지만 그녀를 위해서, 자꾸만 나약해지는 자신을 위해서 결단을 내려야겠단 생각이 들었다.

몸을 일으켜 침대에 걸터앉는데 병실 문이 열리고 혜윤이 들어왔다.

"와, 오빠 재활 치료 엄청 잘 받고 있다고 막 칭찬하더라. 무지 열심히 한다고."

씩씩한 말과 다르게 혜윤의 얼굴에 떠오르는 미소는 그녀의 커다란 눈까지 미치지 못했다. 언제나 예쁜 모양으로 휘던 눈이 지혁의 눈치를 살피고 있다. 지혁은 가만히 팔을 벌려 보았다. 혜윤이 발걸음을 옮겨 지혁의 품에 안겼다.

"혜윤아."

"응?"

"있잖아."

"응."

"앞으로."

"응."

짧게 응이라 대답하는 그녀의 목소리조차 물기를 머금고 있었다.

"내가."

"오빠가?"

"전화하면…… 그때 와 줄래?"

의지와 다르게 뺨을 타고 굵은 눈물방울이 투두둑 떨어졌다. 지혁은 눈을 질끈 감고 숨을 멈췄다.

"응."

전화하지 않으면, 오지 말라는 거네. 혜윤은 하고 싶은 말을 꿀꺽 삼키고 조심스레 입을 열었다.

"너무 오래 걸리면 안 돼."

그저 한마디 말에 제 뜻을 알아주는 혜윤을 지혁은 꽉 끌어안았다. 내가 지금 무슨 짓을 하고 있는 걸까? 한혜윤 안 보고도 견딜 수 있을까?

"응."

혜윤은 고개를 살짝 끄덕였다. 남자들은 단순하고 어려서 어려움이 생기면 여자한테 보이기 싫어한댔어, 엄마가. 그럴 땐 그냥 두라고 하더라. 스스로 여유가 생길 때까지.

혜윤은 병원을 나서며 또다시 눈물을 훔쳐 냈다. 아, 인제 그만 울어야지. 고개를 돌려 지혁의 병실을 올려다봤다. 창가에서 자신을 내려다보고 있는 그의 모습이 보였다. 혜윤은 입꼬리를 한껏 올려 웃어 보였다. 지혁이 오른손을 들어 슬며시 흔드는 모습이 눈에 들어왔다. 안녕.

✚

혜윤을 보지 못한 지 벌써 석 달은 된 것 같았다. 가끔 선수들이 병원으로 찾아오기도 했고 현준이 왔다 가기도 했지만 혜윤은 오지 않았다. 보고 싶은 마음은 간절했지만, 전화할 용기가 나질 않았다. 아직 때가 되지 않았다는 생각도 들었다.

수개월 동안 왼쪽 다리를 휘감고 있던 통깁스를 절단해 내는데, 속이 다 시원했다. 와. 징그럽게 털이 많이도 자랐다. 오른쪽 다리와 왼쪽 다리의 두께가 눈에 띄게 달라 보였다. 이제 또 다른 고통의 시작이구나.

봅슬레이처럼 생긴 기계 안에 들어가 기계 치료를 받고 있는데, 치료실 밖에서 떠드는 소리가 들려왔다.

"야, 그 유 교수님이랑 수요일마다 같이 점심 먹는 예쁘장하게 생긴 여자 누구야?"

"아! 그 어깨 너머까지 오는 생머리에 항상 원피스 입고 다니는?"

"어! 어! 야, 옷도 진짜 잘 입더라. 여자친군가?"

"그런가? 교수님 바빠서 점심 먹으면서 데이트하는 건가."

귀에 거슬리도록 높은 톤의 목소리를 가진 여자와 또 귀에 거슬리도록 목소리가 큰 여자의 대화에 지혁은 신경을 쓰지 않을 수가 없었다.

"완전 부럽다. 교수님 우리한테는 되게 무서우면서 그 여자한테는 막 되게 자상한 것 같더라."

"진짜?"

"응, 우리한테 언제 이름만 부른 적 있어? 맨날 성이랑 같이 이윤희! 하고 소리만 쳤지. 막 그 여자한테는 혜윤 씨, 혜윤 씨 하던데?"

뭐? 봅슬레이 기계가 덜컹거릴 정도로 지혁이 몸을 크게 움직였다. 기계 오류가 나서 삑삑거리자 밖에서 떠들고 있던 여자 중 한 명이 들어왔다. 여자는 지혁의 얼굴도 쳐다보지 않고 기계를 만지작거리더니 말했다.

"이거 하실 때 움직이시면 안 돼요."

"아, 네, 죄송합니다."

여자는 다시 나가서 수다를 떨기 시작했다. 뭐, 혜윤 씨?

"근데 뭐 하는 여자래?"

"어이구, 이것들이 하라는 비품 정리는 안 하고 뭐 하는 거야?"

"과장님, 그 여자 또 왔어요?"

귀에 거슬릴 정도로 톤이 높은 여자의 물음에 새로이 등장한 굵직한 목소리의 과장이라 하는 여자가 되물었다.

"누구?"

"아, 그 여자 있잖아요. 교수님 매주 수요일에 만나는."

"어, 그런 것 같던데?"

한혜윤이 여기 와 있다고? 지금? 심장이 목 위로 튀어 오를 듯 세차게 두근거리기 시작했다.

"히잉, 부럽다."

"뭐가 부러워?"

"교수님이랑 데이트도 하고."

"어오, 한심한 것들. 그 여자 강산FC 팀 닥터야. 서지혁 선수 주치의가 유 교수님이라 매주 보러 오는 거잖아."

매주 왔다고? 매주 와서 내 상태를 물었던 거야, 그동안? 지혁은 떨리는 주먹을 그러쥐며 쓴웃음을 지었다. 어떤 얼굴로 와서 어떤 얼굴로 돌아갔을지, 여기까지 왔으면서 자신을 보지도 못하고 발길을 돌렸을 그녀의 모습을 떠올리자 심장 한 줄기가 찌르르한 기분이었다.

"아, 그래요?"

"와, 여자가 팀 닥터야? 대단하다."

어디론가 이동하는지 여자들의 목소리와 발소리가 점점 멀어졌다. 기계에 표시되는 시간이 거의 다 되어 갈 무렵 담당 교수가 방을 찾았다.

"어때요?"

"할 만해요."

"한번 나와 볼까요."

유 교수가 기계 문을 열어 주자, 지혁이 천천히 몸을 일으켜 밖으로 나왔다. 목발 없이 걷고 있는 자신의 모습이 새삼 신기했다. 마치 걸음마를 처음 배우는 아이가 된 기분이었다.

"와. 되네요?"

"이제 준비됐어요?"

유 교수의 물음에 지혁은 심장이 덜컥 내려앉는 것 같았다. 발을 내디딜 준비가 되었느냐는 그의 질문에 대한 답이 혜윤에게로 향하는 것 같았다. 지혁은 그저 빙그레 웃어 보였다.

치료실에서 나와 병실로 향하려는데 저 멀리 아무도 없는 복도 끝에서 머뭇거리고 있는 혜윤의 모습이 눈에 들어왔다. 공간이 좁아지고, 시간이 멈춘 듯했다.

안 본 사이 머리가 많이 길었네. 와인색 원피스 위에 까만 코트를 입고 까만 구두를 신은 그녀의 모습을 찬찬히 살폈다. 혜윤은 멀리서 지혁을 보고 환하게 웃어 보였지만, 그 자리에서 움직이지

299

는 않았다.

유 교수의 설명을 들은 혜윤이 재활을 담당 중인 치료사와 상담을 마치고 나오는데, 저 멀리 우두커니 서 있는 지혁의 모습이 눈에 들어왔다. 마음은 당장에라도 달려가고 싶었지만 두 발이 꽁꽁 묶인 듯 움직일 수 없었다.

그렇게 한동안 서로를 바라보며 서 있는데, 지혁이 주머니를 뒤져 무언가를 꺼내는 것 같았다. 잠시 후 혜윤의 휴대 전화가 울렸다.

"여보세요?"

— 지금 올래?

혜윤은 지혁의 목소리를 듣자마자 달리기 시작했다. 지혁이 두 팔을 넓게 벌렸고, 혜윤은 살포시 그의 품에 안겼다. 아, 한혜윤 냄새. 너무도 그리웠던 그녀의 체향과 함께 품 안 가득 감겨 오는 그녀를 꼭 끌어안았다.

"치, 누가 이렇게 예쁘게 하고 다니래?"

어깨를 들썩이고 등을 오르락내리락거리며 서럽게 우는 혜윤의 모습에 지혁은 눈을 질끈 감았다. 미안해. 미안해, 혜윤아.

"우연이라도…… 병원에서 마주치면…… 오빠가…… 나 보면…… 예쁘게 보이고 싶어서……."

울음을 삼키며 끅끅거리는 혜윤을 이끌고 병실로 향했다.

병실 문이 닫히자마자 지혁은 그녀의 입술에 조심스레 입술을 가져다 댔다. 젖어 있는 입술이 한없이 달콤했다. 여전히 울고 있는지 떨리는 그녀의 입술을 어르고 달랬다.

지혁은 그녀의 동그란 이마에 자신의 이마를 맞댄 채로 물었다. 커다란 손으로 얼굴을 감싸고 눈물로 얼룩진 뺨을 쓸어 주었다.

"매일 이렇게 운 건 아니지?"

"아니, 나 한 번도 안 울었어. 오빠 앞에서 이렇게 빵 터뜨리고, 엉엉 울려고 벼르고 있었어."

지혁이 낮은 소리로 웃었다. 아, 한혜윤.

"미안해. 앞으론 절대 너랑 안 떨어질 거야. 내가 너무 멋진 척만 하고 싶었나 봐."

멋쩍게 이야기하는 지혁을 보며 혜윤이 배시시 웃었다.

"바보."

고마워, 오빠. 잘 빠져나와 줘서.

고마워, 혜윤아. 바보같이 굴었어도 예쁘게 지켜봐 줘서.

지혁은 혜윤을 품에 안고 몸을 흔들흔들거리며 환하게 웃었다.

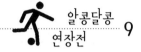
"훗, 오빠 조금만 더, 조금만!"

지혁이 거친 숨을 내쉬며 헐떡였다. 지혁의 허벅지에 올린 혜윤
의 손도 파르르 떨렸다. 지혁은 끙 하는 신음을 내뱉으며 허리와
허벅지에 힘을 주었다.

"하웃!"

거친 신음과 함께 지혁의 몸이 축 늘어졌다. 단단한 허벅지 위에
있던 혜윤의 손이 그의 젖은 머리칼 위에 올랐다.

"잘했어."

아, 한혜윤, 지독해. 다리 근력 강화를 위한 시티드 레그 프레스
(Seated Leg Press)를 20회씩 네 세트나 연이어 했다. 이제 못하
겠다고 난리를 치면, 혜윤은 허벅지를 쓱 쓸어 보이며 야릇한 표정
을 지었다. 그녀의 그런 행동에 지혁은 없던 힘도 생기는 것 같았
다. 이젠 여우가 아니라 어우동 버금가는 재활 훈련을 펼치고 있는

한혜윤이었다.

지혁은 걸을 수 있게 되면서 재활 병원을 나와 구단 숙소로 돌아왔다. 일주일에 두 번 기계적 치료를 위해 병원을 방문할 때 빼고, 지혁의 재활 훈련은 혜윤이 도맡아 했다.

"한혜윤."

지혁이 거친 숨을 삼키며 눈을 동그랗게 뜨고 자신을 바라보고 있는 혜윤의 팔을 잡아당겼다.

"왜 이래? 누가 보면 어쩌려고!"

"다들 원정 경기 갔는데 보긴 누가 봐?"

해가 바뀌고 새 시즌이 시작되었다. 작년 리그에서 강산FC는 3위를 차지하는 기염을 토해 냈다. 이번 시즌은 지혁의 복귀와 함께 리그 우승이 목표가 되었다. 선수단은 저 멀리 아랫지방으로 원정 경기를 떠났고, 리그 복귀를 위한 새로운 재활 훈련을 시작한 지혁을 위해 혜윤은 강산 구장에 남았다.

"부상당한 게 좋기도 하네?"

지혁은 능청스럽게 웃어 보이며 혜윤을 무릎에 앉히고는 꼭 끌어안았다.

"왜 이래, 정말."

왜 이러느냐고 몸을 바르작거리는 혜윤의 목소리에는 애교가 가득했다. 이거 정말 왜 이러느냐고 묻는 거 맞아? 지혁은 더는 참을 수 없다는 듯 혜윤의 입술을 자신의 입술로 덮어 버렸다. 입술이 닿자 혜윤의 몸놀림이 달라져서 지혁의 심장이 쿵 하고 내려앉았다.

말캉한 그녀의 혀가 입안으로 들어와 휘젓는가 싶더니, 자신의 혀를 말아 올려서는 사탕을 빨아먹듯 맛있게 빨아들이는 통에 지혁

은 정신이 나가 버릴 것만 같았다. 아, 한혜윤. 넌 왜 이래? 지혁의
정신이 몽롱해지려는 찰나, 혜윤이 입술을 떼어 내곤 배시시 웃어
보였다.

"오빠."

"응?"

열기로 가득한 허스키해진 목소리가 지혁의 목울대를 지나 흘러
나왔다. 더 해 줘, 혜윤아. 지혁은 얇은 트레이닝복을 입은 혜윤의
등줄기를 쓸어내리며 입맛을 다셨다. 아, 확 안아 버릴까? 이럴 줄
알았으면 비상용으로 하나 들고 다니는 건데…….

혜윤의 입술이 살짝 벌어지는가 싶더니 분홍빛 혀가 그녀의 입
술을 슥 쓸었다. 맙소사! 한혜윤, 너 지금 뭐 해? 눈을 치켜뜨며 고
개를 갸웃해 보이고는 허리를 슬쩍 돌리는 혜윤의 행동에 말캉한
그녀의 엉덩이가 지혁의 단단한 허벅지 위를 굴렀다.

지혁은 말을 잃은 사람처럼 멍하니 혜윤의 색기 어린 눈동자를
바라봤다. 점점 그녀의 얼굴이 가까워지는가 싶더니 혜윤의 입술이
지혁의 귓가에 닿았다. 더운 숨과 함께 달콤한 그녀의 목소리가 귓
전을 울렸다.

"시티드 레그 컬(Seated Leg Curl) 20회씩 4세트, 라잉 레그
레이즈(Lying Leg Raise) 20회씩 4세트. 니 익스텐션 플랙션
(Knee Extension Flexion) 20회씩 4세트, 푸시 업 레그 킥
(Push-up leg kick) 20회씩 4세트, 브이업(V-up) 20회씩 4세
트."

지혁은 뜨악한 표정으로 고개를 돌려 혜윤을 바라봤다. 혜윤은
싱긋 웃어 보이며 말을 이었다.

"이거 다 하면."

"다 하면?"

"구름 위를 걷게 해 줄게."

"뭐?"

혜윤의 야릇한 표정에 지혁은 마른침을 꿀꺽 삼켰다.

"또."

"또?"

뭐가? 이것 말고 뭐가 또 있어? 지혁은 고개를 갸웃하며 혜윤에게서 시선을 떼지 못했다.

"세트당 5회씩 더 하면."

"더 하면?"

혜윤은 지혁의 목에 얼굴을 묻고는 입을 맞추더니 뜨거운 숨을 내쉬었다. 지혁의 온몸 가득 열기가 꾸역꾸역 차올랐다.

"하늘을 날게 해 주지."

지혁의 몸은 이미 하늘을 날고 있는 듯, 짐(Gym)실 안을 붕붕 떠다니는 것만 같았다.

그의 몸 상태는 거의 완벽에 가까웠다. 그가 어디까지 버텨 낼 수 있는가를 보기 위해 운동 횟수를 늘리려는데, 지혁은 좀처럼 고집을 굽히지 않았다. 어제까지 지속한 훈련에서는 티격태격하며 겨우 정해진 횟수만을 마무리 지을 수 있었다.

토요일 오후, 혜윤은 지혁의 훈련 강도를 높이기 위해 색다른 방법을 시도했는데, 거짓말처럼 먹혀들어 갔다. 아, 진작 이럴걸. 이거 안 하면 키스 안 해 준다고 하고, 이거 안 하면 포옹 안 해 준다고 하고, 이거 안 하면……

하지만 그럴 수만은 없었던 것이, 떨어진 시간을 보상받기라도 하듯 혜윤이 먼저 입을 맞추기도 했고, 혜윤이 먼저 지혁을 꼭 끌어안기도 했고, 혜윤이 먼저 그러기도 했으니까.

"한혜윤, 세고 있어?"

"어? 어!"

"나 지금 세트당 5회에서 10회까지 더 하고 있다. 각오해!"

지혁은 끙끙거리며 몸을 움직였다. 기특해, 서지혁!

훈련을 마친 지혁은 샤워를 마치자마자 얼른 짐을 챙겨서 차에 올랐다. 아, 한혜윤 왜 안 나와, 몸 달아 죽겠는데. 하늘을 날게 해 줘? 누가 할 소릴. 지혁은 음흉한 미소를 지으며 떨리는 손으로 운전대를 꽉 그러쥐었다.

작은 가방을 들고 보조석에 오르는 혜윤의 표정이 어두웠다. 혜윤은 슬금슬금 눈치를 보다가 두 손을 꼭 모아 쥐고는 지혁을 향해 고개를 푹 숙였다.

"오빠, 미안."

"뭐가?"

"나 집으로 곧장 가야 할 것 같아."

"왜? 집에 무슨 일 있어?"

가지 많은 나무 바람 잘 날 없다고 했다. 혜윤의 오빠들과 동생들도 지혁처럼 운동을 업으로 삼은 사람들이었다. 뜨거웠던 아랫도리가 갑자기 서늘하게 식었다.

"도윤 오빠 잠깐 한국 들어왔잖아."

"응."

"호윤 오빠가 어깨 탈골 때문에 들어왔대."

"응?"

"기윤이는 경기 끝나고 집으로 올 거고."

뭐, 다들 내일 봐도 되잖아?

"지윤이가 외박 나왔대. 그래서 같이 저녁 먹어야 한다고."

혜윤의 목소리가 기어들어 가기 시작했다. 지혁이 어깨를 떨어뜨리며 한숨을 푹 내쉬었다. 혜윤은 무언가 할 말이 더 있는 듯 보였다.

"근데."

"근데, 뭐?"

"있잖아."

"말해, 한혜윤. 왜 너답지 않게 이렇게 뜸을 들여?"

혜윤은 곤란한 듯 머뭇머뭇 말을 이었다. 긴장되게 왜이래, 얘가?

"아빠가 다 모이는 거 쉽지 않다고…… 오빠도…… 데려……오라고…… 하시는데?"

"가자."

난 또 뭐라고. 지혁은 한 치의 망설임도 없이 깔끔하게 대답했다.

"괜찮아?"

"안 괜찮을 게 뭐야?"

혜윤은 손가락을 꼼지락거리며 초조해했다.

"왜?"

지혁은 왼손으로 운전대를 잡고 오른손으로 혜윤의 손을 꼭 잡으며 물었다. 혜윤이 커다랗게 한숨을 내쉬었다.

"오빠들이나 동생들이 짓궂게 해도 그냥 이해해. 알았지?"

"많이 짓궂어?"

"응."

혜윤의 미간이 좁아지며 입술이 병아리처럼 뾰족하게 모였다. 아, 귀여운 한혜윤.

"남자 한혜윤 4명?"

"뭐?"

지혁이 손가락 네 개를 펴 보이며, 심각한 표정을 짓는 혜윤을 보고 깔깔거리며 유쾌한 웃음을 터뜨렸다.

"그럼, 너무 사랑스럽잖아!"

키득거리는 지혁을 혜윤은 걱정스러운 눈으로 바라봤다. 사랑스러울 리가 없다. 혜윤은 굳은 결의에 찬 표정으로 지혁을 바라봤다.

"내가 열심히 수비할게!"

"네가 그렇게 나서면 오빠들이랑 동생들이 나 싫어한다? 그냥 가만히 있어. 알았지?"

아, 서지혁. 가끔 나도 얕보다가 큰코다치면서. 그러시면 아니 되오.

혜윤과 함께 현관에 들어서자 시커멓고 덩치 좋은 남자 다섯과 환하게 웃고 있는 혜윤의 어머니께서 서 계셨다.

"안녕하세요? 서지혁입니다."

"어오, 이름 말 안 해도 다 알아요. 얼른 들어와요. 거기 서 있지 말고."

"네. 저기, 과일 좀 사 왔습니다."

"어머, 뭘 이런 걸 사 와. 그냥 와도 돼요."

김자희 여사는 손사래를 치며 호호호 웃어 보였다.

역시 월드 클래스는 달라. 전혀 긴장 안 한 것 같네? 혜윤은 식탁 의자에 앉으며 지혁을 바라보곤 슬쩍 미소 지어 보였다. 그런 혜윤의 모습을 뾰로통한 얼굴을 한 작은오빠, 호윤이 쏘아보고 있었다.

형제 중 혜윤과 가장 가까웠던 호윤은 여동생에게 남자 친구가 생겼다는 소식에 괜히 배알이 뒤틀렸다. 감히 어떤 놈이? 게다가 축구 하는 놈이? 하고 이를 바득 갈았는데, 서지혁이란다.

다른 종목이긴 했지만 지혁이 월드컵에서 대표팀을 이끌며 좋은 성적을 거두었을 때 그에게 열광했던 적도 있었고, 스페인 리그에서 그의 소속팀이 우승했을 때 그의 노고를 훌륭하게 생각했던 적도 있었다.

또, 쉽고 멋진 길을 마다하고 한국 리그로 돌아온다는 그의 결정이 뉴스에서 나왔을 땐 난놈이란 생각도 했었다. 국외 리그에서 뛰던 선수들이 국내 리그로 돌아오면 기존 선수들의 텃세도 만만치 않을 테고, 구단 시스템도 선진화되어 있지 않은 곳이 많아서 분명 불협화음이 생겨날 텐데……. 그걸 다 감수하고 한국에서의 리그 생활을 시작한다는 건 아무나 결정할 수 있는 일은 아니었다.

어느 스포츠 프로그램 인터뷰에서, 서지혁은 자신을 이 자리에 있게 해 준 고국에 할 수 있는 일이 무얼까 생각하다가 한국행을 택했다고 했다. 저평가받고 있는 국내 리그의 활성화를 도모할 수 있다면, 그보다 더 행복한 일은 없을 것 같다며. 멋진 놈. 그런데 아무리 그 잘난 서지혁이라도 귀하디귀한 한씨 집안 고명딸을 넘본 다니 속이 부글거렸다.

"아부지, 쟤 좀 봐요. 막 배시시 웃는다?"

호윤의 말에 동수의 눈빛이 날카로워졌다.

"아빠, 왜에."

애교스러운 목소리를 하며 어깨를 좁히는 혜윤을 보고는 금세 풀어질 거면서.

"일단 식사부터 해요. 이야기는 좀 이따가 하고. 다들 배고프겠다."

김자희 여사의 말에 사나운 눈빛을 빛내던 남자들이 숟가락을 들기 시작했다.

혜윤이 갈비며 굴비며 살을 발라서는 지혁의 숟가락 위에 자꾸 얹어 주자, 오빠들의 표정이 점점 험악해졌다. 급기야 호윤이 짜증을 내며 말했다.

"야, 그만해."

"왜? 억울하면 연애들 하시든가."

혜윤은 호윤에게 눈도 맞추지 않으며 어깨를 으쓱해 보였다. 그녀는 손으로 열심히 보리굴비 살을 발라내서는 또다시 지혁의 숟가락 위에 올려 주었다.

"어오, 밥맛 떨어져."

혜윤이 호윤을 향해 혀를 날름 내밀어 보이자, 지혁이 혜윤의 팔꿈치를 잡으며 그만하라고 눈치를 줬다.

"그냥 먹어요. 혜윤이가 여기서 눈치 준다고 그만할 애도 아니고. 너도 밥그릇에 코 박고 밥이나 먹어. 여동생이 좋아하면 반겨 줘야지."

큰형 도윤의 말에 호윤은 자기만 가지고 그런다며 심술을 부렸다. 동수는 아들들의 난을 물끄러미 지켜보다가 입을 열었다.

"혜윤아, 그럼 아빠는?"

"아, 왜 당신은 혜윤이한테 난리예요? 내가 주면 되지. 자."

김자희 여사는 보리굴비를 척 발라내서 큰 살덩어리를 동수의 숟가락 위에 올려 주었다.

"쟨 아직 초보라 살도 잘 못 발라."

혀를 끌끌 차며 혜윤을 놀려 보이는 김자희 여사를 보고 지혁은 푸시시 웃음이 터져 나왔다.

식사를 마치고 소파에 둘러앉아 과일을 먹고 있는데, 호윤이 또다시 폭탄을 터뜨렸다.

"우리한테 빚 갚아요."

"네?"

호윤의 말에 지혁이 무슨 뜻이냐는 듯 그를 바라봤다.

"아부지가 두 사람 스캔들 막느라고 얼마나 고생하셨는지 알아요? 형이랑 나까지 팔아먹으면서?"

순간 지혁의 얼굴이 새빨갛게 달아올랐다. 스캔들? 뭘 막아?

당황한 지혁을 보고 호윤은 호기롭게 웃으며, 그에게 사진 뭉치를 내밀었다. 열댓 장의 사진에는 두 사람의 모습이 담겨 있었다.

"히익! 이게 뭐야?"

혜윤이 지혁의 손에 들린 사진을 낚아채 이리저리 넘겨 보기 시작했다.

"우와. 이거 우리 연애 기록 사진인데?"

혜윤이 생글거리며 사진을 훑어보자 형제들은 물색없다며 혀를 끌끌 차 댔다.

"죄송합니다. 기자들은 에이전시에서 막고 있어서…… 이런 일이 있는 줄은 몰랐습니다."

"죄송한 만큼 우리 혜윤이한테 잘해 줘요."

"네."

지혁의 대답에 동수의 얼굴에도 슬쩍 미소가 떠올랐다.

학창 시절 제 형제들을 위해 스스로 학교 생활을 포기한 혜윤이었다. 사춘기 혜윤을 지켜 주지 못한 것이 항상 미안했다. 딸의 가장 행복한 시간을 지켜 주는 것, 동수는 그것이 아버지로서 그 시절에 대한 면죄부를 얻을 수 있는 길이라고 생각했는지도 모른다.

백 년도 되지 않는 인생에서 꽃 같은 연애 시절이 차지하는 비중은 5%도 되지 않을 것이다. 그 5%의 기억으로 사람들은 평생을 추억하며 살아가기도 한다.

곱고 고운 시절을 보내거라. 나중에 힘들고 어려운 일이 생겨도 이 추억 생각하며 견뎌 내거라.

사랑에 빠져 고운 빛을 내고 있는 딸의 얼굴을 동수는 물끄러미 바라봤다. 파파라치가 찍은 사진인데도 자신들이 같은 프레임 안에 담겨 있다며 손뼉을 치는 딸의 모습에 콧등이 시큰해져서 동수는 지혁에게 시선을 돌리며 물었다.

"그간 고생 많았어요. 리그 복귀는 언제 하나?"

"말씀 편히 해 주세요. 복귀는 이달 중으로 정해져 있습니다."

"너무 무리하지 말고, 첫 경기는 워밍업이다 생각하고 뛰게. 덜 회복된 상태에서 뛰는 것보다 완전히 회복된 상태에서 의욕 앞세워 뛰는 게 더 위험해."

"네."

동수의 말에 네 형제도 고개를 끄덕끄덕했다.

"저, 그리고."

"그리고?"

"……드릴 말씀이 있습니다."

지혁은 머뭇거리는 듯싶다가 다시 말을 이어 가기 시작했다.

"밖으로 알려지지는 않았지만 어머님, 아버님께는 직접 말씀드리는 게 좋을 것 같아서요."

지혁은 자신의 가족에 대해 이야기하며, 13년 전 혜윤의 첫사랑, 이재하가 본인이었다는 사실을 털어놓았다. 굳이 하지 않아도 되는 이야긴데. 혜윤은 지혁의 굳은 마음이 느껴져 입술을 꽉 깨물었다.

"그때 이후로 운동선수는 마음에 들어 하시지 않는다고 들었습니다. 혜윤이 많이 사랑해 주고, 많이 아껴 주겠습니다. 그때 지켜 주지 못한 몫만큼 지켜 줄 겁니다."

지혁의 말에 김자희 여사는 눈물을 찍어 내고 있었고, 동수는 복잡한 생각에 잠긴 듯 고개를 푹 숙였다가 따스한 목소리로 물었다.

"누가 그래? 그때 이후로 운동선수는 안 된다고 했다고?"

"예?"

동수의 얼굴에 쓴웃음이 떠올랐다.

"내가 우리 도윤 엄마를 너무 고생시켜서…… 그래서 우리 딸은 그런 고생 시키고 싶지 않아서 운동선수는 안 된다고 했던 거였지."

동수가 아픈 얼굴로 김자희 여사를 바라보자, 김자희 여사는 동수의 손을 가만히 잡아 보였다.

"재하 학생 이야기는 얘 어려서 들은 적 있는 것 같구먼. 그때 일도 고맙고."

"엉뚱한 애한테 편지 주고 간 건 안 고맙지!"

김자희 여사는 밉다는 듯 지혁에게 눈을 흘겼다.

"엄마, 그거 오해야. 나한테 전해 주고 가라고 한 거 맞아."

김자희 여사는 알겠다는 듯 고개를 끄덕였다. 도윤이 느른하게 기지개를 켜며, 셋째 기윤의 어깨를 툭툭 쳤다.

"기윤아."

"어, 형?"

"더는 못 봐 주겠지?"

"어."

"우리 막장 드라마 한번 찍어 볼까?"

"어떻게?"

"우리 결혼하기 전까지 혜윤이 절대 시집 못 보낸다고?"

"아, 형. 차라리 형이 남자랑 결혼하겠다고 해. 왜 누나보다 어린 나까지 끌어들여?"

기윤의 말에 네 형제가 키득키득 웃자, 김자희 여사가 소파 위에 얹힌 쿠션을 잡아 들고는 네 형제의 머리를 후려치며 나무랐다.

"이노무 좌식들이 엄마, 아부지 앞에서 못 하는 소리가 없어?"

김자희 여사의 강력한 스매싱에 깜짝 놀란 지혁을 의식한 듯, 순간 모든 것이 멈췄다.

"호호. 내가 원래 이렇게 교양 없고 그런 사람이 아니야. 아들 넷 키우다 보니 이렇게 된 거죠."

"아, 그럼요, 어머님. 연습구장에서 처음 뵀을 때 반할 뻔했다니까요."

"호호호, 립 서비스지만 고마워요."

"연습구장에서? 언제? 언제 봤어?"

혜윤의 물음에 넌 몰라도 된다며 김자희 여사는 호호거리고 웃었다.

"그럼, 가 보겠습니다. 어머님, 맛있게 잘 먹었습니다."

지혁이 고개를 숙여 인사해 보이자 김자희 여사가 흐뭇한 표정으로 지혁을 바라봤다.

"앞으로 자주 와요. 맛있는 거 많이 해 줄게."

"네."

"어오, 듬직해라."

"엄마!"

막내 지윤이 엄마를 쏘아보자 김자희 여사는 지윤의 궁둥이를 통통 두드리며 말했다.

"우리 아들도 듬직한데, 너도 남의 남자 될 거잖아."

"그때까진 엄마한테 듬직해야지."

지윤은 막내답게 김자희 여사의 목을 꼭 끌어안으며 볼을 비벼 댔다.

혜윤은 환한 미소를 지으며 지혁을 배웅했다.

"들어가요."

"응, 내일 봐. 그럼, 다음에 또 뵙겠습니다."

"그래요, 잘 가요."

현관문이 닫히는 것을 보고 엘리베이터에 올랐는데, 괜히 가슴이 벅차올랐다. 와. 혜윤이랑 결혼하면 엄청난 처월드가 생기겠구나, 하는 생각에 푸시시 웃음이 터져 나왔다.

긴장과 설렘으로 두근거리는 마음을 안고 지혁은 자신의 집으로 들어갔다.

언제 결혼하자고 하지? 프러포즈는 어떻게 하지? 결혼식은 어디서 하지? 혹 파인 웨딩드레스는 절대 못 입게 해야지. 결혼하면 여기서 계속 살아야 하나?

아직 결혼하잔 말도 못 했으면서 오만 가지 생각으로 머리를 가득 채운 지혁이 침대에 벌러덩 누워 잠이 들려는데, 혜윤에게서 전화가 왔다.

"여보세요?"

— 오빠.

"응."

— 날기는커녕 하늘 근처에도 못 갔네?

지혁이 낮게 웃으며 쉬는 날 혜윤이 집에 들를 때면 사용하는 베개를 품에 안았다. 아, 여기서도 나네, 한혜윤 냄새.

"괜찮아."

— 정말?

"응, 하늘은 못 날았는데, 아주 비옥한 땅에 뿌리를 내리고 있는 기분이야."

— 오와. 우리 서지혁 멋지다.

"이게 자꾸 오빠 이름을 막 불러. 혼나려고."

지혁이 괜히 엄한 목소리로 나무라자, 혜윤이 키득거리며 웃어 댔다.

— 잘 자요, 우리 오라버니.

"응, 잘 자. 내일 봐."

— 응, 내가 선물 줄 테니까, 기대해!

"알겠어."

전화를 끊은 지혁은 그대로 눈을 감고 잠에 빠져들었다.

어스름한 새벽 몸을 뒤척이다가 지혁은 가만히 눈을 떠 보았다. 그런데 옆에 혜윤이 새근새근 잠들어 있었다. 이게 웬 한혜윤 떡이야?

지혁은 부드러운 미소를 지으며 잠들어 있는 혜윤의 얼굴을 물끄러미 바라보았다. 여섯 시가 가까운 시각, 우드 블라인드 사이로 켜켜이 들어오는 햇살이 방 안의 조도를 높여 가고 있었다.

한혜윤, 언제 왔어? 어떻게 왔어?

지혁은 왼팔을 괴며 상체를 슬쩍 일으켜 모로 누웠다. 얼굴을 내려 그녀의 이마와 콧잔등에 입을 맞추자 혜윤의 입술이 달싹거리는 게 보였다. 지혁은 미끄러지듯 입술을 움직여 그녀의 입술을 살짝 머금었다.

아, 한혜윤. 아침에 눈뜰 때마다, 네가 이렇게 내 옆에 있었으면 좋겠다.

혜윤의 입술이 미세하게 떨리는 게 느껴졌다. 뭐야? 자는 척하는 거야? 언제까지 자는 척하나 볼까? 지혁은 얇은 이불을 걷어 내며 혜윤의 차림새를 먼저 살폈다. 오호, 원피스야? 발목까지 오는 것 같은 긴 원피스 자락이 침대에 누운 탓인지 무릎 위까지 걷어져 있었고, 상체에는 목부터 허리 부근까지 지퍼가 달린 모양이었다.

지혁은 입술을 꽉 깨물며 지퍼를 천천히 내리기 시작했다. 지지직 하는 소리와 함께 지혁의 아랫도리는 점점 더 불거지고 있었다.

원래 아침에는 그렇다고 하지만, 혜윤이 옆에 있는 것을 깨달은 순간부터는 저절로 허벅지 근육에 힘이 들어갈 정도였다.

하! 맙소사. 배꼽 부근까지 지퍼를 내리자, 민트색 레이스로 뒤덮인 브래지어와 모로 누워 있어서 그런지 둥근 언덕이 탐스럽게 겹친 모습이 눈에 들어왔다. 두 손 가득 움켜쥐고 싶은 것을 참아내며 지혁은 얼굴을 내려 언덕 사이에 코를 박고 깊게 숨을 들이마시며, 입을 맞췄다.

한혜윤. 이래도 자는 척한다, 이거지?

지혁은 혀로 언덕배기를 할짝대며, 혜윤의 종아리부터 시작해 매끈한 다리를 쓸어 올리기 시작했다. 곱게 포개진 두 다리 사이를 손으로 비집고 들어가 그녀의 중심을 손바닥으로 쓸어 보았다.

"하아."

지혁의 손놀림에 혜윤의 입에서 달콤한 음성이 터져 나왔다.

"한혜윤. 언제 왔어?"

여전히 그녀의 가슴에 얼굴을 묻고 지분거리는 지혁이 물었다.

"좀 전에."

"어떻게 왔어?"

"구단에 일 있어서 다녀온다고 하고."

"우리 구단이 여기로 이사했나 보네? 왜, 계속 자는 척해 보지?"

"오빠아."

콧소리 가득한 혜윤의 목소리에 지혁은 그녀의 등이 침대에 바로 닿도록 눕히고는 입안을 파고들었다. 음. 한혜윤. 온몸이 욱신욱신하도록 열이 올랐다. 혜윤의 손이 지혁의 등을 오르내리다가 목을 끌어안았다.

지혁의 손은 아까부터 계속 그녀의 중심을 어루만지고 있었다. 팬티 밖으로 끈적하게 젖어 있는 그녀가 느껴지자 숨이 꽉 막힐 정도로 심장이 크게 뛰는 것 같았다.

 지혁은 입술을 떼어 내고 혜윤을 내려다봤다. 열기로 가득한 그녀의 눈동자를 바라보는 건 언제나 좋았다.

 "혜윤아."

 "응?"

 "너 어쩌려고 이래?"

 "뭐가?"

 토막토막 숨이 끊기는 듯 몸을 바르작거리며 달콤하게 묻는 혜윤의 목소리에 지혁은 더는 자신을 제어할 수 없을 것 같은 생각이 들었다.

 "오늘 어쩌려고……."

 지혁은 혜윤이 더는 아무것도 묻지 못하도록 그녀의 입술에 자신의 입술을 겹쳤다. 있는 힘껏 그녀를 빨아들이고, 맛보고, 느끼며, 정말 구름 위를 걷는 것만 같은 착각이 들었다. 지혁은 재빨리 아랫도리를 벗어 버리고는 혜윤의 얇은 레이스 속옷에 손가락을 걸어 북, 뜯어 버렸다.

 혜윤이 깜짝 놀라 거칠게 숨을 들이마시는 모습을 바라보며 그녀의 몸 안 깊은 곳까지 단번에 파고들었다.

 "하아…… 혜윤아."

 지혁은 참을 수 없는 욕정을 통제하려는 듯 잠시 모든 행동을 멈추었다. 탐스러운 언덕을 감싸고 있는 민트색 브래지어 컵을 아래로 내리며 그녀의 가슴을 손안 가득 움켜쥐었다.

혜윤이 야릇한 음성을 내뱉으며 고개를 옆으로 돌리자 하얗게 드러난 목에 자잘하게 입을 맞추며 지혁이 허리를 움직이기 시작했다.

두 사람의 거친 숨소리가 방 안 가득 울려 퍼졌다. 혜윤은 지혁의 단단한 팔뚝을 움켜잡으며 매끈한 다리를 그의 허리에 감았다.

"오빠."

"하아…… 혜윤아, 잠깐만."

지혁이 피임을 위해 잠시 몸을 떼어 내려는 찰나, 허리를 감고 있던 혜윤의 다리가 더 단단하게 휘감겼다.

"오늘은 괜찮아."

"응?"

지혁은 무슨 뜻이냐는 듯, 되물었다가 이내 허리 짓을 높여 가기 시작했다. 그녀의 안에 오롯이 모든 것을 쏟아 낼 수 있다는 생각에 몸이 쉴 새 없이 내달렸다. 혜윤은 벌써 절정에 오른 듯 눈을 질끈 감은 채로 자신의 목에 매달려 있었다. 아. 한혜윤.

"혜윤아."

"응?"

지혁은 한쪽 팔을 침대에 짚은 채 겨우 대답을 하는 혜윤의 뺨을 쓰다듬었다. 그녀의 안이 한없이 조였다가 풀어지기를 반복했다.

"눈 떠."

지혁의 말에 혜윤이 함초롬하게 젖은 눈을 떠 그를 올려다봤다.

"감지 마, 눈. 감지 마……."

혜윤이 대답도 하지 못하고 고개를 끄덕였다. 지혁은 허벅지 근육에 힘을 주며 운동 속도를 높여 갔다. 혜윤의 입에서 울부짖는 듯한 소리가 터져 나왔다. 여전히 자신의 눈을 바라보고 있는 그녀의 눈동자가 이보다 더는 아름다울 수 없다는 생각이 들 정도로 맑게 빛났다.

절정을 향해 가며 자신을 내려다보고 있는 지혁의 눈빛이 혜윤은 한없이 좋았다. 이런 순간에 한 번도 그의 눈을 바로 봤던 적이 없었던 것 같았다. 침대 위에서 소극적이었던 건 아니지만, 절정을 느낄 때 그의 눈을 똑바로 바라볼 수 있을 만큼 대범하지는 않았다.

숨이 막혀 오는 순간이 계속되었다. 눈을 감을 수 없게 되자, 참을 수 없는 소리가 입안에서 자꾸만 터져 나왔다. 입술을 꽉 깨물자, 지혁이 엄지손가락으로 혜윤의 아랫입술을 슬며시 만지며 고개를 저었다.

"오빠……."

"아…… 혜윤아……."

혜윤이 지혁의 팔뚝을 움켜잡으며 아까와는 깊이가 다른 신음을 내뱉기 시작했다. 상체가 부들부들 떨리고, 산소가 부족하기라도 한 듯 가닥가닥 호흡이 끊겼다.

지혁은 더는 가까울 수 없을 만큼 혜윤을 꽉 끌어안으며, 그녀의 안에 몸을 깊숙이 묻고는 짙은 신음을 내뱉었다. 절정의 여운이 길게 지속되었다. 지혁은 몸을 한 바퀴 굴려 자신의 위에 혜윤을 올린 채로 숨을 골랐다.

"혜윤아."

지혁은 땀에 젖은 혜윤의 머리카락을 부드럽게 쓸어 넘기며, 그녀의 이름을 입안 가득 머금었다.

"혜윤아, 정말 하늘을 훨훨 난 것 같아."

가슴 위에서 그녀의 미소가 느껴졌다.

"나도."

"그럼."

혜윤이 고개를 들어 눈을 동그랗게 뜨고는 지혁을 바라봤다.

"한 번 더 날까?"

지혁은 혜윤의 등이 다시 침대에 닿도록 한 바퀴 구르며 그녀의 입술을 머금었고, 혜윤의 외마디 비명은 그의 입속에서 울려 퍼졌다.

전반전, 후반전, 연장전까지 가 버린 둘은 결국 지쳐 쓰러져 잠이 들었다. 요란하게 울리는 휴대전화 소리에 먼저 눈을 뜬 건 혜윤이었다.

"음, 오빠. 전화 온다."

지혁은 탁자로 손을 뻗어 부스스 눈을 뜨고 발신자를 확인했다. 엄마?

"음, 엄마."

혜윤은 마치 인옥이 눈앞에라도 있는 듯 깜짝 놀라서는 몸을 일으켰다. 지혁은 당황한 혜윤의 모습에 피식 웃어 보이며 그녀를 자신의 품으로 끌어당겼다.

— 아들. 복귀 경기 보러 가려고 하는데, 언제야?

"다음 홈경기일 것 같은데?"

— 그래. 그럼, 그때 맞춰서 갈게.

"응."

— 이번엔 아버지랑 지우도 방학해서 같이 갈 거야.

"지우?"

지우? 하고 화들짝 놀라는 지혁을 혜윤은 물끄러미 바라봤다. 왜 그렇게 놀라? 지우가 누군데? 전화를 끊고는 가볍게 한숨을 내쉬는 지혁을 혜윤이 걱정스러운 눈으로 바라봤다.

"복귀전 맞춰서 부모님 오신다고."

"아."

"근데."

"음?"

아, 한혜윤. 또 나왔다, 병아리 표정. 지혁은 혜윤을 꼭 끌어안으며 말했다.

"여동생도 온다네."

"여동생 이름이 지우야?"

"응."

"근데 왜 그렇게 놀라? 여동생 오는 게 놀랄 일이야?"

"하아. 지우는 내가 자기 오빠인 걸 되게 말하고 다니고 싶어 해. 근데……."

우려 섞인 지혁의 목소리에 혜윤은 손을 올려 그의 머리칼을 쓸어내렸다.

"근데, 오빠 가족 생각해서 그렇게 안 하는구나?"

"응."

"지우가 속상하기도 하겠네. 얼마나 자랑하고 싶겠어. 서지혁이 오빠라고."

"엄마 아빠 사시는 곳은 한국 사람이 그렇게 많지가 않아. 그래서 한인 사회가 굉장히 좁아. 거기서 내가 아들인 거 숨기고 조용조용 살아가시고 싶어 하시는 분들이신데……."

혜윤은 지혁의 마음을 이해한다는 듯 그의 얼굴을 쓰다듬었다.

"지우는 몇 살이야?"

"한국 나이 11살."

"11살?"

"좀 놀랍지? 부모님이 미국 가서 낳은 동생이라……. 사실 형제애를 느낄 만한 시간도 없었어."

"아……. 그럼 이번에 형제애 좀 팍팍 느끼면 되겠네?"

혜윤은 뾰족한 입술 모양을 하고는 미간을 좁히며 생각에 잠겨서는 고개를 끄덕끄덕했다. 요 병아리가 이번엔 무슨 꿍꿍이일까?

✚

혜윤은 이틀 뒤에 있을 홈경기의 출전 명단을 살피며 슬며시 미소 지었다. 지혁의 이름이 교체 명단에 포함되어 있었다. 명단을 들고 연습구장에 서서 선수들의 움직임을 관찰했다.

마커 콘(훈련을 위해 세워 두는 색색의 고깔 모양) 사이사이를 누비며 쉐도우드리블(공 없이 하는 드리블)을 하고 있는 지혁의 움직임이 작년 이맘때보다 훨씬 가벼워 보였다. 그의 허벅지는 혜윤의 어우동 훈련에 힘입어 26인치를 돌파했고, 정강이뼈는 깔끔하게 아물었다.

"지혁이 교체 명단에 있지?"

현준의 물음에 혜윤은 고개를 끄덕이며 대답했다.

"네. 몸 풀릴 수 있게 후반전 시작부터는 들어갔으면 좋겠어요. 어설프게 후반 끝나 갈 무렵 말고."

"그래. 근데 너무 욕심부리면 안 되잖아."

"그건 그렇죠."

훈련을 마치고 의무실을 찾은 지혁에게 혜윤이 출전 명단을 내밀었다.

"이번 주네."

명단을 살피던 지혁이 실망한 듯 말했다.

"에이, 선발인 줄 알았는데, 교체야?"

"와, 우리 서지혁 자신만만한데?"

"요게 자꾸 오빠 이름을 막 불러!"

지혁은 콩 하고 아프지 않게 혜윤의 머리를 쥐어박았다. 그 모습을 지켜보고 있던 세훈이 어설프게 웃음을 터뜨렸다.

"하하, 하하하. 지혁이 형 정강이 마사지 하셔야 하는데요?"

"지혁 선수는 내가 직접 할게. 그만 숙소로 가 봐."

"네."

세훈은 여전히 여드름이 성성한 얼굴을 붉히며, 꾸벅 인사를 해보이고는 의무실을 나섰다. 면접 때 남자 3호였던, 강산전문대 스포츠메디컬학과 출신 세훈은 지난 시즌이 끝나고 나서부터 의무팀에 합류했다. 조금 늦기는 했지만, 구단에서 전담 마사지사를 뽑아준 덕분이었다.

"누워요."

지혁은 혜윤에게 시선을 고정한 채로 진료용 침대에 누웠다. 혜윤은 톡 쏘는 냄새가 가득한 마사지 크림을 손에 덜어내서는 지혁의 왼쪽 정강이를 마사지하기 시작했다.

"너무 무리하지 말고, 정말 워밍업이다 생각하고 뛰어요."

"알겠어. 잔소리쟁이."

"칫. 말썽쟁이."

혜윤은 부드럽게 손을 움직였다가 힘을 주기를 반복하며 지혁의 정강이와 종아리를 마사지했다. 손끝에 집중한 탓인지 이마에 송골 송골 땀이 맺혔다.

"안 힘들어? 그냥 세훈이한테 받아도 되는데……."

"아니, 안 힘들어. 오빠는 평생 내가 전담 마크 할 거야."

응? 평생? 혜윤은 자신이 내뱉은 말을 곱씹으며 얼굴을 붉혔다.

혼잣말은 줄었지만 제 앞에선 얼굴에 감정이 그대로 드러나는 혜윤을 바라보며 지혁이 푸시시 웃음을 터뜨렸다. 지혁의 복귀 경기는 예상했던 것보다 한 달이나 빠른 시기에 잡혔다. 다른 이들은 예상보다 빠른 복귀를 축하했지만, 지혁의 삶에 있어서 지난 11개월이 가장 길었고, 가장 고달팠고, 또 가장 힘들었다.

갑작스러운 부상에 지혁은 나락으로 떨어져 버린 것만 같았다. 자신의 앞에서는 환한 미소를 짓고 있지만 돌아서면 눈물을 훔치는 혜윤을 바라보는 것도 힘들었다. 그녀의 웃음에 중독되어 그녀가 주는 행복에 집착하는 것만 같은 자신의 모습조차 두려웠다.

제 마음 편하자고, 아픔을 숨긴 채 웃고 있는 그녀를 곁에 둘 수는 없었다. 그래서 굳게 마음먹고 떨어져 있던 시간 동안, 그저 빨리 다시 걸을 수만 있게 해 달라고 기도했다. 다시 그녀를 내려다보며 넓은 가슴에 그녀를 품을 수 있게 해 달라고.

병원에서 나와 재활 훈련을 시작하면서, 의무팀장의 배려로 혜윤은 항상 지혁의 곁을 지켰다. 유쾌한 그녀의 웃음소리를 들으며 다시 걷고, 다시 달리고, 다시 공을 차기 시작했다.

그와 더불어 세상을 바라보는 시각이 넓어지기 시작했고, 혜윤을 바라보는 마음의 깊이도 끝을 알 수 없을 만큼 깊어져 갔다.

커다란 공백이 있었고 끝 간 데를 알 수 없는 좌절도 맛보았지만, 뼈가 붙어 가는 동안 사랑이 굳어 갔고, 힘겨운 재활 훈련이 거듭될수록 혜윤의 사랑이 손에 잡힐 듯 느껴졌다. 혜윤이 없었다면 견뎌 낼 수 있었을까? 다시 일어서서 그라운드에 설 수 있었을까?

지혁은 여전히 입술을 꾹 다문 채로 마사지에 열중하고 있는 혜윤의 팔을 잡아당겨 자신의 품에 안았다.

"혜윤아."

"응?"

갑작스런 움직임에 놀랐는지 혜윤이 지혁의 가슴에 얼굴을 묻은 채 떨리는 목소리로 물었다.

"고마워."

"헤헤. 갑자기 뭔가?"

"그냥."

네 노력이 고맙고, 네 마음이 고맙고, 네 사랑이 고맙고…… 네 존재가 고맙다. 지혁은 혜윤의 머리칼에 입을 맞추며 그녀의 향기로 폐부를 가득 채우려는 듯 크게 숨을 들이마셨다.

✛

양 팀 모두 득점 없이 전반전이 끝나고 그라운드가 축축이 젖을 정도로 비가 오기 시작했다. 아, 불안하게 왜 비가 오고 그래. 혜윤은 잿빛으로 물든 토요일 오후의 하늘을 바라보며 한숨을 내쉬었다. 코치의 말을 들으니 후반전 원톱 스트라이커로 지혁이 그라운드에 선다고 했다.

라커룸에서 다른 선수들 상태를 살피며 지혁을 흘끔 쳐다봤다. 비가 오는 그라운드가 걱정되는 듯 지혁의 표정도 단단히 굳어 있었다. 혜윤은 지혁의 왼쪽 다리에 정성스레 테이핑을 해 주며 조용히 속삭였다.

"오빠."

무슨 말을 해야 할까. 혜윤의 심장이 쿵쾅쿵쾅거렸다. 그녀의 불안감이 전해졌는지, 지혁은 가만히 몸을 숙이고는 다른 선수들에게 들리지 않도록 조용히 속삭였다.

"걱정 마. 무리 안 할게."

응. 혜윤은 물기 어린 대답을 삼키고 고개를 끄덕여 보였다. 그토록 기다려 왔던 복귀전이었지만 그 어느 때보다도 걱정되고, 긴장되었다.

날카로운 호루라기 소리와 함께 후반전이 시작되었다. 지나가는 소나기였는지 비는 그쳤지만, 젖은 잔디는 미끄러웠다.

지혁의 등장에 강산FC 홈구장이 떠나갈 듯 그의 이름이 울려 퍼졌다. 마치 프로 무대 데뷔전을 갖는 것처럼, 지혁은 심장이 두근거렸다.

후반 중반, 준민은 빠르게 공을 몰고 와서는 지혁이 있는 자리까지 멋지게 크로스를 올려 주었다. 공을 받은 지혁이 왼발을 디딤발삼아 오른발로 멋지게 슛을 쏘아 올렸다. 공은 짧은 포물선을 그리며 수비수의 머리를 넘었고, 골키퍼의 손끝을 스친 공이 골 망을 시원하게 흔들었다.

와! 커다란 함성이 경기장 전체에 울려 퍼졌고, 준비되었던 폭죽이 하늘 높이 쏘아져 올라갔다. 장내 아나운서가 '강산FC 골의 주인공은 누구?' 하고 외치자, 팬들이 일제히 '서! 지! 혁!' 을 외쳤다. 아나운서가 다시 '오늘의 승리는?' 하자 팬들은 '강! 산! FC!' 를 한목소리로 외치며 응원가를 부르기 시작했다.

지혁은 골대 바로 뒤, 서포터즈석으로 달려가 인사를 하며 손을 흔들어 보였다. 다시 맛볼 수 없을 거로 생각했던 기쁨에 지혁은 눈물이 차오르는 것만 같았다. 서포터즈석에 인사하고 벤치를 바라봤다.

환하게 웃으며 방방 뛰고 있는 혜윤의 모습이 눈에 들어왔다. 아, 나도 강준민처럼 달려가서 확 뽀뽀해 버릴까? 지혁은 이내 고개를 저었다. 아니야, 그렇게 어설프게는 안 되지.

지혁의 골과 이제 멀리서 차는 데는 따라올 자가 없는 준민의 프리킥 성공으로 강산FC는 값진 승점을 거머쥐었다. 경기가 끝난 후, 라커룸으로 모인 선수들은 저마다 얼굴이 밝았다. 정말 리그 1위라도 가능할 것처럼 선수들 사이로 분위기가 한껏 고조되었다.

경기를 마친 지혁은 구단 버스가 아닌 에이전시에서 보내 준 차에 올랐다.

— 오빠, 축하해.

"응. 고마워, 혜윤아."

— 내일은 나 만나 줄 거지?

"당연하지."

복귀 경기를 무사히 치른 지혁은 혜윤과 짧은 전화 통화를 마친 뒤 집으로 향했다. 관중석에서 경기를 지켜본 가족들을 보기 위해서였다.

"오빠!"

현관문을 열고 들어서자, 2년 전 스페인에서 봤을 때보다 키가 훌쩍 더 커 버린 지우가 달려 나왔다.

"잘 지냈어?"

"어!"

지우는 지혁의 손을 잡고 이리저리 흔들며 애교를 부렸다.

"피곤하시죠? 도착하자마자 경기장으로 오시느라 힘드셨겠어요."

"힘들긴. 우리 아들 달리는 거 보느라고 하나도 안 힘들었지."

인옥은 오랜만에 만난 아들의 얼굴을 이리 쓰다듬고 저리 쓰다듬었고, 아버지는 어머니의 뒤에서 서서 그저 흐뭇한 미소를 짓고 계셨다.

"오빠, 여자 친구 생겼다며?"

"응."

지혁이 환한 미소를 보이며 지우의 머리를 흐트러뜨리자, 지우의 표정이 뾰로퉁해졌다.

"내일 우리 모임이 있어서 나갔다 와야 할 것 같은데, 지우랑 같이 있을 수 있지?"

인옥의 물음에 지우를 안고 뱅글뱅글 돌리며 장난을 치던 지혁이 고개를 끄덕끄덕해 보였다. 기대되는데? 한혜윤과 서지우의 만남이라?

평소 같으면 비밀번호를 누르고 고양이처럼 살금살금 들어오던 혜윤이 새삼스레 초인종을 눌렀다. 지혁이 현관문을 열어 주자, 혜윤이 커다란 아이스크림 케이크 상자를 들고 잔뜩 상기된 얼굴로 집 안으로 들어섰다.

"웬 초인종, 그냥 들어오지."

"헤헤. 그래도……."

혜윤의 등장에 잽싸게 현관 쪽으로 달려온 지우가 묘한 눈빛으로 그녀를 아래위로 훑었다.

"자, 이쪽은 오빠 여자 친구, 한혜윤. 이쪽은 내 동생 서지우."

혜윤은 몸을 낮춰 지우에게 눈높이를 맞추며 인사를 건넸다.

"안녕하세요? 반가워요."

"하이."

삐딱하게 선 자세로 손을 들어 까딱해 보이는 지우의 머리를 지혁이 콩 하고 쥐어박았다.

"이게 건방지게."

"아야!"

"그러지 마요."

혜윤의 말에 지우는 말리는 혜윤이 더 얄밉다는 듯 뚱한 표정을 지어 보였다.

식탁 앞에 마주 보고 앉아서 혜윤이 사 온 아이스크림 케이크를 먹으며 지우는 어이가 없다는 표정으로 오빠를 노려보고 있었다. 생전 웃는 얼굴은 잘 보여 주지도 않았던 오빠에게 여자 친구가 생겼다고 하더니, 그 여자가 나타나자 바보처럼 헤벌쭉거리고 있다.

집에 오면 얼굴도 안 보여 주고 방에만 틀어박혀 있던 오빠였고, 스페인에서 봤을 때도 어디 가자고 하면 죽을상을 하고 싫다고 대답했던 그였다. 오랜만에 여동생인 자신을 만나도 그저 '왔어?' 하는 인사가 전부였던 무뚝뚝한 오빠였는데. 어제는 자신을 안고 빙그르르 돌리며 장난을 치질 않나, 환하게 웃으며 잘 지냈는지, 학교 생활은 어떤지를 묻지를 않나.

안 본 새 다른 사람이 되어 버린 것 같은 오빠의 모습에 괜히 심통이 났다. 그게 다 앞에 앉아 있는 오빠의 여자 친구 때문이라는 생각에 지우는 마구마구 질투심이 생겨났다.

오빠가 속해 있는 팀의 주치의라는 여자 친구는 뭐, 예쁘게는 생겼다. 오빠의 재활을 도와준 사람이고, 오빠가 다시 멋지게 푸른 잔디 위를 달릴 수 있게 해 준 사람이라는 엄마의 말에 지우도 혜윤이 고맙기는 했지만, 왠지 무언가 얄미웠고 오빠를 뺏긴 것 같은 느낌을 지울 수 없었다.

여동생의 이런 오그라드는 마음을 아는지 모르는지, 지혁은 예쁜 유리그릇에 담긴 아이스크림을 혜윤의 입에 넣어 주겠다며 장난을 치다가 그녀의 콧잔등에 핑크빛 아이스크림을 묻히며 킬킬 웃어 댔다.

혜윤이 슬며시 자신의 눈치를 보는 것이 느껴져, 지우는 부러 더 심통이 난 표정을 지어 보였다.

"근데 계속 집에만 있을 거예요? 동생 왔는데?"

혜윤이 아이스크림 스푼을 집어 들고는 물었다.

"오빤 원래 그래요. 집이 좋은 집 귀신이래요, 엄마가. 밖에도 잘 안 나가고."

아이스크림을 뒤적거리며 뾰로통하게 대답하는 지우의 모습에 혜윤이 쿡 하고 웃음을 터뜨렸다.

"어디 가 보고 싶은 데 있어요? 내가 같이 가 줄 수도 있는데……."

혜윤의 물음에 지우의 눈동자가 이리저리 굴러다녔다. 밖에 나가고 싶기는 했지만, 오빠가 같이 가 줄 것 같지는 않았다. 뭐야? 이 언니 따라가야 하나? 칫.

"뭐야? 나만 빼놓고 어디 가게?"

지혁의 물음에 혜윤이 환한 미소를 지으며 되물었다.

"같이 갈래요, 그럼?"

"오빠 안 간다고 할걸요. 사람 많은 데는 죽어라 싫어하니까."

혜윤은 말 안 해도 안다며 지우에게 고개를 끄덕끄덕해 보였다. 지혁이 잠시 화장실에 간 사이, 지우는 식탁에 턱을 괴고 손가락으로 휴대전화 화면을 툭툭 건드렸다. 혜윤이 힐끔 지우의 휴대전화 화면을 쳐다봤다.

"어? 나도 이 가수 좋아하는데."

"정말요?"

혜윤의 말에 지우가 상체를 곧추세우더니 눈을 동그랗게 뜨고는 혜윤을 바라봤다. 지우의 휴대전화 바탕화면에는 남자 아이돌 그룹의 사진이 담겨 있었다.

"우리 오빠 떼어 놓고 좋은 데 갔다 올까요?"

혜윤의 물음에 지우는 아까의 질투심 따위는 호기심으로 꾹꾹 눌러 버렸다.

"어디요?"

혜윤은 화장실에서 나온 지혁을 바라보며 배시시 웃어 보였다. 지우도 혜윤과 같은 표정을 하고는 지혁을 바라보았다. 쟤들 갑자기 왜 저래?

"오빠, 나 혜윤 언니랑 밖에 나갔다 와도 돼?"

"어딜?"

지혁은 혜윤에게 시선을 옮기며 미간을 좁혔다. 지우는 뭐가 그렇게 재미있는지 키득거리며 대답했다.

"여자들끼리 비밀."

"뭐?"

"그냥, 같이 쇼핑도 하고 맛있는 것도 먹고, 그러고 올게요."

뭐야, 오늘 같은 날은 내 복귀 기념 파티라도 같이 해야 하는 거아니야? 지혁은 혜윤에게 눈을 흘기며 입술을 삐죽 내밀었다.

"그럼, 오빠가 나 데리고 나가 줄 거야?"

"내일부터 엄마랑 다니면 되잖아."

"엄마랑 가는 데는 뻔하지, 뭐."

지우가 다시 퉁퉁 불은 표정을 짓자, 지혁이 하는 수 없다는 듯물었다.

"어떻게 갈 건데? 어디로 갈 건데?"

"내 차로 가면 돼요."

아, 한혜윤 이제 운전도 하지. 지혁은 둘이서 무슨 쿵짝이 맞았는지, 눈을 맞추고는 키득거리며 소곤거리는 두 여자를 보고 자신이 가지 말라고 해 봤자 소용이 없을 것 같단 생각이 들었다.

"운전 조심하고. 몇 시쯤 올 거야?"

"움. 저녁 먹고, 8시쯤?"

"그렇게 늦게?"

"오빠, 안 돼?"

지우가 불쌍한 표정을 만들어 내며 울상을 지었다.

"알겠어. 이따 혜윤 언니도 숙소로 들어가야 하니까, 너무 피곤하게 하지 마."

"응."

"잠깐 언니랑 얘기 좀 하게 기다려."

"응!"

무언가 잔뜩 기대에 부푼 듯 씩씩하게 대답을 해 보이는 지우를 뒤로하고, 지혁은 혜윤의 손을 이끌고 침실로 향했다.

"뭐 하는 거야? 만난 지 30분도 안 됐으면서 지우를 데리고 어딜 가려고?"

"헤헤. 나도 점수 좀 따야죠."

"뭐야? 한혜윤, 점수는 왜 따? 누가 너랑 결혼해 준대?"

"어머! 오빠! 누가 오빠한테 시집간대? 난 우리 지혁 선수 가족들한테 주치의로서 점수 좀 따려고."

까르르 웃어 보이며 한술 더 뜨는 혜윤을 지혁이 품에 꼭 끌어안았다.

"오늘 같은 날은 나랑 같이 있어 줘야지."

"오랜만에 한국 와서 오빠 집에 묶여 있는 여동생도 생각해 줘야지."

지혁은 대답 없이 혜윤의 입술을 머금었다. 음, 좋다, 한혜윤.

똑똑똑. 들뜬 지우의 마음을 증명이라도 하듯 빠르고 경쾌한 노크 소리가 들려왔다.

"언니 안 가요?"

"나가요, 잠시만요."

목 언저리에 입술을 지분거리며 스멀스멀 배를 타고 올라오는 지혁의 손을 붙잡고는 혜윤이 눈을 부릅떴다. 지혁은 아쉬운 듯 품에서 혜윤을 떨어뜨렸다.

여자들만의 비밀이라며 사라진 둘은 집을 떠난 지 네 시간이 지나도록 전화 한 통 없었다. 누구라도 같이 가자 했으면 못 이기는 척 따라갈까 했는데, 치사하게 둘은 지혁을 혼자 두고 밀약이라도 한 듯 조용히 키득거리며 집을 나섰다.

대체 어딜 간 거야? 지혁은 하릴없이 소파에 드러누워서 리모컨을 들고 언제 켰었는지 기억도 나지 않는 텔레비전을 켰다. 일요일 오후, TV에서는 음악 프로그램이 방송되고 있었다. 생각 없이 화면을 바라보고 있던 그때, 무수히 많은 방청객 사이로 낯익은 두 얼굴이 보였다. 저거 뭐야? 병아리랑 서지우 아냐? 이런!

알레케이리그 인터뷰와 구단 소개 프로그램을 제작하며 얼굴을 익힌 PD의 도움으로 음악 프로그램 공개방송을 두 손 꼭 붙잡고 본 혜윤과 지우는 마치 친자매처럼 친해져 있었다. 역시 목적이 같은 빠순이는 언제나, 어디서나 통하지.

"지우 양, 우리 지금 출발하면 오빠 집에 일곱 시에는 도착할 것 같은데, 저녁은 오빠랑 같이 먹을까요?"

"네. 그래요, 언니."

차에 올라탄 지우가 운전석에 앉은 혜윤에게 몸을 한껏 틀며 물었다.

"근데, 언니."

"네?"

"우리 호칭 정리 좀 하죠."

"음?"

혜윤은 뾰족한 입술 모양을 하고는 지우에게 되물었다.

"내가 지우 양은 아니죠. 아가씨라고 불러야죠."

심각한 듯 어른스럽게 말하는 지우의 말투에 혜윤은 까르륵 웃음이 터졌다. 혜윤은 얼른 웃음을 멈추고 심각한 표정을 지어 보이며 지우에게 안타깝다는 듯 말했다.

"근데, 어쩌죠, 지우 양? 나 아직 지우 양 오빠한테 프러포즈는 못 받았는데?"

"그럴 줄 알았어요."

열한 살 지우는 스물아홉 오빠가 한심하다는 듯 혀를 끌끌 차 보였다.

"에효. 오빠는요, 저랑 손잡고 동네 공원도 못 가요. 사람들이 알아볼까 봐. 아마 언니하고도 그럴걸요."

어른스럽게 말하고는 있지만 지우는 많이 서운해 보였다. 유명인의 가족으로 알려진 채 살아가는 것, 혹은 유명인의 가족이라 숨죽이고 살아가는 것 모두 일장일단이 있어 보였다. 혜윤은 지우의 한숨 소리를 들으며 물었다.

"오빠랑 손잡고 사람들 앞에 서고 싶어요?"

"꼭 내가 오빠 동생이란 거 안 알려도 돼요. 그냥 오빠 손잡고 사람 많은 데 가 보고 싶어요."

"방법이 있을 것 같은데요?"

혜윤의 입술이 또다시 뾰족하게 모이고, 눈동자는 호기로움으로 반짝였다.

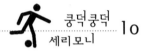

쿵덕쿵덕
세리모니 10

매년 여름 진행되는 K리그 올스타전. 올해는 작년도 우승팀을 포함한 수도권 지역의 팀이 홈팀, 그 외의 팀에서 차출된 선수들이 어웨이팀으로 이루어져 경기가 진행되었다. 올스타전에는 언제나 이벤트가 가득했고, 볼거리가 많아서 관중석이 가득 들어찼다.

강산FC는 어웨이팀에 속했고, 리그에 복귀한 지 한 달이 다 되어 가는 지혁은 역시나 선발 명단에 들어 있었다.

오랜만에, 혹은 처음으로 같은 팀에서 뛰게 된 선수들과 인사를 나누는 지혁은 라커룸을 빠져나와 플레이어 에스코트(선수 입장 시 손을 붙잡고 들어가는 어린이)들이 서 있는 곳으로 걸어갔다. 무심코 옆에 서 있는 아이의 얼굴을 내려다봤는데, 지우가 배시시 웃으며 지혁을 올려다보고 있었다.

"지우야!"

"헤헤."

축구 유니폼을 입고 어느 때보다 환한 미소를 짓고 있는 동생의 표정에 지혁의 얼굴에도 미소가 떠올랐다.

"어떻게 된 거야?"

"언니가 여기 설 수 있게 도와줬어."

지혁은 반짝이는 사과처럼 빨갛게 두 볼이 상기된 지우의 손을 꼭 잡고 그라운드로 나섰다. 수많은 사람이 지켜보고 있었고, 수없이 많은 플래시가 터지며 사진이 찍혔다.

지우가 주위를 한 번 둘러보더니 지혁을 올려다보며 조용한 목소리로 말했다. 지혁은 동생의 말에 귀를 기울이기 위해 슬쩍 상체를 기울였다.

"오빠가…… 나 보호해 주려고 그러는 거라고, 너무 서운해하지 말라고, 이렇게 하면 사람들 앞에서 오빠랑 나란히 걸을 수 있다고 해서."

지혁은 지우를 잡은 손에 슬쩍 힘을 주며 낮게 속삭였다.

"미안해, 지우야."

"아니야. 오빠 맘 이해해."

어느새 훌쩍 큰 여동생을 내려다보며 지혁은 환한 미소를 지어 보였다. 한혜윤, 예쁜 짓만 골라서 하네.

"언니한테는 이야기 안 했지?"

"그럼! 나 얼마나 입이 무거운 여잔데!"

지우의 대답에 지혁은 동생의 머리를 슥슥 쓰다듬으며, 의미심장한 미소를 지었다.

두 남매가 손을 꼭 붙들고 그라운드로 들어서는 모습을 혜윤이 벤치에서 지켜보았다. 아! 뿌듯해. 서지혁, 감동 좀 먹었나?

오늘 분명 타 구단에서 의무팀이 오기로 되어 있었는데, 내부 사정으로 오지 못한다며 혜윤에게 호출이 왔다.

플레이어 에스코트인 지우를 신경 쓰랴, 올스타전이어서 몸을 사리는지 여기저기서 혜윤을 찾아 대는 선수들 신경 쓰랴 몸이 열 개라도 모자랄 것만 같았다. 플레이어 에스코트가 그라운드를 떠나 어디론가 이동하는 모습을 보며 혜윤은 휴대전화를 들어 문자를 보냈다.

[어머님, 이제 지우 양은 어머님 앉아 계신 특별석으로 이동할 거예요.]

[그래요. 고마워요. ^^]

혜윤은 인옥에게서 온 답문을 확인하고, 응급 키트를 살피며 경기 시작을 기다렸다.

이상한 가발을 쓰고 나온 선수부터 포지션이 마구 뒤바뀐 선수들까지 올스타전의 볼거리는 다양했다. 이미 은퇴해서 감독의 자리에까지 올랐던 분들이 선수들 자리에 서기도 했고, 심판이 일부러 레드카드를 내보이는데도, 선수는 그라운드를 떠나지 않으며 도망을 다니기도 했다. 작년에는 지혁의 부상으로 즐기지 못했던 올스타전이 올해는 너무도 흥겨웠다.

"혜윤 씨, 나 테이핑 좀 해 줘요."

"지금요?"

타 구단 선수의 부름에 혜윤은 고개를 돌려 그를 바라봤다.

휘리릭!

갑작스러운 심판의 호루라기 소리와 함께 경기가 멈췄다. 선수의 상태를 살피던 주심은 손짓으로 메디컬 팀이 들어와야 한다고 벤치에 알렸다. 올스타전 분위기에 한껏 취해 있던 경기장 전체가 갑자기 쥐 죽은 듯이 조용해졌다. 비교적 팬들이 적은 어웨이팀 선수가 올스타전 경기에서 쓰러져 있는데도 불구하고, 상대적으로 수가 많은 홈팀 팬들의 야유 소리가 전혀 들려오지 않는다.

이벤트성 연기가 아닌, 즐기러 온 경기에서 발생한 심각한 부상이라는 것을 모두 감지한 것이다. 하프라인 부근 사이드라인 근처에서 고통에 몸부림치고 있는 그가 보였다. 다른 선수들 발 사이사이로, 몸을 비틀며 고통을 호소하는 그의 발목이 늘어진 것 같아 보였다. 어떻게 다친 거지?

주심의 손짓을 보자마자, 이미 테크니컬 에어리어 안에서 대기 중이던 들것과 함께 의무팀장인 팀 트레이너 현준과 팀 닥터 혜윤이 그라운드 안으로 뛰기 시작했다. 맙소사, 안 돼. 이제 한 달밖에 안 됐는데!

"울지 마, 한혜윤! 이거 일이야."

현준의 목소리가 그 어느 때보다 차갑게 느껴졌다. 심장이 고통스러울 만큼 쿵덕거렸다. 부상당한, 혹은 부상당했을지도 모를 선수를 체크하기 위해 그라운드로 수만 번 달려 들어갔지만, 지금처럼 숨이 차오르고 버거웠던 적은 없었다. 자꾸만 눈물이 앞을 가려서 시야가 흐려졌다.

'조금만 참아. 내가 달려가고 있어. 조금만.'

혜윤이 도착하자 그를 둘러싸고 있던 다른 선수들이 길을 터 주었다. 겨우 부상에서 벗어나 리그 경기에 복귀한 그에게 다시 부상이 찾아온다면 그는 또다시 지독하게도 외롭고 고통스러운 슬럼프에 빠질 것이다. 그의 좌절감을 옆에서 한 번 지켜봤던 혜윤은 심장 구석까지 아픔이 몰려오는 것 같았다.

상태가 좋아 보이지 않았다. 정확한 진단은 검사를 해보아야 내릴 수 있겠지만, 힘없이 늘어져 있는 그의 발목을 보니 뼈에 이상이 있는 것 같았다. 벤치를 향해 엑스 자를 그리는 혜윤의 팔이 후드득 떨려 왔다.

어웨이팀 감독을 맡았던 차정한 감독의 망연자실한 표정이 혜윤의 눈에도 들어왔다. 그는 알겠다며 고개를 끄덕이고는 몸을 풀고 있던 선수에게 손짓했다. 고통을 덜어 주기 위해 홱 돌아간 발목에 냉각 스프레이를 뿌리고 나자 그가 들것에 실렸다. 교체 선수가 들어오고 올스타전 경기가 조용함 속에 재개되었다.

들것에 실려 나가는 그의 곁에 서서 손등으로 눈물을 닦아 내고 코를 비벼 대며 훌쩍였다. 하아. 복받치는 울음에 어깨가 심하게 들썩였다. 경기장 구석에 모여 있는 강산FC의 팬들이 그의 이름을 연호하는 소리가 그라운드 전체를 울렸다.

'울지 마. 괜찮아.'

고통으로 일그러진 얼굴을 한 지혁이 혜윤의 손목을 잡고 입 모양으로 속삭였다. 혜윤이 고개를 끄덕여 보이며 발걸음을 옮기는데…….

무언가 이상했다. 경기장을 돌아서 나가야 할 들것이 경기장 한가운데로 향하고 있었다. 주위를 두리번거리자 선수들이 모두 경기를 멈추고 들것이 움직이는 곳을 바라보고 있었다. 현준이 혜윤의 어깨를 톡톡 두드렸다.

"네?"

눈물 젖은 얼굴을 들어 현준을 바라봤다. 현준이 생긋 웃으며 전광판을 가리켰다.

"왜요?"

경기장 전체에 잔잔한 음악이 울려 퍼지며 전광판에 글자들이 나타나기 시작했다.

팀 닥터, 팀 주치의.

이분들이 경기장에 나타날 때는 항상 선수들이 그라운드 위에 쓰러져 있을 때죠.

모두 골이 들어가 기뻐할 때도 이들은 선수들의 움직임을 관찰합니다.

어디 불편한 선수는 없는지,

세리모니를 하는 틈을 타 급히 손을 봐 줘야 할 선수는 없는지.

그들의 눈동자는 공보다도 빠르게 그라운드 위를 구릅니다.

언제나 부상당한 선수를 향해 덜컹거리는 마음으로 그라운드를 내달릴 그녀에게……

의미가 다른 두근거림을 선물하고 싶었습니다.

뒤이어 지혁의 재활 과정을 담은 사진들이 스쳐 갔다. 혜윤은 자신도 모르게 두 손으로 입을 막고는 눈을 동그랗게 뜨고 전광판을 보고 있었다. 빠르게 흘러가던 사진은 짐(Gym)실에서 서로를 바라보며 환하게 웃고 있는 지혁과 혜윤의 사진에서 멈췄다.

제 앞에 서 있는 이 여자가 없었더라면,

저는 다시 그라운드로 돌아오지 못했을 겁니다.

평생, 이 은혜를 갚으며 살아가야겠죠?

혜윤아, 돌아볼래?

혜윤이 몸을 돌리자, 지혁이 환한 미소를 지으며 서 있었다.

"뭐야? 발목은?"

"내가 되게 연기를 잘했나 봐."

아무렇지 않다는 듯 발목을 흔들흔들해 보이는 지혁을 보고 혜윤은 커다랗게 울음을 터뜨렸다.

"나빴어, 정말……. 나빴어."

두 손으로 얼굴을 가리고 엉엉 우는 혜윤을 지혁이 품에 안고 달랬다.

"그만 울어."

혜윤의 울음이 잦아들자 지혁이 초록색 잔디 위에 왼쪽 무릎을 꿇고는 혜윤의 손을 잡았다.

"내 평생 주치의도 좋지만, 난 네가 내 마누라였으면 좋겠는데?"

혜윤이 상체가 들썩일 정도로 커다란 숨을 토해 냈다.

"결혼하자, 우리."

고개를 끄덕끄덕해 보이는 혜윤의 모습이 전광판에 잡히자 오만 관중의 함성이 쏟아져 나왔다. 지혁은 몸을 일으켜 혜윤의 얼굴을 감싸고는 그녀의 입술에 아주 살짝 입을 맞췄다.

지혁의 손에 이끌려 그라운드를 빠져나온 것 같았다. 자꾸만 눈물이 흘러나와서 시야가 흐릿해졌다. 차에 오른 지혁은 혜윤의 눈가를 닦아 내고는 그녀의 팔을 끌어당겨 품에 안았다.

"많이 놀랐어?"

"당연하지."

"미안. 그렇게 울 줄은 몰랐어."

"바보."

"그래, 나 바보다."

지혁은 얼굴을 돌려 혜윤의 뺨에 입을 맞추고, 입가에 입을 맞추고, 입안을 파고들었다. 수많은 사람 앞에서, TV 중계까지 되는 곳에서 그녀를 자신의 여자라고 못 박고 났더니 가슴이 한껏 부풀어 올랐다.

"근데?"

"음?"

혜윤이 갑자기 입술을 떼어 내고는 물었다.

"난 이번 경기에서 오빠 놀래 주려고, 지우랑 한참 동안 준비했는데……. 혹시 지우도 알고 있었어?"

"응."

"근데 치사하게 나한테 말도 안 해 줬단 말이야?"

혜윤은 잔뜩 심통이 난 듯 보였지만, 목소리는 애교가 한가득이었다.

"너도 걔가 플레이어 에스코트인 거 나한테 말 안 했잖아."

"그거랑 이거랑 같아?"

"서프라이즈 이벤트인 건 똑같지?"

"치."

한혜윤, 너 빼고 그 경기장에 있는 사람들 다 알고 있었어. 심지어 중계방송에 서지혁이 이벤트 한다고 자막도 나갔을걸? 지혁이 푸시시 웃어 보이자 혜윤이 눈을 흘겼다.

"뭐야. 나 바보같이 엉엉 우는 거 방송에 다 나갔을 거 아니야?"

"바보 같지 않았어. 우리 혜윤이 우는 것도 예뻤어."

"정말?"

"응."

거짓말이었다. 올스타전이 끝나고 인터넷을 도배한 사진에는 환하고 멋지게 웃고 있는 지혁과 눈물범벅이 된 혜윤의 얼굴이 한 프레임에 잡혀 있었다. 짓궂은 네티즌들은 서지혁이 푹 퍼진 순두부같이 생긴 여자랑 결혼한다고 댓글을 달았다.

"장모님, 저 왔어요."

김자희 여사는 현관을 들어서는 지혁에게 곱지 않은 시선을 보냈다.

"혜윤이한테 슬쩍 눈치라도 주지. 어제 그렇게 화장이라도 하고 가라고 하는데, 그냥 가더니만. 어휴."

"아직 방에서 안 나와요?"

"들어가 봐. 난 몰라."

지혁은 혜윤의 방문을 통통 두드렸다.

"혜윤아, 나 왔어."

대답이 없다.

"문 안 열어 주면 부수고 들어간다?"

또 대답이 없다.

"부수긴 왜 부숴? 자."

지혁은 뒤에서 열쇠를 건네는 김자희 여사에게 어설프게 웃어 보였다.

열쇠로 방문을 열고 들어가자, 혜윤이 이불을 푹 뒤집어쓰고 침대에 누워 있었다. 지혁은 방문을 잠그고는 혜윤의 옆에 나란히 누워서 이불을 돌돌 말고 있는 그녀를 꼭 끌어안았다. 혜윤이 저리 가라는 듯 몸을 이리저리 비틀며 빠져나가려고 애썼다.

"속상해?"

여전히 대답이 없다.

"장모님 걱정하신다. 나가서 밥이라도 먹자. 응?"

"누가 그쪽 장모님이신데요?"

뾰루퉁한 혜윤의 목소리에 지혁이 푸시시 웃음을 흘렸다. 혜윤이 갑자기 이불을 걷어 내더니 벌떡 일어나 지혁에게 소리쳤다.

"웃겨? 이게 웃겨? 오빠는 남신처럼 찍히고, 나는 푹 퍼진 순두부처럼 찍힌 사진이 인터넷에 막막 돌아다니는데, 이게 웃겨?"

"내 눈엔 예쁘기만 한데, 뭐."

"이씨."

혜윤이 눈을 흘기고, 잔뜩 뽈을 내며 목소리를 높이고 있는데 방문 너머 김자희 여사의 말소리가 들려왔다.

"문 잠그고 뭐 해? 얼른 내려와서 밥 먹어."

"네, 장모님!"

지혁의 손에 이끌려 식탁 앞에 앉은 딸을 김자희 여사가 안타까운 눈으로 바라봤다. 요즘 부쩍 한국 오는 횟수가 늘어난 큰오빠 도윤은 뜨악한 표정으로 동생의 몰골을 살폈다.

"동생, 괜찮나?"

"이게 괜찮아 보이냐?"

"아, 매제가 잘못했네."

"뭐? 누가 매제야? 왜 매제야? 나 아직 시집 안 갔는데?"

"야, 너 뭐 얼굴 다 팔려서 어디 딴 데로 시집이나 가겠냐?"

도윤의 말에 지혁이 쿡 하고 웃음을 터뜨렸다. 그래, 그래야지. 안 그래도 노리는 놈들 많은데, 이렇게 못을 박아 놓으면 한혜윤 어디 가서 다른 남자랑 웃으며 말이라도 섞을 수 있겠어? 아주 옳아!

지혁의 흐뭇한 표정을 살피던 눈치 빠른 김자희 여사가 물었다.

"뭐야? 우리 사위 되실 양반은 기분 좋아 보이네?"

"아, 아닙니다, 장모님! 혜윤이가 속상해하는데 저도 속상하죠."

"다 초대해. 올스타전 왔던 사람들 결혼식에 다 초대해."

퉁퉁 부어 있는 혜윤의 말에 세 사람이 뜨악한 표정을 하고는 그녀를 바라봤다.

"나 순두부 아니라고!"

"야, 그거 TV 생중계됐어. 결혼식도 생중계할래? 왜, 매제 국외 팬들도 다 부르지?"

도윤의 말에 혜윤이 다시 울음을 터뜨릴 듯 입술이 실룩거렸다.

"자자, 이거 봐."

지혁은 휴대전화에 인터넷 기사를 하나 띄우고는 혜윤에게 건넸다. 머리 모양이 달라지고 지혁이 다친 줄 알고 눈물범벅이 된 채로 울어서 그렇지, 어제 서지혁의 프러포즈를 받은 여자는 강산FC의 한 여신이었다는 내용과 함께, 경기장에서 생긋 웃고 있는 혜윤의 사진이 담긴 기사였다.

"뭐야? 저런 사진은 기자들이 어디서 났어?"

기자들이 이런 사진을 어디서 구했겠어. 내가 뿌렸지. 아, 단순한 한혜윤.

혜윤은 식사를 끝내고 나서도 침대 위를 데구르르 굴러다니며, 온종일 한 여신이라 뜨는 기사와 팀 닥터로서 자신의 자질을 칭찬한 기사를 찾아보고는 헤벌쭉 미소를 지었다.

"이제 좀 풀렸어?"

거실에서 도윤과 이야기를 나누고 있던 지혁이 혜윤의 방문을 빼꼼히 열며 들어왔다.

"치."

혜윤은 밉지 않게 눈을 흘겨 보이며 입술을 삐죽 내밀었다. 지혁은 어느새 혜윤이 누워 있는 침대로 다가와 그녀를 품에 안았다.

"이제 나랑 결혼할 거야?"

"치. 대답은 진작 했다, 뭐."

혜윤의 대답에 지혁이 낮은 웃음을 터뜨리고는 뾰족하게 모여 있는 혜윤의 입술에 쪽 하고 입을 맞췄다.

✛

도윤의 아는 사람이 일하고 있는 곳이라는 호텔의 레스토랑 프라이빗 룸에서 지혁의 가족과 혜윤의 가족이 마주 앉았다. 올스타전 경기가 있은 후, 딱 이틀 만이었다. 혜윤만 모르고 있었을 뿐 벌써 한참 전부터 이곳이 예약되어 있었고, 두 어머님은 벌써 지혁과 함께 식사도 같이 하셨다고 했다.

나빴어, 서지혁.

한혜윤, 꼼짝 못 하게 하려고 그랬지.

두 사람은 표정으로 그렇게 대화를 주고받았다.

"우리 지혁이는 선수로 바쁘고, 혜윤 양은 팀 닥터로 바쁘고, 리그 중에 결혼은 어렵겠네요."

인옥 여사의 말에 지혁의 표정이 순식간에 일그러졌다.

"일주일이라도 휴가 내면 돼요. 빨리 했으면 좋겠는데……."

재빨리 대답을 마친 지혁은 주위의 눈치를 살폈다. 여동생 지우조차도 고개를 설레설레 저으며 지혁을 한심하다는 듯 바라보고 있었다. 동생, 딱 15년만 있어 봐라, 오빠 마음을 이해하게 될 거다.

혜윤은 예비 시부모님을 모신 자리여서 그런지 그저 조신하게 자리를 지키고 있었고, 지혁은 그런 혜윤을 빨리 아내로 맞고 싶어서 안달이 날 지경이었다. 같이 장도 보고, 요리도 하고, 한 숟가락씩 밥도 떠먹여 주고, 소파에 앉아서 느긋하게 영화도 보고, 그러다가……?

므흣한 신혼생활을 그리며 지혁은 흐뭇한 미소를 지었다. 아, 우리 샤워는 같이 했던 적이 있었던가? 흐흐흐.

무슨 생각을 하고 있는 건지 결혼을 빨리 하고 싶다고 굳은 결의를 다지는 표정이 지었다가, 이내 얼굴을 붉히며 히죽거리고 있는 지혁을 향해 김자희 여사가 입을 열었다.

"예비 사위님, 빨리 하고 싶은 마음은 이해하지만, 결혼식을 준비하면서 두 사람도 마음속으로 부부가 될 준비를 하는 거예요. 함께 쓸 수저 한 벌까지도 정성스레 고르고, 신혼여행 계획하면서 미래도 그려 보고, 그렇게 하나하나 맞춰 가면서 연애가 아닌 진짜 생활에 대비하는 거지."

김자희 여사의 말에 사부인이 되실 인옥 여사도 한마디 거들었다.

"그럼요. 아, 이 사람은 뭘 결정할 때 이렇게 생각하는구나, 이 사람은 이 부분에 더 신경을 많이 쓰는구나 하고. 그 어떤 때보다 둘이 상의해서 결정해야 할 일들이 많을 거야. 그래서 결혼식 준비 하면서 많이들 싸운다고 하잖아. 그렇게 티격태격해 봐야 서로 조심해야 할 부분도 알게 돼. 많이 싸워도 보고, 한없이 양보도 해 보고, 그러고 나서 멋지게 결혼하면 되는 거야."

두 어머님의 말씀에 지혁은 어쩔 수 없다는 듯 고개를 끄덕이며, 손가락으로 개월 수를 세어 보았다. 아, 리그 끝나고 겨울이면, 1월 은 돼야 할 거고, 이제 막 8월이 됐는데……. 지혁에게 남은 5개월 이 억겁의 시간보다 더 길게 느껴질 것만 같았다.

상견례를 마치고 나오는 길. 부모님과 형제들은 각자의 집으로 향했고, 혜윤은 지혁과 함께 그의 차에 올라탔다.

"오빠."

"응?"

신호 대기에 차가 멈춰 서자 지혁은 고개를 돌려 그녀를 바라봤다.

"안타깝게도 5개월밖에 안 남았네."

혜윤이 아쉬운 목소리로 말하자 지혁이 고개를 갸웃했다.

"뭐? 안타깝게도! 5개월씩이나 남은 거지!"

지혁의 말에 혜윤이 예쁘게 웃어 보이며 얼굴을 붉혔다.

"우리가 연애할 수 있는 시간이."

아! 지혁은 무언가 커다란 몽둥이로 뒤통수를 세게 얻어맞은 것 같은 기분이 들었다. 날마다 구장, 연습구장, 의무실, 지혁의 집을 오갔을 뿐, 그녀와 제대로 된 데이트를 했던 적이 없는 것 같았다. 단체로 관람하던 극장을 몰래 빠져나와 영화 한 편 본 거? 밤늦게 공원을 거닐었던 거?

지혁은 괜히 미안한 마음에 혜윤에게 조심스레 물었다.

"뭐 해 보고 싶은 거 있어?"

"그냥…… 될지는 모르지만…… 아주 평범한 것들."

"어떤 거?"

"헤헤. 너무 많아서…… 뭐부터 해야 할지 모르겠어."

온 국민이 둘이 짝이 된 것을 알고 있을 텐데, 지혁은 아무것도 거리낄 게 없었다. 사람 많은 곳은 정말 지독히도 싫어하는 그였는데, 지금은 오히려 혜윤의 손을 꼭 붙들고 많은 사람들이 모인 곳에서 그녀가 말한 평범한 일상을 즐겨 보고 싶은 생각마저 들었다. 기분 좋은 생각에 빠져 있는지 혜윤의 입꼬리가 슬쩍 올라가 있었다.

"그럼."

"그럼?"

혜윤의 말을 똑같이 따라 하며 지혁이 되물었다. 혜윤은 휴대전화에 있는 내비게이션 앱을 활성화하고는 지혁에게 이리저리 길을 안내하기 시작했다. 한 시간 반 정도 차를 몰았을까, 눈앞에 알록달록한 환영 문구와 캐릭터들이 나타나기 시작했다.

널찍한 놀이동산 주차장에 주차를 마치자 혜윤은 커다란 눈이 예쁘게 휘어지는, 지혁이 무척이나 좋아하는 미소를 지으며 물었다.

"준비됐어?"

지혁이 푸시시 웃으며 고개를 끄덕이자, 혜윤은 지혁의 얼굴을 양손으로 잡고는 주무르기 시작했다.

"어오, 우리 서지혁 좀 못생겨지는 마법 부릴 수는 없나? 이 잘생긴 얼굴 사람들이 막막 쳐다볼 거 아냐?"

"뭐야? 한혜윤. 넌 잘생긴 남자가 좋다며? 나 못생겨져서 네가 나 안 좋아하면 어떡해?"

"히히. 그건 그렇다."

입술을 뾰족하게 모으고 부러 심각한 표정을 지으며 고개를 끄덕끄덕하는 혜윤의 이마를 손가락으로 아프지 않게 통 튕겨 내며 지혁이 말했다.

"요게, 요게. 뭐가 또 그건 그래?"

까르륵거리며 웃는 혜윤의 손을 꼭 잡고 둘은 놀이동산에 입장했다. 와! 사람 정말 많다. 각자의 즐거움에 취해 있는 듯 혜윤과 지혁의 움직임을 신경 쓰는 사람은 없어 보였다.

"오빠, 놀이기구 잘 타?"

"안 타 봐서 몰라. 중2 때 소풍 왔던 게 마지막이었던 것 같은데……."

"그땐 잘 탔어?"

"어, 무지."

그렇단 말이지? 혜윤은 무시무시한 낙차를 자랑하는 롤러코스터 앞으로 지혁을 이끌었다. 꺄악 하는 소리가 이어지다가 꼭대기에서 획 떨어지는 순간에는 아무 소리도 들려오지 않아 그 두려움이 고스란히 느껴지는 것 같았다. 지혁은 현기증이라도 느끼는 듯 발밑이 뱅그르르 도는 것 같았다.

"혜윤아."

"응?"

줄 서는 곳을 찾고 있는 혜윤의 어깨를 지혁이 잡아당겼다.

"이건 안 되겠다."

고개를 내저으며 심각한 표정을 짓는 지혁을 보고 혜윤이 킥 하고 웃음을 터뜨렸다. 그럼, 뭐가 되는 걸까? 서지혁 선수?

"오빠아."

어깨를 좁히며 잔뜩 애교스러운 목소리로 자신을 올려다보는 혜윤이 지혁은 두렵기까지 했다. 지혁은 어설픈 웃음을 지어 보였다.

"나, 저거 해 보고 싶어."

혜윤이 조심스레 검지를 들어 가리킨 것은……. 아뿔싸. 지혁은 끝내 고개를 떨어뜨리고 말았다. 이게 네가 말한 평범한 일상의 범주 안에 들어가는 거였어?

놀이동산 야외 레스토랑에 앉아서 아이스크림을 먹고 있는데, 흘 끔거리는 시선이 느껴졌다. 제발, 사진만 찍지 마세요. 지혁은 그렇게 속으로 읊조리며 생글생글 웃고 있는 혜윤을 바라봤다.

"혜윤아."

"음?"

"좋아?"

"응. 무지 좋아!"

무지무지 좋다며 고개를 끄덕이고는 배시시 웃어 보이는 그녀를 보며, 지혁도 푸시시 웃었다. 깜찍하게 웃고 있는 혜윤의 얼굴을 휴대전화 카메라에 담으려 화면을 터치했는데, 수백 개의 톡이 와 있었다. 뭐야? 이건 대체?

지혁은 강산FC 단체 톡방을 톡톡 두드렸다. 맙소사.

[서지혁, 진정 늑대 변신. SNS에 퍼 옴.]

[ㅋㅋㅋ. 앞에 앉아 있는 혜윤 쌤은 토끼야?]

[완전 잘 어울리는 한 쌍인데?]

[흐흐. 늑대가 오늘은 토끼 잡아먹는 거임?]

놀이동산에서 파는 동물 귀 머리띠를 한 둘이 야외 레스토랑에 마주 보고 앉아 있는 사진이었다. 아, 제발 사진만 찍히지 않기를 바랐는데.

[저 귀는 늑대가 아니라, 귀여운 고양이랍니다. 헤헤.]

단체 톡방에 혜윤의 메시지가 나타났다. 지혁은 의미심장한 미소를 짓고 있는 혜윤을 바라봤다. 혜윤의 얼굴에 그 어느 때보다 만족스러운 미소가 떠올랐다. 뭐지? 한혜윤?

뭐긴 뭐야? 혜윤은 키득키득 터져 나오려는 웃음을 참으려 일부러 아이스크림을 한입 머금었다. 내가 순두부 된 대신, 당신은 국민 고양이 된 거지. 푸핫. 혜윤은 휴대전화를 테이블 위에 내려놓고는 턱을 괴고 지혁을 바라봤다.

잘생긴 얼굴, 왁스를 발라 멋들어지게 넘긴 머리, 자잘한 체크무늬 남방에 와인색 치노 팬츠, 맨발에 신은 감청색 보트 슈즈, 그리고 이 멋진 스타일을 완성해 줄 진회색 고양이 귀 모양 머리띠.

"너무 멋져. 우리 자기."

생긋 웃으며 하트가 둥둥 떠다니는 목소리로 혜윤이 속삭이자, 지혁의 얼굴이 순식간에 굳었다.

"지금 뭐라고 불렀어?"

"우리 자기님?"

지혁이 푸시시 웃음을 흘렸다. 어오, 한혜윤. 토끼의 탈을 쓴 여우.

✚

커튼이 열리기를 기다리며 지혁은 한숨을 푹 내쉬었다. 좌르륵 소리와 함께 공단으로 된 두꺼운 커튼이 열렸다. 새하얀 웨딩드레스를 입고 서 있는 혜윤을 향해 지혁은 고개를 내저었다. 혜윤은 급기야 짜증 섞인 목소리로 소리쳤다.

"또 왜?"

"어깨가 드러나잖아."

지혁은 자신의 어깨를 두 손으로 가리키며 다시 고개를 저었다. 혜윤은 두 팔을 축 늘어뜨리며 한숨을 내쉬었다.

"앞에 세 벌은 골반이 딱 달라붙어서 안 된다. 그 전에 두 벌은 쇄골이 보인다. 또 그 전에 건 망사가 야해 보인다. 이번 건 어깨가 나온다. 드레스가 다 그렇지!"

"안 돼!"

다른 건 다 양보해도 드레스 입은 혜윤의 모습만은 양보할 수 없었다. 혹 파인 드레스를 입는 꼴은 도저히 눈을 뜨고 볼 수가 없다. 심통을 부리는 혜윤의 모습에도 지혁은 아랑곳하지 않고 단호한 표정을 지었다. 커튼이 닫히고, 드레스를 입혀 주던 샵 직원도 크게 한숨을 내쉬었다.

"에고, 제가 여기서 일한 뒤로 드레스 제일 많이 입어 보시는 예비 신부님이신 것 같아요."

"죄송합니다."

"죄송하긴요. 신랑님 마음도 이해되는데요. 예쁜 신부 모습 혼자만 보고 싶은 거."

혜윤은 이게 마지막이다 생각하고 거울 앞에 섰다. 목선부터 팔목까지 불망레이스가 뒤덮여 있었고, 프린세스 라인으로 떨어지는 튤 소재 치맛자락이 충분히 얌전해 보였다.

"이거면 신랑님도 좋아하실 것 같은데요, 뒷모습은 절대 보여 주지 말고."

"헤헤. 네!"

촤르륵 커튼이 열리자, 다소곳하게 고개를 숙이고 있던 혜윤이 시선을 들어 지혁을 바라보고는 생긋 웃어 보였다. 심드렁한 얼굴로 소파에 앉아 있던 지혁의 얼굴이 갑자기 환하게 빛났다.

"와! 천사 같아."

팔불출 지혁의 열렬한 반응에 옆에 서 있던 샵 직원이 쿡 하고 웃음을 터뜨렸다.

"이거면 됐어?"

"응."

✚

입김이 후후 불어져 나오는 12월, 강산FC 홈구장에서 K리그 챔피언 결정전이 열렸다. 라커룸에 모인 선수들의 표정에서 비장한 각오가 느껴졌다. 리그 마지막 경기. 혜윤은 추운 날씨에 근육 경직으로 올 부상에 대비해 선수들의 다리에 정성스레 테이핑을 했다.

보온이 가능한 박스를 여러 개 준비해서 따뜻한 찜질팩을 벤치에 마련해 뒀다. 제발, 다치는 선수 없이 무사히 리그를 마무리할 수 있기를. 혜윤이 두 손 모아 기도하는 사이, 주심의 호루라기 소리가 들려왔다.

지혁은 오늘도 어김없이 원톱 자리에 섰다. 처음 강산FC로 왔을 때 자신을 고깝게 보던 선수들이 이제는 피를 나눈 형제처럼 가까운 사이가 되었다. 그라운드를 흐르는 진하디진한 동료애가 느껴져서 가슴이 뭉클해져 왔다. 작년엔 3위에 그쳤지만, 올해엔 챔피언 결정전에까지 올랐다. 이왕 오른 거 우승해야지!

오늘 경기장의 전 좌석이 매진되었다고 했다. 추운 날씨에도 서포터즈석의 응원은 열기를 더해 갔다. 혹시 일어날 사고에 대비해 경기장 곳곳에 경찰도 배치되었다. 서포터즈의 신경전은 유럽 리그의 유명한 더비전(영국의 도시 더비[Derby]에서 사순절 기간에 벌어진 축구 경기에서 유래된 단어. 본래는 같은 연고를 가진 팀 간의 경기를 의미했지만, 다른 연고를 가진 라이벌 경기를 지칭하기도 함, 엘클라시코, 맨체스터, 런던, 밀란 더비 등)을 방불케 했다.

챔피언 결정전답게 두 팀의 경기력은 어느 한쪽도 밀리는 곳이 없었다. 팽팽한 접전 끝에 결국 득점 없이 전후반 90분이 지나갔다. 연장은 체력 싸움이었다. 팀 트레이너 현준의 노력으로 다행히 강산FC 선수들의 기초체력은 월등히 좋아진 상태였다.

그라운드의 분위기가 장엄하기까지 했다. 연장과 승부차기를 대비해 차 감독은 마지막 교체 카드 한 장을 거머쥐고 있었다. 최후의 순간에는 골키퍼 교체가 필요할 수도 있다는 생각이 들어서였다.

연장 전후반이 소득 없이 끝나고, 강산FC 서포터즈석 쪽 골대 앞에 양 팀 선수들이 모였다. 결국, 승부차기까지 왔다. 더는 물러

서고 싶지 않았다. 골대 앞에 모인 선수들은 저마다 비장한 각오를 다졌다.

강산FC에서는 골 정확도가 높은 준민이 첫 번째 키커로 등장했다. 살을 에는 긴장감 속에 골 망을 시원하게 흔들며 승부차기에 성공한 준민은 하늘을 올려다보며 주먹을 불끈 쥐었다. 상대 팀 첫 번째 키커는 국가대표 미드필더였다. 그도 역시 골 망을 흔들어 보였다.

1:1.

벤치에 있는 지원 스텝들도 모두 일어나 숨을 죽인 채 그라운드를 바라보고 있었다.

강산FC의 두 번째 키커는 용규였다. 나이만큼이나 노련한 선수, 용규는 잠시 주춤하는 동작으로 골키퍼를 속이고는 먼저 움직인 골키퍼를 농락하듯 골 망을 흔들었다. 하지만 역시나 상대 팀 선수도 쉽게 골을 넣어 보였다.

2:2.

이어지는 세 번째 키커는 스트라이커 민형이었다. 민형은 군더더기 없는 깔끔한 동작으로 왼쪽 모서리를 강하게 쳐 보였다. 상대 팀 선수도 당연하다는 듯 골대 안에 정확히 공을 집어넣었다.

3:3.

네 번째 키커는 수비수 강일이었다. 강일은 별일 아니라는 듯 어깨를 으쓱해 보이며 슬쩍 미소를 흘렸다. 골키퍼를 견제한 심리전이었다. 강일이 쏘아 올린 공 역시 멋지게 골로 이어졌다.

상대 팀 네 번째 키커가 공 앞에 섰다.

이번엔 꼭 막자. 한결은 키커의 움직이는 발끝을 주시했다. 키커가 공을 쏘아 올린 순간 한결이 한 발짝 옆으로 움직이며 펀칭 동작으로 공을 저 멀리까지 날려버렸다. 한결은 무릎을 꿇고 두 눈을 꼭 감으며 소리를 내질렀다. 관중석에서 엄청난 환호성이 터져 나왔다.

4:3.

다섯 번째 키커는 지혁이었다. 지혁은 어느 때보다 긴장된 얼굴로 공 앞에 섰다. 이 공이 골대 안으로 들어가면, 강산FC는 구단 창립 이래 처음으로 K리그 우승을 차지하게 된다. 어깨가 무겁다.

골키퍼와 눈을 마주치니, 그도 긴장한 모습이 역력했다. 미안해요, 선배님. 이건 못 막을걸요. 지혁은 골대 왼쪽 모서리로 떨어지도록 강하게 슈팅을 날렸다.

지혁의 발끝을 떠난 공이 그물망을 흔들자 벤치에 있던 스텝들이 일제히 소리를 지르며 그라운드로 달려 나갔다. 맙소사. 우승이야. 리그 우승!

지혁은 저 멀리서 달려오는 혜윤을 향해 힘차게 달리기 시작했다. 팔을 벌려서 혜윤의 허리를 감싸 안고는 하늘 높이 들어 올렸다.

"오빠! 우승이야!"

"응."

회색빛으로 물들었던 하늘에서 눈발이 휘날리기 시작했다. 추운 날씨에 눈까지 내리는데, 서포터즈들은 상의를 벗고 생수를 몸에 뿌려 대며 경기장을 돌고 또 돌았다.

라커룸에서 어린아이처럼 엉엉 울고 있는 한결을 보며, 모두들 따스하게 그의 뒤통수를 내리쳤다.

"사내놈이 질질 짜고 그래."

그렇게 말하는 용규의 목소리도 감격에 겨워 한없이 쉬어 있었다. 자신의 자리를 불안해하던 어린 골키퍼 한결이 만들어 낸 우승이나 다름없었다. 정한이 다가와 한결의 어깨를 툭툭 두드리자, 한결이 눈물을 닦아 내며 꾸벅 인사해 보였다.

"감사합니다. 감독님."

"감사하긴. 내가 고맙지."

"고맙다, 한결아."

지혁의 말에 한결은 또다시 엉엉 울음을 터뜨렸다. 그저 우상이라고만 생각했던 선수가 고맙다는 인사를 건네 오고, 만년 벤치 생활을 할 것만 같았던 자신이 승리의 주역이라며 인터넷 기사에 오르고 있었다.

감격에 겨운 한결은 선수들의 상태를 살피고 있는 혜윤의 곁으로 다가갔다.

"혜윤 쌤."

"응."

"고마워요."

"뭐가?"

"나 예전에…… 정말 미련하게 테이핑 없이 섰다가 손가락 못 쓰게 될 뻔한 적도 있었어요. 경기에 안 나가는 날도 나 매번 챙겨 주고, 고마워요."

혜윤이 생긋 웃어 보이며 대답했다.

"에이, 우승도 했는데, 기분이다. 앞으로 누나라고 불러!"

"헤헤. 네, 누나!"

한결과 함께 눈물을 훔쳐 내는 혜윤의 곁으로 지혁이 다가왔다.

"혜윤아."

"응?"

"챙겨 왔어?"

"그럼."

지혁은 혜윤의 어깨를 꼭 끌어안고는 라커룸이 쩌렁하게 울리도록 크게 소리쳤다.

"저기, 주목해 주세요!"

저마다 승리의 인사를 나누던 선수들과 지원 스텝들의 눈이 지혁과 혜윤에게로 쏠렸다. 혜윤은 가방에서 청첩장 한 뭉치를 꺼내 들었다.

"아, 우승한 날 드리게 돼서 정말 영광입니다. 저희 다음 달에 식 올립니다."

"뭐?"

"정말?"

"어디서?"

"혜윤 쌤, 이제 정말 유부녀야?"

지혁은 바보같이 허허거리며 은은한 진주 색조가 감도는 종이봉투 안에 담긴 청첩장을 돌리기 시작했다. 청첩장을 받아 든 선수들은 하나같이 혜윤이 아깝다며 혀를 끌끌 차 댔고, 이제 그래 봐야 별수 없다며 지혁은 키득거렸다.

✚

동수의 손 위에 흰 레이스 장갑을 낀 혜윤의 손이 올랐다. 동수는 쏟아져 나오려는 눈물을 삼키려 아까부터 계속 한숨을 내쉬었다.

"아빠."

"응."

"나, 잘 살게."

"그럼, 우리 딸 잘 살아야지."

"그러니까 울지 마세요. 나 엘리베이터로 1분 걸리는 곳으로 시집간다?"

키득키득 웃어 보이는 혜윤의 얼굴을 바라보며 동수도 슬쩍 미소를 머금었다. 아들 둘을 내리 낳고 혜윤이 태어났을 때, 산부인과에서 간호사를 붙들고 하염없이 눈물을 쏟았던 일이 엊그제 같았다.

혜윤이 처음 아빠라고 불렀던 순간, 자신이 힘들 때면 커다란 눈이 보기 좋게 휘도록 웃어 보이며 아빠를 위로하던 어린아이의 모습이 주마등처럼 스치고 지나갔다. 혜윤이 어느새 자라 결혼을 할 나이가 되었다는 것이 실감이 나질 않았다.

버진 로드 끝에 지혁이 멋진 턱시도를 입고 서 있었지만 동수는 심장 한구석이 아려 왔다. 국가대표 사위면 뭐하나, 리그 우승팀 주장이면 뭐하나, 그냥 이 손 넘겨주지 말고 확 도망가 버릴까 하는 생각을 하고 있는데 신부 입장을 알리는 음악이 울려 퍼졌다.

"잘 살아야 한다."

"응."

아버지 동수의 손을 잡고 천천히 다가오는 혜윤의 모습에 지혁은 가슴이 한없이 벅차올랐다. 아, 맨날 달리기만 했던 한혜윤. 저렇게 천천히 걸어와도 예쁘네.

동수는 잘 부탁한다며 지혁의 어깨를 툭툭 치고는 혜윤의 손을 그에게 내어 주었다. 혜윤은 아버지를 보고 아쉬운 미소를 보였다가 지혁에게 시선을 옮겼다. 내 남편이네, 이제.

주례는 강산FC 감독 정한이 맡았다. 둘의 '몰래 연애'는 둘이서만 몰래 하는 거였다면서, 일부러 모른 척해 주느라 혼났다는 정한의 말에 용규가 크게 소리쳤다.

"에이, 감독님! 정말 모르셨잖아요!"

키득거리는 웃음소리가 식장 안에 울려 퍼졌다. 정한은 용규에게 슬쩍 눈을 흘겨 보였다.

"네, 저만 몰랐습니다. 다들 쉬쉬해서 저만 몰랐습니다. 뭐 어찌됐든, 서로만 바라보고 달려왔던 지난 시간처럼 앞으로도 서로 같은 곳을 바라보며, 같은 곳을 향해 달려가며! 행복하길 바랍니다. 이상!"

식순의 마지막으로 가족사진을 찍는데 옆에 선 지우가 슬며시 혜윤의 손을 잡고는 속삭였다.

"언니, 오늘 아주 예뻐요."

"고마워, 아가씨."

환한 미소를 지으며 시댁 식구들과 사진을 찍고 난 뒤, 눈시울이 붉어진 엄마와 아빠 그리고 오빠와 동생들이 혜윤과 지혁을 둘러싸며 자리를 잡았다. 코끝이 시큰해지고 눈물이 나올 것만 같아서 눈을 계속 깜빡이자, 지혁이 주머니에 있던 손수건으로 혜윤의 눈가를 찍어 내 주었다.

"혜윤아."

"엄마."

"우리 딸 행복할 거야."

"응."

자신을 사랑해 주는 이들에게 둘러싸여 찍는 사진인데, 자꾸만 눈물이 나고 서운한 감정이 몰려왔다. 아빠한테 말했던 것처럼 엘리베이터로 1분이면 닿는 곳에 가족들이 있는데, 왜 이렇게 떠나는 것 같은 기분이 드는 걸까. 가족사진을 찍고 난 후, 가족들이 혜윤과 지혁을 번갈아 안아 주고는 자리를 떴다.

뒤이어 눈물이 쏙 들어갈 만큼 와자지껄한 소리를 내며 강산FC 식구들이 혜윤과 지혁의 주변에 섰다.

"혜윤 쌤은 역시 반전이 있는 여자야."

"그러니까."

속닥거리는 선수들의 말에 지혁이 쿡 하고 웃음을 터뜨렸다. 그럼, 누구 여잔데. 지혁의 어깨에 괜히 힘이 들어갔다.

"야, 서지혁 너도 대단하다. 다시 봤어."

"왜?"

지혁은 무슨 뜻이냐는 듯 바로 뒤에 서 있는 준민을 쳐다보다가 혜윤의 서늘한 등을 발견했다. 이게 뭐야? 천사 같은 앞모습에 사로잡혀서 그녀의 뒷모습이 어떤지는 전혀 모르고 있었다.

목 뒤에 가느다란 진주 체인이 있었고, 그 아래로는 허리까지 뻥 뚫린 모습이었다. 뭐야? 앞모습은 이렇게 얌전한데, 결혼식 진행하는 동안 이걸 이 많은 하객이 다 봤다는 거야?

"왜요?"

혜윤이 조심스레 묻자 지혁이 귓가에 입술을 가져다 대고 속삭였다.

"한혜윤."

"응?"

"너 각오해."

순간 혜윤의 얼굴이 핑크빛으로 물들었다. 그런 각오는 얼마든지 할 수 있지.

결혼식을 끝내고 나니 홀가분한 기분이 들었다. 와, 결혼식을 하기는 했구나, 이게 끝나기는 끝나는구나. 혜윤은 비행기 동체가 하늘로 붕 떠오르는 것을 느끼며 꺅! 하는 입 모양을 만들어 내고는 소리 없는 비명을 질러 댔다.

지혁은 혜윤의 어깨를 감싸 안으며 물었다.

"좋아?"

"응. 응."

둘이 고심 끝에 고른 신혼여행지는 아프리카 동쪽 인도양 남서부에 있는 작은 섬 모리셔스였다. 홍콩을 거쳐 14시간이나 걸려 도착한 풀 빌라에서 혜윤은 꺅 하고 소리를 지르며 지혁의 목을 끌어안았다. 지혁은 혜윤의 등허리를 꼭 끌어안으며 물었다.

"안 피곤해?"

"하나도 안 피곤해."

지혁은 혜윤의 입술을 살짝 머금고는 침을 꿀꺽 삼켰다. 결혼을 앞두고는 거의 한 달 동안 몸에 손도 못 대게 해서, 지혁은 몸속에 생겨난 사리로 축구공을 만들어도 될 성싶었다.

지혁의 입술이 혜윤의 목을 타고 내려가고 있었고, 커다란 손은 그녀의 등을 쓸어내리다가 옆구리를 타고 가슴으로 옮겨 왔다. 옷 위로 봉긋 솟아오른 가슴을 움켜쥐자, 지혁의 목에서 저절로 그르렁거리는 소리가 울렸다.

"오빠."

"음?"

열망 가득한 쉰 목소리로 겨우 대답을 하자, 혜윤이 슬쩍 지혁을 밀어내며 말했다.

"수영하자!"

"뭐?"

"여기 우리 둘만 들어갈 수 있는 개인 풀도 있는데."

"근데?"

지혁의 대답이 딱딱하게 흘러나왔다. 지금 수영하잔 말이 나와? 혜윤은 몸을 비비 꼬며 눈을 치켜뜨고는 애교가 가득 담긴 목소리로 속삭였다.

"나, 물 되게 무서워하는데."

아니, 물이 무서운데, 왜 수영을 해?

"오빠가 꼭 끌어안고 있어 주면 안 돼? 더워서 물에는 들어가고 싶은데."

아, 한혜윤. 지혁은 눈동자를 한 바퀴 굴리며 혜윤을 꼭 끌어안았다.

"수영복으로 갈아입고 나와. 난 여기서 갈아입고 나가 있을게."

"응."

혜윤이 캐리어에서 작은 가방을 꺼내어 침실로 향하는 것을 본 지혁은 자신도 캐리어에서 수영복을 꺼내서 갈아입고 테라스 밖으로 나갔다. 지혁이 똑바로 섰을 때 명치까지 오는 깊이의 물이었다. 하아. 한혜윤. 여기서 확 안아 버리는 수도 있어. 근데 왜 이렇게 오래 걸려.

짧은 풀 안을 잠수해서 이쪽으로 갔다, 저쪽으로 갔다를 반복하고 있는데 물 위로 하얀 인영이 나타났다. 지혁은 물살을 가르고 수면 위로 올라갔다. 하얀 가운을 걸치고 있는 혜윤의 모습이 눈에 들어왔다. 지혁은 고개를 갸웃하며 그녀를 바라봤다.

혜윤이 허리에 묶인 리본을 천천히 풀어낸 뒤 가운을 벗어 보이자, 지혁은 그 자리에서 몸이 굳어 버렸다. 하얀색 레이스로 뒤덮인 어깨끈이 없는 밴도우 탑. 그녀의 손바닥만 한 스트링 비키니가 겨우 중요한 부분만을 가리고 있었다.

혜윤은 조심스레 몸을 낮추고 천천히 물에 들어왔다. 지혁은 물이 무섭다는 그녀의 말을 철석같이 믿고는 그녀의 허리를 받쳐 안아서 자신의 몸에 밀착시키려는데, 미꾸라지처럼 빠져나간 혜윤이 요리조리 헤엄치더니 풀장 끝까지 도망갔다.

"한혜윤!"

아, 속았다. 운동신경이 그렇게 좋은데, 수영을 못 할 리가 없잖아.

"뭐 하는 거야?"

지혁의 목소리가 잔잔한 물 위에 날카로운 파장을 만들어 냈다.

"오늘 아니면 저 건물 밖으로는 절대 못 나올 것 같아서."

까르르 웃으며 물살을 가르고 이리저리 헤엄치는 혜윤의 모습에 지혁은 웃음이 터져 나왔다. 그래, 지금 당장 침대 위로 갔다면 아마 신혼여행 기간 내내 못 벗어났겠지.

"서지혁 선수 되게 둔하네요."

"뭐?"

"아니면 내가 날렵한가?"

혜윤이 혀를 날름거리며 물살을 가르자 지혁이 천천히 움직이며 그녀를 잡으려고 노력했다.

"와, 스트라이커가 그렇게 느려서 얻다 써먹나?"

그래. 맘껏 갖고 놀아라, 한혜윤.

"한혜윤, 잡히면 어떻게 되는지 알지?"

"헉! 어떻게 되는데?"

지혁은 앙 하는 입 모양을 만들어 보이며 눈을 가늘게 떴다.

"아이고, 무서워라! 나 막 도망 다녀야겠네."

키득키득 웃더니 잠수까지 하며 혜윤은 풀장 반대편으로 옮겨 갔다. 제법인데?

지혁은 혜윤의 물장구를 지켜보며 천천히 그녀와의 거리를 좁혀 갔다. 점점 가까이 다가가자 혜윤이 수면 위를 손바닥으로 휘리릭 젖더니 지혁에게 물을 튀겼다. 지혁은 물속으로 몸을 숨겨서 그녀의 다리를 잡고는 다시 물 위로 떠올라 그녀의 몸에 자신의 몸을 밀착시켰다.

"잡았다!"

"에구구."

불쌍한 표정을 지어 보이려는 듯 아랫입술을 삐죽 내미는 혜윤을 보고 지혁이 낮게 웃음을 터뜨렸다.

"혜윤아."

"응?"

"너무…… 너무 예뻐."

지혁의 말에 혜윤이 얼굴을 붉힐 틈도 없이 입술이 겹쳐졌다. 차가운 물속에서 뜨거운 몸이 얽히고, 서로의 몸이 밀착되었다. 탑

위로 도드라진 그녀의 가슴을 부드럽게 쓸어 내다가, 그녀의 등 뒤에 있는 끈을 슬며시 잡아당겨 보았다. 꽉 묶여서 풍만한 가슴을 옭아매고 있던 탑이 스르륵 벗겨져 물 위로 떠올랐다.

"오빠."

부끄러운 듯 자신을 부르는 혜윤의 목소리에 심장이 터질 듯 쿵쾅거렸다. 맑은 풀장 물이 혜윤의 말랑한 가슴과 지혁의 단단한 가슴 사이에 고여 찰랑거렸다.

"한혜윤."

"응?"

"사랑해."

"나도 사랑해."

혜윤의 다리는 자연스레 지혁의 허리에 감겨 있었고, 팔은 그의 목에 감겨 있었다. 서두르지 말자는 듯 혜윤은 지혁에게 이마를 맞댄 채로 머뭇머뭇 입술을 옮겨 그의 입술을 머금었다. 윗입술을 빨아들였다가, 아랫입술을 슬쩍 깨물자 지혁이 듣기 좋은 낮은 웃음을 흘렸다.

"뭐 해, 한혜윤?"

"응?"

혜윤이 눈을 동그랗게 뜨고 지혁을 바라보자 열기로 가득한 눈동자와 부딪혔다. 차가운 물속이 아니었다면 두 사람의 몸은 불이라도 붙은 듯 화르르 타 버릴 것만 같았다. 지혁은 혜윤을 끌어안은 채로 몸을 움직여 물속을 빠져나왔다.

테라스 문을 거치고 거실을 지나쳐 침대로 향하는 동안 두 사람의 몸은 완벽하게 태초의 모습으로 돌아갔다. 침대에 채 눕기도 전에 찌릿하게 육체적 결합이 이뤄졌다. 푹신한 매트리스 위에 혜윤의 등이 닿자, 지혁이 그르렁거리는 소리를 내며 허리를 움직이기 시작했다.

"하아. 오빠."

"혜윤아."

신이 천국을 만들기 전 모리셔스를 먼저 만들었다는 마크 트웨인의 말처럼 둘은 천국을 거닐듯 끊임없이 사랑을 나누었다.

"오빠."

"음?"

"행복한 일이 생겨도, 힘든 일이 생겨도 난 언제나 오빠한테 달려갈 거야."

자신의 가슴에 얼굴을 묻은 채로 어깨를 좁히며 몸을 바르작거리는 혜윤을 꼭 끌어안으며 지혁이 말했다.

"혜윤아."

"응?"

"네가 달려올 때는 언제나 내가 두 팔 활짝 벌려서 꼭 안아 줄 거야."

혜윤이 씩 웃는 게 가슴팍에서 느껴졌다.

"나 결혼식 날, 되게 답답했다."

"왜?"

"막 달려 들어가고 싶은데, 천천히 가라고 해서."

아, 한혜윤. 지혁은 혜윤을 꼭 끌어안고는 그녀의 정수리에 쪽하고 입을 맞췄다.

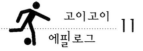

소파 위에 앉아서 수건을 개고 있는데 자꾸만 잠이 쏟아졌다. 속눈썹 위에 누가 앉아 있기라도 한 듯 아물아물 눈이 감겨 왔다. 혜윤은 정신을 차리려 고개를 이리저리 흔들었다가 다시 수건을 집어 들었지만 소용이 없었다.

쓰레기 분리수거를 하고 들어온 지혁은 혜윤이 소파 위에 앉아서는 상모돌리기라도 하는 듯 꾸벅꾸벅 졸고 있는 것을 발견했다. 지혁은 혜윤을 번쩍 안아 들고는 침실로 향했다. 자신의 가슴에 고개가 떨어지도록 혜윤은 금세 깊은 잠에 빠졌다. 지혁은 침대 위에 혜윤을 살포시 내려놓고 옆에 누워서 혜윤을 바라봤다.

"한혜윤, 잠쟁이."

지혁이 조심스레 읊조리자 혜윤이 번쩍 눈을 떴다.

"뭐야? 나 잠들었었어?"

"응."

"깨우지."

"피곤하면 자. 낮잠 좀 잔다고 누가 잡아먹어?"

"오빠가 맨날 잡아먹잖아."

"치."

"추워, 안아 줘."

"추워?"

여름이 다가와서 더울 지경인데, 혜윤은 춥다며 몸을 오들오들 떨었다. 지혁은 혜윤의 머리를 받쳐 안고는 그녀를 품에 꼭 안았다.

"오빠."

"응?"

"나, 우뭇가사리 먹고 싶어."

"우뭇가사리?"

"응, 강산 중앙 시장에 가면 할미네 우뭇가사리라고 있어. 나 그거 먹고 싶어."

"그래? 그럼 먹으러 갔다 올까?"

"근데 너무 졸려. 온몸에 힘이 하나도 없네. 나 뭐 물리면 잠만 자다 죽는 벌레에 물렸나?"

"못하는 소리가 없어! 사다 줄게. 좀 자고 있어."

"헤헤. 고마워."

혜윤이 다시금 새근새근 잠이 드는 것을 보고 지혁은 두꺼운 이불을 꺼내어 덮어 주었다. 감기약이라도 사 와야겠네.

중앙 시장을 이 잡듯이 뒤져서 겨우 찾아낸 우뭇가사리집은 아주 작은 노점상이었다. 일회용 사발에 하얀 비닐을 씌우고 우뭇가사리 위에 김 가루를 뿌리더니 양념을 얹고 육수를 하나 가득 부어 주었다. 계산을 하려는데, 누군가 지혁의 어깨를 툭툭 두드렸다.

"어머! 서지혁 선수네."

모자를 푹 눌러쓴 덩치 좋은 남자를 이리저리 살피던 시장 아줌마가 크게 외치자 여기저기서 사람들이 몰려들었다.

"어머. 실물이 훨씬 낫다."

"잘생겼네, 잘생겼어."

"지난겨울에 장가갔지? 색시는 잘 지내?"

몰려든 아줌마들이 친근하게 말을 건네자 지혁도 웃으며 대답했다.

"예, 우뭇가사리 먹고 싶다고 해서 사러 나왔어요."

"어머, 자상하기도 해라. 색시는 왜 같이 안 오고."

"자꾸 졸리다 해서⋯⋯."

"어머머머머!"

지혁의 주변을 둘러싼 아줌마들이 호들갑을 떨며 깔깔거렸다.

"자꾸 졸리대? 막 몸에 열도 나고? 갑자기 뭐가 먹고 싶다고 하고?"

혜윤의 증상을 정확히 집어내는 아줌마들의 말에 지혁은 신기하다는 듯 고개를 끄덕였다.

"어머! 축하해. 우리 서지혁 선수 아빠 되겠네?"

짓궂은 농담까지 해 가며 지혁의 정신을 쏙 빼놓은 아줌마들 틈을 빠져나와서 곧장 집으로 향했다. 심장이 쿵쾅쿵쾅 뛰었다. 내가 뭐가 돼? 아빠?

지혁은 우뭇가사리 봉투를 뜯어내고 커다란 유리그릇에 보기 좋게 담아서 예쁜 쟁반 위에 올린 뒤 숟가락 하나와 물도 한 잔 올리고는 침실로 향했다. 여전히 새근새근 잠들어 있는 혜윤의 붉어진 얼굴이 눈에 들어왔다.

지혁은 혜윤이 놀랄까 걱정되어 깨우지도 못하고 물끄러미 그녀를 바라봤다. 몸을 뒤척이는가 싶더니 혜윤이 슬쩍 눈을 떠서 지혁을 바라봤다.

"음, 왔어?"

"응, 이거 사 왔어."

"헤헤. 우리 남편 최고다."

혜윤은 침대 위에 앉아서 우뭇가사리 한 그릇을 다 비워 냈다. 지혁은 한 입 달라는 소리도 하지 않고 물끄러미 혜윤을 바라봤다.

"혜윤아."

"응?"

"막 졸려?"

"응, 계속 잠이 쏟아져."

"열도 조금씩 나?"

"응, 그래서 조금 추운 것 같나 봐."

"막 이런 것도 갑자기 먹고 싶어?"

"응."

고개를 끄덕이던 혜윤의 눈동자가 갑자기 커다랗게 뜨였다.

"오빠, 오늘 며칠이지?"

"오늘? 23일."

생리 예정일이 일주일이나 지났다. 정확히 28일 주기로 한 달도 걸러 본 적 없는데, 왜 이걸 의심도 안 하고 있었지? 지혁이 환한 미소를 지으며 자신을 바라보고 있는 게 느껴졌다. 이 남자는 왜 이렇게 환하게 웃어?

"내일 병원 가 볼까?"

"오빠, 어떻게 알았어?"

"시장에서 아줌마들이 그러더라. 아빠 될 것 같다고."

맙소사. 혜윤의 입꼬리가 뺨을 타고 스멀스멀 올라갔다. 아직 확실하지도 않은데, 갑자기 엄청난 존재를 깨닫기라도 한 듯 혜윤의 두 손이 배 위로 곱게 포개어졌다.

"양치질만 하고 잘래? 내가 재워 줄게."

"응."

지혁이 등을 토닥거릴 새도 없이 혜윤은 또다시 깊은 잠에 빠져 들었다.

다음 날, 구단에는 오후에 가야 할 것 같다고 연락을 한 뒤 지혁과 혜윤은 산부인과를 찾았다. 혜윤의 손을 붙잡고 산부인과로 들어서는데 기분이 묘했다. 여기저기 산모들과 함께 그곳을 찾은 남편들이 지혁과 같은 표정을 하고는 대기 의자에 앉아 있었다.

"나 떨려."

"나도 떨려, 혜윤아."

떨리는 손을 맞잡고 대기 의자에 앉아있는데, 간호사가 혜윤의 이름을 불렀다.

"한혜윤 씨."

"네."

"진료실로 들어오세요."

혜윤은 간호사의 안내대로 검사를 위해 옷을 갈아입고 진료용 침대에 누웠다. 몸이 바들바들 떨리고 심장이 쿵쾅쿵쾅 울렸다.

"차갑습니다."

여의사의 말이 떨어짐과 동시에 차가운 초음파 기계가 질 입구로 쓱 들어왔다.

"여기 보이세요?"

"네."

검은색 초음파 화면에 반짝이는 하얀색 점이 보였다. 임신 5주.

혜윤은 고개를 돌려 침대 곁에 서 있는 지혁을 바라봤다. 오빠, 아기래.

지혁은 침대에 누워 있는 혜윤을 바라보며 미소 지었다. 응, 혜윤아. 우리 아기. 기특해, 한혜윤.

혜윤은 병원을 나서서 차에 오르고 난 후에도 초음파 사진을 손에서 놓지 못했다. 이 작은 점이 열 달 동안 내 배 속에서 자라서 사람이 되고, 세상에 태어난다고?

"한혜윤."

"응?"

"너 의사 맞아?"

"왜?"

"왜 그렇게 신기해해?"

"오빠 안 신기해?"

"신기하지."

지혁의 대답에 혜윤이 쿡쿡 웃어 보였다.

"뭐라고 부르지?"

초음파 사진을 들여다보던 혜윤이 운전석에 앉은 지혁을 향해 물었다.

"반짝이는 별 같아."

"동글동글 축구공 같기도 하네?"

혜윤의 말에 지혁이 쿡 하고 웃음을 터트렸다가 무언가 떠올랐다는 듯 아! 하는 입 모양을 만들어 냈다.

"뭐? 좋은 거 생각났어?"

"슈팅스타!"

"오와! 좋다!"

딱 어울리는 귀여운 태명이라며 까르륵 웃는 혜윤을 보고 지혁도 푸시시 웃었다. 혜윤은 들고 있던 초음파 사진을 산모수첩에 끼워서 가방에 넣고 휴대전화를 집어 들었다.

"어디 전화하게?"

"어머님께 말씀 드려야지. 며느리가 기특한 일 했다고."

행복한 미소를 지으며, 인옥과 통화를 하는 혜윤의 모습에 지혁은 가슴이 한껏 부풀어 올랐다.

아파트에 도착한 둘은 집에 들르지 않고 곧장 33층으로 올라갔다.

"장모님!"

갑작스러운 둘의 방문에 김자희 여사가 화들짝 놀라서는 현관 앞으로 뛰어나왔다.

"연락도 없이 웬일이야?"

"우리 장모님, 아직 이렇게 젊으시고 고우신데, 어쩌죠?"

능청을 떨어 대는 지혁의 모습에 혜윤이 쿡 하고 웃음을 터뜨리며 옆구리를 찔렀다.

"우리 장모님, 할머니 되신대요."

김자희 여사의 입이 떡하니 벌어졌고, 그 뒤에 서 있던 동수의 눈가는 촉촉이 젖어 갔다.

"미국에는 전화 드렸어?"

"응, 엄마. 오는 길에 드렸어."

"잘했어."

김자희 여사는 뭐 먹고 싶은 것은 없는지, 어디 불편한 곳은 없는지 수십 가지를 한꺼번에 물으며 혜윤의 머리를 쓸어내렸다.

혜윤은 출근하자마자, 현준의 방을 찾았다.

혜윤이 일을 얼마나 좋아하고 열성적으로 해 나가고 있는지 너무도 잘 알고 있었던 지혁은 이 결정을 굉장히 미안해했다. 대신 임신할 수는 없을까, 하는 말을 하기에 혜윤은 '그럼 오빠가 선수 그만둬야 하는데?' 하며 일부러 애교스럽게 대답했다. 누구보다 아쉬운 건 혜윤이었지만 아기를 위해 결정을 내려야했다.

혜윤은 현준의 책상 위에 슬며시 사직서를 내밀었다.

"이게 뭐야?"

"저, 사정이 생겨서요."

"무슨 사정?"

"아이를 가져서……."

현준의 얼굴이 환하게 빛났다.

"축하한다. 근데."

"네?"

"이건 못 받겠는데?"

"네?"

현준은 눈앞에서 사직서를 북, 찢어 보였다.

"너 결혼하면서 이런 일 생길 거라고 분명히 예상했지."

혜윤은 고개를 갸웃하고는 현준을 바라봤다.

"혜윤아. 넌 우리 구단에 꼭 필요한 사람이야. 몸이 좋지 않아서, 아이를 위해서 일을 그만두는 게 아니라 그저 네가 임신해서 일을 못 하게 될까 봐 그만두는 거라면 그러지 마. 경기장에서 뛰는 거나 힘든 일은 못 하더라도, 의무실에서 선수들 보살피는 건할 수 있잖아? 나랑 세훈이가 더 열심히 하면 돼. 너 그동안 충분히 고생했잖아. 그 덕에 의무팀이 자리도 많이 잡았고. 아깝지 않아? 이만큼 일궈 놓은 거, 두고 떠나기?"

"팀장님……."

벌써 구단과의 이야기도 끝났다고 했다. 두 명이서도 하던 일이었다며, 지금은 세 명이나 되는데 못 할 리 없고, 임시직을 채용할 계획도 미리부터 세워 두었다고 했다.

"네가 그만두는 거 선수들도 원하지 않을 거야. 그리고 지혁이 은퇴할 때까지 네가 구단에 있어야지? 육아휴직까지 넉넉하게 쓸수 있게 해 줄게."

현준의 배려에 눈물이 핑 돌았다.

"왜 울어? 엄마 될 사람이?"

"너무 감사해서요……."

"네가 잘해 준 덕이지."

"헤헤."

"아, 그리고 여자가 둘밖에 없는데 네가 떠나면 우리 양념 심심하잖아."

현준희 말에 혜윤은 눈가에 눈물을 쓸어 내며 배시시 웃었다.

"양념이 심심하면 소금 치면 되죠."

"요게 팀장님 와이프한테."

"칫. 그럼 양념이라고 부르는 것 좀 그만하세요. 연희라는 예쁜 이름 놔두고 왜 양념이라고 불러요?"

현준이 눈을 가늘게 뜨고는 비열한 웃음을 흘리며 혜윤에게 물었다.

"한혜윤. 서지혁이 처음에 너 뭐라고 불렀는지 모르는구나?"

"에?"

혜윤은 그게 무슨 뜻이냐는 듯 인상을 구겼다.

"아. 강산FC에 갑자기 초코송이가 미친 듯이 배달돼서, 사무실 직원들 업무 마비 왔었지, 아마?"

맙소사. 내가 어딜 봐서 초코송이야?

"내가 어딜 봐서 초코송이예요?"

"지금은 아니지. 네 2년 전 모습을 잘 떠올려 봐."

현준은 검지로 자신의 관자놀이를 톡톡 두드리며 입 모양으로 속삭였다. 띵킹! 띵킹! 띵킹!

뭐야. 당시 선풍적인 인기를 끌었던 레트로 보헤미안 컷을 초코송이라고 불렀단 말이야? 혜윤은 씩씩거리며 현준의 방을 나와서는 의무실로 향했다.

휴대전화 화면을 신경질적으로 터치해서 지혁에게 전화를 걸었다. 벌써 연습에 들어갔는지 지혁은 전화를 받지 않았다. 집에서 보자, 서지혁.

구단의 배려로 신혼인 지혁은 원정 경기 기간을 제외하고는 집에서 구단까지 출퇴근을 할 수 있게 되었다. 지혁을 시작으로 가정을 이룬 선수들 몇몇 역시 구단 가까운 곳으로 이사해서 숙소를 떠나 가족과 함께 지냈다.

"우리 슈팅스타 엄마는 벌써 자나?"

지혁이 침대에 누워 있는 혜윤을 꼭 끌어안으며 물었다. 혜윤이 잽싸게 몸을 일으키고는 지혁을 노려봤다.

"뭐야?"

왜 갑자기 공격 자세를 취하지? 한혜윤?

"2년 전에 구단으로 막 쏟아졌던 초코송이."

"어?"

지혁은 기억이 나지 않는다는 듯 어깨를 으쓱해 보였다.

"초코송이가 나아?"

아, 한혜윤. 알아 버렸어? 지혁은 혜윤을 꼭 끌어안으며 말했다.

"응."

"칫. 유치하게. 내가 그렇게…… 어? 그렇게……."

"귀엽지. 깜찍하고. 달콤해서 자꾸 입에 머금고 싶고."

지혁은 혜윤이 더는 화를 못 내도록 환하게 웃어 보였다.

"지금은 그럼 뭐야?"

입술을 뾰족하게 내밀어 보이는 혜윤을 보고 지혁이 환하게 웃었다.

"병아리."

"뭐?"

"그렇게 토라질 때나, 요 작은 머리로 뭔가 꾸며 내려고 할 때 입술이 뾰족하게 모여. 병아리처럼 귀엽게."

지혁이 입술을 뾰족하게 모아 보이며 오물오물하자, 혜윤이 쿡 하고 웃음을 터뜨렸다.

"병아리 인제 엄마 닭 돼야 하는데?"

"그러게. 우리 엄마 닭 사직서는 잘 내셨나?"

"아니."

"뭐? 왜 안 냈어?"

혜윤이 감격한 얼굴로 설명해 준 구단의 배려에 지혁은 고개를 끄덕끄덕했다.

"괜찮겠어?"

"응."

"힘들면 바로 그만두는 거다."

"응. 오빠, 나."

"응?"

"오빠 은퇴경기 때, 나도 꼭 같이 벤치에 있고 싶어."

지혁은 혜윤을 살포시 품에 안았다. 보통 사람보다 빠르게 다가오는 은퇴 시기가 항상 두려웠었다. 은퇴 후엔 그냥 조용히 살아가야지 하는 생각도 했었고, 대체 뭘 하며 그 긴 시간을 보내야 할까 하는 생각도 했었다. 지혁은 혜윤의 온기를 느끼며 크게 숨을 들이마셨다. 이 여자와 함께라면 영원이라는 시간도 전혀 두렵지 않을 것 같았다.

✝

경기를 마치자마자 지혁은 자신을 데리러 온 장인어른의 차에 올라타고는 강산 병원으로 향했다.

"장인어른, 우리 혜윤이 어때요? 많이 아프대요? 어떡해요…… 아파서…….'

환복도 하지 못하고 그라운드를 뛰던 차림새 그대로 차에 올라탄 사위를 바라보며 동수는 한숨을 푹 내쉬었다. 오늘 두 골이나 넣으며 강산FC를 승리로 이끈 사위 지혁은 스트라이커의 아성을 무너뜨리려는 듯 격하게 울먹거렸다. 그래, 나도 속이 탄다.

병원에 도착하자마자 지혁은 저 먼저 들어가겠습니다! 하고는 달리기 시작했다. 로비를 가르고 산부인과가 있는 3층으로 곧장 달려갔다. 간호사들이 모여 있는 데스크에서 혜윤의 이름을 대니 그중한 간호사가 가족분만실로 지혁을 안내해 주었다.

커다란 미닫이문이 열리자 침대에 누운 채로 얼굴이 새하얗게 질려 있는 혜윤의 모습이 눈에 들어왔다.

"혜윤아!"

"오빠…… 윽…….'

진통이 시작되었는지 지혁의 손을 꼭 붙들고는 숨을 고르는 혜윤을 지켜보는 것만으로도 심장이 덜컹거렸다. 신은 남자에게 가족을 부양하기 위한 노동의 의무를, 여자에게는 출산의 고통을 주었다고 했다. 우리 혜윤이는 일도 열심히 하는 커리어 우먼인데. 트

렌드를 따르지 못하는 신을 나무라고 싶을 정도로 혜윤의 표정이
아프게 일그러졌다.

억겁의 시간처럼 길게 느껴지는 진통이 지나가고, 꿀 같은 3분
의 휴식시간. 혜윤은 자신보다 더 아픈 표정을 짓고 있는 지혁에게
슬쩍 미소 지어 보였다.

"이겼더라."

"응."

"두 골이나 넣었더라."

"응."

응, 하고 대답하는 지혁이 울먹거리자 김자희 여사가 사위를 다
독였다.

"이제 진통 간격 3분이라 금방 나올 거야. 자네가 힘내야지. 왜
울어."

왜 우느냐는 장모의 말에 지혁은 더 꺼이꺼이 울기 시작했다.

"오, 오빠?"

혜윤이 당황스러운 듯 지혁을 부르자 울음이 잦아든 그가 머뭇
머뭇 말을 하기 시작했다.

"너무 미안해서요. 이렇게 아픈 건 줄 알았으면, 혜윤이 임신 못
하게 하는 건데……."

"우리 아가 다 듣는다?"

여전히 철없는 팔불출 남편 지혁에게 혜윤이 눈을 흘기려는 찰
나 또다시 진통이 찾아왔다. 이제 허벅지가 바들바들 떨릴 정도로
심하게 몸이 떨려 왔다. 혜윤은 남들 다 맞는다는 무통 주사도 마
다했다.

열 달 동안 두통약 하나, 소화제 하나도 조심해 왔는데, 무통 주사 한 방으로 그 노력을 헛되이 하고 싶지 않았다. 또 통증이 느껴지지 않으면 힘을 줘야 할 때 주지 못해서 진통이 길어질 수도 있고, 태아에게 위험할 수 있다는 것도 알고 있었다.

아가, 네가 느끼는 고통은 더 크다며? 우리 힘내자. 금방 나올 수 있을 거야. 세상 그 누구보다 멋진 아빠가 우리 슈팅스타를 기다리고 있지. 바보같이 엉엉 울면서.

이제 더 이상 꿀맛 같은 휴식 시간은 찾아오지 않았다. 이보다 더 아플 수는 없다 싶을 정도로 극한의 고통이 계속해서 밀려왔다. 앞으로 애도 낳아 보지 않은 인간들이 그 어떤 힘든 일을 산고에 비교한다면 혼내 줘야겠다는 생각이 들었다.

이걸 겪지 않는 남자들은 그래서 평생 어른이 되질 못하고 애처럼 구는 걸까? 끊임없이 고통이 밀려드는 순간에 고통을 잊기 위한 노력은 온갖 잡생각으로 이어졌다. 머리가 하얗게 되어 아무 생각도 나지 않는다는 말은 거짓말이었나?

그 와중에 지혁은 여전히 눈물을 훔치며 산모교실에서 진통이 오는 순간에 부인에게 해 주라고 했던 등 마사지를 열심히 해 주고 있었다.

"오빠."

"응."

"고마워."

"흑. 뭐가?"

"그냥 다."

지혁은 바보같이 우느라 대답도 하지 못했다.

"근데."

"응."

"울지 마."

혜윤은 마지막 남은 힘을 쥐어짜듯 말했고, 지혁은 울지 말라는 그녀의 말에 얼굴을 쓱 닦아 냈다.

"지금은 오빠 우는 것도 얄미워!"

마치 트랜스포머처럼 혜윤이 누워 있던 침대에 척척 발걸이가 달리고, 분만용 침대로 변신했다. 신호에 맞춰서 힘을 주라는 의사의 말에 혜윤은 악 소리 한 번 내지 않고 힘을 주었다. 세 번쯤 힘을 주었나? 몸 안에서 뜨거운 덩어리가 쑥 하고 빠져나가는 느낌이 났다.

세상에! 온몸이 사시나무 떨듯 떨리며 계속되었던 진통이 거짓말처럼 사라졌다. 간호사가 혜윤의 가슴 위에 슈팅스타를 올려 주었다.

"아가. 우리 아가."

세상 빛을 마주한 아이는 울지도 않았다. 아가, 하고 부르는 혜윤의 목소리에 뭐라 대답이라도 하는 듯 갓난쟁이는 목소리를 내보였다. 탯줄을 자르려는 듯 지혁의 손에는 의료용 가위가 들려 있었다.

"잠시만."

혜윤은 의사에게 양해를 구하고 아이를 가슴에 품었다. 탯줄에 아직 맥이 뛰고 있을 것이다. 엄마와 아이를 연결했던 태초의 이음. 열 달 동안 품고 있던 아이가 세상에 태어나자마자 그것을 바로 끊어 내고 싶지 않았다.

혜윤은 조용조용 아가에게 속삭였다. 내가 엄마야. 여기 옆에 서 있는 사람이 아빠야. 멋지지? 어려울 때도 있겠지만, 세상은 참 행복하고 좋은 곳이야. 엄마, 아빠 곁에 온 걸 환영해, 우리 딸. 혜윤은 아가의 이마에 슬쩍 입을 맞췄다.

10분이 채 안 되는 시간이 흐르고, 혜윤이 고개를 끄덕이자 지혁이 조심스레 가위를 움직여 탯줄을 잘라 냈다. 둘의 아기가 세상에 한 발짝 발을 내디딘 순간이었다.

✚

"어? 어! 조심해! 넘어진다! 어휴."

마트 출구에서 득달같이 내달리는 모습을 지켜보던 지혁이 얼른 아이를 안아 들었다.

"어휴, 누굴 닮아서 이렇게 잘 뛰는 거야?"

"누구겠어?"

지혁의 능청스런 되물음에 혜윤이 피식 웃음을 흘렸다.

"내일이네?"

"응."

지혁은 크게 한숨을 들이쉬었다 내쉬며 혜윤의 관자놀이에 입을 맞췄다.

"나도. 나도. 아인이도 해 줘."

지혁은 네 살 난 딸의 이마에도 쪽 하고 입을 맞춰 보였다. 세상에서 아빠가 제일 좋다는 딸내미 아인이 지혁에게 안겨서는 아빠의 목을 꼭 끌어안았다. 아인이는 아빠의 어깨에 머리를 기대고 어느새 잠이 들었다. 지혁의 손에 들린 장 가방을 혜윤이 들려고 하자, 지혁은 고개를 내저었다.

"이 정도는 거뜬하지."

혜윤이 배시시 웃어 보이며 지혁의 허리에 팔을 둘렀다.

저녁 식사를 마친 뒤, 혜윤과 함께 목욕을 하고 나온 아이는 동화책 한 권을 들고 소파에 앉아 있는 지혁에게 다가갔다.

"아빠. 읽어 줘요."

아인이 내민 책은 십이간지 동물이 모여 축구 경기를 벌이는 내용의 창작동화였다. 너무 많이 읽어서 닳고 닳은 동화책을 아인이는 세상에서 가장 좋아했다.

지혁은 무릎에 아인이를 앉히고 책을 읽기 시작했다.

"빛나는 초록색 잔디 위에 선수들이 모였어요. 쥐, 소, 호랑이, 토끼, 용, 뱀, 말, 양, 원숭이, 닭, 강아지, 그리고 돼지. 말이 열심히 공을 몰며 뛰기 시작했어요."

"아빠다. 아빠."

"응, 아빠도 공을 몰고 뛰지. 열심히 뛰던 말이 그만 제 발에 걸려 풀썩 넘어지고 말았어요. 그 모습을 지켜보고 있던 토끼가 붕대를 들고 달려왔어요."

"엄마다, 엄마!"

"응, 의사는 엄마지?"

동화책을 읽을 때마다 항상 반복되는 대화에 오늘따라 지혁은 가슴 한구석이 뜨겁게 차오르는 것 같았다.

한 번도 우승해 본 적 없는 십이간지 축구팀이 서로를 돕고 이해하면서, 이기는 것보다 더 값진 친구들과의 우정과 그들의 관계를 알아 간다는 내용의 동화책. 아인이 나이에는 글자가 많은 긴 동화책인데도, 단 한 번도 다른 곳으로 시선을 돌리지 않고 아빠 지혁의 목소리에 귀를 기울였다.

"아인아."

"응?"

"이제 아빠는 말 친구 같은 축구 선수 아니에요."

"왜요?"

아인이 울먹이며 지혁을 올려다봤다. 주말마다 할머니 손을 붙잡고 찾았던 그라운드에서 아빠가 뛰지 않는 날이면 울상을 지으며 집으로 돌아오는 딸이었다.

"아빠는 이제 다른 선수들한테 어떻게 하면 공을 더 잘 찰 수 있을까, 어떻게 하면 저 선수랑 더 잘 지낼 수 있을까, 하고 가르치는 선생님이야."

"정말?"

잔뜩 찡그렸던 아이의 표정이 어느새 스르륵 녹아서는 환한 미소를 짓고 있었다.

"아인이 턴탱님 조아요. 우리 어린이집 턴탱님처럼 아빠 턴탱님 돼요?"

"응."

와! 하는 소리를 내며 박수를 치는 딸의 얼굴에 지혁도 함박웃음을 지어 보였다. 둘의 모습을 물끄러미 바라보고 있던 혜윤이 소파로 다가왔다.

"아인아."

"응?"

"이제 엄마도 말 선수 치료해 주는 의사 아니에요."

"그럼?"

아인이의 눈이 이보다는 더 커다래질 수 없다 싶을 정도로 크게 뜨였다.

"엄마는 이제 우리 아인이랑 온종일 같이 있고 싶은데……. 그래도 돼요?"

"응! 좋아! 그래도 돼요. 아인이 어린이집 갔다 오면, 이제 엄마랑 점핑점핑 하는 데도 갈 수 있어요?"

지혁은 점핑점핑 하는 데가 어디냐며 물었다. 혜윤은 조심스레 지혁에게 속삭였다.

"트램펄린 타는 키즈 카페."

지혁은 아, 하는 표정을 지으며 고개를 끄덕끄덕했다.

"우와, 우리 아인이 좋겠다. 이제 엄마랑 점핑점핑 하는 데도 갈 수 있네."

"헤헤. 아빠도 데리고 가 줄게요."

"고마워, 우리 딸."

지혁은 아인을 꼭 안으며 아이의 볼에 자신의 볼을 비벼 댔다.

부부의 침대와 나란히 붙어 있는 슈퍼싱글 침대 위에 아빠가 정말 선생님이 되는 거냐고 잠들기 직전까지 수백 번을 물어 오는 아인이를 겨우 재우고, 혜윤은 서재에 앉아서 책을 들여다보고 있는 지혁의 곁으로 다가갔다.

"우리 남편 열심이네."

"그럼."

"그래도, 오늘은 일찍 자야죠."

지혁은 책을 덮고 의자를 돌려 혜윤의 손을 끌어당겼다. 그녀의 가슴에 얼굴을 묻고 크게 숨을 들이마셨다.

"아쉽지 않아?"

지혁의 물음에 혜윤이 쿡 하고 웃음을 터뜨렸다.

"그건 내가 물어야 하는 말 아니야?"

혜윤의 되물음에 지혁도 쿡 하고 웃음을 터뜨렸다.

"괜찮아. 우리 한혜윤이 내 옆에 있어서. 선수가 아닌 다른 삶도 행복할 것 같아."

"나도. 나 아인이 어린이집 가 있는 시간에 일주일에 한 번씩 근처 복지관으로 의료봉사 다녀도 돼요?"

"복지관?"

"응."

지혁은 고개를 들어 혜윤을 바라봤다. 그래, 한혜윤이 집에 가만히 있을 성격은 아니지.

"일주일에 한 번이어서…… 그렇게 힘들지도 않을 것 같고, 또……."

"혜윤아."

"응?"

"네가 좋으면 그렇게 해. 왜 내 눈치를 봐?"

"헤헤. 우린 부부니까. 나 혼자 결정하면 안 되는 거잖아."

지혁은 의자에서 일어나 혜윤을 꼭 끌어안았다. 한혜윤, 넌 모르지. 나보다 훨씬 똑똑하고, 나보다 훨씬 현명하고, 나보다 훨씬 지혜로운 네가 나한테 이렇게 기대 올 때마다 내가 얼마나 행복한지. 지혁은 혜윤의 입술을 파고들며 깊고 깊게 입을 맞추었다.

지혁은 슬쩍 입술을 떼어 내고 혜윤을 내려다보았다. 부부가 되었어도, 아이가 저만큼이나 자랐는데도 자신의 품에 안겨서는 어깨를 좁히며 부끄러운 미소를 짓고 있는 혜윤이 너무도 사랑스러웠다.

"혜윤아."

"응?"

"사랑해."

혜윤은 지혁의 허리를 꼭 끌어안으며 대답했다.

"나도 많이많이 사랑해."

✚

지혁이 은퇴경기를 갖는 날, 강산FC 경기장은 또다시 전 좌석이 매진되었다. 서른넷, 이른 봄 그라운드를 떠나는 지혁에게 팬들은 앞으로도 계속 뛰는 모습을 보여 주면 안 되겠느냐며, K리그 요정(은퇴할 시기가 지났는데도 전성기 모습을 보여 주며 그라운드에서는 노장 선수를 요정이라 부르기도 함)이 되기를 바랐지만, 지혁은 마음을 굳혔다.

선수로 치르는 마지막 경기에서 선발 출전으로 풀 타임 경기를 뛴 지혁은 강산FC가 넣은 세 골 중 두 골을 자신의 발끝에서 만들어 냈다. 경기가 끝나고, 지혁은 서포터즈석으로 천천히 걸어갔다. 구단에서 마련한 작은 무대가 설치되어 있었다.

은퇴 기자 회견을 구단 강단에서 따로 가질 예정이었지만, 그라운드 위 자신의 모습을 사랑했던 팬들에게 인사를 전하는 게 먼저라는 생각이 들어서였다.

　스물여덟부터 서른넷까지 햇수로는 7년을 함께한 팬들과 동료들이 지혁의 모습을 지켜보았다. 서포터즈 대표가 지혁에게 감사패를 전달했다.

당신이 없었더라면, 지금의 강산FC는 없었을 겁니다.
당신이 있었기에, 가능했던 모든 것들.
절대 잊지 않겠습니다.

　팬들의 마음이 가슴속 깊이 와 닿았다. 벤치에 자리 잡고 있던 혜윤도 지혁이 있는 곳으로 다가왔다. 지혁은 손을 내밀어 혜윤이 무대에 오를 수 있도록 했다. 지혁에게는 그라운드를 떠나는 날이었지만, 혜윤에게는 강산FC 의무팀을 떠나는 날이기도 했다.

　혜윤의 등장에 서포터즈석 저 위에서 커다란 천막이 내려오기 시작했다. 천막 위에는 두 사람의 프러포즈 장면이 담긴 사진이 커다랗게 인쇄되어 있었고, 그 위에는 이런 글귀가 쓰여 있었다.

이런 이벤트는 우리 강산FC 홈에서 했어야죠!
다음 이벤트, 강산FC를 떠나는 혜윤 쌤보다 우리가 더 기대합니다! 지혁 코치님!

　"와, 우리 서지혁 코치 머리 좀 써야겠네?"

　배시시 웃으며 자신을 올려다보는 혜윤을 보고 지혁은 환하게 미소 지었다. 지혁의 은퇴경기까지만 강산FC에 있을 거라고 했던 혜윤은 정말 그가 은퇴하는 날, 의무팀을 떠났다.

지혁은 코치로서 계속 강산FC에 남아 있을 테지만, 남편의 곁을 지키려 딸인 아인이에게 소홀했던 것 같아 혜윤은 내심 미안했고, 아인이가 커 가는 모습을 바라볼수록 아이가 하나 더 있었으면 좋겠다는 생각이 들어서였다. 남들 다 가는 가족 여행도 한 번 제대로 못 갔던 아인이가 안쓰러워 지혁의 은퇴경기가 끝난 다음 날, 세 식구는 여행을 떠났다.

한 여자와 한 남자가 만나서, 서로에게 끌리고, 사랑에 빠진다. 부부라는 이름 안에서 깊은 밤 반짝이는 별처럼 찾아온 아이를 낳고, 그 아이가 자라 또다시 누군가를 만나 끌리고 사랑에 빠지고……

무수히 반복되는 끌림과 사랑 가운데서 무엇 하나 흔해 보이고 하찮아 보이는 것은 없다. 함께 겪는 어려움조차 귀하고, 자신의 곁을 지켜 주는 상대가 고마울 때, 외로운 세상에서 가장 좋은 벗을 만났다는 커다란 깨달음도 얻게 된다.

사랑만 하기에도 바쁜 세상, 혜윤은 따사로운 봄 햇살에 옅게 빛나는 지혁의 얼굴을 바라보며, 지금껏 그래 왔던 것처럼 그를 맘껏 사랑하겠노라고 다짐했다.

언제나 자신을 향해 서 있는 여자. 행복한 일이 생기건 불행한 일이 생기건 자신을 최고의 남자라 생각해 주며 달려오는 여자. 지혁은 자신의 얼굴을 물끄러미 바라보고 있는 혜윤의 미소를 느끼며 심장이 뜨겁게 차오르는 것 같았다. 지금껏 그래 왔던 것처럼, 지혁은 언제나 너른 가슴으로 그녀를 품어 주겠다고 생각했다.

"아빠! 아인이 깼어."

호텔 테라스 문가에서 들려오는 소리에 두 사람의 고개가 동시에 한곳으로 돌아갔다.

"이리 와, 우리 딸."

지혁의 말에 얼른 아빠 품에 안기는 아인을 보고 혜윤이 곱게 눈을 흘겼다.

"아이고, 서러워."

"뭐가?"

지혁은 고개를 갸웃하고는 아인이를 다독이며 물었다.

"내 배 아파 낳은 딸이 아빠쟁이잖아."

"억울하면 엄마쟁이 아들 하나 낳든가?"

"뭐야? 나 아들 못 낳았다고 구박당한 거야? 지금?"

혜윤이 미간을 좁히며 입술을 뾰족하게 만들자, 지혁이 쿡쿡 웃었다. 아이고, 나이 먹어도 귀여운 병아리.

"아들이든 딸이든 둘째 낳을까?"

"응."

혜윤이 배시시 웃으며 고개를 끄덕였다.

"근데 요 녀석 때문에 그럴 새도 없네?"

"그거야 만들면 되지."

애교스럽게 어깨를 좁히며 몸을 흔들거리는 혜윤에게 지혁이 팔을 뻗어서 동그란 어깨를 감싸 안았다.

"한혜윤."

"응?"

혜윤은 아인이가 조금 양보해 준 지혁의 품을 파고들며 대답했다.

"우리 한혜윤 너무 예뻐."

"우리 서지혁도 너무 멋져."

"사랑해."

"나도 사랑해."

지혁이 혜윤의 입술을 살짝 머금으려는 순간 어김없이, 언제나 그랬듯 아인이 끼어들었다.

"나는? 나는? 아인이도! 우리 셋이 뽀뽀!"

아인의 뾰루퉁한 표정에 세 사람이 병아리처럼 입을 모으고 쪽 소리가 나도록 입을 맞췄다.

—fin

시절이 하 수상합니다. 마음 아픈 뉴스, 눈살을 찌푸리는 뉴스, 걱정거리를 만들어 버리는 뉴스만 가득하네요. 무언가 무력해지는 어른으로 살아가기가 참으로 힘이 든 세상입니다. 답답한 현실에 가슴을 두드리면서도 아무것도 하지 못하는 어른 아이가 되어 버린 기분입니다.

저와 같은 어른 아이를 위한, 혹은 저보다 훨씬 훌륭한 어른을 위한 마음이 따뜻해지는 글, 읽는 동안이라도 미소 지을 수 있는 글을 쓰고 싶었습니다.

조금만 유치해지면 세상이 즐거워진다고 합니다. 지혁과 혜윤의 사랑은 둘의 나이에 비해 조금은 유치하고, 순수했습니다.

처음에 잡아 놓은 이야기의 틀대로라면, 지혁은 많이 아픈 캐릭터였습니다. 그런데 글을 써 나갈수록 혜윤이가 저를 말리더라고요. 우리 지혁이 괴롭히지 말라고. 어느 순간, 작가인 제가 아닌 캐릭터가 스스로 말을 하고 이야기를 지어내는 기분이었습니다. 아마도 그만큼 이야기에 집중했고, 글을 쓰면서 행복했었다는 의미겠지요.

둘의 예쁜 마음에 몰입하기 시작하면서부터 그저 좋은 사람들이 나오는, 악한 이야기는 없는…… 오롯이 두 사람의 사랑에만 집중한 이야기를 쓰기 위해 노력했습니다.

행복한 상상을 하고 행복한 그림을 그려 내기 위한 노력 덕분이었는지, 저도 둘의 이야기를 쓰면서 참 행복했고, 즐거웠습니다.

아마도…… 앞으로도 이렇게 행복하고 유쾌한 글만 쓰게 될 것 같습니다.

다음에 또 다른 글로 만날 뵐 수 있으면 좋겠습니다.

행복하세요.

2014년 가을
또 다른 이야기를 짓고 있을 유아나 드림.

너에게
달려가고
있어

초판 1쇄 찍음 2014년 9월 26일
초판 1쇄 펴냄 2014년 10월 2일

지은이 | 유아나
펴낸이 | 정 필
펴낸곳 | 도서출판 **뿔미디어**

편집장 | 이재권
기획 · 편집 | 정시연, 이은정

출판등록 | 2002년 9월 11일 (제1081-1-132호)
주소 | 경기도 부천시 원미구 상동로 117번길 49(상동) 503호
전화 | (032)651-6513 / 팩스 | (032)651-6094
E-mail | dahyangs@naver.com
블로그 | http://blog.naver.com/dahyangs
홈페이지 | http://bbulmedia.com

값 9,000원

ISBN 979-11-315-3635-3 03810

www.bbulmedia.com

www.bbulmedia.com